동아시아
예술담론의
계보

동아시아 예술담론의 계보

2016년 8월 24일 제1판 1쇄 인쇄
2016년 8월 31일 제1판 1쇄 발행

지은이 강용훈, 이예안 외
펴낸이 이재민, 김상미

편집 이상희
디자인 달뜸창작실, 최인경

종이 다올페이퍼
인쇄 천일문화사
제본 광신제책

펴낸곳 너머북스
주소 서울시 종로구 자하문로 100-1(청운동 108-21) 청운빌딩 201호
전화 02) 335-3366, 336-5131 팩스 02) 335-5848
홈페이지 www.nermerbooks.com
등록번호 제313-2007-232호

ISBN 978-89-94606-43-9 93810

이 저서는 2007년 정부(교육과학기술부)의 재원으로 한국연구재단의 지원을 받아 수행된 연구임 (NRF-2007-361-AM0001).

너머북스와 너머학교는 좋은 서가와 학교를 꿈꾸는 출판사입니다.

동아시아 **예술담론**의 계보

강용훈, 이예안 외 지음

너머북스

차_례_

2부_ 식민지 조선의 '예술' 개념 수용과 문학장의 변동

머_리_말_

동아시아 '예술' 개념의 재구축과 다양한 변이

2005년에 발표된 이기호의 소설 「수인」(『문학동네』 2005년 여름호)에는 심판관 앞에 서 있는 소설가 수영이 나온다. 외부와 관계를 끊고 폐가에 들어가 소설을 쓰던 수영은 원자력 발전소 두 곳이 폭발해 한국이 폐허가 되어버린 사실을 뒤늦게 알게 된다. 폐가에서 나온 수영은 한국을 떠나 프랑스로 이주하고 싶어 하지만, 심판관들은 그가 이주할 자격이 되는지 확신하지 못한다. 「수인」에서 심판관들이 소설가 수영에게 질문을 던지는 장면은 소설 창작과 같은 예술활동, 더 나아가 인문학 전반의 존립 필요성에 의혹을 던지는 오늘날 한국 사회의 시선을 연상하게 한다. 소설을 쓸 수 있다는 점 때문에 당신을 받아줄 나라가 어디에 있겠냐고 물어보는 심판관에게 수영은 소설이 예술 영역에 속한다는 점을 애써 강조한다. 그러나 그의 말은 곧 소설 역시 일종의 발명품이 아니냐는 심판관의 반문과 충돌하게 된다.

질문과 대답을 주고받는 심판관과 수영의 모습은 1919년 『창조』 1호에 실린 김환의 소설 「신비의 막」에 등장하는 세민 그리고 그의 아버지와 겹친다. 도쿄미술학교에 진학할 뜻을 밝힌 세민에게 아버지 역시 "대체

미술이란 무얼 하는 것이냐?"는 질문을 던진다. 「신비의 막」 속 아버지는 "노동이 없는 곳에 소설도 없지 않느냐?"고 반문하는 심판관과 달리 근대적 예술이 무엇인지를 어렴풋하게도 인식하지 못한다. 그럼에도 아버지(「신비의 막」)와 심판관(「수인」)은 소설가(혹은 화가 지망생)에게 '예술'의 존재 근거를 대답하도록 유도한다는 점에서 공통점이 있다.

이때 눈여겨볼 것은 아버지와 심판관의 질문에 대답하는 예술가들의 태도다. 2005년의 소설가 수영이 대답하는 모습은 1919년의 미술가 세민과 기묘하게 대조된다. 그림 그리는 사람을 환쟁이라고 부르는 아버지에게 자신이 예술가라고 강조하던 1919년 세민의 발화에서 '예술'은 마법적 힘을 지니는 개념으로 자리매김하게 된다. 그러나 2005년 소설이 발명품과 다르다는 것을 주저하듯 대답하는 수영의 말에서 그 마법은 이제 더는 시효를 유지하기 어려운 것처럼 느껴진다. 세민의 과잉된 열정과 수영의 조심스러운 답변의 간극, 동아시아 '예술' 개념의 변천 과정을 탐색하는 이 책의 시선은 바로 그 간극에 놓여 있다.

동아시아에서 '예술'은 '기술', '예능' 등의 의미로 통용되었으나 19세기 후반부터 20세기 전반에 이르면 'art'의 번역어로 의미를 획득하게 되었다. 2000년 전후 한국의 학술 공론장에서는 그러한 변화 양상에 초점을 맞춰 '예술' 및 '문학' 관련 담론의 형성 과정을 논하는 연구 결과가 발표되기 시작했다. 한국문학연구에서 개념 형성과 번역 문제가 본격적으로 논의된 것은 1997년 황종연의 「문학이라는 역어 –「문학이란 하오」 혹은 한국근대문학론의 성립에 관한 고찰」(『동악어문논집』, 1997)이 발표되면서부터였다. 이 글에서 황종연은 영어 literature의 번역어로 '문학'이라는 개념을 재인식하려 했던 이광수의 논의를, 동아시아의 '번역된 근대translated modernity'와 연결하며 문학 개념의 근대적 전환을 논했다. 부분적 맥락 차이는 있지만 김동식(『한국의 근대적 문학 개념 형성과정 연구』, 서울대 박사학위 논문, 1999)과 권보드래(『한국 근대소설의 기원』, 소명출판, 2000) 역시 유사한 문제의식 아래 근대적 '문학'(및 '소설') 개념의 형성 과정을 새롭게 조명하려고 시도했다.

이러한 연구들은 근대적 문학/예술 담론의 지반을 분석하며 '문학'(혹은 '소설')이 전통적 '학문'과 단절하여 '예술'의 하위 범주로 배치되는 과정을 탐색했다. 그 탐색은 곧 근대적 예술 담론에 들어 있는 낭만적 열정을 탈신화화하려는 시도이기도 했다. 그러한 탈신화화 과정은 앞에서 언급한 이기호의 소설「수인」의 문제의식과도 연결될 수 있다. '예술'활동을 지탱하던 낭만적 열정이 자명한 것으로 간주되기 어려워진 순간, 연구자들은「수인」의 소설가 주인공과 유사하게 '문학' 개념, '소설' 개념이 형성된 지점에 근본적 질문을 던지기 시작한 것이다.

그러나 이들의 연구는 '문학', '소설', '미술' 등 '예술' 영역의 근대적 하위 범주가 정립되기 시작한 지점에 초점을 맞춰 논의를 진행하다 보니, '예술' 개념이 재구축reconstruction된 다층적 과정과 그 과정에서 드러난 변이 양상은 충분히 분석하지 못했다. 이 책은 동아시아의 '예술' 개념이 변화해온 과정을 추적하면서, ① '예술' 개념이 '민중', '프롤레타리아' 같은 정치 · 사회적 개념과 결합 혹은 충돌한 양상, ② '예술' 개념의 재구축을 만들어낸 사회 · 제도적 조건, ③ 동아시아의 미학적 주체들이 '예술' 개념을 새롭게 전유하며 드러냈던 문제틀problematic, ④ 다층적 전유 과정이 만들어낸 수행적performative 효과 등을 재조명하려고 했다. 그 과정에서 이 책은 크게 두 가지 시각을 견지하려고 했다.

첫 번째, '번역과 전유의 다층적 과정'을 탐색하려고 했다. 멜빈 릭터는 「개념사, 번역, 그리고 상호 문화적 개념 전이」(『개념사의 지평과 전망』, 소화, 2015)에서 요하임 쿠어츠Joachim Kurtz가 규정한 '번역과 전유의 다층적 과정'을 차용하여 외래 개념을 번역하면서 도입된 용어들이 서구적 원본을 창조적으로 변화시켰음을 부각했다. 이 책 역시 동아시아의 '예술' 개념이 중국, 일본, 한국 등 동아시아 삼국의 경계를 넘어 횡단해간 과정을 분석하는 동시에 그 과정에서 생겨난 창조적 전유 양상을 탐색하려고 했다. 그렇기에 이 책은 한편으로는 '민중예술', '프롤레타리아 예술', 아방가르드 운동이 동아시아에 번역된 양상을 살펴보았지만, 다른 한편으로는 그러한 개념을 새롭게 재구성하려고 한 예술 주체들의 문제의식을 부각했다.

두 번째, '번역과 전유의 다층적 과정'에서 재구축된 '예술' 개념이 어떠한 수행적 효과를 만들어냈는지 분석하려고 했다. 이를 위해 먼저 '예술' 개념이 재구축되는 과정에 영향을 미친 사회 · 제도적 조건을 탐색하려고 했다. '예술' 개념의 정립 과정은 국가가 주도하는 미술전람회 혹은 여러 지식인이 편술한 용어사전 등의 제도적 요인과 밀접하게 맞물려 있었다. 동시에 예술 주체들은 아방가르드 운동과 같은 미학적 실천으로 '제도로서 예술'을 비판하고 '예술과 삶', '예술과 정치'의 관계를 새롭게 설정하려고 했다. '예술' 개념의 재구축은 사회 · 제도적 요인에 영향을 받았지만, 다른 한편으로 '예술' 개념 자체를 재편하려고 한 시도는 예술활동을 둘러싼 사회 · 제도의 변화에도 영향을 미쳤다. 이 책은 바로 그러한 역동적 상호작용을 탐색하여 '예술' 개념의 재구축 과정이 지니는 의미를 드러내려고 했다.

이 책을 기획한 시각은 한림대학교 한림과학원의 인문한국사업 '동아시아 기본 개념의 상호 소통'이 수행되는 과정에서 정립되었다. 한림과학원 인문한국사업단은 근대적 개념의 수용 및 형성 과정에서 동아시아 삼국이 주고받은 영향 관계를 탐색했고, 그 과정에서 '번역과 근대 개념의 형성'에 대한 고민을 전개해왔다. 이러한 고민은 동아시아의 '예술' 개념 연구로 확장되었으며, 그 결과 다음 두 가지 중간성과를 산출했다.

첫째, 오타베 다네히사小田部胤久의 '근대 미학' 관련 저서 『예술의 역설–근대 미학의 성립』(돌베개, 2011), 『예술의 조건–근대 미학의 경계』(돌베개, 2012)를 번역한 작업이다. 오타베는 개념사적 관점에서 근대 미학의 성립 과정을 탐색하는 동시에 근대 미학 내부에 '근대 미학'과는 질적으로 다른 영역이 포함되어 있음을 환기하며 미학사를 내재적으로 비판했다. 한림과학원은 오타베 저작의 번역을 기획하며 근대 '예술' 개념의 형성에 대한 이론적 관점을 심화할 수 있었다.

둘째, 한림과학원은 2013년 11월 「식민지 시기 '예술' 개념 수용과 문학장의 변동」이라는 주제로 워크숍을 했다. 여기에서 한림과학원은 '예술' 개념의 수용이 식민지 조선의 문학장에 미친 영향을 세밀하게 탐색할 수 있었다. 이 책에 수록된 글 열 편은 이 두 유형의 연구 활동에서 정립된 한림과학원의 문제의식과 긴밀하게 연결되어 있다.

1부 '동아시아의 '예술' 개념 횡단'에서는 '예술' 개념이 언어의 경계를 넘어서 한국, 중국, 일본에 유통된 양상을 개념의 횡단 운동이 역동적으로 전개된 19세기 말에서 20세기 초까지에 초점을 맞추어 살펴보려고 했다. 특히 기존에 주로 식민지 조선의 정치적 상황과 결부되어 연구된 '민중예술', '프롤레타리아 미술' 등의 담론을 동아시아의 '예술' 개념 횡단 양상과 연결하여 이해하려고 했다. 또한 횡단 과정이 미술, 문학 등 근대 예술의 하위 영역에 공통적으로 나타났음에 주목하며, 이를 만들어낸 제도적 요인을 탐색했다.

1부의 첫 번째 글 박양신의 「다이쇼기 일본 · 식민지 조선의 민중예술론－로맹 롤랑의 '제국' 횡단」과 두 번째 글 이예안의 「홍명희의 '예술', 개념과 운동의 지반－일본 경유 톨스토이의 비판적 수용」은 각각 로맹 롤랑의 '민중예술'론과 톨스토이의 예술론이 제국 일본을 경유하여 식민지 조선에 유입된 양상을 추적했다.

박양신의 글은 톨스토이의 '인생을 위한 예술론'이 계급예술론으로 변환되기까지 과정을 다이쇼기大正期에 번역된 로맹 롤랑의 '민중예술론'을 통해 탐색했다. 박양신의 글은 다이쇼기(1921~1926) '민중'이 정치적 주체로 등장했으며 그것이 제국 일본과 식민지 조선에 '민중예술론'이 유입되는 사회적 조건이었다고 강조했다. 그중에서도 로맹 롤랑을 번역한 오스기 사카에의 논의는 일본뿐 아니라 식민지 조선의 '민중예술' 논의에도 직접 영향을 미쳤으며, 이는 김억이 번역하여 『개벽』에 게재한 「민중예술론」에서 확인할 수 있다. 이 글은 1920년대 중반에 이르러 로맹 롤랑과 논쟁한 바르뷔스의 논의를 김기진이 소개했다고 환기하며, 식민지 조선의 민중예술론이 로맹 롤랑 비판과 조우하여 계급문학으로 굴절되기 시작했음을 분석했다.

이예안은 톨스토이의 '인생을 위한 예술론'이 식민지 조선에서 어떻게 전유되었는지를 홍명희의 예술론에서 살펴보려고 했다. 이예안의 글은 메이지 시기 일본에서 톨스토이가 어떻게 수용되었는지를 세밀하게 탐색하며 홍명희가 그러한 경향과 비판적 거리를 유지했음을 부각했다. 이 글은 최근의 문학 관련 연구에서 충분히 논의되지 않았던 홍명희 예술론의 의미를 재론했다는 점에서 의의가 있다.

1부의 세 번째 글 홍지석의 「파괴의 예술과 건설의 예술: 카프 초기 프롤레타리아 미술 담론」은 박양신의 글과 이예안의 글에서도 거론된 '프롤레타리아 예술' 개념을 본격적으로 연구했다. 홍지석의 글은 '예술'의 하위 범주 중에서도 '미술' 부분에 초점을 맞춰 논의를 진행했다는 점, 식민지 조선의 '프롤레타리아 미술' 담론이 다다에서 구성주의로 노선을 전환한 무라야마 도모요시의 영향을 받았음을 부각했다는 점에서 주목할 만하다. 이 글에서는 식민지 조선의 미술가들이 소비에트 미술의 구성주의를 모델로 삼아 프롤레타리아 미술 담론을 주창했지만, 소비에트 사회와는 다른 식민지 조선의 상황과 대면해야 했다고 지적했다. 그들이 맞닥뜨려야 했던 딜레마는 곧 '삶과 예술의 통합'이라는 구성주의의 테제와 프로파간다 사이에서 갈등했던 이 시기 미술가들의 혼돈과도 밀접하게 연결되어 있었다.

홍지석의 글이 예술활동의 주체가 미술 담론을 어떻게 재구성해냈는지를 추적했다면, 김용철의 「근대 중국의 '美術' 개념과 1929년 전국미술전람회」는 국가의 통치 권력이 '미술' 개념 정립에 어떻게 영향을 미쳤는지를 분석했다. 특히 이 글은 19세기 후반부터 1회 전국미술전람회가 열린 1929년까지 중국에서 '미술' 개념이 정립된 양상을 세밀하게 탐색했다는 점에서 의의가 있다. 제국 일본과 식민지 조선의 개념 횡단을 분석한 다른 글들과 달리, 일본과 중국 간의 언어적 교류 양상을 추적했다는 점 또한 김용철 글의 장점이라 할 수 있다. 이 글은 '미술'의 의미가 '예술' 일반에서 '조형 예술'로 축소되는 과정에서 회화와 조각, 건축을 가리키던 외연도 변화되었으며 1929년 열린 전국미술전람회가 그 변화에 결정적 영향을 미쳤다고 지적했다.

김용철의 글이 미술전람회에 초점을 맞춰 예술 제도와 예술 개념의 관계를 고찰했다면, 강용훈의 「문학용어사전을 통해 본 문학 · 예술 관련 개념 정립 과정: 1910~1920년대 제국 일본과 식민지 조선에서 편술된 용어사전을 중심으로」는 1910~1920년대 동아시아의 용어사전을 연구하며 이 시기 문학과 예술 영역을 학술적으로 연구하는 제도적 기반이 확립되었음을 부각했다. 강용훈의 글은 또한 용어사전이 다양한 방식으로 유통되던 문학과 예술 관련 개념에 표준적 해석의 틀을 부여했다는 점, 용어사전 편술작업이 언어의 경계를 횡단하며 이루어졌던 제국 일본과 식민지 조선의 개념어 교류에도 영향을 미쳤다는 점을 분석했다. 이 글은 그러한 용어사전 중에서도 1924년 『개벽』에 연재됐던 박영희 편술의 『중요술어사전』의 의의를 재조명했다. 『중요술어사전』은 일본식 한자 번역어를 바탕으로 서양의 문학 · 예술 관련 개념을 수용했지만, 일본의 용어사전과 달리 역사적 운동을 개념화한 '~주의' 관련 어휘들을 부각했다. 번역된 근대(예술)와 운동으로서 근대(예술)를 매개하는 자리에 박영희의 언어적 실천이 자리한다는 점을 재조명했다는 데에서 강용훈의 글은 의의가 있다.

1부가 '동아시아'로 지평을 확대하여 '예술' 개념의 재구축 양상을 다루었다면, 2부 '식민지 조선의 '예술' 개념 수용과 문학장의 변동'은 식민지 조선의 미학적 주체들이 '예술' 개념을 전유한 양상에 초점을 맞추었다. 2부는 1920년대부터 일제 말기까지 식민지 조선의 '예술' 개념 변화 양상을 역사적으로 고찰하려고 했다. 그러나 '예술' 개념의 변천을 발전론적 도식에 입각해 분석하려 하지는 않았다. 그 대신 개별 시기 '예술' 개념이 식민지 조선의 공론장에 미친 수행적 효과를 탐색하려 했다. 이는 1900~1920년대 초반에 초점을 맞춰 '문학' 및 '예술' 개념이 형성된 기원을 주되게 고찰했던 기존 연구서들과 변별된 시도로 볼 수 있다. 이 책에서는 김찬영, 김동인, 염상섭, 임화, 김기림, 최재서 같은 논자들이 '예술' 개념을 어떻게 전유했는지와 그 전유 과정이 식민지 조선의 문학장에 미친 효과를 보여주었다.

송민호의 「1920년대 초기 김찬영의 예술론과 그 의미」와 박슬기의 「1920년대 초 동인지 문인들의 예술: 예술의 미적 절대성 획득과 상실 과정」은 1920년대 초반 동인지 문학에 나타난 예술 담론을 탐색했다. 송민호의 글은 1920년대 초반 미술, 특히 회화를 중심으로 독자적 예술론을 전개하려고 했던 김찬영의 중요성을 환기했다는 점에서 의의가 있다. 김찬영은 『창조』라는 지면을 이용해 미술과 문학의 교류를 시도했으며 '예술'이라는 개념을 대중이 이해하도록 하는 예술비평을 우선시했다. 송민호는 '자연주의' 예술이 내포하는 묘사적 객관성을 근대예술론의 영점으로 제시했다는 점, 근대적 예술론을 넘어서려는 인상주의, 입체주의적 시도 또한 긍정했다는 점에서 김찬영의 예술론을 높이 평가했다.

송민호의 연구가 1920년대 초반 식민지 조선에서 미술 담론을 수용하는 양상, 미술론 수용이 식민지 조선의 문학장과 맺은 관계를 탐색했다면, 박슬기의 연구는 1920년대 초반 식민지 조선의 문학장 형성을 주도했던 동인지 문인들의 예술 담론을 분석했다. 박슬기는 동인지 문인들의 예술론에 나타난 창작 주체와 예술의 관계를 탐색하며 근대적 문학론이 부각했던 '예술적 자아'가 '생명' 개념으로 대체되었음을 지적했다. 박슬기는 그러한 대체 과정에서 나타나는 난국을 지적하며 '자기가 창조하는 세계'로 예술을 규정한 김동인, '개성의 표현'으로 예술을 개념화한 염상섭의 문제의식을 새롭게 해석했다. 박슬기의 연구는 1920년대 초반 동인지 문인들의 예술 담론이 미적 절대성을 확보하고 동시에 상실하는 과정을 재조명했다는 점에서 의미가 있다.

이성혁의 「1920년대 후반 임화 평론에 나타난 아방가르드 수용과 예술의 정치화」는 1920년대 후반 임화 평론을 통해 기성의 예술 개념을 파괴했던 아방가르드 운동이 한국에 수용된 양상을 살펴보았다. 이 글은 임화가 아방가르드 예술의 급진성을 소화하여 전위적이면서도 정치적인 예술 실천으로 나아갔음을 부각했다. 이러한 이성혁의 논의는 1부에 실린 홍지석의 「파괴의 예술과 건설의 예술: 카프 초기 프롤레타리아 미술 담론」과 여러 면에서 조응한다. 임화는 카프 초기 프롤레타리아 미술 담론을 주창한 김복진과 유사하게 무라야마 도모요시의 논의와 마보MAVO의 '형성예술' 개념에 영향을 받으며 아방가르드적 사고에 다다랐다. 그러나

'프로파간다로서의 미술'이라는 테제 앞에 갈등하던 김복진을 부각한 홍지석과 달리, 이성혁은 임화가 선전을 통한 예술의 정치화 작업에 적극적으로 뛰어들었다고 강조했다. 이는 임화가 당시에 가장 첨단적 기술복제 예술이었던 영화 장르의 선전적 힘을 신뢰했던 데 기인한다. 이성혁의 글은 청년 임화의 아방가르드 수용과 예술적 실천의 독자적 가치를 부각했다는 데 의의가 있다.

김예리의 「1930년대 한국 모더니즘 문학 · 예술 개념의 탈경계적 사유와 그 가능성」은 1930년대 모더니즘 시론가 김기림이 재현 문법으로 구축한 근대적 주체와는 성격이 다른, 새로운 미적 주체를 탄생시켰음을 강조했다. 김기림이 근대적 주체의 정체성을 끊임없이 파열하고 재구축하는 역동적 힘 자체를 부각했음을 지적한 이 글에서는 예술이 '근대적 질서를 구축하는 측면'과 '구축된 근대질서를 무화하는 측면'을 동시에 표출한다는 점을 강조했다. 김예리의 글은 김기림 예술론의 의의를 재해석하고 이를 오늘날 문학연구에 대한 문제제기로 발전시켰다는 점에서 의미가 있다. 김예리는 오늘날 한국근대문학연구가 근대적 체계로 재편된 문학 제도를 연구 대상으로 삼고 있음을 지적하며 재현 불가능한 것들로 향하는 예술의 움직임을 문학연구가 놓쳐서는 안 된다는 점을 환기했다.

김예리의 글이 1930년대 모더니즘 예술론을 통해 당대 문학연구를 성찰했다면, 최현희의 「일제 말기 최재서의 예술론과 정치의 미학화」는 1930년대 후반기 최재서에 초점을 맞춰 현재 예술론이 견지해야 할 점을 탐색했다. 이 글은 예술이 근대적 현실reality에 지니는 역설적 관계를 부각했다. 예술은 현실을 미학적 원리로 환원하지 않는 점에서 현실주의적인 면을 지니지만, 현실 자체는 되지 않는다는 점에서 미학주의적이다. 최현희는 최재서 예술론에서 제기된 '지성의 주체론'과 '모럴론'을 현실과 분열 상태를 유지함으로써 성립하는 미학이 예술 작품을 생산해 육화되는 과정, 그렇게 육화된 미학이 정치로 환원되지 않도록 던져진 물음으로 해석했다. 이러한 분석은 발터 벤야민이 파시즘의 '정치의 미학화'에 맞서 제기한 '미학의 정치화'라는 테제를 재인식하는 작업과도 연결되어 있다. 최현희는 자기 분열적 형식으로 존재하는 예술 작품의 '미학적인 것'이 현실 정치의 작동 원리를 전유하는 과정을 '미학의 정치화'로 규정했다. 그의 글은 최재서의 예술론을 통해 '미학의 정치화'를, '정치적인 것' 안에 '미학적인 것'을 완전히 포함시키는 '정치의 미학화'로 전도되지 않게끔 하는 반성적 지점을 탐색했다.

이 책은 지금까지 소개한 글 열 편으로 동아시아의 '예술' 개념이 다층적 경계 위에서 재구축되었음을 드러내려 했다. 개별 글의 의미를 밝힌 부분에서 확인할 수 있듯이 이 책의 집필에 참여한 필자들은 '예술' 개념에 대해 다양한 견해를 견지하고 있다. 필자들의 견해는 어떤 지점에서는 마주치지만 또 다른 지점에서는 충돌한다. 그 마주침과 충돌은 '서구적 art 개념과 동아시아 삼국의 '예술' 개념 사이의 경계', '정치적 현실과 미학적 원리의 경계', '제도화된 예술과 제도를 탈구축deconstruction하려 했던 예술운동의 경계', '재현의 문법과 재현 불가능한 것의 경계'를 드러낸다. 동아시아 예술 개념의 경계를 재인식하는 작업은 궁극적으로는 오늘날 우리가 사용하는 '예술'이라는 용어, 우리가 영위하는 예술활동을 되돌아보는 작업으로 발전될 수 있을 것이다. '예술'이 존립해야 할 이유를 묻는 질문에 우리가 할 수 있는 대답 역시 바로 그 부단한 성찰 과정을 보여주는 일일 것이다.

앞에서도 이야기했듯 이 책은 2013년 한림과학원에서 열린 워크숍 「식민지 시기 '예술' 개념 수용과 문학장의 변동」을 발전시킨 것이다. 워크숍 기획을 주도한 한림과학원의 이행훈 선생님, 한림대 국문과의 박슬기 선생님, 발표에 참여한 이예안 선생님, 김예리 선생님, 최현희 선생님, 토론을 맡아준 차승기 선생님께 감사 말씀을 드린다. 한림과학원 연구부는 워크숍 때 논의되었던 문제의식을 확장해 이 책의 전반적 구성을 기획했고, 그 결과 워크숍 때는 발표되지 않았던, 1부 '동아시아의 '예술' 개념 횡단'의 글들과 2부의 송민호 선생님, 이성혁 선생님의 글이 이 책에 수록되었다. 소중한 원고를 보내주신 여러 선생님, 원고를 수합하느라 고생한 한림과학원의 이한범 선생님, 이 책의 출판을 담당한 너머북스 여러분께도 감사드린다.

머리말을 쓴 필자는 2012년부터 2015년 8월까지 한림과학원 인문한국(HK)사업단 연구교수로 활동하며 이 연구 시리즈 기획에 동참했고, 한림과학원에서 정립한 문제의식을 기반으로 이 책의 기획을 마무리했다. 머리말을 집필할 수 있게끔 독려해주신 한림과학원 연구부 선생님들께 고마움의 인사를 전하며 한림과학원의 개념사 연구가 더 큰 결실을 맺을 수 있기를 기대해본다.

2016년 8월

필자를 대표하여 강용훈

1

동아시아의 '예술' 개념 횡단

1

다이쇼기 일본·식민지 조선의 민중 예술론, 로맹 롤랑의 '제국' 횡단

◎

박양신

1 민중예술론의 한·일 연쇄

1910년대 중후반에서 1920년대 초에 걸쳐 일본의 문예계에서는 민중예술론이 광범하게 전개되었다. 이것은 '민중예술'을 둘러싸고 전개된 문학·예술론으로, 식자 30~50명이 이에 가담하고 논문이 90편 이상 발표된 근대문학 논쟁사상 보기 드문 대규모 논의였다.[1] 이 민중예술론은 와세다대학 출신의 젊은 문예비평가 혼마 히사오本間久雄(1886~1981)가 발표한「민중예술의 의의 및 가치」(1916. 8)에서 비롯되었다. 이 글을 둘러싸고『요미우리讀賣신문』지상에서 야스나리 사다오安成貞雄(1885~1924)와 벌인 논쟁이 계기가 되어 문학자, 비평가들 사이에서 민중예술을 둘러싼 논의가 널리 전개되었던 것이다. 이와 같은 민중예술론은 '다이쇼大正 데모크라시'의 기반이 된 '민중'이 정치지평으로 등장한 것을 배경으로 한다.

혼마는 민중에 대한 '교화운동의 기관'으로서 민중예술을 주장했으나 당대 대표적 아나키스트인 오스기 사카에大杉榮(1885~1923)는 민중예술을 구사회에 대한 신흥계급의 '전투기관'이라는 개념으로 그 의미를 전환했다. 이로써 민중예술에 계급성과 운동성이 부여되었는데, 이런 측면에서 민중예술론은 이 시기에 등장하는 '노동문학', '제4계급문학'에 영향을 주어 프롤레타리아 문학으로 가는 가교 역할을 하게 되었다고 평가된다.[2]

그런데 여러 논자의 민중예술론에는 프랑스의 작가이자 비평가인 로맹 롤랑Romain Rolland(1866~1944)의『민중극론Le théâtre du peuple』(1903)이 이론적 근거로 자주 인용되었다. 이 책은 오스기에 의해『민중예술론』(1917)으로 번역되었다. 오스기는 롤랑을 적극적으로 내세우며 사회운동으로서 민중예술을 주장했는데, 이와 같은 민중예술론은 식민지 조선에도 영향을 주게 된다.

3 · 1운동 이후 세계적 사조의 영향으로 식민지 조선 사회에도 '민중'의 정치적 대두가 점쳐지게 되었다. 이를 배경으로 문학 · 예술 분야의 민중화, 즉 민중예술에 대한 논의도 고개를 들기 시작한다. 1920년대 전반과 중반에 걸쳐 특히 신문, 잡지 등 언론매체를 무대로 민중예술론이 전개되

었는데, 거기서는 일본의 민중예술론과 그 기저에 흐르던 후술할 '생명주의'의 영향을 엿볼 수 있다. 즉 생의 본능, 생명의 발현을 중시하는 '생명주의'의 영향으로 예술의 민중화, 저변 확대가 꾀해지는 한편, 일본과 마찬가지로 롤랑이 자주 원용됨으로써 투쟁 수단으로서 민중예술이 강조되었다. 특히 롤랑의 원용은 오스기가 롤랑을 토대로 집필한 글에서 번역되는 경향이 있었다.[3] 한국에서 롤랑은 유치진柳致眞(1905~1974)이 자신이 극작가의 길로 들어서게 된 계기로 롤랑의 민중예술론을 지목하면서 유명해졌으나,[4] 유치진이 일본에서 귀국하기 이전부터 식민지 조선에는 롤랑이 널리 알려져 있었다.

이 글에서는 일본의 민중예술론을 고찰함으로써 그 기저에 흐르는 '생명주의'와 롤랑의 『민중예술론』의 영향을 추출하고, 이것이 식민지 조선의 민중예술론에도 영향을 주었음을 밝히고자 한다. 이를 통해 식민지 조선에서 기존에 주목받지 못했던 민중예술론의 존재와 그 의의를 생각해 보는 계기를 마련하고자 한다.

2 일본의 민중예술론

일본에서 민중예술을 논의하는 발단이 된 것은 혼마가 『와세다문학早稻田文學』 1916년 8월호에 발표한 「민중예술의 의의 및 가치」라는 글이다. 혼마는 최근 '민중예술'이라는 것이 사람들의 주목을 끌게 되었다면서 글을 시작했는데, 이에 대해 훗날 '민중예술'이라는 말이 문단에서가 아니라 넓은 의미의 저널리즘 속에서 사용되는 상황을 말한 것이라고 밝혔다.[5] 즉 혼마는 제1차 세계대전 중 '민중예술'이라는 말이 언론에서 자주 언급될 때 그것을 문단의 과제로 제기한 것이다.

이 시기에 '민중예술'이 논의되게 된 것은 러일전쟁 이후 다이쇼기大正期(1912~1926)에 걸쳐 '민중'이 정치적 주체로서 등장한 것과 관련이 있다. '민본주의'를 제창하여 '다이쇼 데모크라시'의 이론적 기초를 마련한 요시노 사쿠조吉野作造(1878~1933)는 "민중이 정치상 하나의 세력으로서 움직이는 경향이 유행하게 된 시발점은 메이지 38년(1905) 9월부터라고 봐야 한다"[6]고 지적했다. 이는 러일전쟁 강화조약에서 배상금을 획득하지 못한 것에 반발한 도시 민중이 그해 9월 5일 강화반대 폭동을 일으킨 것을 가리킨다. 이러한 민중의 시위운동을 요시노는 민중이 자각한 결과이자 민중의 자각을 촉구하는 원인이 되기 때문에 '민중정치(데모크라시-원문)'의 발전에 순기능을 한다고 지적했다.[7] 또 『일본과 일본인日本及日本人』 1913년 1월호에 게재된 마루야마 간도丸山侃堂(1880~1955)의 「민중적 경향과 정당」에서는 "나는 메이지 말에 발흥한 민중적 경향이 다이쇼에 들어 한층 더 선명한 색채를 띠고 정치에 나타났음을 간과할 수 없다"고 했다. 이는 육군 2개 사단 증설 문제로 사이온지西園寺 내각이 사직(1912.12)한 후 각지에서 열린 대중집회로 결집한 사람들을 염두에 둔 것인데, 이때의 '민중'은 도시 중간층과 하층민을 포함한 넓은 의미의 '민중'이라고 해석된다.[8] 이와 같이 러일전쟁 이후 출현한 '다이쇼 데모크라시' 상황에 대응하는 정치주체로서 '민중'의 등장을 배경으로 일본사회에 민중예술 담론이 전개된 것이다.

혼마는 앞에서 언급한 글에서 '민중'의 개념에 대해 "민중이란 말할 것도 없이 평민[9]을 말한다. 즉 상류계급을 제외한 중류계급의 모두를 포함한 일반민중, 일반평민의 계급에 속하는 사람들이다. 따라서 민중예술이란 평민예술이다"[10]라고 정의했다. 혼마는 다시 '민중'을 "중류계급 이하 최저급의 노동계급 모두를 포함"[11]하는 개념이라고 좀 더 명확히 기술하였는데, 이는 다음에 살펴볼 오스기의 '평민노동자'라는 개념보다는 넓은 범주의 개념이다. 혼마는 민중을 위한 예술을 다룬 엘렌 케이Ellen Karolina Sofia Key(1849~1926)의 「갱신적更新的 수양론」에 주로 의거하고,[12] 롤랑의 『민중극장』–이듬해 오스기가 『민중예술론』으로 번역–을 원용하면서 민중예술의 의의를 논했다.

혼마에 따르면 케이와 롤랑이 민중예술의 의의를 강조하는 이유는 크게 두 가지로 정리할 수 있다. 하나는 노동자에 대한 '교화운동의 기관', 즉 교화 수단으로서 민중예술의 가치이다. 케이에 따르면 노동자에게는 활동성과 생산성을 부여하고 인생의 모든 일에 분투케 할 수 있는 쾌락, '생의 증진'을 획득할 수 있는 쾌락, 즉 '갱신적recreative 쾌락'이 필요한데, 이런 쾌락을 부여하는 '교화운동의 기관'이 되는 것에 민중예술의 가장 근본적인 의의가 있다는 것이다.[13] 둘째는 평민 또는 노동자 자체에서 문화발전의 중요한 의미를 인정하고 있기 때문이다. 케이는 인류 전체의 장래가 그들의 교화 여하에 달려 있다고 하였고, 롤랑도 제4계급인 노동계급이 사회적 개혁과 도덕적 개혁을 수행할 수 있을 때야말로 참으로 새로운 사회를 획득할 수 있다고 주장했다.[14]

이상을 토대로 혼마는 민중예술의 구체적 형식으로서 연극 내지 연극과 유사한 예술이 가장 적절할 것이라고 지적하고, 롤랑의 민중극장, 독일 · 스위스에서 유행하고 있는 야외극장, 활동사진, 아마추어연극, 연중행사 등을 그 예로 들었다. 또 노동계급을 위한 '민중예술'은 이른바 '고등문예(리버럴 아트)'와 달리 노동자가 잘 감상하고 이해할 정도의 보편적 · 비전문적인 것이어야 한다고 덧붙였다.[15]

혼마의 글이 발표되자 사회주의 계열의 비평가 야스나리 사다오는 『요미우리신문』에 3회에 걸쳐 그 글을 비판하는 글을 실었다. 야스나리는 혼마의 논의에서 두 가지 문제점을 지적했다. 하나는 작가의 계급성 문제이다. 즉 혼마의 계급적 자기 인식이 모호하다고 지적하고 노동자계급이 '그들'이 아닌 '우리'라는 견지에서 민중예술의 문제를 논해야 한다고 주장했다. 또 하나는 민중예술과 '고등문예'를 구분한다는 점이다. 이에 대해 '민중을 위한 예술'과 '민중을 위한 것이 아닌 예술'을 대비하는 것은 민중의 심미적 능력의 발달에 제한을 가하려는 기도이며, 따라서 '민중예술'의 주장은 예술계에 계급의 장벽을 만들려는 것이라고 비판했다.[16] 야스나리는 노동자가 요구하는 것은 정신적 교화가 아닌 "스스로를 구제할 수 있는 생활"이라고 주장했다.[17]

이 비판에 혼마는 약 열흘 뒤 같은 신문지상에서 3회에 걸쳐 반론을 시도했다. 혼마는 자신의 민중예술 주장은 노동계급=민중 교화의 한 방편으로서 일반 노동자가 이해하고 감상할 수 있는 일반적 예술의 필요를 얘기한 것일 따름이라고 강조하고,[18] 작가의 계급성 문제에 대해서는 자신은 귀족도 평민도 아닌 일개 '인간', 일개 '시티즌'으로서 민중예술론을 제기한 것이라고 답했다.[19]

혼마의 이 반론에 야스나리는 또 한 차례 비판을 시도하였으나 서로 근거를 달리하는 양자의 논쟁은 제대로 맞물리지 못한 채 끝났다. 그러나 신문지상에서 이들이 벌인 논쟁은 식자들의 관심을 끌기에 충분했다. 이듬해인 1917년 『와세다문학』 2월호는 「'민중예술'에 대하여」라는 특집을 마련했다. 특집의 취지로 "본지 작년 8월호에 「민중예술의 의의 및 가치」가 실린 이후 '민중예술'에 대해 여러 신문 · 잡지에 구구한 의견이 제시되었으나 경청할 만한 것은 적었다. 이에 본지는 예술계의 두세 분께 '민중예술'에 관한 의견을 청해 여기에 게재한다"고 밝혀 당시 분위기를 전했다.[20]

이상에서 살펴본 혼마의 민중예술론은 케이와 롤랑에 의거했다. 그러나 혼마가 인용한 롤랑은 케이가 인용한 부분을 가져온 것으로, 그가 롤랑을 직접 읽은 것은 아니라는 것이 연구자들의 중론이다. 그래서 혼마의 민중예술론은 오사나이 가오루小山內薰(1881~1928)의 자유극장(1909년 창설)과 더불어 근대극 운동을 추진했던 와세다파의 쓰보우치 쇼요坪內逍遙(1859~1935)의 문예협회(1906년 창설)가 내세웠던 '국민'을 위한 연극운동(국민극론)의 흐름과 맞닿아 있다고 해석되었다. 문예협회가 해산된 후에는 같은 와세다파의 시마무라 호게쓰島村抱月(1871~1918)의 예술좌藝術座(1913년 창설)가 그 맥을 이어 대중통속노선을 걷기 시작하는데,[21] 혼마의 주장은 바로 이 계열의 '신국민극'이나 '새로운 민중극'의 제창과 그 맥을 같이한다는 것이다.[22] 따라서 민중예술론은 혼마가 제기한 것보다는 그 후 오스기, 가토 가즈오加藤一夫(1887~1951)가 새로운 문제를 더해 감으로써 좀 더 큰 중요성을 갖게 되었다고 지적된다.[23]

오스기는『와세다문학』1917년 10월호에「새로운 세계를 위한 새로운 예술」을 게재했다. 이는 오스기가 롤랑의 *Le théâtre du peuple*(1903, 번역의 저본은 1913년 재판)을 1917년 6월『민중예술론』으로 번역해 출간한 뒤, 이를 토대로 민중예술론을 전개한 글이다. 뒤에서 설명하듯이 롤랑의『민중예술론』과 오스기의 위의 글은 일본뿐 아니라 식민지 조선의 민중예술 논의에도 직접적으로 영향을 주게 된다.

일본에 롤랑이 처음 소개되게 된 것은 다카무라 고타로高村光太郎(1883~1956)가 1913년 롤랑의 대표작『장 크리스토프Jean Christophe』의 일부를 2회에 걸쳐 잡지『퓨잔フューザン』에 번역 · 소개한 데서 비롯한다.[24]『장 크리스토프』는 그 이듬해에 미우라三浦關造의 번역으로 단행본으로 출간되었고, 프랑스 문학자 나이토 아로內藤濯는「로망 롤랑이라는 사람」을 시작으로 롤랑의 작품을 집중 소개한 뒤 이들을 모아『로망 롤랑의 사상과 예술』(1915)을 출간했다.[25] 그 뒤로도 롤랑은 계속 주목을 받았는데, 처음으로 롤랑의『민중예술론』을 거론하면서 개혁성을 부각한 것은『근대사상 16강』(1915)[26]의 제16강 '로망 롤랑 진용주의眞勇主義'이다. 거기서는 롤랑의 최초 업적으로 연극 개량을 들고, '민중극, 민중을 위한 예술'이 그의 목표였으며 1903년에『민중극』이라는 연극론을 출간했다고 소개했다. 그리고 "소수의 사람이 예술의 특권을 장악하고, 민중은 예술에서 멀리 떨어진 지위에 세워져 있다. 예술을 구하기 위해서는 예술의 숨의 뿌리를 누르고 있는 특권을 빼앗아야 한다. 모든 사람을 예술의 세계로 받아들여야 한다. 즉 민중의 소리를 내지 않으면 안 된다"는 롤랑의 말을 인용한 뒤, 롤랑은 "사상가 내지 예술가의 옷을 입은 가장 용감하고

위대한 인도人道의 전사"라고 평가했다.[27] 이처럼 롤랑의 『민중극』이 소개된 뒤를 이어 오스기가 이 책을 『민중예술론』[28]이라는 제목으로 번역하게 된 것이다.

오스기는 「새로운 세계를 위한 새로운 예술」에서 롤랑의 말대로 민중예술은 "새로운 사회의, 그 감정의, 그 사상의 멈추려야 멈출 수 없는 표현인 동시에 쇠퇴해가는 구사회에 대한 투쟁기관"일 뿐만 아니라, "이 문제는 실로 민중에게나 예술에게나 죽느냐 사느냐의 대문제"라고 글문을 열었다.[29] 그는 '민중, 즉 People'은 '평민노동자'를 의미하며, 민중예술은 "민중에 의해 민중을 위해 만들어지고, 민중이 소유하는 예술, 즉 Art by the people, for the people and of the people"이라고 규정하고, 이 중 '민중에 의해' 혹은 '민중이 소유하는'이 가장 중요하다고 강조했다.[30]

이어 혼마의 논의를 케이를 왜곡해서 소개한 '어리석은 민중예술론'이라고 폄하한 뒤 직접 롤랑에 의거하여 롤랑의 민중예술론을 소개했다. 즉 구사회는 번영의 절정을 넘어 이미 빈사 상태에 있으며, 그 폐허 위에 민중의 새로운 사회가 장차 발흥하려 한다. 이 신흥계급은 그 자신의 예술, 즉 "늙어가는 구사회에 대한 전투의 기관으로서 새로운 예술", "민중에 의해 민중을 위해 만들어진 예술", "새로운 세계를 위한 새로운 예술"을 기다려야 한다. 그것이 바로 민중예술이며, 민중예술은 민중의 고통과 희망과 투쟁을 함께 갖추고 있어야 한다.[31] 또한 롤랑에 따르면 민중예술의 조건은 오락 · 환희를 주고, 원기元氣의 원천이어야 하며, 이지理智를 위한 광명이 되어야 한다.[32]

이처럼 오스기가 요약한 롤랑의 민중예술론은 구사회에 대한 신발흥계급-민중-의 '전투기관'이자 민중이 창조해야 할 예술이다. 이에 이르러 혼마가 제기한 민중에 대한 '교화운동 기관'으로서 민중예술은 구사회에 대한 '전투기관'이자 신사회의 신예술로 그 의의가 전환되었고, 사회운동으로서 지향성이 뚜렷해졌다.

그런데 이상의 논의 과정에서 오스기에게서 보이는 하나의 특징은 새로운 사회, 새로운 주체(=민중)를 '생명', '생'의 발현으로 표상하는 이른바 '생명주의'가 그 기저에서 작용하고 있다는 점이다.[33] '생명주의vitalism'는 사상 일반에서 '생명'이라는 개념을 세계관의 근본원리로 여기는 것으로, 19세기의 실증주의에 선 목적론, 기계론에 의한 자연정복관에 대립하는 사상 경향을 말한다.[34] 일본에서 생명주의는 대체로 1905~1923년에 사상, 철학, 문학, 예술, 종교 등 각 방면에 큰 영향을 미쳤다. 존재를 관통해 흐르는 보편적인 '참된 생명'을 유감없이 발휘하는 것, 그것이 문화적 창조가 된다는 사상이 '다이쇼 생명주의'의 기조를 이루었다.[35] 오스기, 롤랑에서도 이러한 '생의 본능', '생명', '인생'의 표현이 예술이라는 발상이 기저에 놓여 있었다. 오스기는 예술을 구하기 위해서는 예술에 생명의 문호를 열어야 하며, 과거의 예술은 '생'에 아무런 기여도 하지 못한다고 말했다. 민중예술은 혈기 없는 예술에 생기를 부여하고, 민중의 힘과 건강을 그 안에 불어넣으려는 것이라고 강조했다.[36] 여기서 보이는 생명주의는 뒤에서 다루는 바와 같이 1920년대 식민지 조선의 논단에서도 어렵지 않게 찾아볼 수 있다.

한편 오스기와 마찬가지로 생명주의의 영향을 받은 가토 가즈오[37]는 좀 다른 관점에서 민중예술론을 전개했다. 가토는 과거의 예술은 생에 아무런 쓸모도 없으며 도리어 생을 해칠 우려조차 있다고 전술한 롤랑의 말을 인용하면서, 민중 속에는 새로운 생명이 깃들어 있어 종래의 생기 없는, 생명이 다 소모된 무기력한 예술에는 만족할 수 없다고 말했다. "참으로 자각한 민중이란 참으로 인간이 되고, 인간으로서 생활을 영위하려는 인민이어야 한다. 또한 민중예술이란 참으로 인간이 되고자 하는 인간다운 감정과 인간다운 의사나 이성 그리고 인간다운 생활을 구유具有한 투쟁의 예술이어야 한다"고 주장했다.[38] 이에 가토는 "민중이란 곧 휴머니티를 유감없이 살아갈 수 있는 자, 적어도 휴머니티에 살려고 노력하는 자, 전 인류를 휴머니티의 자유로운 활동으로 만들려고 하는 자"를 지칭한다고 정의했다.[39] 즉 반드시 노동자뿐만 아니라 상류계급, 지식계급에도 존재할 수 있다는 것이다. 이렇듯 가토는 '민중'의 개념을 참된 '인간성'의 자각과 휴머니티와 연결함으로써 민중예술의 함의를 오스기와는 또 다른 방향으로 틀어버렸다.

이후 민중예술 논의는 히라바야시 하쓰노스케平林初之輔(1892~1931)가 「민중예술의 이론과 실제」(1921. 8)에서 마르크스주의의 견지에서 '민중예술'을 '프롤레타리아의 예술'로 규정함으로써 프롤레타리아문학으로 크게 기울었다. 이후에도 민중예술 논의는 계속되었지만, 그 적극적 의의는 이미 상실되었다.[40]

이상에서 세 유형의 민중예술론을 살펴보았는데, 여기서 공통적으로 의거하는 근거는 롤랑의 『민중예술론』이었다. 그 활용방식은 각자의 입론에 따라 차이가 났지만, 이 중 특히 오스기의 번역서와 저술은 일본은 물론 식민지 조선으로도 건너와 영향을 미치게 된다.

3 식민지 조선의 민중예술론

1) 정치주체로서 '민중'의 발견

제1차 세계대전이 끝나고 1919년 3·1운동을 거치면서 조선에서도 언론지상에 정치적 주체로서 '민중'이 등장한다.[41] '민중'이라는 용어 자체는 『황성신문』(1898~1910) 초기부터 그 용례가 보여, '2천만민중', '일반민중' 등 국가 구성원을 집단으로 지칭하는 용어로 사용되었으나, 그 '민중'을 정치적 주체로 인식하기 시작한 것은 1920년대 들어서인 것으로 보인다. 『매일신보』의 사설「일반 민중의 역力」에서는 "현대사상을 관통하는 최대 세력은 일반민중의 힘이라. 이 힘에 반항하는 자는 무너지며 이 힘을 모멸하는 자는 패하나니, 현대사상은 그 가슴에 강력한 '일반민중'이라는 한 인격을 품어 이에 귀복歸服하지 않는 자가 있으면 이것을 분쇄하며 압복壓伏하며 격파한다. 현대사상을 이해함은 즉 일반민중의 세력을 이해함이라"[42]고 했다.

이처럼 '민중'이 주목받게 된 데에는 우선 세계대전 이후 러시아혁명, 독일혁명 등을 비롯해 전 세계적으로 전개된 각국의 사회운동과 민주주의의 풍조가 영향을 미쳤다. 『매일신보』의 한 사설에서는 "세계의 대세는 생기生起한 사회개조문제, 노동문제, 부인문제, 기타 총유總有의 개조사상문제를 이끌고 민중적 문화주의의 기치 아래 집주集注하매 이것이 도도한 대조류가 되어 세계의 인심을 풍미하는도다"[43]라고 당시 정황을 설명하였다. 이러한 세계적 사조의 영향은 조선에서 '개조' 운동의 발흥으로 이어졌는데, 그런 개조 운동 중에서 "운동의 표어로 사회화이니 민중화

이니 하는 신용어가 성행"하게 되었다고 하였다.[44)]

정치주체로서 '민중'의 인식은 데모크라시='민중정치'에 대한 설파로도 진전되었다. 『동아일보』는 1921년 2월 21일부터 전 10회에 걸쳐 「근세 민중정치의 의의와 가치」를 연재했다. 이는 전년 9월에 『오사카마이니치大阪每日 신문』에 연재된 글을 번역한 것이다. 그 제1회에서는 "현대의 정치는 예외 없이 민중정치이니 곧 정치를 소수의 전문정치가나 또는 정치를 직업으로 삼는 자의 손에 맡기지 아니하고 오직 다수의 보통 민중이 스스로 정치를 행하며 또 반드시 스스로 이를 행하지 아니하면 불가하다 믿는 점에 현대정치의 의미가 있으며 또한 그 특질이 있는 것이다"[45)]라고 지적했다. 여기서 '민중정치'란 앞서 요시노의 인용에서 나왔듯이 일본에서 데모크라시 원리에 따른 정치, 즉 민주주의 정치를 의미하는 용어로 사용되던 것이다. 『동아일보』는 또한 그 이듬해 1월 1일부터 16회에 걸쳐 「현대정치의 요의要義」를 연재하여 이번에는 자신의 말로 '민중정치'에 대해 논술하였다. 거기서는 인류 정치의 변천을 살피고 근대에 제왕정치에서 '민중정치'로 변화한 것을 지적한 뒤, 이 연재의 목적을 "요지는 민중정치이오, 이 민중정치를 국가적 민중정치와 사회적 민중정치로 나누어 사회적 민중정치의 운동과 그 이상을 논평"함에 있다고 밝혔다.[46)]

이처럼 식민지 조선에서 '민중'의 발견은 정백鄭柏(1899~1950)이 한 글에서 지적한 바와 같이 '외래사상의 영향'으로 촉발된 경향이 있었지만, 한편으로는 그의 주장처럼 외래사상의 영향 없이도 필연적으로 대두할 만한 상황이 있었다. 즉 "민중은 외래사상의 영향이 없더라도 그들이 자진하여 정면으로 그 자신의 존재한 이유며 존재한 권리를 주장할 수 있는 것을 의식할 만한 경우에 있을 뿐만 아니라 민중생활상에 새로 임하여 오는 시대정신 그 본래가 불합리한 환경에 빠진 민중의 현실생활로부터 필연적으로 발생한 저항할 수 없는 요구의 그것이므로 민중은 그 자신을 주장하지 않으려 하여도 그 자신을 주장하지 않고는 있을 수가 없게 되었습니다"[47]라고 웅변했다.

외래로부터 추상적으로 '발견'한 '민중'을 실체화하기 위해 『동아일보』는 1922년에 들어서면서부터 빈번히 '민중' 자신의 자각, 각성 및 조직화를 촉구했다. 새해 벽두의 사설에서 "민중아 조선민중아, 오인吾人은 신년벽두에 '민중'을 대호大呼하여 그 각성과 그 분발을 촉구하고자 하노니, 농부여 제군이 조선민중의 한 분자이며, 상고商賈여 제군이 조선민중의 한 분자이며, 어부여 수부여 차부車夫여 인력거군이여 학도여 관료 이외의 일체 노동자며 지식계급이여, 제군이 모두 조선민중의 한 분자이며 조선문화 형성의 한 요소로다"[48]라고 천명했다. 이 사설은 "조선민중의 힘을 갱신하는 도리가 무엇인가. '조선의 민중아 단결하라' 제군의 힘이 위대하며, '조선의 민중아 웅건雄建하라' 인류의 모든 문명이 제군의 행동을 옹호하는도다. 제군이 국가의 기초며 사회의 근본이로다"라고 역설했다. 이듬해 1월의 사설 「민중의 권위」에서도 "현대는 민중본위적 시대요, 또 민중중심 시대이다"라고 강조하면서 민중의 권위와 복리를 지키기 위해서는 오직 '단결'만이 무기라고 강조했다.[49] 또 다른 사설에서는 민중의 갈망을 배경으로 한 지도자의 출현을 촉구했다.[50]

2) 1920년대 전반의 민중예술론

이상에서 본 바와 같이 민중의 시대가 도래한 것은 일본에서와 같은 정도는 아니더라도 조선 사회에도 예술의 민중화를 주장하는 논의를 낳게 되었다.

가장 먼저 눈에 띄는 민중예술론적 논의는 『조선일보』에 게재된 「민본주의와 예술」이다. 이 글은 윌슨Woodrow Wilson(1856~1924) 미국 대통령이 '민본주의'를 제창한 이후 세계는 '떼모크라시이', 즉 '민본주의'가 아니면 생존할 수 없게 되었다고 말문을 연다. 예술 또한 이 민본주의에 의거한 예술이어야 '진정한 예술'이며, 예술을 위한 예술이 아닌 '인생을 위한 예술'이어야 함을 강조한다. 또 '민본주의'의 예술은 모든 개인의 생장에 영향을 주므로 귀족주의의 예술과 차이가 난다고 설명한다. 논자는 조선에 "생명 곧 인생과 사회에 대한 문제"를 해결하고자 하는 학자나 종교가, "인간성에 눈뜬 진정한 예술가"는 과연 얼마나 되느냐며 글을 맺는다.[51] 이 글에서 '생명', '인생', '인간성'을 예술과 연결해 논하는 방식은 앞에서 살펴보았던 일본 민중예술론의 기저에 깔려 있던 생명주의, 생의 철학의 영향을 감지케 한다.

한편 일본에서 시마무라가 경영하는 예술좌 부속연극학교에서 배우고 귀국한 현철玄哲(1891~1935)은 『개벽』에 「문화사업의 급선무로 민중극을 제창하노라」를 발표하여 민중예술론의 단서를 열었다. 현철은 "20세기는 민중시대이다. 정치 · 법률 · 경제 · 도덕 · 종교의 모든 것이 민중을 저버리고는 어떠한 의미도 없게 된 시대가 금일의 현상이다"라고 전제한 후, 조선 사회에서 가장 단시간에 다수가 가장 보편적으로 문화를 향상할 방법으로 '민중극'을 제시했다.[52] 그는 '민중'이란 "지방적 구획이나 계급적 사상으로부터 분리된 일반동포라는 의미로, 귀족이나 평민이나 시민이나 농민이나 모두 한가지로 총괄한 것을 의미"하며, 이러한 민중과 밀접한 관계를 갖는 극이 "민중예술인 연극 즉 민중극"이라고 정의했다.[53] 민중극의 종류는 '민중을 제재로 한 극', '민중의 공유물이 되는 극', '민중교화의 극'으로 나눌 수 있다. 현철은 여전히 연극에 대한 편견이 심한 조선의 연극계를 비판하고, "소수가 아니고 다수인 것과, 장시간이 아니고 단시간인 것과, 재벌이나 문벌이 아니고 사민평등四民平等인 것과, 식자계급이나 학자계급이나 무식자나 노동자나 하등의 차별이 없는 민중적인 특색이 있는" 민중극을 제창했다.[54]

이상 현철의 '민중극'론은 '민중'을 귀족까지 포함한 '일반동포'로 파악하는 '민중' 개념에서 볼 때 그의 스승 시마무라의 '국민극론'에서 영향을 받은 것으로 보인다. 이 글 이전에 발표한 「연극과 오인吾人의 관계」, 「현당극담玄堂劇談」 등을 통해 '오락기관 겸 풍교風敎기관'으로서 연극을 주장한 현철의 계몽주의적 연극관[55]은 '민중극'론에도 반영되어 있다고 볼 수 있다.

이어 『조선일보』 1921년 5월 9일부터 4회 연재된 「예술과 민중」은 예술의 민중화에 대한 한 시각을 제시했다. 말머리에서 우선 "근래에 예술의 민중화라는 소리가 왁자하여 빈번히 오인吾人의 고막을 진동하도다"라고 '예술의 민중화'가 식자들 사이에서 자주 거론되고 있었음을 전했다. 논자는 예술의 민중화와 민중의 예술화는 하나라고 하면서 그 이유를 "민중을 떠난 예술은 쇠하고 예술을 갖지 못한 민중은 황막할 것이니 예술과 민중은 '인생'이라 하는 말에 의하여 서로 악수하지 아니하면 불가할 것이다"라고 설명했다. "예술의 힘과 빛은 인생을 인생에 환원하는 곳에 있"으므로, 빈부귀천의 구별 없이 '인생', '인생성'을 향상 진화시키는 문화운동과 분리해서 예술을 하는 것은 '사도邪道'라고 했다. 이런 의미에서 예술은 원래 '민중적'이라는 성격을 지니며, 이는 달리 말해 '인생적'이라는 것과 동일하다고 주장했다.[56] '인생', '인생성'을 '민중성'과 등가로 인식하여 이를 예술의 기초로 삼은 이 논의는 앞서 본 민본주의에 기초한 예술의 당위성을 '인생을 위한 예술'에 따라 근거지은 논의와 일맥상통한다. 또한 이런 논의는 일본의 민중예술론자 중 특히 휴머니티, '인생성'을 강조한 가토의 논의를 연상시킨다.

이어서 논자는 롤랑의 『민중예술론』을 원용하면서 논의를 진행했다. 그에 따르면 롤랑은 "평민을 위하며 평민에 의하는 신연극"을 제창하였으며, "평민극은 평민의 고통과 불안과 희망과 투쟁을 구비하지 않으면 불가하다. 평민극은 평민적이다"라고 말했다. 또한 평민극의 주요 조건으로 "환희와 원기와 이지理智"를 들고, "평민극의 제일 조건은 오락이라. 평민의 이익이라. 공히 심신의 휴식을 줄 수 있는 것"이라고 소개했다.[57] 논자는 롤랑을 종합하면서 민중극은 현대 민중과 공명해야 하며, '영원한 인생성'에 뿌리를 두어야 한다고 주장했다.[58]

이와 같이 '인생성'에 기초한 예술=민중예술이라는 인식은 『개벽』에 게재된 글들에서도 찾아볼 수 있다. 신식申湜의 「오인吾人의 생활과 예술」은 "문예는 인생 생활의 표현"이라며 생활에서 분리된 예술은 "자신의 생명을 잃고 가치를 잃고 의의조차 잃은 예술"이라고 주장했다. 그런데 그 '생활'은 개인생활뿐만 아니라 시대상이나 사회상을 표현해야 하는 것인데, 현재 조선의 예술이나 문예는 '형식, 의방擬倣(모방-인용자), 번역'으로만 흐르고 시대정신, 사회성이 결여되어 있다고 비판했다.[59] 조선의 현 예술이 사회생활을 지도하고 일반인에게 용기를 줄 만한 원동력을 갖추기 위해서는 우선 특권계급으로부터 '예술의 해방'이 필요하니, 이것이 곧 '예술의 민중화'라고 주장했다. 그의 민중예술은 특권계급에 국한된 예술을 일반 민중에게 해방하여 "생기 있는 즉 우리 생활의 진면眞面에 저촉한 문예"를 하는 것이었다.[60]

『개벽』 그다음 호에 실린 「예술과 인생」도 예술은 '생'을 위한 예술이어야 하며, 양반적 · 신사적이 아닌 "우리 민중 전체의 향락할 만한 성질"이어야 한다고 주장했다. 또한 예술은 자기의 생활을 묘사해야 하므로 조선 민중의 예술은 조선 민중의 생활을 그리는 것이 필요하다고 말했다.[61]

민중예술의 주장은 사회주의 계열에서도 등장했다. 이는 사회주의체제를 발족시킨 러시아의 사례에서 원용하는 형태로 논의되었다. 김명식金明植(1890~1943)은 '신문화운동'의 발상지인 러시아의 문학을 논했다. 러시아의 문학은 문학을 위한 문학이 아닌 '사상'의 문학을, '미美와 교巧'의 문학이 아닌 '정正과 의義'의 문학을, '화和와 한閑'의 문학이 아닌 '투鬪와 노怒'의 문학을, '개인의 서정'이 아닌 '민중의 감정'을 위주로 하는 문학을, '영물詠物(사물을 빌려 자기의 사상, 감정을 나타냄-인용자)'보다는 '인생의 실생활'을 위주로 한 '생生문학'을 전개하였다고 소개했다.[62] 그러나 조선에서는 아직 이와 같은 문학을 볼 수 없으니 문사文士들은 민중 속으로 들어가야 한다고 주장했다. 또 정백은 소비에트 러시아 교육인민위원회

예술부의 임무로서 '예술의 사회화 내지 민중화', '민중예술의 발흥', '민중의 예술교육' 등을 소개했다.[63)]

이처럼 러시아혁명 이후 세계적으로 퍼져나간 '민중화'의 조류를 배경으로 한 민중예술의 주장은 한편으로는 위의 글들에서도 언급되었듯이 조선문단의 고답적이고 민중의 생활에서 분리된 현상現狀에 대한 비판을 수반했다. 이를 배경으로 마침내 김억金億(1896~?)은 롤랑의 『민중예술론』의 일부를 『개벽』 제26호~제29호에 번역해 게재했다. 롤랑의 『민중예술론』은 서론과 제1편~제3편 그리고 부록으로 구성되어 있는데, 김억은 서론 '평민과 극'과 제1편 '과거의 극'까지만 번역했다.

김억의 번역은 오스기가 일본어로 번역한 『민중예술론』을 저본으로 한 것으로 보인다. 김억의 번역과 일역본을 대조해보면 문체를 '습니다'체로 바꾸었을 뿐 일역본에서 사용된 한자어를 대부분 그대로 옮겨놓고 있어 일역본의 번역임을 쉽게 알 수 있다.[64)] 김억이 이 책의 본론에 해당되는 제2편 '신극'을 번역하지 않은 연유는 알 수 없으나, 서론에 민중예술에 대한 롤랑의 생각이 드러나 있으므로 이 번역이 식자들의 '민중예술'에 대한 인식을 넓히는 데 기여했을 것임은 추측하기 어렵지 않다. 다음에서 언급할 김기진金基鎭(1903~1985)은 1923년에 발표한 한 글에서 "로맨·로-란은 그의 「쟌·크리스토프」, 「7月 14日」, 「딴톤」, 「싸홈우에 서거라」, 「민중예술론」 등으로 이미 조선에도 그 이름이 비교적 포퓨-라라고 할 만치 높았"다며 롤랑이 이미 조선에서 '포퓨-라'하게 알려져 있었음을 전하였다.[65)] 그러나 김기진을 선두로 하여 등장한 계급문학의 흐름은 이 민중예술론의 근거인 롤랑을 비판하면서 전개되었다.

귀국 후 발표한 「Promenade Sentimental」에서 김기진은 '생활상태'가 '생활의식'을 결정하며, 그 '생활의식'에서 문학이 나오므로 문학의 혁명은 사회조직을 개혁해서 이루어야 한다는 견해를 밝혔다.[66] 그리고 예술가는 최대다수의 생활과 호흡을 같이해야 한다면서 '최대다수의 교화'와 '생의 본연한 요구의 문학', '생명 있는 문학'이 필요하다고 주장했다.[67] 김기진은 이후 『개벽』에 바르뷔스Henri Barbusse(1873~1935)의 클라르테 운동[68]과 바르뷔스 · 롤랑 논쟁을 소개하면서 계급문학을 지향하겠다는 뜻을 분명히 했다. 김기진이 계급문학에 관심을 돌리게 된 것은 일본에서 프롤레타리아 문학의 시작으로 평가되는 잡지 『씨 뿌리는 사람種蒔く人』(1921년 창간)의 영향을 받았기 때문이라고 한다. 그는 이 잡지를 보고 자신도 씨 뿌리는 사람 가운데 한 사람이 되고 싶었으며, 특히 이 잡지에 게재된 바르뷔스와 롤랑의 논문을 읽고 사상에 중대한 전환을 일으켰다고 회고했다.[69]

「클라르테 운동의 세계화」에서 김기진은 조선의 전문 문학가라는 사람들은 사회와 몰교섭이라고 비판하고, 조선에 필요한 문학은 '프로렛트컬트의 문학', '대다수의 교화문학'이라고 주장한 뒤 클라르테 운동 내 바르뷔스와 롤랑의 논쟁을 번역해 소개했다.[70] 김기진은 둘의 논쟁을 예술을 제한하는 현대의 모든 사회를 부정하고 예술을 '생의 본연한 자유의 길로 해방'시키기 위해 사회조직과 부르주아 문화를 근본적으로 파괴하는 '실제적 현실혁명'을 주장하는 바르뷔스와, 예술은 절대적 자유 위에 서며 사회적 환경에 지배되는 것이 아니므로 예술가는 정치운동이나 사회운동 등에 참여해서는 안 된다는 '현실회피의 고독적 자유정신주의'의 롤랑의 충돌이라고 정리했다.[71] 김기진은 이 논쟁에서 바르뷔스를 지지하고, 조선에서도 '실제적 현실혁명주의'인 바르뷔스 예술운동을 전개하고자 했다. 사회운동 즉 프롤레타리아와 제휴한 예술운동을 전개해야 한다고 주장함으로써 프로문학의 깃발을 올렸던 것이다.[72]

이처럼 롤랑의 『민중예술론』의 영향으로 전개되기 시작한 조선의 민중예술론은 한편으론 롤랑을 비판함으로써 계급문학으로 굴절, 접속되어 갔다.

3) 1920년대 중반의 민중예술론

김기진을 필두로 조선에 계급문학이 전개되었다. 그 결과 1925년 카프 KARF(조선프롤레타리아예술가동맹) 결성으로 이어졌다. 그런데 그해를 전후하여 언론에는 민중예술에 대한 논의가 다시 등장했다. 『동아일보』에는 북경대학에서 수학한 후 북경에 머물던 양명梁明(1902~?)의 「민중 본위의 신예술관」이 게재되었다. 양명은 예술지상주의를 비판하고, 예술은 '인류의 생'의 표현, '실감의 소산'이며 사회제도와 사회환경을 초월해서 존재할 수 없다고 주장했다. 이어서 예술의 민중화를 예술의 타락이라고 주장하는 언설에 대해서 "사람의 소유물인 예술, 사람의 생의 표현인 예술이 인류의 절대다수인 민중을 제외하고 존재할 수 있다는 것은 아무리 하여도 믿을 수 없는 말이다"라고 반박한 뒤, "예술은 사람의 것이다. 동시에 민중의 것이다. 민중을 위하여 민중의 손으로 성취된 민중의 소유물인 예술Art by the people, for the people and of the people, 이것이야말로 우리가 이상理想으로 하는 예술이다"라고 강조했다. 이것은 앞에서 고찰했던 오스기의 민중예술 정의와 일치한다. 양명은 그 이하의 서술에서 롤랑의 『민중예술론』을 원용하면서 민중예술론을 전개하였는데, 이 또한 오스기의 「새로운 세계를 위한 새로운 예술」에서 소개한 부분을 거의 그대로 번역한 것이었다. 즉 신흥계급은 자신의 예술, 즉 구사회에 대한 '전투기관'으로서 새 예술을 가져야 한다는 것, 민중예술은 민중의 고통과 희망과 투쟁을 떠나서는 존재할 수 없다는 것, 우리의 예술적 · 사회적 이상은 민중을 융합해서 민중 자체에 계급적 자각을 불러일으키는 것이라는 등의 내용이다.

양명은 바르뷔스와 롤랑의 논쟁을 상기하며 그 논쟁에서 롤랑이 자유주의 예술을 주장한 점은 찬동할 수 없지만, 『민중예술론』에서 표명된 롤랑의 민중예술관에는 찬동한다고 했다. 롤랑의 민중예술관에 좀 더 유물적 색채와 사회적 색채를 가미하면 자신의 민중예술관이 될 것이며, 그것이 조선 사회가 요구하는 예술의 방향이라고 말했다.[73)]

한편에서 이미 계급문학이 진전되기 시작한 무렵에 새삼 '민중예술'이 제기된 것은 '민중'의 사회운동이 진전됨에 따라 종래 '외래사상'의 영향으로 대두된 추상적 '민중'이 현실성을 띠게 된 상황을 배경으로 한 것이 아닌가 생각된다. 1920년대에 접어든 이후 조선 사회에서는 노동운동, 농민운동이 활발히 전개되었다. 조선노동공제회가 결성(1920)된 이후 전국에서 노동단체들이 조직되고 파업투쟁과 노조 결성운동이 전개되었다. 농민들 사이에서도 소작쟁의가 해가 갈수록 늘었다. 1924년에는 마침내 노동자, 농민단체가 합동해서 전국적인 조선노농총동맹을 결성하여 이들 운동을 지도해가게 된다.[74)]

『동아일보』 지상에는 이들 운동에 대한 기사와 더불어 1923년 이후 민중대회, 민중운동의 움직임을 다룬 기사가 끊이지 않았고, 신문 사설에서는 '민중'의 조직화, 지도 등을 빈번히 독려했다. 1924년 2월 「미발견의 민중」이란 사설에서는 근년에 '민족'을 발견한 조선에서 아직도 마땅히 발견해야 할 것을 발견하지 못한 것이 있으니 바로 '민중'이라고 지적하면서 이 민중에 운동의 기초를 두어야 한다고 주장했다.[75)]

또한 신문지상에는 4월부터 민중대회 관련 기사가 등장했다. 3월 25일 독립사상 · 사회주의의 공격과 총독부 원조를 취지로 '각파유지各派有志 연맹'이 결성되었는데, 이들에 반대한다는 이유로 동아일보 사장 송진우, 취체역(이사) 김성수에게 폭행과 공갈이 가해진 사건이 발단이 되었다. 이에 유지들이 모여 각파유지연맹을 응징하고 당국의 태도를 규탄하기 위해 민중대회를 개최하기로 한 것이다.[76)] 같은 4월에는 노농대회, 청년동맹회 등의 발회식이 계획되어 있었으나 모두 금지되었다. 『동아일보』는 「심상치 안은 현상」이란 제하의 기사에서 "근일 신문지에는 날마다 '대회'라 하는 두 글자가 보이지 않는 날이 없다. 경성에서는 '민중대회', '로농대회', '청년총동맹대회'가 떠들고, 지방에서는 '면민대회', '시민대회' 등 각종의 대회가 연달아 개최된다"고 전하고, "적어도 민중의 행동인 이 현상"은 단순히 '풍조'를 따른 것이 아니라 "살기 위하여 권위를 보전하기 위하여" 민중이 입을 모아 부르짖은 것이라며 "일반으로 민중의 정도가 얼마나 깨어가는가를 주목할 필요"가 있다고 했다.[77)]

1925년 2월에는 민중운동자대회가 이슈로 떠오르게 된다. 이는 민중운동이 활발해짐에 따라 사상단체인 화요회 주최로 사상 · 농민 · 노동자 · 청년 · 여성 · 형평衡平운동에 관여하는 운동단체가 모여 전조선민중운동자대회를 개최하려는 것이었다.[78] 이후 4월 개최를 목표로 한 이 대회를 둘러싼 전국의 동향을 다룬 기사가 이어졌고, 양명이 쓴 위의 글이 게재된 때는 바로 그 와중에 있던 3월이었다.

이듬해 『동아일보』에는 「미국의 민중극 운동」이 2회에 걸쳐 게재되었는데, 거기서는 발전 가능성이 있는 새로운 예술형식으로 '페젠트'라는 일종의 민중극 형식을 소개하였다. 이 민중극의 의미를 설명하기 위해 논자는 롤랑의 민중예술론을 원용했다. 즉 예술을 구원하려면 소수에 독점되어 있던 예술의 세계를 모든 사람에게 개방하고 민중의 소리를 높여야 한다는 내용이다.[79] 또 민중극의 특징을 롤랑을 참조한 듯, 즐거움을 주는 휴양, 정신적 원기의 원천, 현명으로 인도하는 등화燈火의 역할 셋으로 정리했다.[80]

이와 비슷한 시기에 『시대일보』에도 이민한李玟漢의 「민중예술의 개념」이라는 글이 게재되었다. 이 글은 주로 오스기의 「새로운 세계를 위한 새로운 예술」에 의거하여 민중예술을 정의하고, 거기에 인용된 롤랑의 『민중예술론』을 거의 그대로 번역한 것이다. 즉 말머리에서 민중과 민중예술에 대해 "민중이라 함은 절대다수를 의미하는 일반 무산계급이다. 현 사회에서 자기의 지위, 자기의 사명, 자기의 역량을 자각한 신사회 건설의 중심인물이 되는 평민노동자이다. 민중예술이라는 것은 곧 평민노동자의 예술이다. 즉 평민노동자가 대표한 새로운 발흥계급의 예술이다. 그들의 언어이며, 그들의 사상이다. 그리하여 위기의 제際에 자연의 세로써 조락해가는 노쇠한 구사회에 대한 투쟁의 일무기一武器이다"[81]라고 한

후 롤랑의 민중예술론의 요점을 번역했다.[82] 이민한은 오스기 글의 번역을 끝낸 뒤 민중예술은 무산계급의 사회가 되어야 발달하므로 민중예술 건설에 도달하기까지는 투쟁예술이라는 계단을 밟아야 한다며 투쟁예술이 현대 민중이 요구하는 예술이라고 주장했다.[83]

같은 해 9월 『동아일보』에 게재된 정희관의 「민중예술」도 오스기의 글에서 영향을 받은 흔적이 보인다. 여기서는 민중예술을 '민중에 의하여 생生하는 예술', '민중을 위한 예술', '민중의 소유하는 예술'로 나누어 설명하고, "역사의 필연법칙에 의하여 새로운 시대에 새로운 예술을 창도하는 것이 곧 민중예술이다"라고 했다.[84]

한편 1926년 말엽에서 1927년 초두에 걸쳐서 『동아일보』 지상에는 '민중과 예술'을 둘러싼 논란이 전개되었다. 발단은 최호동崔湖東의 「민중과 예술」이라는 글이었다. 최호동은, 운동하는 예술가는 문단이 발달하지 못한 책임을 민중에게 돌리지만, "우리 창작가가 모여 앉은 곳이 즉 문단"이니, 민중의 인정 여부, 이해 여부와 상관없이 "문단은 문단 자체로 존재한다. 동시에 나는 문단이 민중과 더불어 나아가는 것이 아니라고 단언하겠다"고 말했다. 또한 창작가는 민중만을 위해서 창작할 것이 아니라 열렬한 창작욕과 예술심의 발동으로 문단의 향상에 노력해야 한다고 주문했다.[85]

이 글에 대해 최화수崔華秀는 예술은 '시대감정의 표현'이며 민중을 떠나서 존재가치가 없다고 반박했다.[86] 정뢰鄭雷도 「민중과 예술」에서 "예술은 인생생활의 표현인 동시에 민중의 처한 그 시대와 환경을 표현하는 표현기관"이므로 민중을 떠난 예술의 존재를 긍정할 수 없으며, "신사회

건설을 위하여 투쟁하는 민중과 함께 투쟁예술"이 되어야 한다고 주장했다.[87] 송순일宋順鎰도 최호동의 예술지상주의를 비판하고, 롤랑의 민중예술론 중에서 "부정불의를 보고 투쟁할 기세를 내지 않는다면 전연 예술가도 아니고 전연 인간도 아니라"고 인용한 뒤, "강포强暴와 불의不義한 시대악에 유린되고 있는 민중의 More Life를 위한 예술 즉 이른바 Art by the people, for the people and of the people의 예술"이 되어야 한다고 강조했다.[88]

1927년에 가면 『조선일보』에 강영원康永源의 번역으로 「민중예술의 의의 및 가치」가 3회에 걸쳐 연재되었는데, 이는 원저자를 명시하지는 않았지만 다름 아닌 앞에서 언급한, 일본 민중예술론의 실마리를 열었던 혼마의 논문을 번역한 것이었다.[89]

4 새로운 시대, 새로운 예술

이상에서 살펴보았듯이 1910년대 후반에서 1920년대 초에 걸쳐 일본에서 전개된 민중예술론은 1920년대 전반과 중반에 걸쳐 식민지 조선에도 영향을 주었다. 일본에서 민중예술론은 당초 '다이쇼 데모크라시' 상황에 대응하는 '민중'을 기반으로 민중 '교화운동 기관'으로 제기되었다. 그 후 아나키스트 오스기에 의해 새로운 사회에서 신흥계급의 '구사회'에 대한 '전투기관'으로 그 의미가 전환됨으로써 이어 등장하는 프롤레타리아 문학으로 가는 가교 역할을 하였다. 그 과정에서 민중예술론의 이론적 근거로 자주 원용된 롤랑의『민중예술론』은 오스기에 의해 번역 · 소개되었다. 바로 이 롤랑이 그 기저에 깔린 생명주의의 발상과 함께 '제국'을 횡단하여 식민지 조선으로 이식되었다.

식민지 조선에서도 1920년대 초부터 민중의 시대가 구가되고 신문 · 잡지에 민중예술을 주창하는 글이 등장하기 시작했다. 1920년대 초기의 민중예술론에는 롤랑이 인용되는 동시에 한편으로는 생, 인생, 생활의 차원에서 예술의 민중화를 주장하는 경향이 보였다. 이에 비해 1920년대 중반에 다시 등장한 민중예술론은 롤랑에 기대는 경향이 더 뚜렷해졌다. 그것도 롤랑의『민중예술론』을 번역한 오스기의 저술에 롤랑이 원용되는 경향이 강했다. 이는 곧 이전의 민중예술론에 비하면 새로운 시대의 새로운 예술, 구사회에 대한 투쟁 수단으로서 예술이라는 투쟁성이 더욱 강조되었음을 의미한다. 이는 1920년대에 전개되는 노동자, 농민운동 등 제반 민중운동을 배경으로 그만큼 식민지 조선 사회에서 예술에도 운동성을 요구하게 된 현실의 반영이라고 생각된다. 그뿐만 아니라 이 경향은 어느 정도 이 시기 프로문학의 전개와도 연관이 있을 것으로 추측된다. 그러나 김기진이 롤랑을 비판함으로써 프로문학으로 나아간 것을 고려할 때, 1920년대 중반의 민중예술론과 프로문학의 관계는 여전히 더 탐구가 필요한 문제이다. 이 문제는 향후 과제로 남겨두기로 한다.

박양신

연세대학교 사학과를 졸업하고 일본 홋카이도대학에서 박사학위를 받았다. 단국대학교 동양학연구소 연구교수 등을 거쳐 현재 한림대학교 일본학연구소 연구교수로 있다. 주요 논저로는 「사학 와세다 인맥을 통해 본 일본 · 식민지 조선에서의 식민정책론」, 『아시아문화연구』 39(2015), 「1920년대 후반 한 · 일 비사회주의 농민사상의 공명과 변주: 잡지 『조선농민』과 『農民』을 중심으로」, 『역사문화연구』 51(2014), 「근대 일본의 아나키즘 수용과 조선으로의 접속-크로포트킨사상을 중심으로」, 『일본역사연구』 35(2012) 등이 있다.

집필경위

이 글은 한림대학교 일본학연구소의 공동연구 프로젝트 '제국일본의 문화권력: 학지와 문화매체'의 일환으로 집필되어, 『한림일본학』 22호(2013. 5)에 실린 것이다.

2

홍명희의 '예술', 개념과 운동의 지반: 일본 경유 톨스토이의 비판적 수용

◎

이예안

1 근대적 예술 개념의 태동

한국의 근대를 상징하는 개념은 주로 19세기 말에서 20세기 초에 걸쳐 일본 유학을 경험한 지식인들을 통해 수용되었다. 그 가운데 예술 개념의 수용은 국민, 국가, 자유, 권리 등 정치적 · 사회적 개념의 수용과 비교할 때 특이한 일본 상황을 전제로 한다.

즉, 19세기 후반 일본이 서구로부터 수용한 정치적 · 사회적 개념이 대부분 신속한 논의를 거쳐 정착해간 것과 달리, 근대적 '예술' 개념은 20세기 초가 되어서야 비로소 시민권을 획득할 수 있었다. 한자어 '예술'은 종래 '기술' · '예능' 등의 의미로 통용되어왔다.[1] 그러나 메이지 정부는 'art'의 번역어로 '미술'이라는 용어를 고안해[2] 이를 시각미술로 한정하여 제도화했으며, '미학'을 근대 학제로 설정해갔다.[3] 그 과정을 거쳐 20세기 초에 이르러 비로소 '기술', '미술'과 구별되는 '예술' 개념이 정립되었다.[4] 그리고 이렇게 근대적 '예술' 개념이 정초되고 미에 대한 관심이 증폭됨에 따라 예술과 사회가 어떻게 관련 맺고 있는지를 둘러싼 논의가 일어났다. 와일드Oscar Wilde(1854~1900)의 '예술을 위한 예술'을 수용한 논자들과 톨스토이Lev Nikolaevich Tolstoi(1828~1910)의 '인생을 위한 예술'을 수용한 논자들 사이의 논의가 그것이다. 이는 이어지는 시기에 예술지상주의와 민중예술론이라는 두 흐름을 형성했다.

1900년대 일본으로 건너간 한국의 지식인들은 근대적 '예술' 개념이 형성되어 이를 전제로 예술 논의가 일어나기 시작한 바로 그 현장을 접했다. 당시 한국사회에서 '예술'은 이전의 '재주' · '기술'의 의미에 더하여 'art'의 번역어로서 근대적 '예술'의 의미로 종종 사용되기 시작했으나[5] 개념이 정립된 상태는 아니었다.[6] 그리고 그러한 상황에서 1920년대에 톨스토이의 '인생을 위한 예술'론과 와일드의 '예술을 위한 예술'론을 포함한 예술 논의가 시작되었다.[7] 즉, 근대적 '예술' 개념이 정립되지 않은 상태에서 예술에 관한 논의가 도입 · 전개되었으며, 그러한 가운데 '예술' 개념 정립이 시도되는 특수한 상황이 전개되고 있었던 것이다. 근대 한국의 지식인들은 일본을 경유한 예술 논의를 어떻게 이해했는가? 조선의 자장에서 예술 논의를 전유 · 전개함으로써 획득한 '예술' 개념은 어떤 것인가?

이 글에서는 근대 한국 예술론의 한 축을 담당했던 톨스토이의 '인생을 위한 예술'론을 수용한 지식인으로서 벽초 홍명희洪命憙(1888~1968)에 주목하고자 한다. 근대 한국에서 톨스토이 예술론을 적극적으로 소개 또는 주창한 지식인으로는 김억金億(1896~?), 이광수李光洙(1892~1950), 김유방金惟邦(김찬영金瓚永, 1889~1960), 박영희朴英熙(1901~?) 등을 들 수 있다.[8] 이들에 비해 홍명희는 톨스토이를 적극적으로 소개하지도 추종하지도 않았으며, 오히려 비판적 태도를 관철했다. 그러나 그 가운데에서 이루어진 톨스토이에 대한 공명과 비판적 수용 그리고 독자적 예술 개념의 모색에서는, 오히려 누구보다도 깊숙이 톨스토이 예술론을 이해하고 그 핵심을 조선 사회에 전유하고자 한 고민을 찾아볼 수 있다. 홍명희 예술 개념의 지반으로서 일본 경유 톨스토이에 대한 이해와 비판을 고려할 때 비로소 그의 예술 개념을 텍스트 내부에 머무르는 것이 아니라 사회와 긴밀하게 접속하는 것으로서, 그 전체상을 파악할 수 있게 될 것이다. 이 문제의 선행연구는, 일본 경유 톨스토이 수용에 관한 연구가 주로 최남선崔南善(1890~1957)이 주재한 『소년』 또는 이광수와 관련하여 다소 보이는 한편,[9] 톨스토이 예술론 수용에 관해서는 전반적으로 부족한 상황이다.[10] 무엇보다 홍명희 연구가 종래 『임꺽정』 연구에 치우쳐 부진한 상황이며, 톨스토이 수용에 관한 연구가 한 편일 뿐 예술 개념을 집중적으로 다룬 연구는 없다.[11]

이하에서는 홍명희의 예술 개념을 이해하기 위한 전제로서 메이지 시기 일본의 톨스토이 수용을 검토하고, 그러한 기반에서 홍명희가 톨스토이를 어떻게 이해했는지, 그리고 그 이해의 변천과 더불어 어떠한 예술 개념을 구축하고자 했는지 검토해보자.

2 메이지 시기 일본의 톨스토이 수용

메이지 시기 일본의 지식인들은 톨스토이를 동시대를 살아가는 사상가로서 크게 공감하면서 받아들였다. 일본에서 톨스토이의 이름은 『전쟁과 평화』(1864~1869)가 1886년에 『북구혈전여진: 읍화원류北欧血戦余塵: 泣花怨柳』[12]로 초역되어 나오면서 알려지기 시작했다. 이후 도쿠토미 소호徳富蘇峰가 주재하는 『고쿠민노토모国民之友』 제48호에 실린 「언론의 부자유와 문학의 발달言論の不自由と文学の発達」(1889. 4)과 「노국문학의 태두 톨스토이 백작露国文学の泰斗トルストイ伯」(1890) 그리고 『일본평론日本評論』에 실린 「구주문학欧州の文学」(1890) 등을 통해 소개되었다. 이어서 대표적 자연주의 작가 중 한 사람인 다야마 가타이田山花袋(1871~1930)가 『코사크コサアク兵』(博文館, 1893)를 번역했다. 1897년에 도쿠토미 로카徳富蘆花(1968~1927)가 펴낸 전기 『톨스토이トルストイ』(民友社)는 일본에 톨스토이의 이름을 널리 알리는 결정적 계기가 되었다.

도쿠토미 로카는 소설 『불여귀不如帰』와 수필 『자연과 인생自然と人生』으로 유명한 메이지 시기 베스트셀러 작가이다. 그는 메이지 시기 일본의 프로테스탄트 3파 중 하나인 구마모토밴드의 일원으로, 기독교 정신을 건학 이념으로 삼았던 도시샤학교에서 공부하면서 톨스토이에 심

취했다. 1897년에 펴낸『톨스토이』는 230쪽에 달하는 일본 최초의 본격적인 톨스토이 전기로, 일본에 톨스토이를 소개하는 데 큰 역할을 했다. 또한 1906년에 출판한『순례기행順礼紀行』(警醒社, 1906)은 말 그대로 '그리스도의 족적을 따라' 성지를 순례한 기록인데, 톨스토이에 관한 내용이 전체의 약 3분의 1에 달한다. 그는 순례를 떠난 목적 중 하나로 평소 경모하던 "톨스토이 옹의 얼굴을 보고 싶어"서라고 들며, 일본을 떠나 이집트 · 예루살렘 · 나사렛 등을 거쳐 톨스토이가 사는 마을 야스나야 폴랴나를 방문해 그와 만난 상황과 종교 · 문학 · 사회주의사상 · 혁명에 대해 나눈 대화 내용을 상세하게 기록하였다.

도쿠토미 로카의『톨스토이』는 톨스토이의 '사상적 전환'을 적시하였다는 점에 의의가 있다. 그가 전기를 출판하기 불과 몇 해 전에 톨스토이는『참회』(1879년 집필, 1882년 간행)를 통해 이제껏 자신이 세상에 주요한 감화력을 가지는 '예술가' · '시인'으로서, 이른바 근대문명의 허식과 지식을 상류계층에 팔아 부와 명예를 얻었음을 고백했다. 그리고 이후에는 땀 흘려 일하는 민중의 생활 속에서 원시 기독교적인 독자적 교리를 따라 '신앙가'로 살 것을 선언했다.[13] 이러한 톨스토이의 '회심回心'에 대해 그는 책의 서문에서 "옹이 큰 인물인 것은 문학가로서가 아니라 철인으로서다. 옹이 서구에 알려진 것은 문호로서 저작보다는 오히려 후반생의 저작에 의해서다"라고 지적했다. 또한 본문에「분수령分水嶺」이라는 절을 마련하여 톨스토이가 50세를 기점으로 '문호'에서 '철인'으로 거듭났으며, 철인 톨스토이야말로 위대한 인물이라고 강조했다.[14]

1880년대 후반 제정러시아에서는 톨스토이가『참회』에서 표명한 종교적 · 도덕적 사상의 영향으로 '톨스토이운동'이 일어나고 있었다. 한편 도쿠토미 로카의 톨스토이 전기가 나온 1890년대 후반 톨스토이는 『전쟁과 평화』, 『안나 카레니나』 등으로 러시아에서는 물론 영국, 프랑스, 독일 등 서구에서도 위대한 작가로 평판이 난 상태였다. 그 무렵 톨스토이의 위상을 고려하면, 도쿠토미 로카가 톨스토이는 더 이상 문호가 아니라 철인이며 그렇기에 위대하다고 평가한 것은 독실한 기독교 신자인 그 자신의 개인적 판단이 다분히 작용한 감이 있다. 당대의 베스트셀러 작가인 도쿠토미 로카가 일본 최초의 톨스토이 전기에서 소개한 톨스토이상이 이후 일본의 톨스토이 수용을 특징짓게 된다. 수용 주체에 따라 크게 종교계 · 사회주의사상계 · 문학계로 구분해볼 수 있다.[15]

1890년 이후 메이지 말기의 일본에서 우선 프로테스탄트 계열과 니콜라이신학교 계열 인사들이 톨스토이를 '철인', '예언자', '인격자'로 받아들였다. 그들에게 톨스토이의 『참회』와 『나의 종교』는 바이블로 여겨졌으며 같은 계열 잡지와 신문에 톨스토이의 생활, 신앙, 인격 등을 다룬 글이 적극적으로 소개되었다.

그러한 톨스토이가 러일전쟁 개시를 비판하여 쓴 「회개하라悔い改めよ」를 발표하자, 프로테스탄트 계열 사회주의자들은 열렬히 환영했다. 1904년 6월 27일자 『런던타임스』에 게재된 「회개하라」는 약 한 달 뒤 헤이민샤平民社의 고토쿠 슈스이幸徳秋水(1871~1911), 사카이 도시히코堺利彦(1871~1933)가 번역해 『헤이민신문平民新聞』에 「톨스토이 옹의 러일전쟁론トルストイ翁の日露戦争論」으로 실었다. 헤이민샤그룹은 창간 초기부터 평민주의 · 사회주의 · 평화주의를 내걸고 톨스토이사상을 근간으로 했다. 그중에서도 톨스토이에 가장 경도된 이는 기노시타 나오에木下尚江(1869~1937)였다. 메이지 시기의 대표적 사회주의 문학으로 꼽히는 『불기둥火の柱』(1904)의 저자인 기노시타는 베벨August Bebel(1840~1913)과 크로포트킨Pyotr Alekseevich Kropotkin(1842~1921)을 칭송하면서 "그러나 내가 정신적으로 가장 애모하고 끌리는 사람은 바로 톨스토이다"라고 밝혔다.[16)]

그리고 마지막으로 '문학가'로서 톨스토이가 부각되었다. 일찍이 모리타 시켄森田思軒·모리 오가이森鷗外·고다 로한幸田露伴 등이 번역해 소개한 것도 있었지만, 문단에서 톨스토이가 크게 영향력을 행사하게 되는 것은 1910년 이후 시라카바白樺파가 등장하면서였다. 시라카바파의 인도주의와 이상주의 표방은 무샤노코지 사네아쓰武者小路実篤의 '새로운 마을新しき村'운동, 아리시마 다케오有島武郎의 농지해방운동 등 민중·농민 생활을 중심으로 한 실천문학의 형태로 나타났다.

한편 톨스토이는 '전환기'를 선언한 이후 약 10년에 걸쳐 고심한 끝에 『예술이란 무엇인가』(1897~1898)를 완성했다. 거기에서 톨스토이는 예술의 기초로서 근대 미학에서 말하는 '미'를 부정함으로써 논의의 출발점을 마련했다. 예술이란 인간 생활의 경험에서 우러나는 것을 다른 사람 마음에 감염시키는 행위이며, 가장 가치 있는 감정은 종교적 감정, 즉 '선'이다. 과학적 '진리' 또한 종교적 '선'에 부합하는 한에서 타당하다. 즉, 예술을 미로 정의하는 관점이 지배계층의 쾌락 추구를 정당화하고 종교적 세계관의 상실과 도덕적 타락을 야기했으며, 작금의 퇴폐적인 이른바 문명을 만들어냈다고 비판했다. 톨스토이에 따르면 '인간'의 감정을 이끌어내서 '감염'에 의해 최고 가치로서 종교적 '선'에 모두가 공명하도록 인도하는 것이 바로 '예술'이다. 즉 농민, 민중을 중심으로 전 인류를 시야에 넣고 감정의 융합에 따라 폭력 대신 사랑이 감싸는 신의 왕국을 건설하는 일, 이것이 바로 참된 예술의 사명이라는 것이다. 그러기 위해서 예술은 특권계층이 숭고한 미를 추구하는 것을 의미하는 것이 아니라 민중도 쉽게 이해할 수 있는 간결하고 단순한 것이어야 한다. 이전의 『참회』에서 근대의 서구문명과 특권계층에 영합하는 예술을 비판하면서 '예술가' 포기를 선언했던 톨스토이가 『예술이란 무엇인가』를 통해 참된 예술과 예술가 개념을 발견한 것이다. 이것이 곧 '인생을 위한 예술'론의 핵심이다.

일본에서 톨스토이주의가 선풍을 일으키는 가운데 『예술이란 무엇인가』는 즉각 반응을 불러일으켰다. 이 책이 나온 1898년 니콜라이신학교 출신의 사이카이시 시즈카西海枝静는 「톨스토이 옹의 신미술론トルストイ翁の新美術論」이라는 제목의 글에서 다음과 같이 평했다. "옹은 요즈음 「예술이란 무엇인가」라는 제목의 논문 한 편을 철학 잡지에 기고하여 심미審美사상을 세상에 밝혔다. 이에 갑론을박하여 러시아 비평계는 소리 높여 시시비비를 가리는데 어떻든 그것은 러시아 사상계에 작은 파란을 일으키며 단조로운 문단을 깨뜨린 논문이다."[17]

이후 1901년 『고쿠민신문』에 「톨스토이 백작의 예술론トルストイ伯の芸術論」이 실리고, 이의 반향으로 1902년 하세가와 덴케이長谷川天渓(1876~1940)의 「톨스토이의 예술론トルストイの芸術論」이 나왔다.[18] 하세가와는 톨스토이 예술론의 논지는 심오함이 없고 평범하며 논의가 충분히 전개되지 않은 감이 있지만 그 평범함 가운데 빛나는 부분이 있어 가치

가 있다고 평하면서 다음과 같이 말을 이었다. "다만 한마디 덧붙이자면 그 출발점이 특이하다는 점에서 역시 톨스토이 백작이다. 세상이 모두 예술을 예술이라고 하는 때에 그러한 출발점에 선 것이다. 이는 탁견이 아니면 불가능하다. 또한 당대의 예술을 공격함에 다소 극단적인 면도 있지만 돌연 병폐를 적시하는 바가 있다." 톨스토이 예술론의 과격성을 의식하면서도 그의 논의가 기존의 예술 개념을 대담하게 부정하고 새롭고 파격적인 예술 개념을 제시하는 데 놀라움을 나타낸 것이다. 그러나 하세가와는 기본적으로 톨스토이사상에 대해, "그의 말과 행동은 부자의 도락에 지나지 않는다. 실제 사회에 응용할 수 없는 공상에 지나지 않는다고 생각한다"며 부정적인 견해를 표했다. 톨스토이가 제시하는 사상을 "윤리서나 기독교 성전으로 구성된 인생관 즉 서재 안의 인생관"에 지나지 않는다고 판단했으며, 톨스토이의 예술론에 대해서도 같은 견해였다.[19)]

이러한 하세가와의 이해는 시마무라 호게쓰島村抱月에게도 공통되는 것이었다. 시마무라는 1906년 「사로잡힌 문예囚はれた文芸」에서 19세기의 문예가 지식과 주의에 사로잡힌 상태임을 논하면서 톨스토이에 대해 다음과 같이 언급했다. "톨스토이의 문예는 실로 종교적이다. 그가 종교에 사로잡혔다는 것은 바로 그런 의미이다. 기독교의 교의는 대체로 너무 명확하다. 사랑이라는 한 단어, 지엽적인 해석은 얼마간 있겠지만 그 근본적 주의는 대부분 자명하다. 직각直覚이며 그 범위가 너무 광대하여 추상적이 되고 자극력을 잃는다. 이러한 이유로 나는 이것이 문예 전반의 생명이 될 제목은 아니라고 판단한다. 감정의 바다는 끝이 없다. 만약 일체의 문예가 사랑의 설법이어야 한다고 한다면 백 가지 폐단이 일어날 것

이다."[20] 시마무라는 톨스토이의 예술론에서 궁극적으로 지향하는 '신의 왕국'의 교리, 즉 '사랑'이라는 '감정'을 비판한 것이다.

위와 같이 일본에서는 톨스토이 예술론에 대해 찬반양론이 비등했는데, 이 무렵 일본 초기 사회주의사상이 형성되면서 톨스토이와 그의 예술론이 재평가되기 시작했다. 나카지마 고토中島孤島는 「가면을 벗어야 할 때가 왔다仮面を脱するときが来たり」라는 글에서 톨스토이의 예술론에 대해, 그 기발함의 충격을 언급하면서 다음과 같이 말했다. "톨스토이는 예술론에서 현대의 예술을 통렬히 공격하는데, 사람들은 자칫 그 과격함을 보고 논의가 중심을 잃었다고 나무라려 한다. 그러나 그가 제시하는 근본적인 의문에 대해 그 누가 그와 같이 직재直裁할 수 있으랴."[21] 나카지마는 톨스토이 예술론의 핵심을 이해했으며, 톨스토이 예술론을 비판하는 자들에게 사상의 개척가로서 톨스토이의 가치를 일깨웠다. 이 글을 쓴 해인 1906년 나카지마는 잡지 『화편火鞭』에 「예술이란 무엇인가芸術とは何か」에 관한 짧은 소개 글을 게재했다.[22]

톨스토이가 『예술이란 무엇인가』를 발표한 1897~1898년경, 일본에서는 이에 즉각 반응을 보였지만 번역은 되지 않은 상황이었다. 이는 위와 같이 주요 문단이 그의 예술론의 취지에 달갑게 반응하지 않았던 점에 기인하는지도 모르겠다. 그러나 1904년 러일전쟁 비판론인 「회개하라」가 번역 · 발표된 이후 일본에서 톨스토이는 이전의 문학가, 종교가로서보다 비전론非戦論, 평화주의, 인도주의, 박애주의 사상가로서 크게 주목받게 되었다. 바로 이 시기인 1906년 가을 『예술이란 무엇인가』는 드디어 『예술론』(博文館)으로 번역 · 출판되었다. 그리고 톨스토이 예술론은,

한편으로 예술지상주의 경향의 '예술을 위한 예술'에 대한 안티테제로서 '인생을 위한 예술'을 표방하며 이후 다이쇼 시기의 시라카바파, 프롤레타리아 문학운동으로 이어진다.

3 일본 유학 시기 홍명희의 톨스토이 이해[23)]

일본에서 톨스토이의『예술론』이 출판된 1906년 홍명희는 일본에 도착했다.[24)] 그가 유학길에 오를 때 부친 홍범식洪範植(1871~1910)도 주위 지인들도 '메이지대학 법과나 와세다대학 정경과'에 진학해 법학이나 정치학을 공부할 것을 기대했으나, 그는 '신학문을 기초부터 시작하기 위해서'라는 생각으로 굳이 중학교부터 공부하는 길을 택했다. 그런데 그는 곧 학과 공부보다는 광범한 독서, 특히 문학서적 탐독에 빠져들었다.[25)] 한편으로는 영국 시인 바이런Baron Byron(1788~1824)의 낭만주의 · 퇴폐주의 · 악마주의적 작품을 탐독하고 인간 내면의 일그러진 심리, 적나라한 묘사 등을 특징으로 하는 일본 자연주의 작품들에 빠져들었으며, 다른 한편으로는 러시아문학 전공을 목표로 해서 번역된 책은 모두 읽어볼 정도로 러시아문학 공부에 열의를 쏟았다.[26)] 특히 톨스토이에 대해서는 "세계적 위인이라고 떠드는 톨스토이건만 당시 도쿄에 있는 조선인 유학생 몇백 명 중에는 톨스토이의 이름을 아는 사람도 몇 사람이 못 되었다. 톨스토이의 작품을 단 한 권이라도 본 사람은 드물기가 새벽하늘의 별과 같아서 나의 아는 범위로는 3~4인에 불과하다"고 말하며 당대 러시아문학에 대한 자신의 식견에 자부심을 내비쳤다.[27] 여기에서 '3~4인'이란 같은 시기 도쿄에 유학하고 있던 최남선, 이광수 등을 일컫는다. 조선의 '동경삼재'로 호명되던 최남선, 이광수, 홍명희가 당시 일본의 신학문과 신사상을 최전선에서 흡수하고 있었음을 엿볼 수 있는 대목이다.

그런데 이 무렵의 홍명희가 러시아문학 작품들 가운데 높이 평가한 것은 도스토옙스키Fyodor Dostoevskii(1821~1881)의 『죄와 벌』, 『백치』 등이었다. 이에 비해 톨스토이에 대해서는 "러시아 작가라 해도 나는 톨스토이에 대해서는 불만이었지요"라고까지 단언했다.[28] 그의 톨스토이 평가는 반드시 긍정적이지만 않았다. 오히려 홍명희는 톨스토이 비판을 거듭해 가는데, 그 과정에서 부단히 재해석한 점에서 그의 톨스토이 이해는 특징적이다. 그러한 홍명희의 톨스토이 이해와 이해의 변천은 근대 일본에서 형성된 톨스토이상과 관련해 파악할 필요가 있다. 즉, 앞에서 메이지 시기 일본의 톨스토이 수용의 세 측면으로 기독교 계열 · 초기 사회주의 계열 · 문단으로 나누어 살펴보았는데, 그 각각에 대한 반응으로서 홍명희의 톨스토이 이해를 검토할 필요가 있다.

먼저 유학 시절 자신의 톨스토이 이해를 결정지은 계기를 홍명희는 다음과 같이 말했다. "나는 덕부노화德富蘆花의 『순례기행』으로 톨스토이라는 인물이 러시아 시골 야스나야 폴라냐에 있는 줄을 알고 『19세기의 예언자十九世紀之予言者』(작자 씨명은 잊었다)라는 책에서 칼라일, 러스킨과 같이 톨스토이가 신복음新福音을 창도唱導하는 사람인 줄 알고 그 문학적 작품이라는 것이 모두 예수교 냄새가 나려니 지레짐작하였다." 홍명희는 톨스토이를 처음 알게 된 계기로 도쿠토미 로카의 『순례기행』을 들고, 『19세기의 예언자』라는 책을 보고 톨스토이를 기독교 색채가 강한 작가로 인식했음을 밝혔다. 도쿠토미 로카의 『순례기행』은 앞서 서술한 바와 같다. 한편 홍명희가 '작자 씨명은 잊었다'고 한 책은 조사해보니, 워드May Alden Ward(1853~1918)가 저술하고 스미야 텐라이住谷天来(1869~1944)가 번역 · 보충한 『19세기의 예언자』(警醒社, 1903)였다. 스미야는 목사이자 저널리스트로서 러일전쟁에 대한 우치무라 간조内村鑑三의 비전론에 공감하여 활동한 기독교 평화주의자이다.[29] 『19세기의 예언자』는 「번역자 서문」, 「원저자 서문」, 「제1편 토머스 칼라일과 노동의 복음」, 「제2편 사회개혁가로서 존 러스킨」, 「제3편 톨스토이 백작의 복음」으로 구성되어 있다.[30] 원저자가 톨스토이를 기독교 정신의 구현자로 제시했음을 알 수 있는데, 이에 더하여 번역자는 서문에서 이 세 예언자에 따라 혼탁한 세상을 개혁하여 '이상의 왕국理想の天国, Kindom of God'으로 나아가자고 했다.

그 밖에 홍명희는 당시 일본에 번역된 톨스토이 작품 대부분, 즉 초기작 『코사크』 · 『세바스토폴리』를 비롯해 『바보 이반』 · 『납촉蠟燭』 · 『사람은 얼마나 넓은 토지가 필요한가』 등의 소품과 『인도주의』 · 『나의 종교』 · 『나의 참회』 등을 읽었다. 그러나 홍명희에 따르면 소품은 시시했고, 종교적 색채가 강한 글들에 대해서는 "나는 예수교를 공연히 싫어하던 때라" 거부감을 느꼈으며, "톨스토이가 그때 나에게는 글 짓는 복음사福音師로 눈에 비치는데다가 순순히 후생을 훈도하는 태도가 비위에 받지 아니"하였다고 밝혔다.[31] 즉 일본에서 처음 접한 톨스토이 글이 기독교 계열이 소개한 것이었다는 점, 홍명희 자신이 기독교에 거부감을 가진 시기였다는 점, 그리고 당시 번역되어 입수할 수 있었던 톨스토이 작품에서는 문학적 가치를 느끼지 못했다는 점이 맞물려 톨스토이 이해가 '시시한 작품'을 쓰는 '글 짓는 복음사'로 성립된 것이다.[32]

그런데 홍명희는 우치다 로안內田魯庵의 번역으로 『부활』(1905)을 읽은 후 톨스토이에 대한 생각이 차츰 달라져 『안나 카레니나』나 『전쟁과 평화』의 번역을 이중역이든 삼중역이든 '턱이 떨어지도록 바라는 신세'가 되었다고 밝혔다. 그 후 홍명희는 일본어로 번역된 톨스토이 작품은 가능한 한 모두 구해 보았다고 한다. 그럼에도 톨스토이 비판은 계속했다. "톨스토이에 대한 나의 생각이 처음과는 대단히 달라져서 복음사로만 여기지는 않게 되었으나 예술가로 종교가가 된 것을 무슨 변절이나 한 것처럼 생각하여 맘에 마땅치 못하였다. 문예를 좋아하는 청년으로 그의 『예술은 무엇이냐』를 내려볼 때 그런 생각이 더욱 깊었다."[33] 홍명희는 톨스토이를 이전에는 '종교가'로 판단하여 평가하지 않았지만 그의 후기 작품을 읽은 후 비로소 '예술가'로서 톨스토이의 작품을 평가하게 되었다. 그러나 도대체 왜 이런 예술가가 종교가가 되었는가에 대한 불만을 떨치지 못했다. 그리고 이러한 그의 안타까움은 『예술이란 무엇인가』를 읽고 난 뒤 더욱 깊어졌다는 것이다.

톨스토이가 예술가에서 종교가로 전환한 것은 앞에서 보았듯이 톨스토이 자신의 고백에 따른 것이며, 또한 이는 도쿠토미 로카가 톨스토이 전기에서 강조한 바이기도 하다. 그리고 이러한 톨스토이의 고백은 이후 많은 논자가 해석했는데, 홍명희 또한 이를 원용했다. 예컨대 로맹 롤랑Romain Rolland(1866~1944)은 톨스토이 안에 '예술가'로서의 인격과 '종교가'로서의 인격이 상호 침해하는 일 없이 완전히 발달하며 양립했다고 보았는데[34] 이러한 견해에 대해 홍명희는, 톨스토이가 50세 이후 예술가이기를 거부하고 창작에 전념하지 않은 것은 종교가적 인격이 압도적이었던 까닭이나, 동시에 종교가로서 대성하지 못한 것은 종교 신앙을 분석하는 예술가적 인격이 있었기 때문이라고 반박했다. 그러므로 두 인격이 상호 침해하지 않은 것은 아니라는 것이다. 홍명희는 톨스토이에 대해 예술가적 인격과 종교가적 인격이 갈등을 빚으면서 공존했으며, 후자가 우위인 상태이나 그렇다고 해서 톨스토이가 종교가로서 대성한 것도 아니라고 해석했다. 그리고 그럼에도 그 갈등으로 인한 모순을 포기하지 않고 예민한 양심으로 극복하고자 80세 노령까지 분투한 데에 그의 위대함이 있다고 평가했다.[35]

이러한 홍명희의 톨스토이 이해는 일본 유학 시절 같은 시기에 톨스토이를 접했던 최남선과도 이광수와도 크게 다르다. 최남선은 신문관을 설립하고『소년』창간호(1908. 11)에서 최초로 톨스토이를 언급한 후 번역 소개를 계속해나갔다. 제2권 제6호(1909. 7)에서는 톨스토이를 '현 시대의 최대 위인=그리스도 이후의 최대 인격'으로 소개하면서 '문학가'로 이름을 떨치던 때는 지나갔다고 단언했다. 최남선은 톨스토이사상의 윤리적 측면을 부각해 '노동'사상을 제시하고자 했다. 그리고 그러한 의도에 따라 그는 일본에서 소개된「톨스토이즘 강령」(총 8항)[36]을 한글로 번역할 때, 현대문명과 국가제도에 대한 비판을 주지로 하는 1~3항, 7항 일부는 생략 또는 수정하고 나머지 부분만 번역해 소개했다. 즉 그는 톨스토이의 문명비판, 사회비판사상을 주지하면서도 "아직 우리 소년에게 필요치 아니"

하다는 결정 아래 삭제했고,[37] 거기에서 톨스토이는 문명부국이라는 목표를 달성하기 위한 개인적 덕성 수양, 노동의 중요성을 설파하는 종교적 윤리로 작동하게 된다. 최남선의 신문관은 '톨스토이언 그룹 형성의 사상적 거점'으로 평가되는바, 한국의 톨스토이언들이 일본 사회주의 계열의 톨스토이 이해를 간과하고 톨스토이사상 자체에서 멀어진 것은 여기에서 비롯했다.[38]

한편, 평생 톨스토이언을 자처한 이광수는 '예수의 제자' 톨스토이의 박애주의 · 비폭력주의 · 무저항주의를 추앙했으나, 이는 사회비판 의식으로 이어지지 않고 기독교와 법화경이라는 종교의 세계로 그를 이끌었다.[39] 그와 동시에 이광수는 본인의 예술관에 가장 큰 영향을 준 사람으로 '예술가' 톨스토이를 꼽았다.[40] 이광수에게 톨스토이는 종교가인 동시에 예술가였는데, "왜 그런고 하면, 톨스토이에 있어서는 인생은 곧 종교요, 예술은 그것의 표현이기 때문"이었다.[41] 최남선이 종교가 톨스토이를 계몽의 전도사로 활용했다면, 이광수는 '인생'을 현실에서 탈피한 '종교'의 세계로 끌어올려 추상화하기 위해 종교가 톨스토이에 주목했다. 그리고 그는 톨스토이의 예술론을 따라 '인생을 위한 예술'을 표방했으나, 그 목적으로 정치적 · 사회적 개혁이 아닌 개개인의 내적 '인생의 도덕화'를 주창함으로써 탈현실적 관념론에 침잠해갔다.

이들과 대조적으로 홍명희는 톨스토이사상의 종교적 요소에 대한 비판을 거듭하면서 종교가와 예술가 양면 각각에 찬반이 엇갈리는 평가를 내렸다. 앞에서 설명했듯이 홍명희가 도착한 1906년 일본에서 톨스토이는 「회개하라」를 통해 고토쿠 슈스이, 사카이 도시히코 등 초기 사회주의

사상 계열에 큰 반향을 불러일으켰으며, 이를 배경으로 『예술이란 무엇인가』가 일본어로 번역·출판되어 논의되었다. 당시 홍명희는 크로포트킨의 『빵의 약탈』, 기노시타의 『불기둥』 등 아나키즘·사회주의사상 서적을 읽었고, 또한 톨스토이의 『예술이란 무엇인가』를 읽고 있었다.[42]

이상에서 살펴보았듯이 이 무렵 홍명희는 톨스토이에 대해 일본에서 부각된 종교적인 면에 비판적 태도를 견지하는 한편, 톨스토이사상으로 촉발된 일본의 초기 사회주의사상을 접했지만 그에 대해 명확한 비전을 갖고 있지는 않았던 듯하다. 동시에 『예술이란 무엇인가』를 통해서 톨스토이 예술론의 의의를 재발견하고 그에 공감했으나, 그 예술론이 지향하는 종교적 측면에는 여전히 비판적 시선을 보냈다. 홍명희의 이러한 톨스토이 비판과 이에 기초한 다층적인 톨스토이 이해는 그를 마르크스주의와 프롤레타리아 예술론으로 견인하는 원동력으로 작동하게 된다.

4 톨스토이 예술론의 비판적 수용과 프롤레타리아 예술론

홍명희가 일본에서 귀국한 1910년 여름, 금산군수로 재직하던 부친 홍범식이 경술국치를 당해 아들에게 조국 독립의 유언을 남기고 순국하자, 그는 큰 충격에 휩싸여 1912년 돌연 중국으로 망명했다. 이후 1918년까지 만주, 상해, 싱가포르 등을 전전하며 정인보鄭寅普(1893~1950), 박은식朴殷植(1859~1925), 김규식金奎植(1881~1950), 신채호申采浩(1880~1936) 등과 함께 해외 독립운동 단체인 동제사同済社에서 활동했다. 귀국한 다음

해인 1919년 향리 괴산에서 만세시위를 주도해 체포되었다가 이듬해 출감했다.

옥고를 치르고 나온 홍명희는 새로운 실천사상으로서 마르크스 사회주의사상에 적극적으로 관심을 보였다. 위에서 검토했듯이 홍명희는 톨스토이의 예술론에 공명하면서도 민중을 결집하여 기독교에 근거한 신의 왕국을 구현하자는 종교적 이상주의를 거부해왔다. 그러한 홍명희에게 과학적 사회주의를 표방한 마르크스 유물사관은 민족해방운동을 뒷받침할 구체적 이론으로 다가왔을 터이다.[43] 아들 홍기문과 주위의 말을 종합해보면, 1920년 무렵 홍명희는 마르크스주의 러시아 원서를 탐독했으며 일본의 가와카미 하지메河上肇, 야마카와 히토시山川均 등의 책을 구입해서 보며 '신사상' 연구에 여념이 없었다.[44] 1923년 사회주의 연구단체인 신사상연구회의 창립 멤버로 참여한 이래[45] 그 후신인 마르크스주의 행동단체 화요회의 간부로 활동했으며,[46] 1926년에는 카프KARF(조선프롤레타리아예술가동맹)의 준기관지 『문예운동』에 프롤레타리아 예술운동의 테제에 상당하는 글들을 기고했다. 민족해방운동을 이끌 새로운 이론을 모색한 것인데, 이에 홍명희는 마르크스주의 '예술' 개념을 주축으로 삼고자 했다.

홍명희가 마르크스 사회주의사상을 기틀로 예술 개념을 주창한 글로는 『문예운동』 제1호와 제2호에 각각 실린 「신흥문예의 운동」과 「예술기원론의 일절」이 주목된다. 홍명희는 카프에 가입하지는 않았지만, '프로문학 진영의 대선배로 대접'받으며 카프와 일정한 관계를 맺고 있었다.[47] 월탄 박종화朴鍾和(1901~1981)가 지적했듯이 1923년 무렵부터 조선문단에는 '부르주아 예술 대 프롤레타리아 예술'이 대치되는 국면이 싹텄으며, 팔봉 김기진金基鎭(1903~1985) · 회월 박영희 등이 기존 문단에 맞서는 신경향파로서 '유물사관'에 근거한 '민족예술', '계급문학'을 주창하며 활동하고 있었다. 그러나 백철白鉄(1908~1985)의 평가에 따르면 "그 경향은 당시에 신시대라고 생각되던 시대 조류에 통하는 것이었지만, 아직도 완전한 계급문학까지는 나아가지 못한 막연한 정열과 기분의 문학"이었다.[48] 즉 신경향파 문학운동은 계급문학을 자처하면서도 확고한 조직성이 부족한 것으로, 뒤에 오는 '프롤레타리아 문학을 위한 일종의 준비기 문학'이었다고 평가된다.[49] 이러한 상황에서 1925년 카프를 결성하고 이듬해 준기관지로 발행한 『문예운동』 창간호와 제2호에 연속 게재된 홍명희의 글은 프롤레타리아 예술운동의 근본이념과 의의를 제시하고 그 출발을 알린 고동으로 자리매김할 수 있을 것이다.

「신흥문예의 운동」은 『문예운동』 제1호의 창간사에 상당하는 글로서 중요한데, 거기에서 홍명희는 이상적인 예술의 기원을 원시예술론에서 추구하면서 원시예술은 '생활'에 밀착되어 있는 점에 그 의의가 있다고 밝혔다. 그리고 이러한 사고에 의거하여 '예술을 위한 예술'을 어불성설로 간주하고 '실재'나 '생활'과 밀접하게 연관된 '예술', '생활' 자체인 '예술'을 주장했다. 이로써 비로소 금일의 시대사조인 '사회 변혁, 계급 타파, 대항, 해방 등의 사상'을 중심 사상으로 한 이 시대의 문예로서 '유산계급문학에 대항하여 일어난 문예', 진정한 '신흥 문예'가 성립할 것이며 이것이 '마르크스 · 엥겔스로부터 계통받은 사회주의 경제사상을 다분히 가질 것'은 당연하다는 것이었다.[50] 이러한 명제를 이론적으로 설명한 글이 『문예운동』 제2호에 실린 「예술기원론의 일절」이다.

「예술기원론의 일절」 첫머리는, 헤겔Georg Wilhelm Friedrich Hegel(1770~1831)의 유심론이 풍미한 지난 사상계에 대해 "물物의 진행이 이념의 진행을 규정한다. 또는 생활의 진행이 사상의 진행을 규정한다"는 '상식적'·'과학적' 근거에 기반을 두고 마르크스사적 유물론의 대두를 알리고 그 요지를 설명하면서 시작한다. 그리고 역사의 유물론적 설명을 명백히 하고자 한다면 원시예술 연구에서 구하는 것이 타당하다고 밝힌다. "대체 예술은 경제 기초상에 건설된 상층구조의 일부로 이데올로기의 발전을 따라 발생한 것이요, 이데올로기의 최초 현상은 언어"이며, "이 언어의 기원이 바로 노동의 과정과 밀접한 관계"에 있기 때문이다. "현금 노동자의 '어차' 소리가 곧 언어의 원형"이라는 것이다. 즉 '노동 과정'에서 '언어'가 발생했으므로 이 '언어의 예술'인 '시가'와 '실생활'이 밀접함은 당연하며, 조각이나 무용 등을 포함한 '모든 예술의 근본이 실생활'에 있다는 것이다. '실생활의 반역자인 관념적 예술'을 비과학적인 것으로 부정하고, "일체 원시예술이 실생활의 연장이 아니면 곧 실생활의 고조이던 것은 과학적으로 연구된 바의 사실이 설명하고도 남음이 있다 할 것이다"라는 확언으로 홍명희는 글을 맺었다.[51] 두 글에서 당시 홍명희가 마르크스사적 유물론에 확신을 가지고 프롤레타리아 예술운동에 관여하고자 했으며, 실생활 속의 노동이 곧 예술로 이어진다고 이해했음을 알 수 있다.

주목하고 싶은 점은, 홍명희가 제시하는 마르크스주의 예술론의 골조에서 레닌Vladimir Il'ich Lenin(1870~1924)이 수정한 톨스토이사상과 마르크스주의의 접합을 발견할 수 있다는 것이다. 일찍이 레닌은 「러시아혁명의 거울로서 톨스토이」에서 톨스토이에 대해 '위대한 예술가', 기존 질서에 대한 '날카로운 비판가'로 인정하는 한편, '예수 그리스도의 옷을 입은 어릿광대', '수동성의 설교자'로 표현하며 그 종교적 지향성을 호되게 비판했다.[52] 또한 그는 1905년 러시아혁명이 실패한 원인 중 하나로 '악에 대한 톨스토이의 무저항'을 꼽고, 그 모순된 모습을 가감 없이 비추는 '거울'로서 톨스토이를 제시했다.[53] 그러나 레닌에게 톨스토이는 '종교'적인 요소만 제외하면 러시아에 마르크스주의를 이식하는 근간으로서 더할 나위 없이 유용한 존재였다. 1910년 톨스토이가 죽은 뒤 레닌은 즉시 논문을 발표하여, "톨스토이는 죽었지만 그가 남긴 유산으로부터 러시아 프롤레타리아트와 대중과 수백만 사회주의적 투사의 단결된 군대의 결합을 배우도록 요청"했다.[54] 그리하여 레닌은 톨스토이의 예술론에서 지향하는 '종교'를 '혁명'으로 대체하고, 그렇게 수정된 예술론을 마르크스주의로 포섭함으로써 러시아적 프롤레타리아 예술운동론의 기틀을 마련했다.

일본의 사상계에서도 그러한 러시아의 동향에 따라 1920년을 기점으로 이전의 톨스토이주의 열풍은 식고 마르크스주의로 옮겨갔다. 그리고 그에 따라 마르크스 · 레닌주의에서 톨스토이 예술론과 마르크스주의의 관련성에 주목하는 움직임이 일어나고 있었다. 1920년대 후반 이래 위에 언급한 레닌의 논문 「러시아혁명의 거울로서 톨스토이」가 번역되었으며,[55] 톨스토이와 마르크스의 연관성을 검토하면서 예술의 기원을 모색한 논저[56] 그리고 위에 언급한 레닌의 톨스토이론과 소비에트 예술국의 「톨스토이에 관한 테제」를 포함하는 『마르크스주의자가 본 톨스토이』

가 번역되었다.[57] 또한 1930년대 들어서는 레닌의 톨스토이주의 종교론 비판을 주지로 하는 반종교론이 번역되었으며,[58] 톨스토이와 마르크스주의를 총체적으로 다룬 『톨스토이연구』가 번역되기도 했다. 그 안에는 레닌의 「러시아혁명의 거울로서 톨스토이」, 「레프 톨스토이」, 플레하노프Georgii Valentinovich Plekhanov(1856~1918)의 「카를 마르크스와 레프 톨스토이」, 악셀로트Pavel Borisovich Akselrod(1850~1928)의 「톨스토이의 예술 이론에 대해」 등이 수록되어 있다.[59] 한편 홍명희가 읽었다는 가와카미는 1906년 톨스토이의 저서를 번역 · 소개할 때 톨스토이사상의 비합리적 · 비이성적인 부분을 인정하면서도 그 사상이 현대문명의 폐해에 일침을 가하는 데 의의가 있다고 인정한 바 있다.[60] 1920년 무렵부터는 마르크스 유물사관을 본격적으로 소개했으며,[61] 레닌 연구에 몰두했다.[62] 야마카와 또한 마르크스 · 레닌주의를 중심으로 무산계급과 사회주의 문제를 지속적으로 다루었다.[63] 홍명희는 러시아어 원서나 일본어 번역서를 통해 레닌식으로 수정된 톨스토이 그리고 그러한 마르크스주의 예술론을 새로운 민족운동론으로 수용하면서 프롤레타리아 예술론을 제시하고자 했던 것이다.

지금까지 검토했듯이, 홍명희는 톨스토이의 종교론을 비판하는 시기를 거쳐 마르크스 · 레닌주의 예술론으로 나아갔다. 즉, 레닌식으로 수정된 톨스토이 이해와 마르크스주의 예술론에 공감했던 것이다. 그러나 홍명희는 이하에서 보듯이 민족협동전선을 지향하면서 마르크스 · 레닌주의 예술론과 일정한 거리를 두며 톨스토이를 재검토하게 된다. 바꾸어 말하면 그는 조선민족운동의 예술론으로서 마르크스 · 레닌주의의 톨스토이 예술론에 만족하지 못하게 되었을 때, 톨스토이 예술론 자체를 재검토 · 재평가하면서 독자적 예술 개념을 성찰하기 시작한 것이다. 그때 홍명희의 사유에서 '톨스토이'와 '예술' 그리고 '조선'이 어떻게 서로 새롭게 이어지는지 살펴보자.

5 '조선적인 것'의 행방과 '예술'의 유보

1927년 이후 홍명희는 민족주의 진영과 사회주의 진영이 제휴한 민족협동전선 신간회 창립과 활동에 전념했고, 카프가 제1차 방향 전환을 하면서 양자의 관계는 더 발전하지 않았다.[64] 양자가 결별한 원인은 카프가 소모적 이론 논쟁에 치중했기 때문이었다고 하나, 무엇보다 신간회 창립을 계기로 이후 홍명희가 좌우합동 민족운동을 지향해나갔기 때문일 것이다. 「신간회의 사명」에서 홍명희는 '목하 우리 민중의 정치적 의식'에 대한 각성이 곧 '민족적 운동의 전제'가 될 것이며, "대체 신간회의 나갈 길은 민족운동만으로 보면 가장 왼편 길이나 사회주의운동까지 겸치어 생각하면 중간 길이 될 것"[65]이라고 제시했다. 좌우합동 민족운동을 추진하기 위해 사회주의와 민족주의 어느 쪽에도 치우지지 않고 양 갈래 노선의 합류를 시도한 것이다. 그렇기에 그는 마르크스주의 예술론에 근거하면서도 이와 거리를 유지하며, '조선 민족' 전체를 아우를 수 있는 공통 기반으로서 또 다른 예술 개념을 모색해갔다.

이러한 홍명희의 시도는 1929년 『신소설』 창간사」에 잘 드러나 있다.

"예술의 상아탑은 깨진 지 오래다.", "모든 예술가는 시대적 수요에 살고 시대적 수요에 죽는다"는 민중예술론을 테제로 그는 두 가지 기본 질문을 던졌다. "조선 사람도 예술을 수요하느냐? 예술을 수요한다면 어떠한 예술을 수요하느냐?" 이에 대한 답은 다음 말에 들어 있다. "우리는 어디까지 우리의 생활을 본위로 예술을 창조하여야 하겠다. 아니 예술은 구경究境 우리 생활의 한 도구다. 우리는 그 도구를 갖고 우리의 진영陣営을 개척하자."[66] 여기에서 홍명희는 비로소 '조선 사람'에 의한 '조선 사람'을 위한 '예술'을 명시하고, 이 '예술'을 도구로 하여 '민족운동'을 추진하고자 제창하였다. 그런데 같은 해 신간회 민중대회사건으로 검거된 이래 기소와 징역살이를 거듭하는 시기를 거쳐 홍명희가 활동을 재개한 것은 1932년 말에 접어들어서였다.

민족운동을 지탱할 기반으로서 '조선'을 홍명희는 일찍이 자각했다. 홍명희의 조선학 지식이 해박한 것은 널리 알려져 있었는데 일례로 『조선소설사』, 『조선한문학사』의 저자 김태준金台俊(1905~1950)조차 모르는 것이 있으면 그에게 묻고 그 박식함에 감탄했다고 한다.[67] 1925년 중국에 망명 중이던 신채호의 요청으로 『동아일보』에 사론史論을 연재하고, 1926년 조선사정조사연구회朝鮮事情調査研究会 결성에 참여한 것을 비롯해 1934년 김정희金正喜(1786~1856) 문집 『완당阮堂선생전집』 교열, 1939년 홍대용洪大容(1731~1783) 문집 『담헌서』 교열 등 일련의 작업이 홍명희의 조선학에 대한 관심 정도를 말해준다. 그가 「『신소설』 창간사」에서 조선인을 위한 예술의 필요성을 주창한 것도 그러한 사고에 기인하는 것이라고 할 수 있다. 이러한 점은 무엇보다 1928~1940년 『조선일보』에 「임꺽정」을 연재하던 중 집필에 임하는 태도를 밝힌 글에서 명확하게 드러난다. 거기에서 홍명희는 예전에는 중국문학의 영향 아래에 있었고 최근에는 서구문학의 영향 아래에 놓여 있는 '조선문학'을 비판적으로 보면서 「임꺽정」의 집필 의도를 다음과 같이 밝혔다. "「임꺽정」만은 사건이나 인물이나 묘사나 정조나 모두 남에게서는 옷 한 벌 빌려 입지 않고 순 조선 거로 만들려고 했습니다. '조선 정조朝鮮情調에 일관된 작품', 이것이 나의 목표였습니다."[68]

바로 이 무렵 홍명희는 같은 『조선일보』에 「대톨스토이의 인물과 작품」을 연재하면서 자신의 톨스토이관을 명확하게 제시했다. 위에서 살펴보았듯이, 홍명희는 도쿄 유학 시절 이래 자신의 톨스토이 이해 편력을 서술하면서 '예술가'로서보다 '종교가'로서 톨스토이를 자리매김하고 비판하지만, 그와 동시에 '종교가'로서도 톨스토이는 실패했다고 설명했다. 그러나 한편 "톨스토이의 교의教義가 인도정치운동에 왕청된 영향을 끼친 것만 보더라도 종교가 톨스토이가 세계적인 것은 부인할 수 없으나 톨스토이에 대한 새 평가는 예술가에 있고 종교가에 있지 아니한 모양이다"라는 평가를 내렸다. '인도정치운동'은 간디의 비폭력불복종운동을 말하는데, 여기에서 홍명희는 톨스토이의 '교의'에 대해 평화주의적 민족독립운동의 가능성을 발견하고 처음으로 긍정적인 평가를 내렸다. 그럼에도 톨스토이를 예술가로서 새로이 평가해야 할 필요성을 제기했다. 새롭게 발견한 예술가 톨스토이는 어떤 모습인가?

그는 우선 톨스토이를 배출한 시대적 배경으로 1860년대 전후 러시아 사회의 농노해방운동을 주목하면서, 톨스토이가 "농민에 대한 죄과를 회개한 귀족 지주의 한 사람으로서 '농민 중으로 농민 중으로' 떠들던 70년대 이상주의적 운동에 먼저 투신"한 인물이라고 설명했다. 그리고 문학사에서 보면 톨스토이가 푸시킨Aleksandr Sergeevich Pushkin(1799~1837), 고골Nikolai Gogol(1809~1852)의 영향을 받았으나 그들에 비해 러시아사회를 적극적으로 관찰했으며, 러시아 국민의 이상에 가장 가까이 접촉한 작가라고 평가했다. 그리하여 톨스토이는 '러시아 정신의 표현', '러시아 양심의 대표자', '또 무슨 거울'이라는 평을 받았으며, 또한 작품의 객관성, 관찰력, 묘사의 간결성이 아우러져 '민중운동의 기록원'이 되었다는 것이다. 네베돔스키Mikhail Petrovich Nevedomsky(1866~1943)는 "'양심'의 화신으로서 톨스토이의 마력"을 인정했으며, 앞서 보았듯이 레닌은 톨스토이를 '러시아혁명의 거울'로 평했다. 이에 대해 마슈레Pierre Macherey는 「톨스토이 비평가로서 레닌」에서 '파편화된 이미지', '깨어진 거울'론으로 반박한 바 있다.[69] 홍명희가 톨스토이 평판으로서 예시한 '러시아 양심'이나 '거울' 등의 표현은 레닌과 그의 추종자들이 만들어낸 것으로, 당시 홍명희가 마르크스·레닌주의에 따른 톨스토이 해석을 주지했음을 확인할 수 있다.

그리고 그는 톨스토이의 작품 중 특히 예술로 평가할 수 있는 것으로 『부활』을 꼽으며 다음과 같이 설명했다. "『부활』은 톨스토이의 종교와 교훈의 결정이라 예술적 성경이라는 평도 있고 19세기 대설교라는 평도 있다. 대개 종교거나 교훈이거나 또는 다른 무엇이거나 발표하는 형식만 예술에서 빌려가면 곧 예술이 되는가. 그렇지 못하다. 이런 종류의 작품은 작중인물이란 것이 모두 괴뢰로 객관적 실재성이 없고 작중 사건이란 것이 모두 조작으로 자연적 발전성이 없다. 그런데『부활』은 어떠한가. 손에 들면 놓기 싫은 사람이 많으리라. 인물 묘사에 편심偏心이 보이지 않고, 심리 해부에 수단이 능하고, 사회제도의 결점, 특별히 재판제도, 감옥제도의 결점에 대한 철저한 비판이 정세精細한 묘사 뒤에 숨겨져 인물 활동이 자연스럽고 사건 발전에 억지가 없다." 홍명희는『부활』에 대해 '종교와 교훈'을 성공적으로 예술로 승화하면서 사회비판 의식에 입각해서 객관적인 인물 묘사, 심리 분석을 완성한 리얼리즘문학의 대표작으로 평가했다. 이 모든 요소를 충족한『부활』은, '편말에 붙은 종교적 결론이 화사첨족画蛇添足'이지만, 그럼에도 '세계문학 중 보옥 같은 작품'으로 평가된다.

예술가 톨스토이에 대한 높은 평가는 "우리 조선에도 얼른 톨스토이 같은 인물이 나서 조선 사람의 생활과 이상을 작품으로 표현하여 주"기를 바란다는 기대에서 명확하다. 여기에서 톨스토이는 더 이상 종교가가 아니며 '러시아 국민 이상'을 구현한 리얼리즘 예술가로서 조선 예술가들의 본보기로 재평가되었다. 그런데 그와 동시에 '조선적인 것'으로서 '문학'과 '예술'을 추구할 때 '예술가' 톨스토이상은 어지럽게 분산된다. 홍명희는 조선에서 '톨스토이 같은 인물'을 기대하면서 "예술은 과학과 달라서 첫째 천품에 달렸"다고 언급했는데, 이로부터는 예술가 톨스토이를 '과학'=마르크스주의와 구별해내는 시선과 동시에 러시아 마르크스주의 예술론 속으로 편입된 예술가 톨스토이와 차별화되는 것으로서 '조선 사람의 생활과 이상'을 표현할 조선의 예술가를 대망하는 시선 또한 읽을 수 있다. 이러한 톨스토이에 대한 다층적 이해와 비판은 이후 홍명희가 예술을 더는 민족운동의 이론으로서가 아니라 문학 자체의 내부로부터 이해하면서 스스로 예술가 · 문학가로서 '조선 사람의 생활과 이상'을 표현할 임무를 설정하는 계기가 되었다는 점에서 중요하다. 이 글은 『조선일보』에 「임꺽정」 휴재 기간에 실렸는데, 이 점에서도 그 무렵 홍명희의 톨스토이 이해가 '조선'과 '예술' 사이에 어떠한 지향점을 모색하는 계기가 되었을 것이라고 짐작할 수 있다.

그런데 유진오俞鎭午(1906~1987)가 조선문학의 전통을 찾아 '조선적이라고 할 만한 독특한 특색'에 관한 견해를 질의했을 때, 홍명희는 "가령 예술 전반으로 보면 석굴암 같은 것이 조선 사람의 손으로 되었다니까 그런 건 모르겠지마는 문학이라는 재료가 너무 빈약하니까 억지로 떼다 붙인다면 무엇이 있을는지 모르지마는 도리어 창피할 지경이지 뭐"라고 일축했다. 3회에 걸친 대담에서 홍명희의 논조는 계속 일관되어 있다. 그 와중에 유진오가 일본의 『만요슈』나 『겐지모노가타리』 등과 비교하면서 집요하게 "가령 그래도 무슨 조선의 독특한 특색은 없을까요"라고 재차 묻자, 홍명희는 마지못해 몇몇 예를 대는 모양새다. 조선예술, 조선문학의 전통 기반이 공백에 가까운 상태라는 인식은 홍명희의 말과 글 도처에서 발견된다.[70]

조선문학의 건설은 앞으로의 과제이며 그 일환으로 「임꺽정」에서 "막연하게나마 조선 정조나 그려볼까" 시도했다는 것인데, '조선 사람의 생활과 이상'을 표현하는 예술에 대해 요구하는 답을 몸소 실천했다고 할 수 있다. 그렇다면 제대로 된 '조선 정조'의 묘사는 어떤 것인가? 이에 대해 홍명희는 '표현 방식', 즉 "말의 색향色香에 대해서 표현의 묘미를 알" 것을 꼽았다. 또한 '산 혼에서 우러나오는 문학'이어야 하며, 그렇지 않으면

'일시 관심 되던 프로문학'도 필연적으로 '문학적으로 실패'할 것이라고 예견했다.[71] 주목하고 싶은 것은 위의 대담에서 홍명희가 러시아 작가 중 도스토옙스키를 인정하는 한편 톨스토이에 대해서는 다음과 같이 비판적 평가를 내린 부분이다. "소련서는 톨스토이를 높이 평가한다더구먼. 그건 사회적 이론으로 하는 말이고 문학적으로 도스토옙스키가 톨스토이보다 훨씬 높지." 당시 프롤레타리아 예술운동이 현실에서 유리되어 공리공론을 펼치는 데에 비판적 시각을 내비침과 동시에 톨스토이를 더는 '문학가'가 아닌 '사회이론가'로 자리매김하였다. 홍명희의 톨스토이 평가는 러시아의 사회주의 이론이 아닌 조선의 구체적 실제와 관련하여 생각할 때 그리고 그 '조선의 정조'를 '정치'가 아닌 '문학'으로서 구현하고자 할 때 추락하고 만다.

문학가 톨스토이에 대한 비판은 이듬해 모윤숙毛允淑(1910~1990)과 한 대담「이조문학 기타」에서 극에 달한 듯 보인다. 홍명희는 유진오와 한 대담에서와 마찬가지로, 조선의 역사와 문학에 대해 들려달라는 청에 그다지 주목할 만한 것이 없다는 시니컬한 답변으로 시작했다. 톨스토이를 어떻게 생각하느냐는 질문에는 다소 충격적인 답변을 내놓았다. "나는 그이를 예술가라기보다 도를 전한 사람으로 봅니다. 오십 이전의 작품이나 혹시 예술적 가치가 있을지 몰라도 오십 이후에는 오입이지요." 이 말을 듣고서 모윤숙이 웃으니 "아니 웃으실 게 아니라 그가 행한 문학의 길이 그렇단 말이지요. 사실『부활』같은 것도 예술작품이라기보다 윤리와 도덕에 관한 방향으로 움직여나간 데가 많지요. 그이가 썼으니『부활』이 평가가 높았지, 스토리로 보면 그런 평이한 스토리는 다시없지요"라는 설명이 뒤따랐다. 예술작품은 '정서'가 주가 되어야지 사회적 · 도덕적 의무로 완성하는 종교서나 수신서가 아니라는 것이다.[72] 이전까지 리얼리즘 문학으로서 높이 평가받던 『부활』은 여기에서 급격히 그 빛을 잃고 톨스토이는 '문학의 길'에 잘못 들어섰다는 판단이 내려졌다.

마르크스 사회주의 이론에 입각한 프롤레타리아 예술운동에서 한 걸음 물러선 홍명희가 조선의 자장에서 민중의 실재와 생활을 '예술'로 구현하고자 할 때, 톨스토이에 대한 긍정과 부정은 최대치로 교차되면서 그 틈 사이로 '조선문학'의 여지가 열렸다. 그러나 '조선적'인 것은 여전히 기대 지평이며 '예술'은 유보되어 있다.

6 '조선문학'의 가능성을 찾아서

이상과 같은 것이 홍명희가 일본 경유 톨스토이를 비판적으로 이해한 도정이며, 그러한 비판적 이해를 거듭한 끝에 도달한 예술 개념의 지평이다. 톨스토이의 위대함을 예술가로서의 천품과 종교가로서의 양심적 갈등의 긴장을 80세 노령까지 놓지 않은 점에서 인정했던 홍명희 자신 또한 톨스토이에 대한 비판과 긍정, 갈등과 고뇌를 거듭하면서 식민지 시기를 지새웠다. 안이하게 톨스토이를 계몽주의적 종교가로 환치한 최남선, 도덕주의적 종교가인 동시에 예술가로 추종한 이광수와는 완전히 다른 길이다. 홍명희가 톨스토이를 비판하고 마르크스 사회주의사상에 기울었다가 다시 이탈하면서 부단히 톨스토이를 재해석해가는 도정에서 문명

비판, 계급 비판, 사회 비판 의식은 그의 예술 개념의 지반을 이루었다. 홍명희는 더 이상 톨스토이 예술론을 언급하지 않았지만, 그가 획득한 예술 개념은 이제 조선문학의 장에서 실천되려는 참이었다. 1946년 이태준李泰俊, 이원조李源朝(1909~1955), 김남천金南天(1911~1953)의 「벽초 홍명희 선생을 둘러싼 문학 담의」에서 홍명희는 금후 조선 작가들의 과제로서 '봉건적 잔재'를 제거하기 위해 '대중을 계몽하는 계몽적 작품'을 많이 쓸 것, 특히 새로운 아동문학과 농민문학 수립을 요청했다.[73] 그리고 1948년 설정식과 대담하면서는 '오스카 와일드 같은 예술지상주의자', '순수문학' 주창자를 구시대의 예술론으로 비판하면서 지금 가능한 것은 '조선문학' 뿐이라고 단언했다. '조선문학'에서 지향하는 바는 광의의 '정치', 즉 '인생'이나 '사상'과 밀접하게 연결된 것으로서 '예술'을 자리매김하는 것이라고 명시하는데, 여기에서 홍명희는 '문학'이란 이 '시대'의 '정치'적 산물일 수밖에 없음을 확인하며 농민 계몽을 위한 예술, 톨스토이의 '인생을 위한 예술'론에 근접한 듯 보였다. 그러나 동시에 "누가 문학을 정치에 예속시키겠다는 말을 하나?", "문학은 문학을 통해서 도달하는 길이 있을 뿐"이라며 정치로부터 문학의 자율성을 강조했다. 즉 문학이 정치에 예속된 구시대의 계몽문학, 예술이 인생에 예속된 톨스토이식 인생을 위한 예술론을 지양하고, 문학과 정치, 예술과 인생이 불가분의 관계로 상호 환기되지만 문학과 예술이 자율성을 확보하는 긴장 관계 위에 새로운 조선문학 수립이 가능하다는 것이다.[74]

이러한 조선문학의 가능성을 홍명희는 농민들의 대화 속에 살아 있는 문학적 표현에서 발견했다. "언젠가 시골서 농사꾼들이 가래질하는 구경을 하고 있었는데 그때 흙이 눈에 뛰어들어 가니까 그들이 말하기를 '놀란 흙이 눈에 뛰어들었다'고 하거든. 그 얼마나 고급 표현이오? 그리고 빛깔을 말할 때에 분홍빛을 '웃는 듯한 분홍빛'이라고 하는 것 같은 것도 그렇고. '웃는 듯한 분홍빛'이라는 말을 듣고 나서 가만히 생각해보니까 딴은 빛깔에서 웃는 빛깔은 분홍빛밖에 없거든." 논밭둑 가래질에 튀어오르는 흙의 생명력, 봄의 미소를 터뜨리는 진달래의 분홍빛. 홍명희는 '조선 정조'를 표현할 '말의 색향'을 농민의 노동, 조선의 대지 속에서 길어오고자 했다.

이예안

일본 도쿄대학에서 박사학위를 받았으며, 현재 한림대학교 한림과학원 HK교수로 있다. 근대 한일의 서구사상 수용 과정에서 일본어 번역 및 중역 문제와 근대사상 형성 문제를 중심으로 연구하고 있다. 주요 논저로 「대한제국기 '유신維新'의 정치학」(『개념과 소통』 14, 2014), 『근대 번역과 동아시아』(박문사, 2015), 『사고를 열다』(푸른역사, 2015, 번역) 등이 있다.

집필경위

이 글은 2013년 한림과학원 주최로 열린 워크숍 "식민지 시기 '예술' 개념 수용과 문학장의 변동"에서 발표한 뒤 수정·보완하여 『개념과 소통』 12호에 실은 것이다. 근대 초기 한국의 지식인들이 메이지 시기 일본의 근대적 예술 개념과 예술 논의 상황을 어떻게 이해했으며, 이로부터 한국적 예술 개념과 예술 논의를 어떻게 전개해갔는지를 조망하는 작업의 일환으로 집필했다.

③

파괴의 예술과 건설의 예술: 카프 초기 프롤레타리아 미술 담론

◎

홍지석

1 카프, 김복진, 프롤레타리아 미술

이 글은 1920년대 중반 카프KAPF(조선프롤레타리아예술가동맹) 창립을 전후로 한 시기에 식민지 조선의 사회주의자 또는 아나키스트들이 구상한 '프롤레타리아 미술'의 양상을 개괄적으로나마 그려보는 데 목적이 있다. 그들은 암울한 식민지 조선의 상황 속에서 무산자계급, 곧 프롤레타리아가 주도하는 새로운 세계에 부합하는 또는 그러한 세계의 건설에 이바지

할 미술을 꿈꿨다. 흥미로운 것은 당시 식민지 조선의 미술가들이 지금 우리가 사회주의 예술 내지는 프롤레타리아 미술이라는 단어를 듣는 순간 연상하는 리얼리즘 화풍의 회화를 알지 못했다는 점이다. 사회주의 또는 프롤레타리아를 대변하는 미술로서 이른바 '사회주의리얼리즘'이 등장한 시기가 1930년대인 까닭이다. 당연히 사회주의리얼리즘론이 확립되면서 그 전 단계로 논의된 '비판적 리얼리즘'이라는 개념도 그들은 알지 못했다. 예컨대 오늘날 비판적 리얼리스트로 거론되는 쿠르베Gustave Courbet(1819~1877)의 그림을 1920년대 식민지 조선의 예술가와 지식인들은 다소 철지난 낡은 미술로 바라보았다. 오히려 그들은 유럽과 러시아, 그리고 일본에서 전개된 신흥(전위)예술에서 프롤레타리아 미술의 모델을 찾았다. 미래파와 다다, 표현주의와 구성주의가 그것이다. 그들은 이 첨단의 신흥예술을 호기심에 넘쳐 진지하게 검토했고 그렇게 얻은 지식을 식민지 조선에 부합하는 프롤레타리아 미술의 구상에 적극 참조했다.

물론 일제강점기에 식민지 조선의 미술가들이 구상한 프롤레타리아 미술을 이 짧은 글에서 모두 포괄하는 것은 불가능하다. 이 글은 그 최초 단계, 즉 카프 창립에서 카프 1차 방향 전환에 이르는 기간, 곧 1925년 전후에서 1927년 전후 기간에 발표된 비평 텍스트들에 초점을 두어 해당 문제에 접근할 것이다. 그 이후의 전개 과정에 대한 검토는 훗날의 연구과제로 미루어두고자 한다. 이러한 접근에서 카프 일원이었던 김복진金復鎭(1901~1940)의 비평 텍스트는 각별한 주목이 필요한 연구 자료다. 그는 도쿄미술학교 출신의 명성 높은 조각가였지만 카프 초기의 논쟁과 조직

구성을 주도한 인물이기도 하다. 이 기간 식민지 조선에서 발표된 프롤레타리아 미술론은 대부분 그의 것이거나 그와 밀접하게 연관되어 있다. 따라서 이 글은 김복진의 비평 텍스트에 대한 독해를 축으로 삼아 전개할 것이다.

이 논문의 문제와 관련된 선행연구가 많이 있다. 무엇보다 이 글은 아나키즘과 사회주의 등과 연관된 미술운동 및 담론전개 양상을 미술사의 맥락에서 발굴하고 꼼꼼히 검토한 최열의 『한국현대미술운동사』(1991), 『한국근대미술의 역사: 1800–1945』(1998), 『한국근대미술비평사』(2001) 등에 큰 빚을 졌다. 최열의 『김복진: 힘의 미학』(1995)은 김복진의 삶 전반에 대한 이해에 보탬이 되었다. 또한 이 글은 윤범모의 『김복진 연구』(2010), 기혜경의 「1920년대의 미술과 문학의 교류–카프 형성과정을 중심으로」(2000) 등 주제와 직접 관련된 연구들뿐만 아니라 해당 시기 일본과 식민지 조선의 문학운동, 예술운동을 다룬 수많은 연구서와 연구논문, 선집들에 의존하고 있다. 이 글은 다만 '프롤레타리아 미술'의 프레임으로 해당 주제에 좀 더 구체적으로 접근하려고 시도할 따름이다. 그런 의미에서 이 글은 선행연구들의 성과를 확장, 심화하는 작업이 될 것이다.

2 프롤레타리아 미술의 구상: 파괴–구성의 변증법

김복진은 조선프롤레타리아예술가동맹, 곧 카프의 창립을 주도한 인물이다.[1] 1925년 8월 카프 창립총회에 참가한 미술가들로는 김복진, 안석주安碩柱(1901~1950), 권구현權九玄(1898~1944)이 있는데 이 가운데 김복진은 카프 미술, 더 나아가 카프 전체의 형성에 주도적 영향력을 행사한 인물이다. 그는 카프의 전신인 파스큘라PASKYULA 동인이었을 뿐만 아니라 카프 조직 내의 유일한 ML당원(도쿄지부의 당원은 이북만)이었고,[2] "예술을 무기로 하여 조선민족의 계급적 해방을 달성한다"는 카프강령을 기초한 인물이다.[3] 김복진의 카프 내 위상에 대해서는 여러 증언이 있다. 예컨대 박팔양朴八陽(1905~1988)은 1957년 북한에서 발표한 글에서 김복진이 조선공산당 당원으로서 조선 프롤레타리아 예술운동, 특히 그 미술운동의 선구자였다고 높이 평가하면서 "그때도 그는 나보다 사상적으로 앞서 나가고 있었고 나는 변함없이 그를 존경하면서 그에게 배우려고 노력했다"[4]고 회고한 적이 있다. 박세영朴世永(1902~1989)은 계급투쟁의 무기로서 미술을 주창했던 김복진의 활동을 "검은 구름을 뚫고 비쳐오는 단 하나의 별"로 평가하기도 했다.[5] 이러한 김복진의 위상을 감안하면 카프 미술, 곧 조선 프롤레타리아 미술의 형성을 고찰하는 작업은 1920년대 김복진의 텍스트에 주목할 수밖에 없다. 이제 우리는 김복진과 더불어 '여명기에 있는 무산계급 문화의 수립을 기함'이라는 카프강령[6]에 대응하는 프롤레타리아 미술의 형성(내지는 구상)을 살펴보게 될 것이다.

먼저 김복진이 카프의 전신인 '파스큘라'에 속하여 그 구성원들과 "잘 들 밤을 새워가면서 신흥예술론을 되풀이도 하였었던"[7] 시기에 발표한 「상공업과 예술의 융화점」(1923)[8]을 보자. 이 글은 프롤레타리아 미술을 직접 거명하지는 않지만 식민지 조선에서 광의의 사회주의 프레임으로 미술을 논한 최초의 글이라는 각별한 의의가 있다.[9] 이 글에서 김복진은

"참다운 예술은 인간이 노동하는 것, 그 기쁨을 표현하는 것"이라고 하면서 예술은 "노동이 고통이라고 느끼는 노예적 상태로부터 인간을 해방하는 데" 관여한다고 주장했다. "강박과 명령이 아니고 창조의 흔희欣喜"에서 예술의 가능성을 찾겠다는 것이다. 이러한 견지에서 그는 '예술과 상공업의 악수握手'를 주장했다. 그에 따르면 "예술은 결코 예술을 위하는 예술이 아니고 민중을 위하는 예술이 아니면 아니" 된다.[10] 그 민중을 위하는 예술의 모델을 그는 예술과 상공업의 악수에서 찾았다. 여기에는 예술과 삶이 일치하는 지점에 대한 기대, 곧 "만일에 상공업자가 자기의 일에 대해서 충심으로 흔희를 표현하여서 거기에 헌신할 것 같으면 그곳에 창조가 있으며 예술이 생길 것"이라는 기대가 전제되어 있다.[11]

다시 말하건대 「상공업과 예술의 융화점」에서 김복진은 '예술과 상공업의 융화'를 추구했다. 이러한 견해는 '예술과 삶의 융화'를 추구한다는 점에서 같은 시기 일본에서 전개된 마보MAVO의 주장을 상기시킨다. 예컨대 마보이스트 오카다 다쓰오岡田龍夫는 『요미우리신문』 1923년 12월 19일자에 기고한 글에서 "예술은 지금 이른바 예술이라는 것에서 분리되어 직접적으로 우리의 생활을 의미하는 어떤 것이 된다"고 주장했다.[12] 바이젠펠트Gennifer Weisenfeld에 따르면 이와 같은 목적 아래 마보이스트들은 발견된 오브제들과 산업생산품, 복제이미지들을 회화 또는 판화와 결합했는데 이는 '생활의 감정'을 환기하기 위한 것이었다.[13] 실제로 김복진은 파스큘라를 회고한 글(1926)에서 파스큘라가 "다다나 마쁘(마보)와 크게 틀림이 없었다고도 말하려면 할 수 있겠고"[14]라고 하여 당시 그가 다다 그리고 마보에서 신흥예술의 모델을 찾고 있음을 시사하기도 했다. 그런 의미에서 우리는 식민지 조선에서 처음 개진된 프롤레타리아 미술론 내지는 사회주의예술론이 다다-마보와 밀접하게 연관되어 있다고 주장할 수 있다.

김복진과 마보의 관계를 좀 더 다뤄보자. 먼저 앞서 인용한 발언에서 김복진이 '다다나 마쁘'라고 말한 것에 주목해야 한다. 많은 논자가 지적한 대로 마보는 유럽의 다다와 깊은 관계를 맺고 있었다. 특히 마보의 실질적 리더였던 무라야마 도모요시村山知義(1901~1977)는 1922~1923년의 1년간 베를린에서 유학생활을 하면서 다다와 구성주의의 영향을 받았고 이것이 귀국 후 마보 결성(1923)의 기폭제가 되었다. 그래서 김용철의 발언을 빌리면 마보는 "다다와 러시아 및 유럽의 구성주의로부터 강한 영향을 드러낸 가운데 미술과 문학, 연극 등의 분야에서 전위적인 활동을 전개하였고, 정치적으로는 아나키스트적인 성향을 나타낸"[15] 단체이다. 그런데 여기서 한 가지 문제가 제기된다. 무라야마와 다른 마보이스트들은 아나키즘에 경도된 다다뿐만 아니라 마르크시즘과 연관된 구성주의를 함께 받아들였다. 그래서 다시 바이젠벨트를 인용하면 "마보의 아나키스트 충동은 그 본질에서 유럽에서 다다가 구성주의에 했던 것과 동일한 목적을 수행"[16]한다. 즉 어떤 새로운 전망이 부상하고 긍정적인 것이 구축될 수 있으려면 낡은 것은 파괴되어야 한다. 마보의 어법을 빌리면 "현재의 언어로서 구성construction은 어떤 파괴적인 단계를 전제로 한다. 그러한 파괴의 단계 이후에 폭력이 야기한 폐허와 파편들의 재구성, 재구축이 뒤따른다."[17] 애즈Dawn Ades에 따르면 다수의 구성주의자는 다다를 일종의 관장enema으로 생각했다. 그것은 "재구성이라는 위대한 과제에 선행하는 파괴적이지만 정화하는 떨림cleansing convulsion"이라는 것이다.[18] 이런 관점에서 보면 다다와 구성주의를 함께 아우르는 마보는 파괴-구성의 변증법을 실현한다. 여기서는 "주관적인 감정과 객관적인 시선, 부정과 긍정, 파괴와 건설이라고 하는 역방향의 벡터가 일체화하여"[19] 나타난다. 김용철의 표현을 빌리면 마보의 그래픽 디자인에서는 "구성주의 요소가 뒤엉켜 있는 다다적 요소"[20]가 발견되고 바이젠벨트의 표현을 빌리면 "마보이스트 야나세는 아나키스트적 경향을 마르크시즘의 요소와 결합"[21]한다.

이러한 마보의 경향성을 잘 보여주는 개념이 바로 '형성예술bildende kunst'이라는 개념일 것이다. 이 단어는 무라야마가 '마보결성 선언문'에서 쓴 것으로, 이 선언문에서 무라야마는 "우리들은 우리들이 형성예술가로서 같은 경향을 갖기에 모였다"고 하면서 "우리들은 속박되어 있지 않다. 우리들은 과격하다. 우리들은 혁명한다. 우리들은 창조한다. 우리들은 끊임없이 긍정하고 부정한다. 우리들은 언어의 모든 의미에서 살아 있다. 비교할 것이 없을 정도로"라고 말하였다.[22] 그러나 마보를 지탱하던 파괴/구성의 축은 그 구성원들이 현실의 파괴, 곧 관동대지진(1923)이 초래한 파괴와 폐허를 체험한 직후 크게 흔들리게 된다. 게다가 1923년의 아나-볼 논쟁은 두 견해의 공존을 불가능하게 만들었다. 마보의 리더 무라야마는 "파괴의 시대는 갔다"고 말하기를 망설였지만 점차 소비에트 구성주의의 '객관적 엔지니어로서 예술가artist as an objective engineer' 개념에 이끌렸고, 그의 작품들에는 다다적 요소들(파괴적 또는 카오스의 표현들)이 제거되면서 구성주의 특유의 질서가 자리 잡게 된다.[23] 그리고 무라야마가 1925년 9월경에 마보를 탈퇴하면서 이 집단은 급속도로 활기를 잃었다.[24] 마보 활동을 중단한 후 무라야마는『구성파연구』(1926)를 발표했는데 여기서 그는 다다를 부르주아 예술의 종말로, 그리고 그 종말에 뒤이은 프롤레타리아 예술을 러시아 구성주의로 파악했다.[25] 마보의 해산은–적어도 무라야마에게는–다다로부터 구성주의로 전환하는 것을 의미했다. 물론 김복진이 1923년에 발표한「상공업과 예술의 융화점」은 마보의 다다적 측면보다는 구성주의적 측면에 좀 더 가까운 태도를 취했다.

3 구성주의와 '형성예술'

이제 1923년 이후 김복진이 발표한 글들을 검토해보자. 이미 1923년 마보에 자극받았던 김복진은 이후에도 마보의 전개과정을 주시한 것으로 보인다. 그리고 1925년 카프 결성과 더불어 본격적으로 조선의 프롤레타리아 미술을 구상해야 하는 상황에 놓였을 때 그는 다다에서 구성주의로 전환한 마보의 진로(무라야마의 선택)를 적극 참조한 것으로 보인다. 그가『조선일보』1926년 1월 2일자에 발표한「신흥미술과 그 표적」을 보자.[26] 이 글에서 김복진은 1926년 당시에도 일본에서 여전히 '기존미술의 파괴와 초극'을 목표로 다다적인 미술을 전개한 '조형造型'[27]의 선언문을 길게 인용한 후 그러한 파괴적 태도에 복잡한 심경을 피력했다. "일본의 예술사회에 이와 같은 운동이 불과 4, 5년 동안에 그야말로 너무나 ㅇㅇ로히 발생됨에 우리는 이를 축하하여야 할까, 또는 저주를 하여야 할까. 매우

고생스러운 처지에 있다.” 이것은 조형파뿐만 아니라 1920년대 일본 전위미술을 추동한 입체파, 미래파 그리고 다다의 파괴적 성격 때문이다. 김복진에 따르면 이 신흥예술의 제 유파들은 기존의 '정적이고 신비적이고 정신적인 예술'을 반대하고 '동적이고 현실적이고 과학적인 예술'을 내세워 “신비적 이상주의의 미몽에서 탈출”했다. 그러나 이들의 문제는 “더 아무러한 것을 추구할 사상적 ㅇㅇ는 없다”는 데 있다. 따라서 이들은 '파괴와 방화'에 머물렀다는 것이 그의 생각이다. 물론 그는 이 유파들의 파괴를 전면적으로 부인하지는 않았다. 즉 그는 그 파괴를 '유쾌한 파괴'라 지칭하였다. 그러니까 이 글은 '파괴'를 추구하는 다다적(입체파적, 미래파적) 경향의 역사적 가치는 존중하면서 그것의 현재적 의의는 기각하는 견해를 취했다. 물론 이 글의 또 다른 목적은 파괴가 야기하는 무력감에서 벗어나 “아무러한 것을 추구할” 필요를 강조하는 것이다. 다다가 아닌 구성주의로 나아간 무라야마의 선례를 떠올리게 하는 구절이다.

「신흥미술과 그 표적」에서 확인할 수 있듯이 1926년의 김복진은 파괴/구성의 변증법적 층위에서 미술을 사고하였다. 이에 관해서는 그가 같은 시기에 발표한 다른 글들을 참조할 수 있다. 먼저 1926년 1월 『개벽』에 발표한 「조선 역사 그대로의 반영인 조선 미술의 윤곽」을 보자. 이 글은 다음과 같은 전제하에 현재의 조선미술을 비판했다.

> 예술藝術은 사회의 상부구조라는 것만 알아주엇스면 한다. 그래서 사회의 기초 구조인 생활에 변화가 잇게 되면은-경제 조직에 정치政治에- 계급에 개변改變이 생기게 되는 때에는 예술 자체도 엇지 할 수 업시 자기 해체解

體를—자신 ×사死를 수행하지 아니치 못하게 되는 것이다.[28]

인용문에서 보듯 1926년의 김복진은 상부구조로서 예술은 하부(기초) 구조인 생활, 곧 경제, 정치, 계급의 개변에 따라 자기 해체를 수행해야 한다는 유물론의 견지에서 미술을 바라보았다. 그리고 그와 같은 관점에서 볼 때 생활의 변화에 침묵하고 "다만 충실하게 정치에, 종교에, 특권계급에 아부하고 노역을 감수하고, 예술지상성을 믿어 자위하며 이것으로 민중을 마취하는" 당시 조선미술의 상황은 부정의 대상이다. "자멸기에 서 있는 조선의 미술에는 별다른 생로生路가 없고 급속히 자체의 분해 작용을 하여 버리는 것뿐일 것"이라는 것이다. 그는 그러한 "분해 작용이 하루라도 속히 발현되기를 바란다"고 썼다.[29] 이것은 최열이 지적한 대로 부분적으로 계급환원론에 빠진 매우 급진적인 견해다.[30] 어떤 의미에서 이 글에는 다다적 허무 내지는 파괴 정신이 깃들어 있다고 할 수도 있겠다. 물론 이 시기 김복진은 해체와 파괴만 요구한 것은 아니다. 그는 다다의 사상적 근원으로서 아나키즘이 아니라 마르크시즘의 관점에서 사고하는 사회(공산)주의자였다. 『시대일보』 1926년 1월 2일자에 발표한 「세계 화단畵壇의 1년, 일본, 불란서, 러시아 위주로」라는 또 다른 글을 보자. 이 글에서 김복진은 최근 일본 화단에서 가장 주목할 현상으로 삼과三科의 활동을 언급했다. 여기서 삼과란 무라야마 도모요시와 야나세 마사무柳瀨正夢 등이 주도한 다다-마보적 경향의 예술을 지칭한다. 그는 이들 마쁘(마보) 일파가 재래 화파나 예술인, 기성계급에게 위협을 준 것은 긍정하지만 그것이 잡다한 경향의 혼재로 자멸했다고 진단했다. 그러면서 그는 다만 특기할 활동으로 "구성파 화가 무라야마村山 씨의 무대장치일 것이라고 나는 안다"고 썼다.[31] 동시대 일본미술에 나타나는 다다적 측면을 부정하면서 (무라야마의 무대장치에서 나타나는) 구성파적 측면에는 관심을 기울인 것이다. 이러한 태도는 노농러시아 미술에 대한 서술에서 좀 더 부각된다.

동시대 러시아미술을 논하면서 김복진은 "미술가의 임무는 색과 형과의 추상적 인식이 아니고 구체적 사물의 구성상에 있어서 임의任意로 해결하는 데 있다"는 롯지엔고(로드첸코)의 발언을 인용했다. 알다시피 로드첸코Alexander Rodchenko(1891~1956)는 러시아 구성주의 미술가다. 계속해서 김복진은 "순수純粹미술은 지금 와서는 골동품에 지나지 않는다. 현 시절에 있어서는 전위적 공적功績보다는 산업적 사업事業에 ㅇ력을 하여야만 하겠다. 산업상의 창조는 근대천재가 표현하려는 그것이다. 이 창조를 완성하려면 현대인은 그 ㅇㅇ을 추구하지 않으면 안 된다. 기함, 기차, 공장, 철도, 비행ㅇ 이것들이 중세기 시대의 사원과 같이 장엄하고 상당한 것이 아니냐"는 이리야 엘렌부르크(에렌부르그Iliia Grigorierich Erenburg, 1891~1967)의 발언을 길게 인용했다. 그리고 인용한 발언에 그는 깊은 공감을 표했다. 혁명 러시아에서 "순수미술을 부정하고 미술의 공리를 목적으로 삼고 산업파 미술운동이 시작된 것"은 그에게 "프로레타리아 예술의 이상인 미술"로 보인 까닭이다. 이렇듯 다도린(타틀린Vladimir Evgrafovich Tatlin, 1885~1953) 등이 제기하는 러시아의 산업미술운동은 그가 보기에 "프로레타리아 혁명의 자연의 결과로서 생긴 것"이다.

지금까지 살펴본바, 김복진이 1926년에 발표한 세 편의 글—「신흥미술과 그 표적」, 「조선 역사 그대로의 반영인 조선 미술의 윤곽」, 「세계 화단畵壇의 1년, 일본, 불란서, 러시아 위주로」—은 당시 그가 다다의 파괴적 성향과 구성주의의 건설적 측면을 함께 아우르는 미술을 구상하였음을 보여준다. 물론 여기서 파괴는 다다처럼 무작정의 파괴가 아니라 프롤레타리아 미술을 건설하기 위한 기초작업이 되어야 했다. 이렇게 1926년에 시도된 이론적 탐색은 그 이듬해인 1927년의 「나형裸型선언초안」으로 발전한다.[32] 이 글에서 그는 '무산계급 예술의 존재권'을 제창하면서 예술의 정치적 성격을 강조했다. 그에 따르면 "지금까지 소시민의 비위에 적응한 순정純正미술, 예술을 위한 예술"은 "예술에 있어서 정치적 성질을 거세하려는 과오"일 뿐이다. 이런 견지에서 그는 "순정미술로부터 비판미술에로 약진"을 요구했다. 흥미로운 것은 그가 이러한 움직임을 '형성예술' 운동이라고 지칭하였다는 점이다. 이성혁이 지적한 대로 '형성예술'은 마보—무라야마의 핵심 개념으로서 김복진이 「나형선언초안」에서 이 개념을 수용한 것은 무라야마의 영향으로 보아야 한다.[33] 무라야마에게서 형성예술이 "끊임없이 긍정하고 부정하는" 창조를 의미했던 것과 마찬가지로 김복진에게서 형성예술은 부정, 파괴의 뒤에 찾아오는 건설을 뜻했다. "한 개의 멸망으로 혼돈과 해체가 있고 한 개의 신흥으로 하여 발아와 정제라는 계급적 순서가 있었다"[34]는 것이 당시 그의 판단이다. 「나형선언초안」은 "순정미술의 미안美眼을 벗은 '나형裸型'으로 모이자"는 주장으로 마무리된다. 그렇다면 '순정미술의 미안을 벗은 나형으로 모이자'란 구체적으로 어떤 실천을 의미하는 것일까?

최병구가 '카프의 미학적 거점'[35]으로 칭한 『문예운동』의 창간호(1926. 2)

에 김복진이 제작한 표지 디자인이 하나의 단서가 될 수 있을지 모른다. 이 작품을 무라야마의 포스터(1925)와 비교하면 두 작품 모두 즉흥적이고 충동적인 다다적 요소보다는 치밀하게 배치된 건축적이고 기하학적인 구성주의적 요소가 두드러진다.[36] 적어도 이 작품만 놓고 본다면 1926년의 김복진은 다다의 과도기를 지나 구성주의에 기울어 있다고 말할 수 있다.[37] 그리고 그 구성주의는 그로이스Boris Groys가 지적한 대로 "미적 소비의 대상들이 아니라 새로운 원칙에 입각한 세계의 총체적 개조를 위한 프로젝트와 모델을 생산"[38]하고자 했던 러시아 아방가르드의 중심에 있었다. 러시아 아방가르드는 "대체로 상부구조가 자동적으로 반응할 것이라는 믿음 속에서 물질적 토대에 직접적으로 작업하고자 했고"[39] 그러한 인식 속에서 회화나 조각 같은 종래의 미술형식이 아니라 건축, 디자인, 상업미술과 같은 생활에서 직접 작용하는 수준에서 작업했다. 그로이스가 인용한 러시아 구성주의 이론가 알렉세이 간Alexei Gan의 다음과 같은 발언은 이러한 태도를 압축해서 보여준다. "우리는 현실을 반영하고 묘사하며 해석하는 것이 아니라 새로운 능동적인 근로계급, 프롤레타리아트의 계획된 목표들을 실천적으로 건설하고 표명해야 한다. 색과 선의 거장, 공간과 용적 고체의 결합자, 대중 행동의 조직가 모두는 일반적인 건설사업과 수백만 대중의 운동 속에서 구성주의자가 되어야 한다."[40]

과거에 김윤식은 "카프문학이 소련문학과는 무관한 채 거의 전부가 일본 프로문학과의 관련에서 명멸해간 것"[41]이라고 했지만 초기 카프의 구성원들은 프롤레타리아 문학/예술의 모델로서 노농러시아의 문학/예술 ―물론 그것은 일본어 번역서들을 경유한 것이었겠지만―에 깊은 관심을 갖고 있었다. 특히 다다적 파괴 이후 도래할 건설의 미술로서 노농러시아에 등장한 '구성주의' 내지는 '구성파' 미술에 대한 관심은 남다른 것이었다. 예컨대 카프 창립 멤버였던 박영희朴英熙(1901~?)는『동아일보』1927년 11월 11일자에 발표한「10주周를 맞는 노농러시아-특히 문화발달에 대하야」에서 당대 노농러시아의 예술을 '컨스튜럭틔비즘(구성주의)'으로 설명했다. 이 글은 그가 1922년 모스크바에서 간행된 알렉세이 칸(알렉세이 간)의『구성주의』에 의존하여 쓴 것이다.[42] 그는 여기서 "사색을 유물론적으로 하는 예술노동은 공리적인 활동성 가운데서 일어났다"는 알렉세이 간의 발언을 인용하며 소비에트문학이 "주관적, 추상적인 데로부터 객관적이고 현실적이고 투쟁적인 문예로 옮기였다"고 주장했다. 그는 또한 "현실을 반영하는 것도 아니고 표현하는 것도 아니며 설명하는 것도 아니다. 기석을 건설하는 능동적으로 행동하는 새로운 계급 프로레타리아의 계획적 문제를 현실적으로 운설하고 표현하는 것이다. 모든 사람은 몇만으로 된 인간의 집단의 행동과 건설의 보편적 사업을 위해서 구성자가 되지 않으면 아니 된다"는 알렉세이 간의 발언도 인용했다.[43] 이는 앞서 그로이스가 인용한 것(이 글 각주 35))과 동일한 부분이다.

요컨대 초기 카프 맹원들은 당대 노농러시아(소비에트) 문화예술의 흐름을 비교적 소상히 알고 있었고 그러한 지식을 식민지 조선에서 실천될 프로문학/예술의 구상에 적극 참조했다. 이런 관점에서 보면 카프 창립 멤버인 김복진과 안석주가 경성의 각 상점 간판을 품평한 텍스트는 의미심장하다. 그것은『별건곤』1927년 1호에 실렸는데[44] 일부를 인용해본다.

기자: 이 동양제약사의 간판은 어떻습니까. 그 조그만 간판에 그래도 약이란 글자 하나만 썼으니 띄기는 얼른 띄지만 미관상으로 좋을까요. 나는 미의식에 결핍한 사람이지만요.

김복진: 아니오. 미관 같은 것은 문제가 되지 않습니다. 대체로 간판 자체가 그리 아름다울 것이 아니요 이런 것이 있는 세상에 그저 그대로 보는 수밖에요. ○○ 그만두고 지금까지 본 중에 제일 낫습니다. '약'이라는 글자에 외곽을 청선青線으로 퍽 많은 효과가 있는 줄 압니다. 이런 것이야말로 간판다운 간판이라고 보지 않을런지요. 질質으 있어 말입니다.

기자: 종로경찰서 옆 김흥호 판매점하고 재판소 모퉁이 대륙고무경성총판매점하고 그 위라든가 인연이 이상하게 되었으니 어찌 한마디 하지 않을 수 있을까요.

김복진: 글쎄요. 김흥호 판매점은 잡다한 형식으로 특이하나 야만인 장식술과 우열이 없을 것이며 대륙고무경성총판매점 것은 이와 같은 식으로서는 제일 낫다고 압니다. 어째 그런고 하니 철판에나 목편 위에 글자에 글자를 얹어놓은 것은 글자만이 똑똑히 눈에 뜨이는 동시에 가깝게 보임이 이 형식의 장점일 것이외다. 이것에는 필요한 요건이 있으니 별것이 아니라 배경이 좋고 그름에 있는 것이외다. 숫제 배경이 잘 보이지 않도록 만들어놓은 이 집이 가장 낫다는 것입니다.

박영희의 말대로 초기 카프 맹원들은 문학과 예술이 "생활을 떠나서는 가치가 없는 것"이라는 견지에서 "생활의 수평적 향상을 위한 민중적 문학"을 건설하고자 했다.[45] 당대 미술계 명사였던 김복진과 안석주가 생활

수준에서 상점의 간판들을 비평 대상으로 삼은 까닭이다.[46] 특히 간판의 품평에서 간판의 미관이 아니라 '간판다운 간판'을 요구하는 김복진의 발언은 그가 물질적 토대에 직접 작용하기를 추구하는 구성주의적 관점에서 간판 미술을 바라보고 있음을 보여준다. "미관을 문제 삼지 않는" '간판다운 간판'이란 순정미술의 미안美眼을 벗은 '나형'의 한 형태일 것이다.

4 구성주의 vs. 표현주의 또는 볼셰비즘 vs. 아나키즘

지금까지 우리는 카프 성립기에 김복진이 발표한 글을 검토하여 당시 카프 미술이 구성주의에서 프롤레타리아 미술의 모델을 찾고 있음을 확인했다. 구성주의적 접근은 카프의 사회주의자 내지는 공산주의자들이 다다(또는 마보)의 파괴적 성향을 극복하는 데 기여했을 뿐만 아니라 프롤레타리아 미술의 경쟁자였던 아나키스트들과 대적하는 데에도 좋은 무기가 됐다. 이러한 정황을 파악하는 데 1927년에 발표한 김용준金瑢俊(1904~1967)의 글들이 도움이 될 것이다. 그는 이해에 발표한 글 세 편-「화단개조」(5월), 「무산계급회화론」(5~6월), 「프롤레타리아 미술 비판-사이비 예술을 구제하기 위하여」(9월)-에서 점차 세를 확대해나가던 구성주의적 견해를 비판했다. 먼저 「화단개조」에서 그는 다다이즘, 컨스트럭티비즘(구성주의)을 추구한 삼과三科, 조형造型 등 일본의 미술운동을 '순수미술을 해체하고 비판적인 미술의 건설'을 추진한 프롤레타리아 미술로 긍정하면서 조선의 미술가들도 아카데미즘에 반대하는 프로 화단의 수립을 도모하자고 역설했다. 당시 그에게 프롤레타리아 미술이란 '의식투쟁적 예술'로서 관료학파 예술에 대한 반동예술, 곧 "사회주의적 예술인 구성파나 무정부주의적 예술인 표현파나 또는 다다이즘 등이 모두" 이에 해당한다.[47]

이렇게 다다, 표현주의, 구성주의를 모두 함께 프롤레타리아 미술로 간주하는 견해는 며칠 뒤에 발표한 「무산계급회화론」에서는 이들 가운데 어떤 것이 프롤레타리아 미술에 좀 더 적합한지를 논하는 관점으로 바뀐다. 이 글에서 김용준은 "신사회의 출현을 목적기대하면서 썩은 사회의 미학을 그대로 파지할 수 없다"고 전제하면서 "무산계급만이 가질 수 있는 별개의 미"를 찾아야 한다고 주장했다.[48] 이어 '볼셰비즘의 예술인 러시아의 구성파'와 '아나키즘의 예술인 독일의 표현파'가 문제의 초점이 되고 있다면서 그 양자를 비교했다. 먼저 표현파에 대해서는 "이 근대적 회화가 가진 전율감, 공포감은 프롤레타리아로 하여금 힘과 용기를 얻게 하고 부르주아로 하여금 증오성과 공포를 느끼게 한다"면서 루나찰스키Anatoli V. Lunacharskii(1875~1933)를 인용하여 프롤레타리아 미술로서 표현파의 가치를 강조했다. 문제가 되는 것은 표현주의 특유의 난해성이지만 당시 김용준에게 그것은 "민중의 이해와 감상력의 부족"에 기인한 것이었다. 반면 구성주의는 절망적인 다다의 반동으로 생긴 러시아의 산업주의 예술로서 "부르주아의 미를 공박하면서 동시에 표현파의 그것과 같은 비조직적 · 자유주의적 개인주의도 논박한다." 김용준에 따르면 구성주의는 가장 생활상의 직접 이익에 관계하는 건축도안, 설계구성안 등을 그린다. 이것은 그가 보기에 "구도요소가 주로 기하학적인 구성이 되어 있으므로" 일반민중은 여기서 "하등의 미적 감흥을 일으킬 수 없다."[49]

이렇게 프롤레타리아 미술로서 표현파를 옹호하고 구성주의를 배격하는 견해는 당시 진행된 카프의 볼셰비키화에 대한 아나키즘적 관점에서의 반론이면서 동시에 구성주의로 기울기 시작한 카프의 방향성에 이의를 제기한 것으로 읽을 수 있다. 김복진 등 카프 맹원들이 다다(파괴) 이후에 도래할 프롤레타리아 미술로 구성주의(건설)를 내세운 것과 달리 김용준은 다다 이후에 도래할 프롤레타리아 미술로 표현주의를 내세운 것이다. 물론 당시 상황은 그의 의도와 정반대로 흘러갔다. 카프 미술가들은 프롤레타리아 미술의 모델로 표현주의가 아니라 구성주의를 내세웠다. 그래서 김용준은 1927년 8월에 발표한 「프롤레타리아 미술 비판－사이비 예술을 구제하기 위하여」에서 "예술은 순연히 유물론 견지에서 출발할 수 없다"는 전제하에 "예술은 결코 이용될 수 없고, 지배될 수 없고, 구성될 수 없다"고 주장하며 볼셰비키의 예술이론－구성주의를 격렬하게 비판했다. 그가 보기에 "싫은 노동을 화금 때문에 하려 할 때 들리는 공장의 기적이, 그것이 아침의 찬미가로 들리는 사람은 미친 사람밖에 없을 것"[50]이다. 1927년 당시 카프가 프롤레타리아 미술의 모델로 검토한 구성주의적 견해는 기실 그 모태인 러시아에서도 줄곧 다음과 같은 비판, 곧 "인간적인 요소를 무시한다는 비판"에 직면했다.[51] 당시 김용준에게 인간적인 요소, 예술성을 희생하고 순전히 유물론적 관점에서 방향 전환을 도모한 결과는 "구성파 예술과 같은 대량생산만을 목적한 예술 아닌 예술이 나오고 만 것"으로 보였다.[52] 그의 관점에서 보면 구성파가 의도하는 '삶과 예술의 통합'은 '경제에 예속된 예술'과 다름없었다.[53]

1927~1928년에 행해진 김용준의 비판은 이 시기에 전개된 카프의 방향전환이 유물론-볼셰비키-구성주의 축에서 전개되었음을 시사한다. 즉 자유주의-아나키즘-다다-표현주의가 야기하는 혼란을 배격하고 프롤레타리아 독재에 의한 건설과 (그 건설이 가져다줄) 질서를 확보하는 것이야말로 당시 카프 맹원들의 과제였다. 가령 카프 창립멤버였던 김기진은 1925년에 발표한 「붕괴의 원리 건설의 원리」에서 이렇게 말했다.

각 사람들이 모두 다 각각 자유를 부르짖고 자유대로 뜻대로 마음대로 행동할 때 세상은 여기에서 붕괴된다는 것이다. 이와 같이 개인의 자유를 근저로 한 사상은 언제든지 위로위로 올라가려고 한다. 상승하는 것은 결코 지상에다 건설하는 아무것도 갖지 못하였다. 그러므로 무정부주의가 출현한다면 재래의 생활의 유도체는 돌연히 붕괴되고 말며 그리고 그의 대신으로 서는 아무것도 없이 세상은 혼돈하여지고 만다. 무정부주의는 붕괴의 원리인 자유 및 자유주의를 그 핵심으로 한 까닭이다. 볼셰비즘은 공산주의의 건설 원리다. 어찌하여 그러냐 하면 볼셰비즘은 계급의 독재를 시인하는 까닭이다.[54)]

김기진의 글이 시사하듯 아나키즘을 반대하는 볼셰비즘의 예술은 무산계급의 독재를 시인한다. 미술 분야에 한정해본다면 그 결과는 미술의 주체로서 개인보다는 프롤레타리아 계급을 내세우는 견지, 붕괴보다는 건설을 추구하는 견지, 생활과 분리된 미술이 아니라 생활과 하나인 미술을 옹호하는 견지로 귀결될 것이다. 당시 임화林和(1908~1953)는 그 실천 전략으로서 "유물론자인 우리는 과학적인 유물론에 기저를 둔 실증미학에 적합한 미술 작품으로 내야 할 것"을 요구했다.[55] 1927년 5월에 임화가 발표한 「화가의 시」라는 시에서 우리는 그 구체적인 실천 모델을 확인할 수 있다.

> 암만 해도 나는 회화에서 도망한 예술가이다.
> 미래파—공적功的이고 난조미亂調美의 추구
> 그것도 아니다 결코 나의 그림은 미술이 못 되니까
> 하마터면 또는 1917년 10월에 일어난 병정의 행렬과
> 동궁冬宮 오후 3시와 9시 사이를 부조浮彫하고 있을지
> 도 모를 것이다.
> 사랑할 만한 「아카데믹」의 유위有爲한 청년의 작품이—
> 오오 나의 그림은 분명히 나를 반역했다.
> 그러고 새로운 나를 강요하는 것이다.
> 빵기—냄새를 피우고 피냄새를 달랜다.
> 그리할 것이다 나는 이후부터는 총과 마치로 그림을 그리리라.
> —조형 예술가의 침언寢言—
>
> 임화, 「화가의 시」(『조선일보』, 1927. 5. 8, 부분)

인용한 시에서 임화는 "회화에서 도망한" 결코 미술이 못 되는 그림을 그리는 화가를 화자로 내세웠다. 그 '새로운 나'는 (유화물감 냄새가 아니라) 빵기—냄새와 피냄새를 피우는 화가다. 그는 이제 "총과 마치로 그림을 그리는 화가"이다. 여기에는 1917년 혁명의 이미지가 겹쳐 있다. 그 화가

는 "상부구조가 자동적으로 반응할 것이라는 믿음 속에서 물질적 토대에 직접적으로 작업하는" (그로이스) 구성주의자를 연상시킨다. 이것은 1927년 방향 전환기 카프 미술가의 한 전형이다.

5 혁명 전기의 프롤레타리아 미술: 프로파간다

지금까지 우리는 카프 창립기(1925년 전후)에서 제1차 방향 전환(1927년 전후)에 이르는 기간 카프의 미술가들이 프롤레타리아 미술의 개념을 형성, 발전시켜가는 과정을 검토했다. 당시 김복진으로 대표되는 카프 미술가들은 일본과 노농러시아의 전위미술을 적극 참조하면서 생활수준에서 파괴/건설의 변증법을 실천함으로써 관철하는 '형성예술'을 프롤레타리아 미술로 내세웠다. 그것은 노농러시아, 곧 소비에트미술의 구성주의를 모델로 삼고 있었다. 그러나 식민지 조선의 프롤레타리아 미술가들은 러시아 구성주의자들과는 다른 상황에 처해 있었다. 그들에게는 러시아의 아방가르드들과 달리 토대에 대한 직접적 접근-프롤레타리아 일상적 삶의 디자인-이 거의 불가능했다. 즉 그들은 소비에트사회의 프롤레타리아 삶을 구성하는 엔지니어가 될 수 없었다. 이렇게 토대에 대한 직접적 접근이 불가능한 상태에서 가능한 프롤레타리아 미술이란 무엇이었을까? 이에 대한 검토는 방향 전환기 카프 미술의 성격을 좀 더 분명히 드러내는 작업이 될 것이다.

먼저 식민지 조선이 당면한 현 단계에 대한 인식이 문제가 된다. 당시 카프 예술가들은 노농러시아가 부르주아 사회에서 벗어나 완전한 프롤레타리아 사회의 문화창조로 나아가고 있음에 반하여 식민지 조선은 무산계급이 자본주의 사회제도에서 그 통치를 받으면서 프롤레타리아의 운동을 시작하는 단계에 있다고 판단했다. 전자에서 프롤레타리아의 삶은 건설이 되겠지만 후자에서 삶은 투쟁이 될 것이다. 삶과 예술의 일치라는 구성주의적 예술관에서 보면 프롤레타리아 사회의 문화창조로 나아가는 노농러시아에서 프롤레타리아 예술은 토대구축, 건설에 관여하지만 자본주의와 투쟁하는 식민지 조선에서 프롤레타리아 예술은 지배질서의 파괴와 해방을 위한 투쟁에 관여한다.[56] 이러한 인식에서 식민지 조선은 혁명 전기 단계에 있고 "혁명 전기에 있어 프롤레타리아 문예운동은 혁명을 촉진하는 데 한 도움이 된다면 거기에 만족한다"는 식의 논리가 성립한다.

> **투쟁기에 재한 프로문예의 본질이란 선전적 선동의 임무를 다하면 그만이다. 한 예술가가 공리적 목적 위에서 현상의 부정을 목적의식하고 한 개의 예술품을 창조하였다고 하자. 그래 그 창조품이 선전포스터 이상의 효과를 나타냈고 노방연설**路傍演說**의 임무를 다하였고 인민위원회 정견발표문에 불과하였더라도 혁명전기에 속한 프로예술가로서는 조금도 수치를 느끼지 않을 뿐 아니라 도리어 프롤레타리아 일원이 자기로서의 역사적 필연의 임무를 다하였다고 만족해 할 뿐이다.**[57]

이러한 논리에 따르면 혁명전기에 속한 프롤레타리아 예술가의 과제는 "계급해방의 최량의 무기가 될 수 있는 것"[58]을 내놓는 일이 된다. 그 가치는 물론 계급해방 투쟁을 위한 선전선동에 얼마나 기여했느냐에 달려 있을 것이다. 이러한 사고에서 구성주의의 본래적 과제, 곧 구성construction 내지 건설은 훗날 도래할 프롤레타리아 독재의 시대에 가능한 것으로 된다. 그날이 오면 "예술도 전환기의 예술기 역할을 과정하고 건설기 역할을 과정하게 될 것"[59]이라는 것이다. 이렇게 구성주의의 본래적 과제인 '구성'은 먼 훗날에나 가능한 일종의 지연된 과제가 되었다. 이것이 바로 그들이 '구성주의'라는 용어를 전면에 내세우지 않았던 이유일 것이다. 하지만 그들은 구성주의적 관점에서 예술을 사고하고 실천했다. 제1차 방향 전환 이후, 카프예술에 나타나는 삶과 예술의 (즉자적) 일치, 다다와 표현주의를 개인주의적 · 소주관적 개성이 제작하는 부르주아 예술로 배격하고 "인터내셔널로서의 코렉티비즘으로서의 사회주의적 · 대주관적 개성이 제작하는 프롤레타리아 예술"[60]을 주창하는 태도 등은 구성주의의 논리를 배제하고는 설명할 수 없다. 기실 방향 전환기에 카프미술에 요구된 프로파간다로서의 역할 역시 1920년대 중반 러시아 구성주의의 갈래인 생산주의에서 대중을 조직하고 지휘할 예술의 주된 임무로 부각된 것이었다.[61] "구축주의(구성주의)와 생산주의 예술은 예술프로젝트에서 정치프로젝트로 이행되는 과정의 변화양상"[62]이라는 장혜진의 지적은 카프의 방향 전환 노선과 일치한다. 그런 의미에서 김용준이 1927년에 볼셰비키의 예술을 구성주의로 규정하고 비판한 것은 매우 적확한 접근이었다고 볼 수도 있다.[63]

제1차 방향 전환 기간에 계급혁명을 위한 프롤레타리아 미술의 과제는 선전물 제작이 되었다. 카프 미술가들은 이제 포스터 생산자, 무대 제작자가 되었다. 이러한 양상은 카프 미술 분야에서는 1935년 카프 해산 때까지 큰 변화 없이 유지되었다. 이 기간에 카프 논자들은 반복적 · 강박적으로 카프 미술가들에게 "고급미술을 그리는 대신에 모든 포스터, 삐라를 그리자!"고 요구했다.[64] 지금까지 검토한 카프 미술의 전개과정을 극명하게 보여주는 사례가 바로 이상춘李相春의 작업 전개과정이다. 이상춘은 대구 출신으로 1920년대 중반에 다다 내지 아나키즘적 색채가 짙게 드러나는 작업을 했다. 이 무렵 그의 작업에 대한 신고송申鼓頌(1907~?)의 회고를 인용하자. "나녀의 상반신을 측면으로 그린 것인데 강○한 유방이 있고 얼굴은 절반에서 잘리어 있었다. 그리고 화면의 한가운데에는 ○○ 밥그릇의 뚜껑을 그대로 붙였고 또 그 옆에는 여자의 모발을 그대로 붙인 것이었다. 나는 이 그림을 대할 때 사상적 노출의 거대함에 떨지 않을 수 없었다. 그리고 그 색채의 용법에는 극도의 침울함과 암울함이 떠돌고 있었다. 이 화법은 기술적으로 표현파에 속하며 사상적으로 다다이스트였다."[65] 이후 그는 1929년 일본에 가서 무대미술을 공부하고 귀국하여 카프의 연극부 책임자가 되었다. 이 무렵 무대미술가로서 이상춘의 활동에 대해서는 1932년 "최하층 생활상을 묘사하고 상영하며 비밀리에 격문을 인쇄한" 몰트듸(국제혁명연극대) 활동으로 이상춘이 체포된 것을 전하는 신문기사를 인용하는 것으로 충분할 것이다. "이번 사건의 주동격인 이상춘은 원래 아나계의 인물이던바 근래 공산주의 운동에 가담하여 작년 10월경에 시내 안국동에서 조선무산예술가동맹이라는 표현단체를 조직하여 일본 기타 외국에서 발행된 좌익서적을 구입하여 회람하는 일방, 카프계 문사를 규합하여 비밀리에 몰트듸를 조직하여 표면 문예연극으로서 계급의식을 확대시키고자 암중 활약한 것이라고 한다."[66]

이상춘의 사례에서 보듯 1927년 이후 카프 미술은 무대미술 및 포스터, 만화, 삽화 등 프로파간다에 집중했다.[67] 프로파간다는 일제의 극심한 탄압 속에서 '토대에 직접 접근할 길이 없었던' 식민지 조선의 프롤레타리아 미술가들이 택할 수 있는 사실상의 유일한 선택지였지만 그 성립기에 김복진이 요구했던 '형성예술집단' 내지는 '삶과 예술의 통합'을 지향하는 구성주의의 본래적 요구 차원에서 보면 심각한 후퇴로 보일 수 있다. 카프 미술활동에서 '삶과 예술의 통합'이라는 요구는 새로운 사회에 부합하는 새로운 형식으로 이어지기보다는 예술성을 도외시하고 선동과 선전에만 전념하는 활동을 정당화하는 이념으로 기능했다. 오늘날의 관점에서 보면 카프의 프롤레타리아 미술은 "프롤레타리아 사회에 적한 예술을 창조한다"는 요구를 충분히 만족시키지 못한 채 종결되었다.

6 삶과 예술의 통합-미완의 프로젝트

초기 카프의 프롤레타리아 미술론, 이를테면 김복진의 형성예술론 또는 비판미술론을 비판적 리얼리즘으로 지칭하는 견해가 있다.[68] 하지만 1920년대 중후반 김복진을 포함해 초기 카프 미술논자들에게 리얼리즘은 주된 관심사가 아니었다. 예컨대 김복진은 쿠르베를 '최초의 실제 운동의 보초'로 높이 평가했지만 쿠르베식 현실주의는 그에게 "고전적 이상주의라는 암굴을 지나고 현실주의라는 열대를 통과하여 주관주의의 바다로 봉착하게 되는" 미술 그 자체가 밟아 내려온 과정의 하나로 보일 따름이었다. 그의 진정한 관심사는 현실주의(리얼리즘)가 아니라 주관 강조의 최근 미술, 곧 표현파 내지 구성파였다.[69] 카프의 문예비평에서 리얼리즘이 본격 제기된 것은 김기진, 임화가 변증적 사실주의 내지는 사회적 사실주의 등을 문제 삼은 글을 발표한 1929년의 일이다.[70] 오히려 초기 카프 논자들은 프롤레타리아 미술을 구상하면서 유럽과 러시아에서 프롤레타리아 미술 내지는 전위를 표방하고 나선 미술운동들-미래파, 다다, 표현주의, 구성주의-을 적극 참조했다. 그 과정에서 노농러시아의 지배적 미술, 곧 구성주의가 부각된 것은 어쩌면 필연적 귀결이었을 것이다. 그들은 구성주의 이념에 따라 식민지 조선의 현실에 맞춰 '건설'이 배제된 프로파간다로서 미술 작품들을 제작했다. 하지만 카프 미술가들의 활동은 지도자 김복진이 1928년 체포되어 1934년까지 5년 6개월간 수감 생활을 하면서 위축되기 시작했다.

최열의 서술대로 "김복진의 활동으로 화단에 조금씩 자라던 현실의식은 (그의) 투옥을 계기 삼아 단숨에 숨죽였고", "현실의식에 바탕을 두는" 프롤레타리아 미술론은 이때부터 "탄압과 두려움을 뜻하게" 되었다. 이로써 다수 식민지 조선의 미술가는 '예술지상주의'로 기울기 시작했다.[71] 물론 김복진의 후예들은 합법, 비합법의 모든 방법을 동원해 프롤레타리아 미술을 실천하고자 했지만 일제의 탄압과 파시즘의 분위기 속에서 1930년대 초중반에 이르면 그마저도 크게 위축될 수밖에 없었다. 여기에 더해 포스터, 무대미술에 집중된 카프 미술가들의 활동은 결과적으로 미술동네와 담을 쌓게 되는 원인이 되었다.[72] 이런 분위기 속에서 미술가는 대부분 비정치성을 담은 예술지상주의 이념과 미학을 추구하면서 '미의 왕국' 속에 숨어들었다.[73] 이로써 장래의 일로 기약된 '건설'의 미술, 곧 '구성'을 수행하는 구성주의 미술은 실천되지 못한 미완의 프로젝트로 남게 되었다.

특기할 만한 것은 1930년대 이후에도 식민지 조선의 미술계에서 소비에트의 구성주의에 대한 호기심은 물론 구성주의 차원에서 프롤레타리아 미술을 사고하는 접근이 꾸준히 등장한다는 점이다. 그것은 구성주의의 '삶과 예술의 통합'이라는 테제가 식민지 조선의 미술인들에게 유의미한 주제였음을 시사한다. 예컨대 고유섭高裕燮(1905~1944)은 1932년에 러시아의 건축을 다룬 글에서 소비에트의 건축 목표가 '예술을 위한 기술'이 아니고 '기술과 예술 통합의 구체적 해결'이라는 것을 지적하면서 거기에는 "실질 있는 작업이 결국은 예술품이 되리라"는 신념이 전제되어 있다고 주장했다. 그의 논의는 다음과 같이 마무리된다. "도시의 성장과 촌락의 유기적 연락관계가 엄밀한 과학적 입각점에서 획책이 되나니 이것이 오개년 계획과 함께 성공이 되는 날에는 다만 예술적 모뉴먼트가 될 것이다. 이것이 리시츠키에 의한 러시아의 현대 도시계획의 일단의 소개이다."[74]

그런가 하면 정현웅鄭玄雄(1911~1976)은 1938년 발표한 글에서 미술이 개인주의로 되어 사회적 의의와 필연성을 상실하게 되었다고 비판하면서 "영화는 회화가 작일의 대표적 예술이었던 것과 같이 오늘의 대표적 예술이다. 회화는 사멸한다"고 했던 에이젠슈타인Sergei Eisenstein의 예언을 긍정했다.[75] 이러한 진보적 견해들은 물론 카프에서처럼 집단적 실천으로 이어지지 못했지만 카프의 담론과 실천을 해방기 프롤레타리아 미술 담론에 연결하는 고리로서 의미가 있다고 평가할 수 있다.

홍지석

홍익대학교 예술학과에서 학사와 석사, 박사 학위를 받았다. 현재 단국대학교 부설 한국문화기술연구소 연구교수로 있다. 주요 논저로 『이데올로기의 꽃-북한문예와 북한체제』(경진, 2014, 공저), 『스타일의 탄생-북한문학예술의 형성과정』(경진, 2014, 공저)과 「현대 예술에서 "양식" 개념의 의미와 의의」, 「사회주의리얼리즘과 조선화: 북한미술의 근대성」, 「해방기 중간파 예술인들의 세계관-이쾌대 「군상」 연작을 중심으로」 등이 있다.

집필경위

이 글은 2014년 7월 국제한국문학문화학회INAKOS 주최로 열린 학술대회 "아시아 사회주의 문화, 또는 감각과 표상의 (재)분할"(연세대학교)에서 발표한 「프로미술과 전위미술-1920~1930년대 일본과 한국의 경우」를 수정 · 보완하여 학술지 『사이間』 제17호(2014)에 「카프 초기 프롤레타리아 미술 담론」이라는 제목으로 게재한 것을 일부 수정한 것이다.

④

근대 중국의 '美術' 개념과 1929년 전국미술전람회

◎

김용철

1 '美術'이라는 번역어

오늘날 한자문화권에서 사용되고 있는 '美術'이라는 단어는 그 친숙함에 비하면 오랜 세월 사용된 단어라고 말하기 어렵다. 그것이 처음 등장한 해가 1872년이니 아직 생겨난 지 150년이 지나지 않은 셈이다.[1] 일본에서 처음 등장한 번역어 美術이 몇 년의 시차를 두고 한국이나 중국 같은 동아시아 여타 지역에도 수입되어 정착되었지만, 등장 초기부터 지금처럼 조형물의 세계와 밀접하게 연관된 미술의 개념으로 이해된 것은 아니다. 중국의 경우, 시기별로 조금씩 의미가 달랐던 美術은 점차 그 의미가 변화하여 오늘날과 같은 의미로 정착되어갔다. 그 과정에서 가장 큰 영향을 준 사건이 1929년에 열린 전국미술전람회(이하 '전국미전')다.

그러나 지금까지 근대 중국에서 사용된 단어 美術에 대한 논의는 단편적인 언급 수준을 넘지 못하였고, 1929년 설치된 전국미전에 대한 연구 또한 근년에 들어서서야 활발해졌다.[2] 그만큼 이들 주제와 관련한 연구는 아직 미진한 실정이다. 특히 전국미전을 연구한 내용은 많은 문제점을 드러내고 있다. 그것은 관련 자료가 흩어져서 일부가 사라진 것 같은 근본적 문제와도 관련이 있지만, 연구자의 시각 문제와도 무관하지 않다. 근년의 연구에서 주목을 받은 미술교육에 초점을 맞춘 연구나 박람회적 성격에 주목한 연구가 각각의 성과에도 불구하고 일정한 한계가 있는 것은 美術 자체에 초점을 맞추어 전국미전이 가지고 있는 국가전람회로서의 성격을 규명하기에는 미흡하기 때문이다.

이와 같은 사정을 고려하여 이 글에서는 근대 중국에서 '美術'이라는 용어가 처음 등장하여 오늘날과 같은 의미로 정착되어가는 과정에서 드러난 개념의 변천에 초점을 맞추어 조명하고자 한다. 시기적으로는 19세기 후반부터 1회 전국미전이 열린 1929년까지를 다루겠지만, 약 50년에 걸쳐 나타난 미술 개념의 변천과정은 다양한 측면을 갖고 있다. 예를 들면 그것이 일본에서 수입된 사실은 근대 동아시아의 질서가 재편되는 과정과 무관하지 않다. 또한 그것의 등장은 서양의 영어 art나 fine art 혹은 독일어 Kunst나 schöne Kunst 같은 개념의 번역이라는 측면뿐 아니라 전근대 중국의 역사 속에서 형성된 서화書畵나 도화圖畵 같은 전통적 개념과 부분적으로 연속성이 있는 것과도 관련이 있다. 당시 지식인들의 지향이나 그와 연관된 정부의 의도가 美術에 개입된 사실도 간과할 수 없는 측면이다. 그만큼 美術 개념이 출현하고 정착하는 과정은 다양한 각도에서 해석될 수 있다는 뜻이다. 따라서 이하 본론에서는 의미론적 관점과 명칭론적 관점에서 미술의 개념을 조명하고 근대 중국에서 美術의 개념이 뿌리를 내려가는 과정을 살펴보고자 한다. 이는 근대 중국의 美術 개념과 미술 분야에 대한 이해를 제고함은 물론이고, 한국이나 일본과 같은 여타 동아시아 지역에서 일어난 美術 개념의 수용과 미술 분야의 이해에도 중요한 참고가 될 것이다.

2 수입용어 '美術'과 그 의미의 변천

1872년 일본에서 처음 등장한 번역어 美術이 오늘날에는 영어 fine art나 독일어 schöne Kunst와 같은 의미로 사용되지만, 등장 초기에는 독일어 Kunst · schöne Kunst · Kunstgewerbe · bildende Kunst라는 네 단어를 번역한 기표였다.[3] 그만큼 美術의 의미는 하나로 통일되어 있지 않았다. 오늘날의 예술이나 미술, 미술공예, 조형예술과 같은 의미를 동시에 내포했던 것이다. 또한 당시 일본정부에서 설립한 미술학교인 공부미술학교工部美術學校의 예에서 알 수 있듯이, 미술은 기술의 일부로 인식되어 기술과 산업 등의 분야를 관장하는 공부工部에 속하였을 정도였다. 그

만큼 미술에 대한 이해는 모호하였고 오늘날과 같이 미, 즉 뷰티beauty와 결부된 개념도 아니었다. 하지만 이른바 문명개화기에 벌어진 이와 같은 현상은 미학이나 심미학에서 논하던 미의 개념과 결부됨으로써 1890년을 전후한 시기에 이르러 오늘날과 같이 미와 결부된 조형예술의 개념으로 자리 잡아갔다.[4]

한편 중국에서 '美術'이라는 단어가 처음 등장한 것은 1880년 리샤오푸李筱圃의 『일본기유日本記遊』에서다. 물론 그에 앞선 1860년대나 1870년대에 서양을 견학한 중국인들이 오늘날의 미술품에 해당하는 조형물을 본 기록들이 없었던 것은 아니다. 예를 들어 1867년 레그James Legge(1815~1897)의 권유로 유럽에 다녀온 왕타오짠王韜轉이 귀국하여 쓴 책 『만유수록漫遊隨錄』에 영국의 로열아카데미 · 박물관 혹은 미술관 · 회화전시회 등의 의미로 해석되는 '화원畵院 · 화각畵閣 · 화회畵會' 등의 단어가 등장하고, 그 10년 후인 1877년 리구이李圭가 『환유지구신록環遊地球新錄』에서 필라델피아만국박람회를 견학한 소감을 밝히며 '회화조각원' 등의 단어를 사용한 바 있다.[5] 하지만 그들이 사용한 용어는 조형예술의 개별 장르에 해당하는 것일 뿐 분야 전체를 가리키는 용어와는 거리가 있었다. 미술 개념의 수용이라는 차원에서 보면 그들의 경우와 다르게 리샤오푸에 의해 '美術'이라는 단어가 등장한 사실 자체가 분명 새로운 전기였다.

일본 기행문인 리샤오푸의 『일본기유』에는 당시 일본의 류치카이龍池會가 주최한 미술품 전시회를 견학한 부분에서 '美術'이라는 용어가 집중적으로 등장한다. 그러나 '관고미술회觀古美術會'와 같은 고미술 전시회, '미술협회美術協會'와 같은 단체 이름에 '美術'이 등장하는 데 비하면, 그 개념은 '술術의 아름다움[言術美也]'을 의미하는 것으로 설명되어 있어 그 의미나 외연의 구체성이 결여되어 있다.[6] 다만, '미술품美術品'을 열거한 대목에서 서화, 건축, 조각, 도자, 금기, 칠기, 수공綉工 같은 것이 나열되어 있는 사실 등으로 미루어 그것은 이미 일본에 수용된 미술의 개념을 '美術'이라는 기표를 통해 충실히 소개한 것에 불과함을 알 수 있다. 그러나 이러한 사실만으로는 美術 개념을 어느 정도 이해했는지를 파악하기는 쉽지 않다. 이와 관련하여 흥미로운 점은 몇 년 후인 1887~1889년에 쓰여 1893년 공간된 푸인룽傅雲龍(1840~1900)의 『유력일본도경여기遊歷日本圖經餘記』에서도 美術이 '術의 아름다움'이라는 의미로 해석된 사실이다.[7] 리샤오푸의 저술에도 등장한 이 설명은 '美術'이라는 기표가 조형예술과 관련된 분야로 인식되기보다는 術의 상태를 가리키는 단어로서 한 시기 동안 통용된 사정을 말해준다.

'美術'이라는 한자어가 일본에서 중국으로 전해져 여러 저술에 등장하기 시작한 것은 이처럼 이른 시기부터였지만, 단순 번역이 아니라 독립된 개념으로 사용된 것은 다음 시기인 1900년 이후의 일이다. 이는 근대 동아시아의 재편된 질서와 통하는 현상으로, 일본과 비교하였을 때 약 20년의 시차가 발생한 셈이다. 하지만 바로 그 시차 동안 의미 있는 변화가 일어났다. 예를 들면 중국인 펑징루馮鏡如, F. Kingsell가 펴낸 영화사전英華辭典, A Dictionary of English and Chinese Language(1897)에 美術이 등장한 사실을 들 수 있다. 그 사전의 표제어 'fine'의 사용례로 열거된 'the fine arts'의 번역어로 육예六藝, 정공精工과 함께 美術이 등장한 사실은 다음 시기

에 정착하기 위한 준비과정에서 일어난 주목할 만한 변화였다.[8]

근대 중국에서 美術 개념이 도입·정착되어간 과정을 고려하면 가장 중요한 인물이 차이위안페이蔡元培(1868~1940)다. 그는 일찍이 청일전쟁을 전후한 시기부터 신학문에 눈을 떠 해외 번역서적류를 탐독하였고, 일본의 학제, 교육과정 등을 분석한 바 있다.[9] 1901년 「학당교과론學堂敎科論」에서 무형리학無形理學의 한 분야인 문학에 속한 각 분야로 음악학, 도화학圖畫學, 서법학書法學, 소설학 등을 든 그는 문학은 또 미술학美術學으로도 불리며 류인劉歆의 칠략七略에 등장하는 시詩나 낙樂이 미술학임을 밝혔다.[10] 이미 그 시점에서 전근대 중국의 도서 분류체계, 즉 학문 분야의 분류체계와 비교하여 '美術'이라는 단어를 사용한 점은 주목할 만하다. 이후 1916년의 「화공학교강의華工學校講義」의 「지육십편智育十篇」에서도 도화·건축·조각·음악과 같은 각 장르의 양상을 서양과 중국을 비교하여 논하고, 중국의 도화가 서법書法과 관련이 깊고 문학의 취미를 많이 포함한 점을 지적하는 등 중국과 서양의 차별성을 의식하고 있었다.[11] 물론 이들 저술에서 美術은 오늘날의 예술과 같은 의미를 지닌 단어로서 미술의 개념이 형성된 초기의 양상을 보여준다. 아직 조형예술과는 거리가 있는 단어였던 것이다.

차이위안페이 등이 일본에서 만들어진 한자어 美術을 소개·사용하던 시기에 일본 체류 경험이 있는 캉유웨이康有爲(1858~1927), 량치차오梁啓超(1873~1929), 왕궈웨이王國維(1877~1927) 등도 예술과 같은 의미로 '美術'이라는 단어를 사용하였다. 캉유웨이는 1902년의 저술 『대동서大同書』에서 지방자치를 위한 기구로서 박물원·미술원 등을 열거한 바 있고, 량치차오는 1902년부터 '중국지신민中國之新民'이라는 필명으로 『신민총보』에 기고한 글에서 한 국가가 독립하기 위해서는 도덕 · 법률과 함께 문학과 미술에 이르기까지 독립의 정신을 갖추어야 한다고 주장하였다.[12] 왕궈웨이 역시 다치바나 센자부로立花銑三郎의 『교육학教育學』(1900)을 번역하여 1901년 잡지 『교육세계教育世界』 제9 · 10 · 11기에 연재할 때 '美術'을 사용하였고, 평론 「홍루몽평론紅樓夢評論」과 「논철학가여미술가지천직論哲學家與美術家之天職」이라는 글에서도 예술과 같은 의미의 '美術'을 사용하였다.[13]

1900년을 지난 시기에도 美術이 조형예술에 국한된 의미로 사용된 예는 적지 않다. 그것은 주로 서양의 박람회에 출품한 미술품이나 미술관의 예를 열거하는 과정에서 사용된 경우들이다. 따라서 그것은 이미 19세기 후반의 상황과 마찬가지로 미술 개념을 이해한 결과라기보다 개별 기관이나 행사, 직업, 전시품 등을 직역한 결과로 보는 것이 타당하리라고 본다. 예를 들어 1904년 『만국공보萬國公報』 권191(1904. 10)에는 그해 미국 세인트루이스에서 열린 만국박람회의 전시회를 '미술대회美術大會'라는 제목 아래 서술한 대목에서 "미술격치회지취집美術格致會之聚集'이나 '미술가美術家' 등의 표기가 등장하는 점은 좋은 예다.[14]

일본 도쿄미술학교 서양화과에서 유학한 리슈퉁李叔同(1880~1942)은 근대 중국의 美術 개념이 지금의 미술, 즉 조형예술과 일치한 것을 보여주는 이른 예다. 1905년 그는 「도화수득법圖畫修得法」이라는 글에서 프랑스를 미술국美術國, 즉 미술의 나라로 기술하거나 '미술공예美術工藝'라는 분야를 예로 들고, 도화가 미술공예의 근본이라는 인식을 드러내는 등 비교적 이른 시기에 美術을 조형예술과 같은 의미로 이해하고 있었다.[15] 특히 그가 유학한 도쿄미술학교의 경우, 수업과목 등에서 미술이 예술과는 구별되는 조형예술이라는 의미로 이해되어 뿌리를 내리고 있었던 점을 고려하면 그가 사용한 미술 개념은 오늘날의 미술 개념과 일치하였던 것으로 생각된다.[16] 이후 1914년 그는 절강고등사범학당에서 도화수공전수과를 개설하여 인체사생 등의 과목을 가르쳤다. 이는 미술 대신 미술의 종개념인 도화와 수공이 조합되어 사용된 예로서 중요한데, 절강고등사범학당이 초등학교 교사를 양성하기 위한 교육기관인 만큼 배출되는 교사가 초등학교의 도화와 수공 과목을 담당한 사실을 명시한 예다. 그와 비교되는 루쉰魯迅(1881~1936)의 경우는 애특愛忒, art or fine art이 美術임을 언급하였으나 그 의미는 예술과 같은 것이었다.[17]

화가 류하이수劉海粟(1895~1994)는 1912년 상해에 도화미술원을 설립함으로써 이후 1917년의 중화미술전과학교 등 미술이 학교 명칭에 사용되는 선례가 되었다. 하지만 당시 사용한 '圖畵美術'이라는 용어는 사실 미술의 한 장르인 도화와 미술을 붙여 사용한 만큼 의미상으로는 일종의 동어반복적 성격을 가진다. 개교 이후 학생을 모집하고 이후 운영에서 일반인의 이해를 도모한다는 차원에서 익숙한 개념인 도화와 생소한 개념인 미술을 함께 사용한 의도도 있었을 것으로 추측되지만, 이는 당시 美術 개념이 자립성을 갖지 못하여 전통적 개념인 도화에 이끌려야만 일반인에게 이해될 수 있는 사정을 반영하는 것이다.

흥미로운 점은 도화미술원을 설립할 당시 발표된 류하이수의 「도화미술원창립취지圖畵美術院創立趣旨」에 '美術'이라는 용어는 일체 등장하지 않고 '예술藝術'이라는 용어만 등장한다는 사실이다.[18] "동방 고유의 예술을 발전시키고 서방예술의 깊고 오묘한 이치를 연구하며", "예술을 선전하고 중화예술의 부흥을 도모하려" 한 도화미술원의 설립취지는 미술과 예술을 묘하게 구분한 것으로도 파악할 수 있지만, 실제로는 미술과 예술이 개념적으로 정착하지 못한 상황을 보여주는 것이다. 이후 도화미술원은 1914년 상해도화미술원을 거쳐 1920년에야 상해미술학교로 개칭함으로써 동어반복을 벗어난 학교 명칭을 갖게 되었다. 이는 미술 개념이 정착되어가는 과정을 보여주는 상징적인 예다.

오늘날의 개념으로는 예술을 의미하던 美術이 1910년대 들어 조형예술이라는 바뀐 뜻으로 사용되고 정착되어간 또 다른 예는 1917년『신청년』6권 1호에 실린 루쩡呂徵과 천두슈陳獨秀(1879~1942)의 글이다. 그들은 각각 중국의 미술혁명을 주장한 글「미술혁명美術革命」을 게재하고 예술, 즉 art와 미술, 즉 fine art를 구분하여 사용하였다.[19] 다만, 같은 시기 차이위안페이는 건축 · 조각 · 도화를 시각의 미술[視覺之美術]로 규정함으로써 변화의 징조를 보인 이래 협의와 광의의 미술을 구별하고, 美術 개념에 대한 자신의 견해를 굳혀갔다.[20] 전국미전 개최를 전후하여 미술 개념에 관한 그의 저술에서 가장 중요한 예라고 할 수 있는 것은 1929년 전국미전 도록의 서문이다.[21] 이 글에서 그는 광의와 협의의 미술 개념을 구별하여, 협의의 미술은 중국에서 널리 말해 온 서화書畫이며 서양에서 말하는 도화 · 건축 · 조각의 종합이라고 지적하였다. 협의의 미술이 곧 오늘날과 같은 fine art의 뜻임을 밝힌 것이다. 또한 그가 서양의 미술 개념이 전근대 중국의 서화와 같은 의미임을 언급한 것은 일찍부터 갖고 있던 인식의 일단을 드러낸 것이지만, 중요한 점은 중국의 전통적인 서화와 미술의 공통점을 환기해 미술에 대한 이해를 도모한 사실이다. 바로 그 점은 그가 수천 년 역사를 통해 전개된 중국 미술의 특수성을 의식하고 있었음을 말해준다. 이러한 사실로 보아 근대 중국의 경우, 1920년대에 이르면 미술이 오늘날과 같은 의미로 뿌리를 내림으로써 그 개념을 둘러싼 혼란이 없어진 것으로 보인다.

한편 19세기 후반 청나라의 공문서에서 '美術'이라는 단어를 찾는 일은 쉽지 않다. 과목명으로 도화나 수공手工과 같은 미술의 종개념이 사용되었고, 도화 수업의 내용을 명시한 경우 용기화用器畵 · 사영도법斜影圖法 · 음영법陰影法 · 원근법遠近法 등 서양에서 도입된 회화 장르가 열거되어 있는 정도다.[22] 그와 같은 장르는 개별 모티프나 공간의 입체감을 표현하기 위하여 투시원근법을 적용하는 등 서양에서 도입된 화법으로 삼차원적 회화 표현을 가능하게 하였던 만큼 전통적 화법과는 크게 다른 것임은 두말할 나위가 없다. 다만, 1903년경 작성된 「중일학무법률대조표中日學務法律對照表」에 따르면, 「도쿄미술학교 도화사범과 규정東京美術學校圖畵師範科規程」, 「도쿄미술학교 도화사범과 복무규정」 등 당시 일본에서 적용되던 여러 규정이 나열되어 있는 것으로 보아 청나라의 교육 관련 부서에서 '美術'이라는 개념에 대한 이해가 전무하였다고 단언할 상황은 아니었던 것으로 추측된다.

신해혁명으로 들어선 중화민국 정부에서 사용한 美術 용어는 1913년 본격적으로 등장하였다. 그해 4월 12일 교육부가 각 성에 보낸 공문에는 통속교육조사 제3표의 조사항목에 '미술전람관美術展覽舘'이 들어 있고,

같은 공문의 제4표에는 '미술전람회美術展覽會' 항목이 들어 있다. 12월 교육청장 명의로 발신된 「수정교육부관제안修訂教育部官制案」에서 부서의 하나인 사회교육사社會教育司의 업무분장을 규정한 제9조 제5항에는 '미술관 및 미술전람회에 관한 사항'이 명시되어 있으며 같은 시기의 「보등교육부정준수정연비학포장조례補登教育部呈准修正捐費學褒獎條例」에도 도서관, 박물관과 함께 미술관이 언급되어 있다.[23] 아마도 이는 중화민국 초대 교육부장관을 지낸 차이위안페이의 영향력이 초래한 결과로 보인다. 또한 북경미술학교에 고등과 설립계획을 명령한 문서에서는 미술에 대한 좀 더 구체적인 범위를 보여준다. 1918년 7월 5일 「교육부 지령 810호」에 따르면 당시 북경미술학교에는 중등과정에 회화과와 도안과 두 개 과가 있었고, 새로 중국화과 · 서양화과 · 도안과 · 도화수공사범과를 갖춘 고등과를 설치하려는 계획을 수립한 것이다.[24] 교토시립미술학교의 규정을 참고하여 설치하였다는 중등과정은 실제로는 회화과와 도안과, 조각과, 칠공과가 개설된 교토시립미술공예학교의 그것과는 차이가 있는 만큼 중국의 여건에 맞게 축소한 것으로 보인다.[25]

3 '美術'과 1929년 전국미술전람회

1) 1929년 전국미전의 설치경위 및 성격 재검토

이미 지적한 바와 같이 전근대의 문인아회와 다른 미술전람회가 근대에 들어 개최된 것은 미술을 보급하는 새로운 수단이면서 일반 대중을 상대로 한 행사로서 공공적 성격을 가지는 것이었다.[26] 전국미전 역시 미술전람회로서 이와 같은 성격을 가지지만, 국가의 통치권력이 주관하는 전람회로서 성격이 더해져 여타 미술전람회와는 구별되는 위상을 갖게 되었다. 하지만 전국미전에 관한 기존의 연구는 미술교육에 주목한 경우와 박람회로서 성격에 주목한 경우로 크게 나눌 수 있다. 전자의 경우, 차이위안페이가 강조한 미육美育의 중요성과 미술의 공공적 효용에 주목하여 관련된 사건을 연대기적으로 나열하는 수준을 벗어나지 못하였다.[27] 그것은 기존 연구가 전국미전의 핵심적 성격이라 할 통치권력이 주최한 미술 이벤트로서 성격을 규명하고 전국미전 개최 당시 미술의 다양한 양상에 대한 학문적 규명에는 한계를 드러낸 사정을 말해준다.

박람회로서 성격에 주목한 연구 역시 권업회와 같은 선례와 연관 짓고 1회 전국미전 당시 이루어진 미술품의 상업적 거래, 식당의 운영이나 공연과 같은 이벤트 등 박람회로서의 성격을 규명한 점은 분명 새로운 시각으로서 그 연구성과의 가치를 인정할 만하다. 더욱이 중화민국정부의 재정지원이 여의치 않은 상황에서 고미술품 매매, 입장료 수입 등 전국미전이 드러낸 상업적 성격을 부각함으로써 그것의 이면을 조명한 것은 새로운 성과임이 틀림없다. 그러나 일면적인 타당성이 있는 것은 사실이지만, 전국미전의 박람회로서 성격은 그것이 주된 측면이라고 보기는 어려운 점이 있다. 즉 그와 같은 시각에 따른 견해는 전국미전의 실체와 거리가 있는 견해일 수 있는 것이다. 박람회의 성격에 주목한 연구에서 특히 염두에 둔 점은 중국 남경에서 1910년에 열린 남양권업회南洋勸業會나 1929년에 열린 서호박람회西湖博覽會와의 유사성이다.[28] 이들 권업회와 박람회가 농공상업이나 교육 등의 분야와 관련된 주제관이나 공연, 상업적 판매 공간을 운영한 사실과 전국미전이 조형물의 전시 공간 외에 연극이나 국악 공연, 서화 상점 등의 상업적 판매 공간을 운영한 사실은 일견 유사한 측면이 있다. 또한 그 점은 당시 중화민국정부의 재정부족 상태와 맞물려 전국미전의 성격을 박람회로서의 그것에 초점이 맞추어지도록 유도하는 요인이 될 위험도 있다. 하지만 부분적으로 상업적 성격의 공간 운영이 있었더라도 "명목상의 미술전시회일 뿐 권업박람회의 상업적 · 판촉적 성격을 그대로 따르고 있다"라는 주장은 납득하기 어렵다. 따라서 전국미전에 대해서는 박람회로서 성격과는 다른 측면에 주목한 별도 시각이 필요하다. 미술 자체에 주목한 시각이 필요한 것은 그와 같은 이유에서다.

물론 전국미전의 성격을 파악하는 과정에서 미술 자체에 초점을 맞추더라도 그것의 설치경위는 재검토해야 한다. 그리고 그 재검토는 다양한 미술전람회가 전국적으로 확산되어가던 시기에 미술계 일각에서 이루어진 국가미술전람회 설치 건의를 중심으로 살펴볼 필요가 있다. 거기에는 미술의 개념과 그 효용에 대한 당시 주요 지식인들의 인식이 밀접하게 작용하였기 때문이다. 주요 지식인들 가운데 가장 적극적이고 집요한 태도를 취했던 인물이 류하이수이며, 그의 미술 개념과 미술의 효용 인식에 가장 큰 영향을 준 인물은 차이위안페이다. 전국미전이 설치된 경위를 검토할 때 그 두 사람의 움직임에 초점을 맞추어야 할 이유가 바로 여기에 있다.

잘 알려져 있다시피 차이위안페이의 사상에서 미술과 표리관계를 이루며 미술전람회와 밀접한 개념이 미육이다.[29] 그는 독일어 esthetische Erziehung을 미감교육, 심미교육 등의 의미를 지닌 미육의 개념으로 미술 개념을 설명하였다. 앞에서 언급한 바와 같이 그의 경우, 美術은 회화나 조각 · 건축은 물론이고 음악이나 문학을 포함하는 예술의 의미를 지닌 개념으로 미를 구현한 인간의 활동을 가리킨다. 그에게는 과학과 미육이 신교육의 요체였던 만큼 미육은 종교를 대신하는 분야로서 중국 사회의 진보를 위해서는 시급하게 필요한 것으로 인식되었다. 미술이 미육과 결부됨으로써 그 효용의 공공성이 강조된 점은 차이위안페이를 통해 살펴볼 수 있는 근대 중국의 美術 개념 그리고 전국미전의 설치 경위에서 가장 핵심 측면이다.

차이위안페이에 비해 일찍이 1919년 일본의 미술계를 시찰하고『일본신미술적신인상日本新美術的新印象』(商務印書館, 1921)을 발간한 바 있는 류하이수는 상해도화미술원 관계자들이 중심이 된 1922년 중화교육개진사中華教育改進社 미육조美育組 회의에서 차이위안페이 · 장쥔리張君勵(1887~1968)와 함께 세 사람 명의로 정부에 국립미술전람회의 창설을 청한다는 청원서를 제출하였으며, 1923년에는「왜 미술전람회를 개최해야 하는가」라는 글을『학등學燈』에 게재하여 미술전람회 창설의 필요성을 역설하였다.[30] 당시 청원서나 류하이수의 글에 드러난 취지는 인생의 표현이자 인생을 위한 표현인 미술이 민중을 교화하는 가장 효과적 수단인 만큼 민중이 미술을 접할 수 있는 미술전람회를 개최하여 그들의 정신을 일깨우고 정서를 함양하자는 것이었다. 그의 견해는 미술에 대한 차이위안페이의 인식과 공통된 것으로, 그것은 일찍이 차이위안페이가 주장한

미육의 방법을 미술전람회에서 찾은 결과였다.[31)]

미술전람회의 개최에 힘쓴 류하이수의 노력은 계속되었다. 그는 1923년 강소성교육회 미술연구회에 전람회 개최를 제안하여 이듬해 강소성교육회의 의뢰로 미술전람회를 상해와 남경에서 개최하였으며, 이듬해에 쓴 「민중의 예술화民衆的藝術化」에서 미술과 미술운동 · 미술전람회의 핵심이 다수 민중이 인도상의 신앙과 생명을 회복하게 하는 것임을 환기하고 민중의 예술화를 주장하였다.[32)] 또한 1925년 중화교육개진사 미육조가 전국미술전람회의 개최와 국민미술관의 건립을 요구하였을 때에도 그 일을 주도하였다. 그 요구사항을 받아들인 남경정부의 대학원예술위원회가 전국미술전람회의 개최를 결정한 것은 1927년 11월 27일의 일이다. 이듬해 5월에는 이 전람회를 매년 개최할 것 등 구체적인 사항을 요구하였고, 정부는 그 내용을 받아들여 같은 해 7월 「대학원미술전람회조직대강大學院美術展覽會組織大綱」 9개조, 「미전회준비위원회조직대강美展會準備委員會組織大綱」 7개조, 「미전회심사위원회조직대강美展會審查委員會組織大綱」 8개조, 「미전회징집출품간장美展會徵集出品簡章」 14개조, 「미전회장려간장美展會獎勵簡章」 10개조 등의 규정을 발표하기에 이르렀다.[33)]

전국미전 설치에 관한 일련의 건의과정은 전국미전의 성격을 파악하는 데도 대단히 중요한 실마리를 제공해준다. 바로 그 점에 착안하여 생각해보면, 도화나 수공 등 실기를 중심으로 진행된 미술 교육의 측면보다는 조형적 행위의 결과물인 미술품의 전시와 감상에 초점을 맞춘 이벤트라는 측면에서 접근하는 것이 그 성격을 파악하는 데 가장 필요하고도 적

절한 방법임을 알 수 있다. 그리고 그것은 전국미전에서 마련한 출품 장르의 구분이나 출품 내역에 대한 면밀한 검토와 함께 좀 더 정확한 전국미전의 성격을 파악하기 위해 갖추어야 할 필요조건이기도 하다.

2) 1929년 전국미전의 출품 장르로 본 미술의 범위

미술의 의미가 예술에서 조형예술로 달라져가는 동안 회화와 조각, 건축을 가리키던 외연도 변화를 보였다. 그 외연의 변화에 결정적 영향을 준 사건이 1929년에 처음 열린 전국미전이다. 그것은 변화의 과정에 있던 미술의 범위를 통치권력이 공식적으로 규정하였다는 사실 때문이다. 그와 같은 전제 아래 당시 미술의 외연을 알게 해주는 표지가 바로 출품 장르다. 1929년 5월 전국미전이 처음 열린 당시의 출품 장르는 그 시기 미술이 어떠한 개념으로 이해되었는지를 알게 해주는 척도인 것이다. 당시 『신보申報』에 실린 「전국미전회적극주비全國美展會積極籌備」 등의 기사와 문헌기록에 따르면, 출품 장르는 당대 미술 7개 장르로 이루어져 있고 그와는 별도로 참고품인 고미술도 작품을 모집하여 전시하였다.[34] 당대 미술의 경우 서화書畵와 금석, 서화西畵, 조소, 건축, 공예미술, 사진에 이르는 7개 장르를 포함하고 있었다. 주목할 것은 먼저 서화 장르, 즉 서예와 회화를 하나로 묶은 장르의 설정이다. 이는 뿌리 깊은 전근대의 서화일치사상이 그대로 유지된 것을 보여주는 예로서, 서예가 미술의 일부로 포함되었음을 의미한다. 앞에서 살펴본 차이위안페이의 분류에서 문학의 일부로 혹은 예술의 의미를 지닌 미술의 일부로 분류되었던 서법, 즉 서예가 회화와 함께 미술, 즉 조형예술의 한 장르로 자리 잡은 것이다.

또한 이는 서예가 일찍이 일본에서 그러했던 것처럼 미술인지 아닌지를 둘러싼 논쟁을 거치지 않고 일본을 거쳐 수입된 美術의 범위에 편입된 것을 의미한다.[35] 달리 표현하면, 서양에서 성립된 미술의 개념이 중국에 수입되어 전통적인 장르를 포함시킴으로써 그 외연을 확장해간 것을 의미하는 것이다.[36]

서화에 이어 두 번째 장르인 금석은 전각이나 탁본, 모본을 포함하는 장르다. 실제로 출품된 예들은 「진랑아대각석동면시황조秦琅玡臺刻石東面始皇詔」, 「괵숙대령종虢叔大霝鐘」 등의 탁본이 중심을 이루고 중국적 특색이 확연하다. 이들 출품은 고대 조형물에서 탁본을 뜨고 거기에 새겨진 글자를 옮겨 낙관을 함으로써 완성된 것들이다. 서화와는 다르지만, 서예의 전통과도 닿아 있어 전통성이 강한 특이한 장르라고 할 것이다.

서양문물을 본격적으로 수용하는 가운데 서양화법의 유입으로 생겨난 장르인 서화西畵가 미술에 포함된 것은 당연한 현상이라고 하겠지만, 건축의 경우 모형을 출품하도록 되어 있었다는 점을 감안하더라도 전국미전의 출품 장르에 포함된 사실은 주목할 만한 대목이다. 서양에서 미술 개념이 성립되는 과정에서 회화 · 조각과 함께 건축이 중요 장르로 인식되고 그 비중이 컸던 사실에 비추어보면, 전국미전의 출품 장르로 포함된 것은 서양에서의 비중이 그대로 인정된 것으로 이해된다.

조소彫塑도 일본의 개념을 그대로 수입 · 사용한 것이다. 원래 일본에서는 영어 sculpture의 한자 번역어로 조각彫刻이 먼저 사용되었다. 하지만 조彫와 각刻 각각의 한자가 긁어내고 깎는다는 의미였던 만큼 서양의 sculpture와 비교하였을 때에는 engraving에 가까울 뿐으로, 점토나 석고 같은 재료를 사용하는 modeling을 담아낼 수 없다는 미술이론가 오무라 세이가이大村西崖(1868~1927)의 견해에 따라 조각이 조소로 대체되어 갔다.[37] 따라서 조소도 일본의 미술 장르 용어가 그대로 수입되어 사용된 결과로서 주목되지만, 실제로 전국미전에서는 조각 · 상감 · 소조의 유형을 포함하는 조형물들이 출품 · 전시되었다.[38]

미술공예가 출품 장르에 포함된 것은 청나라 말기부터 수공 과목이 공교육에 포함되어 있어 그 기반이 조성된 결과다. 용어상으로는 일본이 만들어낸 한자어 '공예'가 중국에 전해진 결과로, 원래 공업을 대체하는 용어로 사용되었고 '백공예술百工藝術'에서 유래한 단어다.[39] 그 점을 감안하더라도 전국미전을 통해 공예가 국가미술전람회의 출품 장르에 포함된 것은 여타 동아시아 지역의 사정에 비하면 이른 편이다. 즉 일본에서는 1927년부터 국가미술전람회 제국미술원전람회에 공예 장르가 포함되었지만, 그것은 공예가들의 오랜 운동의 결과였다. 그만큼 1929년 중국의 전국미전에 공예를 포함시킨 것은 당시 정부 측의 개방적 태도를 반영하는 것으로 해석될 수 있다. 하지만 출품 내역에는 자수나 도자기가 중심적인 위치에 있었던 만큼 전통공예를 활성화하기 위한 의도가 강하게 작용한 결과로 생각된다. 그것은 곧 미술 개념에 대한 이해를 바탕으로 기술에 치중한 전통공예를 혁신시킨 새로운 공예가 전개되기에는 어려운 상황이었음을 의미한다.

1929년 전국미전의 가장 특이한 면모를 보여주는 점은 촬영, 즉 사진이 출품 장르에 포함된 사실이다. 신문이나 잡지와 같은 대중매체를 통하여 상업광고용 사진이 점차 그 세력을 확장해가는 가운데 전국미전에 출품된 촬영 장르는 황혼의 자연풍경이나 옹기의 실루엣, 탁자 위의 정물 등 서양화와 유사한 모티프나 구도로 이루어진 예가 주류를 이루었다. 사진이 미술의 한 장르로 포함된 점은 사진 보급이 본격화되던 시기의 사정을 반영하는 것으로, 일견 같은 시기 일본이나 조선 · 대만의 사정과 비교해보면 동아시아 지역 내에서는 특이한 현상으로 선진적이라고 평가할 만한 측면이 있다. 다만 사진에 대한 논의는 찾아보기 어렵다.

한편 당대 미술품과는 다르게 참고품으로 출품된 고미술은 서화 장르를 중심으로 하였고, '유수석流水席' 방식 전시라는 표현에 드러나 있듯이 수시 출품과 수시 철거라는 느슨한 전시방식에 따라 매일 교체되었다.[40] 황공망黃公望(1269~1354)의 「천지석벽권天地石壁卷」을 출품한 쩡농란曾農髯을 비롯하여 황빈홍黃濱虹(1865~1955)이 주도한 신주국광사神州國光社 등 당시 유명 소장가나 소장 단체가 대거 참여하여 성황을 이루었다. 당대 중국화가 1,000여 점이 출품된 데 비해 2,000여 점이 출품될 정도로 수량에서 압도적이었던 탓에 '고화古畵가 주연이 된 전시'라는 평가가 나올 정도로 전국미전에 출품된 고화의 비중은 컸다.[41] 하지만 중요한 사실은 전국미전의 전시로 美術이라는 단어가 유입되기 이전에 제작된 조형물들이 국가가 공인한 미술의 범위에 편입된 것이다. 물론 1911년부터 상해신주국광사가 『미술총서美術叢書』를 발행하고 1924년 프랑스에서 중국인 유학생들이 개최한 중국미술전람회 등은 서화를 비롯한 전통적 조형예술 장르가 미술과 연속성을 가진다는 인식을 확산하는 데 적지 않은 영향을 주었다.[42] 1929년의 전국미전은 그 점을 국가가 공인한 사건으로서 중요하다. 전국미전으로 미술의 범위가 당대는 물론이고 거슬러 올라가 전근대의 조형예술에까지 적용 · 공인된 것이다.

이처럼 복잡한 출품 장르로 이루어진 1929년 전국미전은 각 출품 장르를 면밀히 검토해보면 그 선례라고 할 만큼 출품 장르가 유사한 이벤트가 있었다. 바로 1877년에 열린 일본의 제1회 내국권업박람회다. 그 근거는 양자 사이에 건축이나 사진을 포함한 출품 장르 대부분의 유사성이다. 건축의 경우 제1회 내국권업박람회 당시 출품 구분에서 광업, 제품에 이어 제3구에 속한 美術에는 '백공百工 및 건축학에 관한 도안, 모형, 장식'이 열거되어 있다.[43] 사진 역시 일본의 제1회 내국권업박람회의 제3구 미술의 제4류 사진술에서 그 선례를 찾을 수 있어 양자 사이의 영향 관계를 추측할 수 있다. 1877년 당시 내국권업박람회는 제1구 광업, 제2구 제품, 제3구 미술, 제4구 기계, 제5구 농업, 제6구 원예로 구성되어 있다.[44] 그 가운데 제3구인 미술의 출품 장르는 〈표 1〉에 드러나 있듯이 제1류 조상술, 제2류 서화, 제3류 조각술(조각판화술 및 석판술), 제4류 사진술, 제5류 백공 및 건축학의 도안 · 모형 · 장식, 제6류 도자기 및 유리장식 · 상아세공 등이 열거되어 있다. 서화나 조각, 미술공예는 물론이고 사진이나 건축의 도안 및 모형에 이르기까지 유사성을 보여준다. 일본의 내국권업박람회에서는 '서화'에 '유화油畵'의 이름으로 포함되어 있었던 서양화, 즉 서화西畵가 전국미전에서 독립된 출품 장르가 된 것은 서양화법의 본격적 수용에 따른 결과로 파악되며, 금석이 포함된 것은 중국의 전통을 중시한 결과로서 이채롭다고 하겠다.

〈표 1〉 1929년 전국미전과 1877년 내국권업박람회 출품 장르

전국미전	내국권업박람회 제3구 미술
서화書畵	제1류 조상술
금석金石	제2류 서화
서화西畵	제3류 조각술(조각판화술) 및 석판술
조소	제4류 사진술
건축	제5류 백공 및 건축학의 도안, 모형 및 장식
미술공예	제6류 도자기 및 유리장식, 잡감세공 및 상아세공
사진	

4 번역어 '美術'을 정착시킨 전국미전

이상에서 살펴본 바와 같이 일본에서 만들어진 '美術'이라는 번역어가 중국에 수입되어 정착되기까지는 약 50년의 세월이 필요했으며, 그동안 의미의 변천이 있었다. 1880년 리샤오푸의 『일본기유』에 처음 등장한 이래 '美術'은 한 시기 동안 주로 문학이나 음악을 포함하는 오늘날의 예술과 같은 의미로 사용되었지만, 점차 조형예술을 가리키는 현재와 같은 의미를 지닌 미술의 개념으로 변화해갔다. 그 과정에서 가장 영향력이 컸던 인물은 차이위안페이로, 독일 유학에서 칸트Immanuel Kant(1724~1804)의 미학을 수용한 그는 과학과 미술을 신교육의 요체로 삼고 미육을 통해 사회진보를 이루고자 하였다.

미술의 개념과 '美術'이라는 용어가 정착되는 과정에서 가장 큰 영향을

준 사건은 1929년에 열린 전국미전이다. 일찍이 1922년 류하이수의 건의로 시작되어 7년에 걸친 요구와 건의 그리고 당시 중화민국 정부의 수용으로 실현되었다. 하지만 출품 장르에서는 일본의 1877년 제1회 내국권업박람회의 영향을 많이 받았다.

미술의 개념과 관련지어 보면 대단히 중요한 전국미전의 성격이 드러난다. 즉 그것은 국가미술전람회로서 정부가 실행한 위로부터의 제도로 이후 중국의 미술 개념과 그 범위를 정하는 데도 중요한 바로미터가 되었다. 출품 장르에 포함된 서화와 건축 · 공예미술 · 사진 등은 명실공히 미술의 외연으로 인정되었으며, 그 장르에 속하는 당대의 미술품들과 함께 중요한 비중을 차지한 것이 고미술품들이다. 특히 고서화가 주연인 행사라는 평가가 있을 정도로 전국미전에 출품된 고서화의 비중도 컸지만, 美術이라는 용어를 도입하기 이전에 있었던 조형활동이 미술의 일부로 인식되는 중요한 계기가 되었다는 점에서 고서화 혹은 고미술과 관련한 전국미전의 의미는 중대한 것이었다. 이후 중국미술사의 연구나 서술, 각종 미술출판물에서도 전국미전의 출품 장르와 관련한 내용을 다룬 것은 이러한 전후 관계에 따른 것으로, 이 같은 양상은 전국미전을 미술교육의 측면에 국한하거나 박람회의 성격으로 파악하는 시각으로는 밝혀낼 수 없는 내용이다. 그와 같은 관점에서 볼 때 1929년의 전국미전은 외국에서 도입된 개념인 美術을 중국 사회가 구체적으로 확인한 이벤트였다.

김용철

서울대학교 고고미술사학과 학사 및 석사 과정을 졸업하였고 도쿄대학 대학원 미술사학과에서 박사학위를 받았다. 성신여자대학교 전임강사를 거쳐 현재 고려대학교 글로벌일본연구원 부교수로 있다. 주요 논저로는 『'일본'의 발명과 근대』(이산, 2006, 공저)와 「후지타 쓰구하루(藤田嗣治)의 전쟁화」, 『한국근대미술사학』 15집 특별호(한국근대미술사학회, 2005), 「중일 · 태평전쟁기 일본의 오카쿠라 덴신(岡倉天心) 재조명」, 『일본비평』 10(서울대학교 일본연구소, 2014) 등이 있다.

집필경위

이 글은 2012년 『개념과 소통』 9호에 실린 같은 제목의 논문을 수정 · 보완한 것이다.

⑤

문학용어사전을 통해 본 문학·예술 관련 개념 정립 과정: 1910~1920년대 제국 일본과 식민지 조선에서 편술된 용어사전을 중심으로

◎

강용훈

1 용어사전의 계보와 동아시아의 문학·예술 관련 개념

특정한 시기 문학과 예술 관련 용어들을 정리하는 작업을 하게 된 원인은 무엇이며, 그 작업들을 형성하게 만든 원동력은 어디에 있는가? 문학·예술 관련 용어사전의 계보를 탐색하는 이 글의 시선은 바로 이러한 질문에 대한 대답을 고민하는 과정과 연결되어 있다.

19세기 중엽 동아시아 사회는 서양의 문명에 따라 주도된 세계체제에 편입되었다. 성격이 서로 다른 문화가 충돌하고 교류하는 과정에서 동아시아 사회에는 다양한 변화의 흐름이 생겨났다. 기존의 학문 질서에서는 통용되지 않았던 새로운 어휘들이 소개되기 시작한 것 역시 그러한 변화 중 하나였다.

새로운 어휘의 소개는 우선 서양의 언어로 된 학술용어를 번역하는 형태로 표출되었다. 1870년 일본에서는 니시 아마네西周(1829~1897)가 『백학연환百學連環』에서 서양 학문에 대응하는 용어를 만들기 시작했으며, 이노우에 데쓰지로井上哲次郎(1855~1944)는 『철학자휘哲學字彙』를 집필하며 철학용어의 번역어를 정립했다.[1] 『시무보』에 연재된 '중서문합벽표中西文合壁表'에서 확인할 수 있듯이 중국에서도 서양 용어 번역 작업의 표준을 마련하려는 시도가 있었다.[2]

서양의 학술용어를 번역하고 정리하는 작업은 1905년 무렵에는 용어사전의 형태로 나타나기 시작했다.[3] 이 사전들은 학술적 영역에서 사용되는 전문용어의 의미를 명확하게 정립하는 역할을 담당하는 동시에, 외래의 사상 · 문화를 수용한 신어新語를 집합적으로 모아놓은 기능, 즉 신어사전新語辭典 역할 또한 수행했다.

이는 1910년대 일본에서 편찬된 문학용어사전인 『문학신어소사전文學新語小辭典』(生田弘治(長江), 다이쇼 2)과 『신문학사전新文學辭典』(生田長江 · 森田草平 · 加藤朝鳥, 다이쇼 7)에서도 확인할 수 있다. 『문학신어소사전』과 『신문학사전』은 문학서적과 문예잡지에 나타나 있는 신어, 숙어 등을 모아놓은 사전이지만 이들 사전에는 문학 관련 용어 이외에도 일상적으로 쓰이는 외래어가 적지 않게 실려 있었다.[4] 오늘날의 관점에서

보면 이들 사전은 신어사전과 학술용어사전의 경계에 있는 것이다.[5)]

신어는 과거의 말로 온전히 설명할 수 없는 새로운 사물 혹은 새로운 관념이 출현했을 때 생겨나게 된다. 그렇기에 신어가 급증하여 신어의 의미를 해설한 책(=신어사전)이 편찬된 시기는 사물의 변화가 격렬하게 진행되는 때 혹은 새로운 사상이 출현하기 시작한 때로 볼 수 있다.

반면 학술용어사전은 특정한 학문 영역에서 사용하는 개념어의 의미를 정립하는 역할을 수행한다. 학술용어사전 편술작업은 다층적 의미로 사용되던 개념의 의미를 특정한 방향으로 고정하는 활동이었으며 신어를 소개하는 작업보다 전문성을 담보하고 있었다. 따라서 학술용어사전이 편찬되었다는 것은 서양에서 유입된 새로운 말들이 당대의 언중 가운데 일정한 계층에 정착되기 시작했음을 보여주며, 그 어휘들이 유용하게 사용될 수 있는 학술 제도적 기반이 확립되고 있었다는 점 또한 의미한다.

한국의 경우 '신어'를 소개하고 정리하는 작업은 1910년 전후로 나타나기 시작했다. 『대한민보』에 실린 「신래성어문답新來成語問答」(1909~1910), 『증보 최신척독增補 最新尺牘』(1912)에 실린 「현용신어現用新語」 등이 그 대표적 예다.[6)] 1920년대에 들어서면 대중매체를 통해 다층적 '신어'를 소개하는 작업이 좀 더 활발하게 이루어졌으며, 1922년에는 단행본 형태로 된 신어사전인 『현대신어석의現代新語釋義』가 문창사에서 발행되기도 했다.[7)]

기존에는 이 시기에 나타난 어휘 자료를 실증적으로 연구하여, 어휘를 소개하는 지면의 명칭이 다양하게 배치되어 있던 점,[8)] 1930년을 넘어서며 '개인의 일상생활이 급속히 변화되고 있었음을 알려주는 어휘'들이 나타났다는 점[9]을 지적했다. 이러한 연구들은 신어 유입 과정을 연구할 수 있는 실증적 토대를 만들어냈다는 점에서 의의가 있다. 그러나 어휘 소개란에 등재된 어휘를 제시하는 데에 초점을 맞추다 보니 이들 연구들은 개별 어휘 소개 작업의 의미와 역할에 대해서는 상세하게 분석해내지 못했으며 '신어'를 소개하는 활동과 학술용어의 의미를 정립하는 일 사이의 차이를 부각하지 못했다. 또한 분석 대상을 식민지 조선 매체의 어휘 소개로 제한했으므로 새로운 어휘를 정립했던 식민지 조선의 작업이 동아시아의 여타 지역, 특히 제국 일본과 교류했던 영향 관계를 포착해낼 수 없었다.

이 글에서는 이러한 기존 연구의 한계를 극복하기 위해 1910~1920년대 제국 일본과 식민지 조선에서 편술編述되었던 '문학 · 예술 관련 용어사전'에 초점을 맞춰, 이들 사전에 나타난 표제어 배치와 표제어의 해설 작업을 비교하려고 한다. 이를 통해 문학 · 예술 관련 용어가 언어의 경계를 횡단하여 유통되던 양상을 분석한 후 식민지 조선에서 그 용어들을 전유해나간 과정을 살펴볼 것이다.

리디아 리우Lydia H. Liu가 지적했듯이 신조어와 외래어 사이에 형성된 등가관계는 본원적으로 존재했던 것이 아니라 가설적으로 만들어졌다. 신조어적 상상력이 위치한 지점은 손님언어guest language와 주인언어host language가 접촉하고 충돌하며 '언어횡단적 실천translingual practice'을 만들어내는 자리이다.[10] 리디아 리우의 문제틀problematic에 입각해본다면, 1910~1920년대 제국 일본과 식민지 조선에서 수행되었던 '용어사전' 편술작업은 서양의 학술용어와 제국 일본어, 그리고 식민지 조선의 언어가

교류하고 충돌하는 현장으로 해석될 수 있다. 이 시기 조선과 일본에서 편술된 용어사전을 비교하는 일은 곧 '동아시아 근대(문학 · 예술) 개념'의 형성 과정에서 발생했던 교류와 충돌을 탐색하는 작업이다.

1910~1920년대에 편술된 용어사전과 어휘 자료집 중 이 연구가 초점을 맞춘 것은 이쿠타 조코 등이 다이쇼 시기 편찬한 『문학신어소사전文學新語小辭典』(1913)과 『신문학사전新文學辭典』(1918), 그리고 1920년대 박영희朴英熙(1901~?)가 편술한 『중요술어사전重要述語辭典』이다. 이들 자료는 여타의 외래어사전과 신어사전으로부터 문학용어사전이 분화하기 시작했던 상황을 보여준다는 공통점을 지닌다. 이 중 『문학신어소사전』은 초심자를 대상으로 한 문학용어사전이자 외국어사전을 겸한 사전인 반면, 『신문학사전』은 더 전문적 용어사전을 표방한 책이다. 이 글에서는 『문학신어소사전』과 『신문학사전』을 비교하는 작업을 통해 제국 일본의 용어사전이 변화해간 과정을 살펴보려고 한다. 아울러 그 작업들이 '예술' 관련 개념의 정립 과정에 어떠한 영향을 미쳤는지를 탐색하려고 한다.

또한 이 글은 1920년대 중반 박영희가 편술한 『중요술어사전』[11]을 분석하며 식민지 조선의 문학용어 정리 작업이 제국 일본의 문학용어사전과 어떻게 연관되었는지를 탐색하려고 한다. 박영희의 『중요술어사전』은 신어를 정리했던 1910~1920년대 여타 작업들과 달리 사상 관련 술어와 문학 관련 술어를 구분한 뒤 개별 영역에 속하는 용어들의 의미를 소개하였다. 앞에서도 언급했듯이 식민지 조선에서는 1910년을 전후로 「신래문어성답」, 「현용신어」 등의 지면에 '전문 분야'에서 사용되는 어휘가 소개되기 시작했지만, 전문 영역은 세분되어 있지 않았으며, 어휘를 정리하는 편술

자의 관점 또한 명확하게 제시되지 않았다.[12)]

『중요술어사전』은 편술자가 자신이 소개한 어휘의 전문 분야를 명확히 밝히고 그 어휘들을 정리하는 관점을 드러낸 자료라는 점에서 의의가 있다. 이 글에서는 『중요술어사전』을 분석하며 1920년대 식민지 조선에서 문학 관련 용어들을 정리하는 작업이 나타나게 된 원인을 규명해나갈 것이다.

2 신어사전에서 학술용어사전으로: '예술' 관련 파생 개념의 정립

1913년(다이쇼 2) 편찬된 『문학신어소사전』은 문학서적과 문학잡지에 담겨 있는 신어, 숙어, 외국어를 모아 그 의미를 알기 쉽게 해설한 사전이다. 이 사전의 편찬자인 이쿠타 조코生田長江는 1915년 일본에서 처음 출간된 『근대사상의 16강近代思想の十六講』, 『사회개조의 8대 사상가社會改造の八代思想家』[13)]의 공동 편자이다.[14)] 도쿄제국대학 철학과에서 수학한 이쿠타 조코는 성미여자학교의 영어교사로 일했으며 1900년대부터 문학평론가이자 번역가로도 활동했다.[15)]

나쓰메 소세키夏目漱石(1867~1916)가 서문을 쓰며 추천한 『문학입문』(1907)이라는 책에는 이러한 이쿠타 조코의 정체성이 잘 드러난 「문학상의 번역」이 수록되어 있다. 이 글에서 이쿠타 조코는 서양 문화를 수입하기에 바쁜 시대로 당대를 규정하며, 이러한 시대에 번역은 모방답습을 되풀이하는 역할을 수행할 수밖에 없다고 말했다. 그러나 그는 번역을 통한 모방이 훗날 새로운 일본의 문학을 건설하는 데 기여할 것이라고 주장하였다.[16]

『문학신어소사전』(1913) 역시 주된 목적은 서구의 문학용어와 외래어를 번역하는 데 맞추어져 있다.[17] 『문학신어소사전』[18]은 표제어를 한자어 형태로 제시하는 부분과 가타카나 형태로 제시하는 부분으로 각각 나뉘어 있다. 이 두 부분 중 좀 더 많은 비중을 차지하는 것은 후자이다. 사전 전체로는 약 1,310개 표제어 중 854개가 가타카나로 표기되어 있어 대략 65퍼센트를 차지하고 있다. 사전 전반에 걸쳐 가타카나로 표기된 표제어가 주를 이루고 있는 것이다.

가타카나가 표제어 다수를 차지하게 된 것은 이 사전이 외국어사전 역할을 했기 때문이다. 이쿠타 조코는 『문학신어소사전』 머리말에서 외국어 중 상용되는 어휘들을 골라 그 말을 해설하는 작업을 수행했다고 밝혔다. 이 사전이 편술되기 직전인 메이지 말기와 다이쇼 초기부터 서양 언어는 일본인에게 일상어로 받아들여지기 시작했으며 외래어의 수용 또한 급증하기 시작했다.[19] 이 시기 생겨난 외국어사전은 가타카나를 통해 서양 어휘를 음역했는데, 이는 그 사전들이 '자국 언어의 음운체계'에 맞춰 외래어를 수용했음을 보여준다.[20] 『문학신어소사전』에 수록된 가타카나 표제어 역시 그러한 시대적 분위기에 영향을 받았다.

그러나 『문학신어소사전』에는 가타카나를 통해 외래어를 음역하는 부분과 음역된 그 말의 의미를 한자어로 해설하는 부분이 섞여 있다. 즉 한자어라는 매개를 통해 외래어와 '가타카나로 표기된 표제어' 사이의 등가성이 확립되고 있다.

> アート　藝術, 技巧 Art(英) (『문학신어소사전』, 1쪽)

제시된 예에서도 확인할 수 있듯『문학신어소사전』에서는 アート와 영어 art를 한자어 예술과 기교가 매개하고 있다. 이 한자어들은 가타카나와 영어 사이에 배치되어 양자를 연결하는 의미의 영역을 제시해주고 있다. 예술과 기교 같은 한자어들은 표제어 'アート'의 풀이 과정에서 사용됐을 뿐 아니라,『문학신어소사전』의 또 다른 표제어로 등재되어 있었다.

> **技巧**　卽ちアートであろが, いろーの意味にとれろ. 藝術上の技巧とは, 其形式卽ち文章や構圖などに費されろ苦心をいふ. (중략) (『문학신어소사전』, 35쪽)

> **藝術**　英語でアートと云ふ, 廣い意味に解すれば, 技術(若くは技巧)といふ事になろ. (중략) がしかし, 普通には, 單に夫丈ではなく, また, 技術のやうに實用を目的としないて, 美を表はす事を唯一の目的とすろ技術及び作品を指す. (하략) (『문학신어소사전』, 59쪽)

표제어 '예술'과 '기교'는 모두 アート와 연관된 말로 제시되고 있으며 "아름다움을 드러내는 일을 유일한 목적으로 하는 기술 및 작품"을 가리키는 말[藝術], "예술의 형식, 즉 문장이나 구도를 짜는 데 고심을 하는 것"

[技巧]으로 각각 풀이되어 있다. 그렇기에 『문학신어소사전』은 비록 가타카나로 된 표제어가 사전의 대다수를 차지하더라도 사전의 핵심 내용을 서술하는 위상은 한자어가 확보했다고 볼 수 있다.

『문학신어소사전』은 가타카나 표제어가 다수를 차지하지만, 사전의 핵심적 의미 영역은 한자어에 기반을 두었다. 이는 외래어사전과 문학용어사전의 경계에 있던 그 사전의 정체성을 드러내준다. 『문학신어소사전』은 외래어가 자연스럽게 통용되기 시작했던 메이지 말기(혹은 다이쇼 초기)의 분위기에 영향을 받았지만 그 사전을 지탱하는 핵심 요소는 메이지 시대부터 형성되었던 일본의 번역 문화로 볼 수 있다. 메이지 20~30년대 일본은 번역 한자어를 통해 서양문명을 적극적으로 수용[21)]하려고 했으며 『문학신어소사전』에 등재된 한자 표제어에서도 이러한 전통의 흔적을 확인할 수 있다.

『문학신어소사전』보다 5년 늦게 발간되었으며 이쿠타 조코 · 모리타 소헤이森田草平 · 가토 아사토리加藤朝鳥가 함께 편집한 『신문학사전新文學辭典』(1918, 다이쇼 7)[22)]을 살펴보면, 문학용어사전이 여타의 외래어사전, 신어사전과 분화해간 지점이 더 명확하게 드러난다. 이 사전의 경우에는 「서문」에서부터 최근 40~50년간 세계의 문예사상에 파문을 일으킨 표제어를 망라하려고 노력했음을 밝혔다. 「서문」에서 확인할 수 있듯 『신문학사전』은 『문학신어소사전』(1913, 다이쇼 2)보다 전문적인 문예용어사전을 만들려는 목표가 있었다.

그러나 기본적으로 『신문학사전』은 『문학신어소사전』의 토대 위에서 형성되었으며 이는 두 사전의 표제어가 상당 부분 겹치는 데에서 확인할

수 있다. ア단에서 オ단까지를 예로 든다면, 『신문학사전』의 표제어(175개) 중 50퍼센트 이상(89개)이 『문예신어소사전』에도 수록되어 있으며, 사전 전체적으로는 『문학신어소사전』에 수록된 어휘 중 약 42퍼센트가 『신문학사전』에도 수록되어 있다. 또한 표제어를 해설하는 데에서도 『신문학사전』은 『문학신어소사전』을 상당 부분 참조했다. 이는 두 사전에 실린 '시詩' 항목에서도 확인할 수 있다.

『문학신어소사전』(1913, 75쪽)

詩: 韻文の事でろ. 其特色は, 歌へろやうな調子のあろ事, 夫から形式がひきしまつねろ事, 文句の並べ方が, 普通の文章と較べろとひっくりかへしになつてねろ事等で, 以上の三つの性質の中, 何れか一つをもつてねろものは詩であろ. 俳句, 和歌は日本に昔からあつた詩で, 新體詩は明治になつてから出來た詩であろ. 漢詩は支那の詩であろ.

『신문학사전』(1918, 101쪽)

詩: 韻文の事でろ. 其特色は, 歌へろやうな調子のあろ事, 夫から形式がひきしまつねろ事, 文句の並べ方が, 普通の文章と較べろとひっくりかへしになつてねろ事等で, 以上の三つの性質の中, 何れか一つをもつてねろものは詩であろ. 俳句, 和歌は日本に昔からあつた詩で, 新體詩は明治になつてから出來た詩であろ. 漢詩は支那の詩であろ.

『문학신어소사전』과 『신문학사전』은 시 항목을 똑같이 해설하였다. 두

사전의 표면적 차이는 『문학신어소사전』에는 표제항에 포함되지 않은 '신체시' 항목이 『신문학사전』에는 등재되어 있다는 점뿐이다.

그러나 외형적 유사성에도 불구하고 『신문학사전』은 외래어를 가타카나 형태로 수용하는 작업의 비중이 상당 부분 축소되었다는 점에서 『문학신어소사전』과 변별된다. 『문학신어소사전』에서는 65퍼센트 비중을 차지했던 가타카나로 표기된 표제어가 『신문학사전』에서는 35퍼센트로 축소되었다(〈표 1〉 참조). 또한 『문학신어소사전』에서 가타카나 형태로 등재되었던 표제어 중에는 대략 35퍼센트만이 『신문학사전』에 등재된 반면, 한자어 형태로 등재되었던 표제어는 56퍼센트가 『신문학사전』에 등재되었다(〈표 2〉 참조). 『문학신어소사전』에서 가타카나 형태로 등재된 표제어 중 많은 부분이 『신문학사전』으로 축적되지 못한 반면, 한자어는 절반 이상이 계승된 것이다.

가타카나 형태로 외래어를 수용하려고 한 작업을 축소한 대신 『신문학사전』은 유사한 한자어로 표기된 용어들을 연결해 배치함으로써 특정한 개념에서 여타 다른 개념이 파생되는 양태를 더 수월하게 파악할 수 있도

〈표 1〉

	『문학신어소사전』(1913)	『신문학사전』(1918)
총표제어 수	1,389개	2,518개
가타카나로 표기된 경우	908개	881개
가타카나로 표기된 경우/ 총표제어 수(퍼센트)	약 65퍼센트	약 35퍼센트

〈표 2〉

	『문학신어소사전』	『문학신어소사전』(1913)과 『신문학사전』(1918)에 동시 등재된 어휘
가타카나로 표기된 경우	908개	315개(35퍼센트)
한자로 표기된 경우	481개	271개(56퍼센트)
총계	1,389개	586개(42퍼센트)

록 했다. 『신문학사전』에 등재된 표제어 중 특정 개념에서 파생된 어휘의 수가 『문학신어소사전』보다 크게 늘어났다는 점에서 이를 확인할 수 있다. 대표적 예를 들면 다음과 같다.

(1) '자연' 관련 용어

『문학신어소사전文學新語小辭典』: 자연自然, 자연과학自然科學, 자연주의自然主義, 자연묘사自然描寫 (4개)

『신문학사전新文學辭典』: 자연自然, 자연계自然界, 자연과학自然科學, 자연교自然教, 자연사自然死, 자연주의自然主義, 자연인自然人, 자연적 숙명自然的 宿命, 자연적 필연적自然的 必然的, 자연철학自然哲學, 자연도태自然淘汰, 자연미自然美, 자연묘사自然描寫, 자연법自然法, 자연모방自然模倣, 자연력自然力 (16개)

(2) '자아/자기' 관련 용어

『문학신어소사전文學新語小辭典』: 자아自我, 자기중심주의自己中心主義 (2개)

『신문학사전新文學辭典』: 자아自我, 자아해방自我解放, 자아실현自我實現, 자아보존自我保存, 자아예배自我禮拜, 자기암시自己暗示, 자기해부自己解剖, 자기관찰自己觀察, 자기감정自己感情, 자기원인自己原因, 자기실현自己實現, 자기소모自己消耗, 자기중심주의自己中心主義, 자기보존自己保存 (14개)

(3) '사회' 관련 용어

『문학신어소사전文學新語小辭典』: 사회社會, 사회주의社會主義, 사회정책社會政策, 국가사회주의國家社會主義, 사회극社會劇(5개)

『신문학사전新文學辭典』: 사회社會, 사회의지社會意志, 사회학社會學, 사회극社會劇, 사회교육社會敎育, 사회공산주의社會共産主義, 사회경제社會經濟, 사회극社會劇, 사회주의社會主義, 사회적 감정社會的 感情, 사회적 결정론社會的 決定論, 사회당社會黨, 사회문제社會問題, 사회정책社會政策 (14개)

(4) '예술' 관련 용어

『문학신어소사전文學新語小辭典』: 예술藝術, 예술적藝術的, 예술파藝術派, 예술지상주의藝術至上主義 (4개)

『신문학사전新文學辭典』: 예술藝術, 예술적藝術的, 예술파藝術派, 예술지상주의藝術至上主義, 예술가藝術家, 예술활동藝術活動, 예술시藝術詩, 예술대실인생藝術對實人生, 예술적 법칙藝術的 法則, 예술적藝術的, 예술의 혁명藝術の革命, 예술의 기원藝術の起源, 예술의 삼자격藝術の三資

格, 예술의 전환藝術の轉換, 예술의 독립성藝術の獨立性(15개)

이외에도 개인, 국가/국민, 인생, 생활, 정신, 세계, 미, 문학, 이상, 역사, 연애, 인간 등의 개념에서 파생된 다양한 용어가 『신문학사전』에 수록되어 있다. 이를 통해 확인할 수 있듯이 『문학신어소사전』에서 『신문학사전』으로 이행해간 과정은 단순히 등재된 용어가 두 배가량 늘어난 것으로만 이해될 수 없다. 외래어와 일본어 사이에 등가관계를 확립하려는 역할까지 담당한 『문학신어소사전』과 달리, 『신문학사전』은 주요 개념과 연관된 다층적 파생 용어를 포괄적으로 수록하는 데 초점을 맞추었다. 그렇기에 이 사전을 읽는 독자들은 다양한 개념의 연관관계를 더 쉽게 파악할 수 있다.

일본의 문학용어사전이 등가관계 확립에서 파생관계 확대로 서술의 초점을 변화해간 과정은 여타 외래어사전에서 문학(혹은 학술)용어사전이 분화해간 지점 또한 보여준다. 개별 용어의 표준적 의미를 정립했던 일본의 학술용어사전은 1910년대 후반에 이르면 핵심 개념과 연관된 다양한 파생용어를 구축하기 시작했던 것이다. '예술' 개념과 연관된 여러 파생 어휘의 의미 역시 이 시기 용어사전 안에 정립되고 있었다.

3 사상 · 문예 관련 술어의 분할과 통용되는 어휘들

1910년대 제국 일본에서 형성된 문학용어사전은 식민지 조선에서 일어났던 비평 논쟁을 촉발한 기제이기도 했다. 1920년대 초『개벽』의 문예면을 담당했던 현철玄哲(1891~1965)은『개벽』5호(1920. 11)의 남은 지면에「시라고 하는 것은 무엇인가」라는 짧은 글을 별다른 인용 표시 없이 수록했다. 황석우黃錫禹(1895~1960)는「희생화와 신시를 읽고」(『개벽』6호, 1920. 12)에서 이 글이 이쿠타 조코의『문학신어소사전』을 번역한 것이라고 지적하며 이 글에 나타난 시에 대한 정의를 비판했다. 이러한 비판은 이후 현철과 황석우의 논쟁으로 이어졌고, 훗날 비평사 연구에서는 이를 신시논쟁新詩論爭으로 명명하며 한국 근대 비평사의 기원으로 자리매김했다.

그러나 기존의 연구는 현철과 황석우 간에 벌어진 논쟁의 배경이 된 일본의 문학용어사전에는 크게 관심을 기울이지 않았다. 현철은「시라고 하는 것은 무엇인가」가 이쿠타 조코의『문학신어소사전』을 번역했다는 황석우의 글에 이의를 제기하며, 자신이 번역한 책은 이쿠타 조코·모리타 소헤이·가토 아사토리가 함께 편집한『신문학사전』이라고 말했다.『신문학사전』의 원문과 현철이 번역한 내용을 대조하면 다음과 같다.

> **시詩라고 하는 것은 무엇인가.**
>
> **시詩라고 하는 것은 운문韻文을 가르쳐 말한 것이니 그 특색은 노래로 부를 만한 음조를 가진 것과 또 형식이 긴장한 것과 보통의 문장과 비교하여 전도되어 잇는 것이나 이상 3종의 성질 중 어떠한 것이던지 1종만 구유具有한 것이면 시라고 할 수 잇는 것이다. 가사歌詞와 시조는 조선 고래의 시요 근자 신체시는 서양시를 모방한 것이요. 한시는 지나支那의 시이다.** (「시라고 하

는 것은 무엇인가」, 『개벽』 5호, 1920. 11)

> 詩: 韻文の事でろ. 其特色は, 歌へろやうな調子のあろ事, 夫から形式がひきしまつねろ事, 文句の並べ方が, 普通の文章と較べろとひッくりかへしになつてねろ事等で, 以上の三つの性質の中, 何れか一つをもつてねろものは詩であろ. 俳句, 和歌は日本に昔からあつた詩であろ. 漢詩は支那の詩であろ. (『신문학사전』, 101쪽)

두 인용문에서 확인할 수 있듯이 현철의 글은 대체로 『신문학사전』의 '시' 항목을 원문에 가깝게 번역하였다. 이러한 번역을 통해 현철은 일본 문학용어 사전에서 정립된 '시詩, し'라는 용어의 의미를 조선어와 연결하려고 한 것이다. 그러나 그 연결은 현철의 번역문 끝부분에서 확인할 수 있듯이 일본의 전통적 시형인 '화가和歌'를, 조선의 '가사와 시조'로 변형하는 과정을 동반하고 있었다. 이러한 변형을 함으로써 현철은 '시'라는 용어 안에 조선의 전통적 시가詩歌 문화까지 포함시키려 한 것이다. 또 다른 변형은 '신체시가 서양시를 모방한 것'이라는 구절을 삽입하는 형태로 이루어졌다.

황석우가 주되게 논쟁을 벌인 지점은 바로 두 번째 변형 부분이었다. 황석우는 '신체시'와 '신시(혹은 자유시)'를 엄밀하게 구분한 뒤 '신체시'를 일본문학사에 나타난 과도기적 시 형태로 규정한 반면, '신시'를 프랑스의 상징주의 운동에 기원을 두고 있지만 지금은 "인류 공통의 시형詩形"으로 확립된 자유시로 규정했다.

현철과 황석우의 비평 논쟁은 우선적으로는 시에 대한 두 사람의 서로 다른 견해, 예컨대 "민족성과 전통을 중심에 두고 신시를 창안해야 한다는 주장"과 "시의 본령이 개성의 분방한 발현에 있다"고 보는 견해가 충돌하는 과정으로 볼 수 있다.[23] 그러나 다른 관점에서 보면, 두 사람의 논쟁은 개념어로 정립되기 이전 상태에서 유통되던 '시'라는 용어의 구체적 지시 범주를 정립하는 과정으로도 이해할 수 있다.

코젤렉Reinhart Koselleck(1923~2006)이 언급했듯이 하나의 단어가 개념으로 이해되려면 다층적인 역사적 현실과 경험이 그 단어로 유입되어야 한다.[24] 현철과 황석우는 '신시'와 '신체시'의 지시 범주를 서로 다르게 상정하며 '시'라는 용어에 내재한 다층적 경험 중 특정 지점을 부각했다. 프랑스에서 시작된 자유시운동이 세계 공통의 시형詩形으로 확립되고 있는 당대적 상황을 황석우가 강조했다면, 현철은 근대 이전 조선 사회에서 시가詩歌를 향유했던 경험을 부각한 것이다. 두 사람의 견해 충돌은 '시'라는 용어를 둘러싼 중층적 맥락이 형성되는 과정과 연동되어 있으며, 이를 통해 '시'라는 말은 식민지 조선의 공론장에서 개념어의 위상을 획득해나갈 수 있었다.[25]

'문학' 관련 용어들이 언어의 경계를 횡단하여 개념어의 위상을 획득하게 된 양상을 고찰하려면 1910년대 발표된 이광수李光洙(1892~1950)의 「문학이란 하오」로 거슬러갈 필요가 있다. 황종연이 일찍이 지적했듯이 이광수는 '문학'이라는 말을, 서양 리터레처literature의 번역어로 규정함으로써 '문학' 개념에 내재한 기존의 의미 영역을 전복했다. 번역어로서의 '문학'을 강조하는 것은 곧 종래의 유교적 전통과는 변별되는 새로운 개념과 지시 범주를 창안하는 작업이었던 것이다. 황종연은 그 작업이 새로운 지식체계를 지탱했던 분과학문적 대학 제도의 수립과도 연결되어 있음을 강조했다.[26)]

다양한 방식으로 유통되던 문학용어에 표준적 해석의 틀을 부여했던 사전 편술작업 역시 근대문학의 제도화 과정에 중요한 역할을 수행했다. 황석우와 현철 사이에 일어났던 '신시' 논쟁은 '시'라는 어휘 안에 내포되어 있던 의미 체계를 재편하는 과정과 연결되었으며, 제국 일본에서 편술되었던 문학용어사전은 그 재편을 촉발했던 제도적 동인이었다. 용어사전 편술작업은 언어의 경계를 횡단하며 이루어졌던 제국 일본과 식민지 조선의 문화 간 교류에도 영향을 미쳤던 것이다.

1920년대 이후는 '신시'를 포함한 다양한 '문학' 관련 용어들이 식민지 조선의 공론장에서 활발하게 유통되기 시작했다. 유통되는 용어의 양이 증대될수록 그 용어들의 의미를 정립할 필요성이 커지게 되었고, 그 결과 1920년대 중반 문학 관련 유행어들을 정리하고 용어의 의미를 소개하는 작업이 나타나게 되었다. 박영희가『개벽』49호(1924. 7)부터 51호(1924. 9)에 걸쳐 연재한『중요술어사전』에서 이를 확인할 수 있다.

『중요술어사전』은 '문학부文學部'(1회)와 '사상부思想部'(2회, 3회)로 각각 나뉘어 연재되었다. '문학용어사전'으로 명명된 1회분 연재에서 박영희는 문학 관련 용어 90여 개의 의미를 정리하였다. 1910년대의「현용신어」와 같은 어휘 자료집과 1920년『공제』에 발표된「통속유행어」는 별다른 영역 구분 없이 어휘들의 의미를 단순 소개하는 데 주력했다. 반면『중요술어사전』은 사상 관련 용어와 문학 관련 용어를 분할하여 정리하였다는 점에서 이전 시기 어휘 소개 작업과 변별점을 지닌다. 이는 박영희가 문학용어를 철학 및 사상의 술어에서 분화된 독립적 영역으로 구축해내고 있었다는 점, 그리고 그 영역을 구성할 문학 관련 개념을 선정하고 그 의미를 정립할 수 있었다는 점을 보여준다.

이 사전에서 박영희는 '문학'과 관련되는 '미술' 용어도 함께 소개하려 했다. 박영희에게 '문학'과 '미술'은 구분되지만, 연관관계도 이루는 범주로 인식되었던 것이다. 1910년 이래로 '문학'과 '미술'은 '예술'의 하위 영역으로 규정되기 시작[27]했으며 이는 『중요술어사전』을 편술하는 박영희의 관점에서도 발견된다. 박영희가 '문학'과 '미술'에 통용되는 어휘 중 하나로 '인상주의'를 소개한 부분에서 이러한 사실을 확인할 수 있다.[28]

박영희는 우선적으로 인상주의를 "예술가가 직접으로 감지한 개인적 인상을 그대로 작품에 표현"하려는 것으로 규정했다. 이후 '마네'로 대표되는 '회화에서의 인상주의', 자연주의와 같은 '문학상 인상주의', 음악에서의 인상주의가 각각 해설되고 있다. 즉 박영희는 '인상주의'라는 용어의 의미를 일반적 예술의 차원에서 서술한 후 예술의 하위 범주인 '회화', '문학', '음악'의 영역에서 그 용어가 사용된 특수한 사례를 부연 설명하였다. 박영희는 『중요술어사전』에서 문학용어를 서술하려고 한다는 점을 강조했지만, 이때의 문학용어들은 일반적 차원의 예술 영역과 연결되어 있는 개념이자 '미술'과 '음악'의 영역에도 통용될 수 있는 어휘들이었다. 그런 점에서 그 용어들은 '예술로서의 문학', 즉 '문예' 개념을 끊임없이 환기하는 어휘들로 볼 수 있다.[29]

그렇다면 『중요술어사전』의 '문학부'을 구성할 때 박영희가 용어선택의 기준으로 밝힌 것은 무엇일까? 박영희는 일본어로 된 '문예사전'에 실제 사용할 수 없는 어휘가 너무 많다는 불만을 토로하며, 오늘날 유행하는 용어들을 모아 그 의미를 소개하겠다고 말했다. 박영희가 초점을 맞춘 것은 당대 공론장에서 사용되고 있는지, 즉 '통용성通用性'이었다. 이러한 박영희의 용어선택 기준은 「문학이란 하오」를 집필한 이광수의 의도와 변별된다. 「문학이란 하오」에서 이광수는 자신이 소개하려는 '문학'이라는 말은 전통적으로 조선에서 사용되던 '문학'과는 의미가 다름을 강조했다.

그러나 1920년대 중반의 박영희에게 중요했던 것은 '과거'가 아니라 '현재' 유행하는 어휘, 즉 제국 일본과 식민지 조선에서 통용되고 있는 문학 용어들이었다. 이광수에게 서양의 리터레처와 관련된 번역어이자 조선에서는 사용되지 않는 말로 인식됐던 근대적 문학 개념은 1920년대 조선의 공론장에서 자연스럽게 유통되고 있었다. 박영희의 『중요술어사전』은 그 용어들을 간단하고 평이하게 해설하려 했으며 이를 통해 그 어휘들에 표준적 해석의 틀을 부여하려 했다.

박영희는 『중요술어사전』의 해설 작업이 일본어로 된 용어사전과 서양의 서적을 번역하는 작업과 맞물려 있었다고 말했다. 실제로 박영희는 소개한 용어 뒤에 대부분 그 용어와 등가관계를 이루는 영어, 프랑스어, 독일어 등을 병기했는데, 이는 『중요술어사전』이 비슷한 시기 간행된 『현대신어석의』와 같은 신어사전과 차이를 드러내는 지점이기도 하다. 『현대신어석의』의 경우 '자연주의'와 같이 서양에서 유래한 용어도 그 어원이

되는 서양어naturalism를 표기하지 않은 채 한자어[自然主義]만 표제어로 배치했다.[30] 반면 박영희는 당대 조선의 공론장에서 유통되던 어휘들이 번역어 성격을 지니고 있음을 명시[31]했으며 자신의 편술 작업 또한 번역 활동과 맞물려 있음을 드러냈다.

박영희 스스로 다른 글에서 암시하였듯이 이러한 번역 작업은 상당 부분 일본 학술계의 영향을 받았을 것으로 추정된다.

> **근래**近來 **더욱이 조선문학**朝鮮文學**이라는 것은 일반**一般**을 표준**標準 **삼고 말하면 그 수입**輸入**하여 드리는 문학**文學**이 태평양**太平洋**이나 대서양**大西洋**을 넘어오는 것이 안이라 엇던 것을 물론**勿論**하고 현해탄**玄海灘**을 넘어오는 연락선**連絡船**이 실코서 오는 것이 사실**事實**이다. 다시 말하면 조선문학**朝鮮文學**은 다른 여러 나라의 문학**文學**의 영향**影響**을 밧기 전**前**에 위선**爲先 **일본문학서류**日本文學書類**의 수입**輸入**이 만흔 것도 사실**事實**이다. 그것은 무엇보다도 교통**交通**이 편리**便利**한 까닭이라 하겟다. 심지어**甚至於 **얼른 말하면 양서**洋書**라도 동경**東京**이라는 도시**都市**에서 번역**飜譯**이 되어서 우리에게 오는 것도 사실이다. (박영희, 「자연주의에서 신이상주의에 기우러지는 조선문단의 최근 경향」, 『박영희전집 2』, 19쪽)**

인용문에서 박영희는 당대 조선문학이 일본문학에 영향을 받았음을 지적하며 서양의 서적에 접근하는 것 역시 일본의 번역 작업을 경유하는 과정, 즉 중역 과정을 거쳤다고 말했다. 『중요술어사전』 편술작업 역시 이러한 영향관계에서 자유로울 수 없었다. 실제로 박영희의 『중요술어사전』에 실린 용어 90여 개 중 50개 이상의 어휘는 동일한 한자어 형태로 일본 '문학용어사전'에도 등재되어 있었다. 이는 『중요술어사전』에 수록된 전체 어휘 중 약 60퍼센트에 가까운 수치로, 제국 일본에서 사용되던 문학용어 상당수가 식민지 조선에도 유통되고 있었음을 드러내준다. 『중요술어사전』에 실린 용어들 중 일본의 '문학용어사전'에도 등재되어 있는 단어 가운데 일부를 정리해보면 〈표 3〉과 같다.

인용된 표에서도 확인할 수 있듯이 제국 일본과 식민지 조선은 유사한 한자어 형태로 문학용어를 표기하고 있었다. '악惡의 화華', '우상파괴偶像破壞', '영감靈感', '인도주의人道主義', '의고주의擬古主義', '인상주의印象主義', '개인주의個人主義', '낭만주의浪漫主義' 등의 용어들은 표기 형태뿐 아니라 그 용어와 대응되는 서양어도 동일하게 설정되어 있다. 이 중 보들레르의 『Les Fleurs du mal』의 경우 오늘날 한국에서는 『악의 꽃』으로 번역되어 있지만, 일본의 문학용어사전과 박영희의 『중요술어사전』은 이 저작을 '악惡의 화華' 혹은 '惡の華'로 번역하였다. 양 사전의 유사한 번역 표기는 제국 일본과 식민지 조선이 흡사한 양태로 서양의 문학을 수용한 상황을 상징적으로 보여준다.[32]

4 조선어로 전유된 '~ism'과 기대지평의 확장

1920년대 조선에 일본식 번역어가 유입되고 있었다는 점은 최근 연구에서도 지적된 바 있다. 이 연구는 한국에서 편찬된 이중어사전과 서양인

〈표3〉

『중요술어사전』 표제어	『중요술어사전』에 실린 서양 등가어	일본문학용어사전 표제어	일본문학용어사전에 실린 서양 등가어	두 사전의 등가어/표제어 일치 여부
鑑賞批評	Appreciative Criticism	鑑賞批評	미등재	
感情移入	Einfühlung	感情移入	Einfühlung	동일
個人主義	individualism	個人主義	individualism	동일
科學的 批評	Scientic Criticism	科學批評	Scientific Criticism	유사
機械的 人生觀	미등재	機械的 世界觀	미등재	
浪漫主義	Romanticism	浪漫主義	미등재	
浪漫的	Romantic	浪漫的	미등재	
데카단	decadant	デカダソ	decadants	유사
獨創	미등재	獨創	originality	
라빠엘 前派	Pre-Raphaelites	ラファエル前派	pre-Raphael	유사
文藝復興	Renaissance	文藝復興	미등재	
未來主義	Futurism	未來主義運動		
寫實主義	Realism	寫實主義	Realism	동일
散文	Prose	散文	Prose	동일
散文詩	Prose Poem	散文詩	Prose Poem	동일
象牙塔	vory tower	象牙の塔	미등재	
象徵主義	Symbolism	象徵主義	Symbolism	동일
世紀末	fin de siècle	世紀末	fin de siècle	동일
詩	Poetry	詩	Poetry	동일
神曲	Divine Comedy	神曲	Divine Comedia	유사
新浪漫主義	Neo-Romantism	新浪漫主義	Neo-Romantism	동일
神秘主義	Mysticism	神秘主義	Mysticism	동일
新英雄主義	Neo-Heroism	新英雄主義	Neo-Heroism	동일

『중요술어사전』 표제어	『중요술어사전』에 실린 서양 등가어	일본문학용어사전 표제어	일본문학용어사전에 실린 서양 등가어	두 사전의 등가어/표제어 일치 여부
審美	Aesthetic	審美的	Aesthetic	유사
惡의 華	Les Fleurs du mal	惡の華	Les Fleurs du mal	동일
惡魔主義	Satanism	惡魔主義	Diabolism	
靈感	Inspiration	靈感	Inspiration	동일
옵부로모쎄즘	Oblomovism	オブロモミズム	Oblomovism	동일
偶像破壞	Iconoclasm	偶像破壞	Iconoclasm	동일
唯美主義	Aestheticism	唯美主義	Beauty of beauty school	
유토피아	Utopia	ユトピヤ	Utopia	동일
人道主義	Humanism	人道主義	Humanism	동일
印象主義	impressionism	印象主義	impressionism	동일
人生派	Artist for human	人生派	미등재	
利己主義	미등재	利己主義	Egoism	
擬古主義	classcism	擬古主義	classcism	동일
自然主義	Naturalism	自然主義	Naturalism	동일
自然描寫	미등재	自然描寫	Description of nature	
自由詩	Free Verse	自由詩	Vers libres	
地方色	Local Colour	地方色		
耽美波	미등재	耽美波	art for art's sake school	
享樂主義	Hedonism	享樂主義	미등재	
鄕土藝術	Heimatkunst	鄕土藝術	미등재	
虛無主義	Nihilism	虛無主義	Nihilism	동일

선교사의 어휘정리 작업을 분석하며, 일본식 번역어 유입을 매개로 조선어와 서양어 사이의 번역 가능성이 증대되고 있음을 지적했다.[33] 이 연구에 따르면 1920년대 조선에 거주하던 외국인 선교사 커William C. Kerr는 박영희의 『중요술어사전』을 읽고 흥미로운 논평을 남긴 적이 있다. 박영희가 편술한 개념어는 일본식 한자어에 기원을 둔 것으로 추정되지만, 커는 그 개념어들을 흥미로운 문학 관련 학술어이자 새로운 조선어로 규정했다.

외국인 선교사가 박영희가 소개한 개념어를 새로운 조선어로 규정한 것은 박영희가 다양한 문학 관련 용어의 의미를 조선어로 풀이하였기 때문이기도 하지만, 다른 한편으로는 풀이 과정에서 박영희가 자신의 비평적 견해를 적극적으로 표출하였기 때문이기도 하다.

『중요술어사전』의 '문학부'에 정리되어 있는 용어 중 편술자 박영희의 비평적 견해가 잘 드러나 있는 어휘로는 '신낭만주의Neo-Romanticism', '신이상주의Neo-idealism', '향락주의Hedonism'를 들 수 있다. 그중에서도 '신낭만주의'와 '신이상주의'는 박영희가 지향하는 문학적 가치를 드러내는 술어였다. 이 두 술어는 최록동崔錄東이 편한 『현대신어석의』에도 실려 있었던 것으로 보아 1920년대 식민지 조선의 공론장에서 통용되던 어휘로 추정된다. 『현대신어석의』가 '신낭만주의'와 '신이상주의'의 표준적 의미를 소개하는 데 주력한 것[34]과 달리 『중요술어사전』은 이 두 용어를 해설하는 과정에서 편술자의 가치평가를 드러내고 있다.

① 新浪漫主義(Neo-Romanticism) (文). 現實을 貴重이 역이고 客觀을

主旨로 한 自然主義文學은 한때는 反動的으로 全盛時代에 잇섯스나 얼마 안이가서 自然主義에 倦怠를 깨닷게 되엿다. 그리해서 自然主義가 衰敗하고 그 다음에 일어난 文學賞 運動이 卽 新浪漫主義다. 더 말할 것 업시 自然主義는 現實을 귀중이 역이며 客觀을 貴重이 역이든 文學이다. 그러나 輓近思想界는 一變하고 말엇든 것이다. (중략) 新浪漫主義는 事實을 다만 사실로 알매 滿足할 섄 안이라 그 事實 속에서 무슨 物件(Something)을 차지려는 것이다. 新理想主義의 由來는 이러하다. 擬古主義에서 浪漫主義에 浪漫主義에서 自然主義에 自然主義에서 新浪漫主義에 이르럿다. (박영희 편, 『중요술어사전』, 『개벽』 49호, 1924. 7쪽)

② 新理想主義(Neo-idealism) (文). 享樂主義의 藝術과 한가지, 새로운 主觀主義의 藝術이고 主觀的 情意的이라는 點은 가트나 그 方行은 다른 것이다. 그 다른 것은 人生主義나 人道主義라는 말로 表示하는 新理想主義의 文學인 까닭이다. 享樂主義의 藝術이 「藝術을 위한 藝術」이라면, 新理想主義의 藝術은 전혀 「人生을 위한 藝術」에 갓가운 것이다. 이 의미에서는 自然主義와 相通하는 點도 잇다. 그러나 自然主義는 그 背景에 機械的 人生觀으로 하여금 生기는 消極的 悲觀主義가 잇는 대신에, 新理想主義는 어듸까지든지 積極的으로 人生을 肯定하고, 生命을 사랑하며, 努力함으로 더 조흔 길을 차지려는 意志로부터 生긴 것이다. 自然主義는 傍觀的인 데에 대해서 新理想主義는 肯定的 努力인 것이다. (앞의 책, 9쪽)

③ 享樂主義(Hedonism) (文). 享樂主義나 또한 神秘主義 及乃 象徵主義는 다한가지 데카단的 傾向에 기우러진 藝術이다. 同時에 데카단의 佛蘭西 詩人들은 다 가티 享樂派에 屬하엿다. 厭世思想과 神經過敏 等 不健全한 가운데서 일어나는 反動的 活動이다. (앞의 책, 13쪽)

'신낭만주의'를 서술하면서 박영희는 '의고주의→낭만주의→자연주의→신이상주의'로 움직이는 '문학계'의 변천 양상을 부각했다. 이때 박영희가 언급한 '의고주의', '자연주의', '낭만주의'는『중요술어사전』에서 '신낭만주의' 앞부분에 배치되어 있는 용어들이다. 이 어휘들은 시간 흐름에 따라 연속관계를 맺고 있으며 문학 영역에서 일어난 일련의 운동을 의미하는 개념으로 사용되고 있다. 박영희는 그 운동들이 예술 및 사상 영역의 전반에 걸쳐 진행되고 있음을, 그중에서도 '신낭만주의'는 가장 최근에 일어난 운동으로 '자연주의', '낭만주의'와 변별되는 가치를 담고 있음을 강조했다.

인용문 ②에서 확인할 수 있듯 박영희는 '신이상주의'를 서술할 때도, 이 용어를 '자연주의'로 대표되는 전대前代의 문학관과 대비하였다. 인용문에서 박영희는 '자연주의'의 특성을 서술하며 '기계적 인생관'이라는 말을 사용했는데,『중요술어사전』에서 이 용어는 '근대정신의 일요소'이자 '과학적 정신으로 인해 시작된 물질주의적 세계관'으로 해설되고 있다. 인용문의 마지막 부분에서 확인할 수 있듯 박영희는 '자연주의'에 담겨 있는 '기계적 인생관'을 '소극적 비관주의'로 규정했다. 반면, '신이상주의'는 '적극적', '긍정'과 같은 표현과 연결되어 있으며, 이를 통해『중요술어사전』은 '신이상주의'와 '자연주의'의 대립적 특성을 부각하고 있다.

인용문 ①과 ②에서 박영희가 여타의 문예운동과 변별되는 '신이상주의', '신낭만주의'의 특성을 드러냈다면, 인용문 ③에서 박영희는 서로 다른 문학용어인 '향락주의', '상징주의' 등이 공통된 속성을 지니고 있음을 강조했다. '향락주의'는 '상징주의', '신비주의'와 연결되어 '데카단적 경향'을 지닌 것으로 규정된 것이다. 박영희는『중요술어사전』에서 '향락주의'와 '유미주의'를 '데카단적 경향'과 연결한 뒤 '데카단적 경향'에 대해서는 반동적 활동으로 평가를 내렸다.

이상에서 확인할 수 있듯 박영희는『중요술어사전』에서 일본식 번역어를 차용하여 서양의 문학용어를 단순 소개하는 데에 그친 것이 아니라, 그 용어들을 대립관계와 유관관계에 따라 배치하여 편술자 관점에서 전유하려고 했다.

그러한 관점이 잘 드러나 있는 '신이상주의', '유미주의', '향락주의' 등의 용어는 모두 '~주의主義'로 끝난다는 공통점이 있다. 이들 단어 외에도 '~주의'로 끝나는 용어들은 박영희의『중요술어사전』1부인 '문학용어사전'의 대다수를 차지한다. 박영희가 소개한 문학용어 중 25개가 '~주의'로 끝나며 이 용어들과 밀접한 관련을 맺고 있는 어휘까지 합친다면 '문학용어사전'의 3분의 1 이상이 '~주의'와 관련되어 있다.[35] 1930년대 중반『신인문학』에 연재됐던「신문문예사전新文文藝辭典」의 용어 99개 중 7개, 1930년대 후반『인문평론』에 연재됐던「모던문예사전文藝辭典」의 용어 62개 중 3개만이 '~주의'와 관련된 용어인 것과 비교하면, 박영희의 '문학용어사전'에서 '~주의' 관련 어휘가 얼마나 큰 비중을 차지했는지가 더 선

명하게 드러난다.[36]

이한섭의 연구에 따르면 '~주의'라는 단어를 '~ism'의 번역어로 정립한 것은 근대 일본에서였다. '~주의'는 일본어에서 메이지 6년(1873)경 프린시플principle 또는 '~ism'의 번역어로 성립되었고 메이지 20년대 이후 일반화되었다.[37] '~주의'라는 말은 1900년대 이후 한국의 매체에서도 빈번하게 나타났[38]으며, 1920년대에는 서양의 근대 사상을 소개하는 글들에 주로 사용되었다.[39]

『중요술어사전』이 편술되던 1924년에 이르면 '~주의'라는 말은 '사상'을 대체하는 유행어로 인식되기 시작한다. 『개벽』 45호에 실린 「갑신년래의 「사상」과 임술년래의 「주의」」(1924. 3)는 이를 단적으로 보여주는 글이다. 이 글에서는 임술년인 1922년 무렵부터 어떤 사람을 사회적으로 논평할 때 '~주의자'와 같은 말을 사용하기 시작했다고 지적했다.[40] 논설자는 갑신년 이래 조선 사회에 유행했던 말인 '사상'과 관련해서는 "무슨 사상이냐"는 반문이 나오지 않았던 것과 달리, 당대에 유행한 '~주의'에 대해서는 "무슨 주의냐"는 질문이 수반되었다고 말했다. 이는 '~주의'라는 말이 당대 조선 사회의 사상적 분화 양상과 맞물려 유행되었음을 보여준다.

박영희의 『중요술어사전』 '사상부'를 구성하는 용어들 역시 그러한 시대적 분위기에 영향을 받았다. 박영희는 '사상부'의 술어 대부분을 서양의 정치 · 사회적 개념과 연관된 용어로 구성하였으며 그중 '~ism'을 번역한 용어는 15개로 대다수를 차지하고 있다.[41] 이 중 절반 이상은 '사회주의'와 관련된 다양한 조류를 소개하는 용어이며, '자본주의', '세계주의', '민주주의', '제국주의', '무정부주의', '집산주의' 등은 오늘날에도 사용되는 정치 · 사회적 개념으로 볼 수 있다. 이 말들은 서양의 근대화 과정에서 역사적 운동과 연관된 행동을 정당화하기 위해 사용되었으며, 여기에는 새로운 미래에 대한 집합적 기대가 내포되어 있다.[42)]

분할되어 있는『중요술어사전』1부 '문학부'와 2부 및 3부 '사상부'를 연결하는 원동력 또한 그러한 기대에서 찾을 수 있다. 박영희는 '철학', '사상' 관련 용어를 정리하는 부분에서 '사회주의'사상을 대중적 언어로 소개했고, 문학용어를 정리하는 부분에서는 '신이상주의'와 같은 문예운동 관련 어휘를 부각했다. 이를 통해 박영희는 조선 사회와 조선문학의 새로운 미래에 대한 기대를 드러냈다.

'신이상주의'라는 개념은 박영희 비평에 나타난 문제의식과 직접 관련을 맺고 있다.『개벽』44호(1924. 2)에 실린「자연주의에서 신이상주의에 기울어지려는 조선문단의 최근 경향」은 이를 확인할 수 있는 자료이다. 이 글에서 '신이상주의'는 다음과 같이 사용되었다.

> **그러나 그것을 가지고라도 토대**土臺**를 삼아 추측**推測**하라 하면, 나는 조선문학**朝鮮文學**은 다시 모방**模倣 **업는 순진**純眞**한 낭만주의**浪漫主義**에서 자연주의**自然主義**에 자연주의**自然主義**에서 신이상주의**新理想主義**에 기우러지겟다는 가장 우열**愚劣**한 추측**推測**을 하라고 하면 할밧게는 업다. 나타난 작품에는 아즉도 그것을 완성**完成**치는 못하엿다. 나의 뜻으로 말하면 문단**文壇**의 경향**傾向**보다도 예언**豫言**일라는 것이 더 망연**茫然**한 의미에서 알 듯하다. 우리의 현재**現代 **상태**狀態**는, 문예**文藝**가 우리의 생활**生活**을 창조**創造**한다는 것보다도 우리의 생활**生活**이 우리의 문예**文藝**를 창조**創造**한**

다는 것이다. 그럼으로 나의 신이상주의新理想主義로 기우려진다는 것은 유래由來에 나려오는 문학사文學史에 잇는 신이상주의新理想主義와는 의미가 다른 것이다. (중략) 또는 소극적消極的 비관주의悲觀主義가 가로 걸리든 째에 비比하야, 신이상주의新理想主義는 어댓가지든지 적극적積極的으로 인생人生을 사랑하고 노력努力을 힘쓰는 것이다. (박영희, 앞의 책, 21쪽)

인용문의 앞부분을 보면, 박영희가 사용하는 '신이상주의'는 조선문단의 현재 경향을 묘사하는 개념도 아니고, 서양과 일본문학사와 관련된 용어를 있는 그대로 차용한 개념도 아니라는 것을 발견할 수 있다. 박영희는 '신이상주의'가 조선문단이 앞으로 나아가야 할 방향을 예언하는 어휘라고 규정했다. 박영희에게 '신이상주의'는 조선문학의 미래를 선취한 개념이었으며 그 개념에는 곧 조선문학의 현재적 경향으로 서술되고 있는 '자연주의'에서 벗어나기를 바라는 박영희의 기대가 내포되어 있었다.

인용문의 마지막 부분에서 박영희는 '신이상주의'를 '자연주의'가 보여준 환멸을 넘어서 "적극적으로 인생을 긍정하고 생명을 사랑하"는 경향을 일컫는 말로 규정하였다. 이러한 규정에서도 '자연주의'의 특성과 대립하는 속성으로 '신이상주의'를 정의하려고 한 의도가 발견된다. 이 마지막 부분은 앞에서 분석한 『중요술어사전』 '신이상주의' 항목의 내용(인용문 ②)과 상당 부분 일치한다.[43]

『중요술어사전』은 표면적으로 당대에 유통되던 문학, 사상 관련 용어의 의미를 정립하는 저작이었지만, 그 편술작업 이면에는 당대의 조선문학과 조선 사회로부터 단절하여 새로운 미래를 건설하기를 갈망하는 편술자의 기대가 들어 있었다.

바로 그 기대는 『중요술어사전』 편술작업이 끝난 1년 후 박영희가 조선문단에 신경향파가 생겨났음을 선언한 것과도 맞물려 있다. 서양의 근대적 문예운동을 번역하는 과정에 담겨 있던 기대가 조선문단의 운동성을 부각하려는 시도로 이어진 것이다. '번역된 근대'와 '운동으로서 근대', 이 양자를 매개하는 지점에 바로 박영희의 『중요술어사전』이 자리하고 있었다.

5 『중요술어사전』의 위상: '번역된 근대'와 '운동으로서 근대'의 매개

문학용어사전의 형성과 변화 과정에 대한 계보학적 탐색은 특정한 시기 문학 관련 개념을 정리하는 작업이 나타나게 된 원동력을 추적하는 것과 연결된다. 이 글에서는 1910~1920년대 제국 일본과 식민지 조선에서 편술된 '문학용어사전'을 분석하고 신어사전에서 학술용어사전이 분화되는 과정을 살펴보았다. 외래에서 유입된 새로운 말의 등가어等價語를 창안하는 데 주력했던 '신어사전'과 달리 일본의 '문학용어사전'은 주요 개념에서 파생되는 다층적 용어들을 수록하며 개념 간의 연관성을 부각하는 데 초점을 맞췄다. 그 과정에서 '예술'과 관련된 다양한 파생 개념 또한 용어사전에 정립되기 시작했다.

반면 박영희의 『중요술어사전』은 '문학' 관련 술어와 '사상' 관련 술어를 분할하여 소개하며 여타 어휘들에서 분화된 문학용어만의 영역을 구축해냈다. 이때 박영희가 정립한 문학용어들은 '예술로서 문학', 즉 '문예' 관련 개념을 환기하는 어휘들이었다. 제국 일본과 식민지 조선에서 편술된 용어사전은 '문학' 영역의 특성을 설명해줄 어휘들이 풍부해지던 상황을 보여주었으며, 그 어휘들은 근대문학 개념에 깃들어 있는 '예술'적 속성을 환기하고 있었다.

제국 일본과 식민지 조선의 문학용어사전은 각기 다른 방식으로 문학 관련 개념의 의미를 정립하며 통용되던 어휘들에 표준적 해석의 틀을 부여해나갔다. 본문에서 분석했던 것처럼 일본의 '문학용어사전'에 수록된 표제어와 박영희가 편술한『중요술어사전』속 어휘는 상당 부분 겹쳐 있었으며 그 어휘들은 모두 유사한 한자어로 표기되어 있었다. 이는 1910~1920년대 동아시아 사회에, 서양의 문학용어가 언어의 경계를 횡단하여 유통되고 있었으며 그 유통의 기반이 일본식 한자 번역어에 있었음을 보여준다. 일본식 한자어를 바탕으로 서양의 문학용어를 수용했던『중요술어사전』은 번역어들이 식민지 조선에서 자연스럽게 유통되던 상황을 반영하고 있었다.

그러나 사전 편술자들이 근대적 문학용어들을 정립하는 방식은 각기 달랐다. 일본의 '문학용어사전'이 주요 개념에서 파생되는 다층적 용어들을 수록하는 데 초점을 맞췄다면, 박영희의『중요술어사전』은 문학용어들 간의 대립 관계를 부각하며 당대 조선문학의 경향과 단절하려는 기대를 표출하고 있다. 박영희는 역사적 운동을 개념화한 '~ism' 관련 어휘들을 전유하며 확장된 기대지평을 창출하려고 했던 것이다.

새롭게 번역된 말들에는 기존의 언어적 질서에서 이탈하기를 원하는 언중의 기대가 들어 있다. 용어사전 편술작업은 다층적 어휘들을 재배치하는 작업을 통해 그러한 기대들을 특정한 지평 위로 옮겨놓았다. 박영희의 『중요술어사전』에 부각되어 있는 '~주의'와 관련된 용어들은 그 대표적 예로 볼 수 있다.

그렇기에 『중요술어사전』은 언어횡단적 실천을 통해 근대적 문학 개념을 창출하려 했던 1910년대 이광수의 시도를 '사전'의 형태로 계승한 기획으로 볼 수 있다. 동시에 『중요술어사전』은 문예운동 조직을 건설하여 문단 질서를 재편하려고 했던 카프KARF(조선프롤레타리아예술가동맹)의 시도 이면에 당대 공론장의 언어 · 개념적 질서에 개입하려고 했던 박영희의 실천이 자리하고 있음을 보여준다. 그 실천에는 조선문단과 조선문예에 운동성을 부여하려고 한 의도가 내포되어 있다. 박영희의 『중요술어사전』은 번역된 근대와 운동으로서 근대 양자를 매개하는 지점에 놓여 있었다.

박영희의 『중요술어사전』, 그리고 그 사전이 암묵적으로 영향을 받은 일본의 문학용어사전에서 확인할 수 있듯, 1910~1920년대 제국 일본과 식민지 조선의 용어사전을 지탱한 것은 한자식 번역어였다. 그러나 이들 사전에는 '옵부로모쎄즘オブロモミズム', '데카단デカダソ'과 같이 한자어의 매개를 거치지 않은 채 음역音譯된 어휘들 또한 실려 있었다. 1910년대 초반, 일본의 문학용어사전이 새로운 외래어(혹은 서양어)를 가타카나 형태로 음역한 신어사전의 역할 또한 수행한 것을 생각한다면, 이 용어들은 동아시아 학술용어사전이 태생적으로 지니고 있던 한계를 끊임

없이 환기했다고도 볼 수 있다. 1910~1920년대 문학용어사전의 편술자였던 이쿠타 조코와 박영희도 인식했듯이, 제국 일본과 식민지 조선의 문학용어사전은 궁극적으로는 서양의 문학 · 예술 용어(혹은 일본을 경유한 서양의 문학용어)를 차용해야 하는 한계에서 자유로울 수 없었다.

한자로 표기된 번역어들이 그러한 한계에서 벗어나 안정적 문학 · 예술 제도의 기반을 구축하려고 한 시도였다면, 서양어와 유사한 양태로 음역되고 있던 용어들은 그러한 시도 자체의 효용성에 의문을 제기했다. 실제로, 앞에서도 잠시 언급했던 1930년대 중반의 「신문문예사전」(『신인문학』)의 경우 수록된 용어 대부분이 음역되고 있는 서양의 문학 · 예술 용어들이었다. 1930년대 이후 동아시아 문학용어사전은 한자어로 표기된 번역어와 음역된 용어 사이에서 갈등을 겪고 있었던 것이다. 이러한 양상에 대한 탐색은 후속 연구에서 본격적으로 진행하려고 한다.

강용훈

고려대학교 국어국문학과에서 학사와 석사, 박사 학위를 했다. 한림대학교 한림과학원 HK 연구교수를 거쳐 현재 인천대학교 국어국문학과 조교수로 있다. 주요 논저로는『비평적 글쓰기의 계보-한국 근대 문예비평의 형성과 분화』(소명, 2013)와「한국 근대문학사 연구의 형성 과정: 당대當代 문학을 규정하는 방식을 중심으로」(2014),「'통속' 개념의 변천 양상에 대한 역사적 고찰」(2014),「식민지 청년들의 어소시에이션association과 교통 없는 공동체: 1930년대 함대훈 장편소설에 표상된 '공동체'와 '여성'」(2015)이 있다.

집필경위

이 글은 2012년 한림대학교 한림과학원 주최로 열린 심포지엄 "동아시아적 사유와 근대 개념의 형성"에서 필자가 발표한「한국과 일본의 '문학용어사전 형성 과정'에 대한 개념사적 접근」을 수정하여 학술지에 게재한 논문(「문학용어사전의 계보와 문학 관련 개념들의 정립 양상」,『상허학보』38집, 2013. 5)을 일부 보완한 것이다. 필자는 이 글의 후속 논의에 해당하는「문학용어사전과 해방 전후 (한국) 문학 관련 개념들의 재편」을 2015년 11월 반교어문학회 학술대회에서 발표했고 2016년 이를 수정 · 보완하여 학술지에 투고할 예정이다.

2

식민지 조선의 '예술' 개념 수용과 문학장의 변동

⑥

1920년대 초기 김찬영의 예술론과 그 의미

◎

송민호

1 예술을 논한다는 행위의 의미 – 20세기 한국의 예술론과 '김찬영'

일제강점기 조선에서 1920년대 초반은 이른바 근대적 예술론이 전개되는 데 중요한 의미가 있는 시기이다. 19세기 말 이래로 새로운 학문을 공부하고자 일본으로 떠났던 유학생들은 자신이 처음으로 경험했던 서구적 예술 개념을 조선의 담론장 속에 끌어들여 실현하고자 애썼다. 1910년을 전후로 하여, '예술'과 거의 구분되지 않고 쓰이던 '미술'이라는 용어가 시각예술에 한정된 양식을 가리키는 것으로 변모해가는 과정에서 '예술'이라는 개념이 명료하게 자리를 잡게 되고, 그 하위 양식들로 문예, 미술, 음악 등이 놓이게 되는 식으로 하나의 예술적 체계가 구성되었다.[1] 이에 비한다면 1920년대는 대개 일본으로 유학을 떠나 '예술'을 공부하고 돌아온 이들이 이미 구축된 예술적 장 속에서 다양한 예술적 실천과 근대적 예술론을 전개해 그 내포를 채우고자 했던 시기로 이해할 수 있다.[2] 지금까지 『창조』, 『폐허』 등의 동인지들이 발간되고 거기에 다양한 문학가와 미술가들이 가담하는 장면이 한국 예술사의 형성 및 파급 과정에서 퍽 중요한 것으로 평가되어왔던 것은 너무나 당연하다. 이때에 이르러서야 비로소 예술적 실천과 언어를 중심으로 한 비평담론의 생산이 하나의 매체 속에서 이루어질 수 있게 된 것이다.

이처럼 『창조』나 『폐허』의 예술적 행로가 실제로는 특별히 문학예술에 국한된 것이 아니라 음악, 미술 등 모든 예술에 대한 총합적 지향성을 내포하고 있었음에도,[3] 지금까지 여기에 대한 연구는 주로 문예 분야에 국한되어왔던 것을 부인하기 어렵다. 근대 문예의 초기적 양상을 맡고 있던 주요한朱耀翰(1900~1979), 김동인金東仁(1900~1951), 염상섭廉想涉(1897~1963) 등 문학가들의 성과가 그만큼 주목할 만한 것이었기 때문이기도 하지만, 다른 한편으로는 당시 매체 기술의 표현적 한계 때문이기도 했다.[4] 요컨대 당시 인쇄 기술은 대부분 문자적 재현에 치중했기 때문에 인쇄 매체를 통해 회화 작품을 재현해서 보여주는 일은 거의 불가능했다는 것이다.[5] 이러한 상황에서 미술가들은 서화협전, 조선미전 등 규모가 큰 전람회나 박람회 등을 통하지 않고는 일반 대중에게 자기 작품을 내보일 여지가 없었을 뿐만 아니라 미술이라는 독립적인 예술 영역에 대한 담론조차 형성할 수 없는 상황이 이어졌다.

이러한 상황을 고려해볼 때, 1920년대 초 미술, 특히 회화를 중심으로 한 독자적 예술론의 필요성을 절감하고 이를 전개하고자 애썼던 김찬영金瓚永(1889~1960)의 존재는 척박한 1920년대 예술적 장에 무엇보다 풍요로운 자산으로 간주될 수 있다. 주로 '김유방金惟邦'이라는 필명을 사용했던 그는 도쿄에 유학하여 도쿄미술학교 서양화과를 졸업한 촉망받는 화가였는데도 식민지 조선에서 미미하게나마 기존에 형성되어 있던 미술제도에 의탁하기보다는 오히려 다수의 예술비평을 생산하는 방식으로 세간의 미술에 대한 인식을 제고하는 데 힘썼다. 그는 『폐허』의 동인이자 『창조』의 후반부 동인으로, 이어 『영대』의 동인에 이르기까지 문예 중심 동인지에 활발하게 참여하여 근대 문예 형성기에 벌어진 주요한 문학 관련 논쟁에 가담하였다. 예를 들어 김환金煥(1893~?)의 작품 「자연의 자각」을 사이에 두고 벌어진 김동인과 염상섭의 논쟁이라든가 『개벽』 지면에서 벌어졌던 '신시新詩' 논쟁의 현장에 참여하여 당시 가장 전위적 예술사조였던 후기인상파와 입체파(미래파) 등의 이념을 통해 근대예술에 대한 일반의 현저한 인식 차이를 좁히고자 애썼다.

하지만 이러한 김찬영의 예술론적 이해와 실천 양상에 대해서는 지금까지 다분히 과소평가된 측면이 없지 않다. 그가 실제 미술작품을 창작하기보다 주로 『창조』, 『폐허』, 『영대』 등 문예동인들과 친밀한 인적 관계를 구축하면서 회화를 중심으로 한 예술론 수립에 좀 더 치중한 결과라고 보아도 그리 틀리지 않을 것이다. 김현숙은 그동안 거의 다뤄지지 않았던 김찬영에 대해 본격적으로 연구했다. 김현숙은 김찬영의 생애적 측면은 물론 그가 발표한 현대미술 관련 논고에 담긴 의미를 살펴보았을 뿐 아니라 그가 남긴 작품인 자화상 한 점과『창조』,『영대』의 표지화 등을 분석해 도쿄미술학교 교수 와다 에이사쿠和田英作(1874~1959)나 후지시마 다케지藤島武二(1867~1943), 아오키 시게루青木繁(1882~1911) 등의 영향을 살핌으로써 그의 미술 세계에 접근하는 데 중요한 참조점을 형성하였다.[6]

다만 이 연구의 경우, 김찬영의 예술 관련 평론들이 어떠한 의미를 가지고 연결되는지를 살핀다기보다는 그의 예술세계를 조망하는 보조적 수단으로 간주한다고 볼 수 있다. 어쩌면 이는 이 논문만의 문제가 아니라 지금까지 김찬영에 대한 관심이 그리 드러나지 않았던 이유로 설명될 것이다. 미술가로서 김찬영은 실제로 미술작품을 아주 적게 창작했으므로 미술 연구 영역에서는 본격적인 연구 대상이 되기 어려웠다. 생애를 통틀어 김찬영이 스스로 미술가로서 정체성을 포기한 적은 없었기에 문학 연구 영역에서도 언제나 부수적 연구대상이 될 수밖에 없었다. 하지만 그러한 이유로 1920년대 예술적 담론장에서 김찬영이 행한 예술론적 실천을 간과해서는 곤란하다. 이러한 문제의식을 가지고 이 글은 당시 김찬영이 발표했던 예술비평을 중심으로 그의 비평에 담긴 의미를 재해석함으로써 그가 누구보다도 근대 초기 예술론과 미학적 체계를 수립하려고 애쓰며 본격적인 예술 미학을 형성하려 했다는 사실을 밝혀보고자 한다.

2 전근대에 대한 대결의식과 예술적 내면의 형성 과정

김찬영은 도쿄미술학교 서양화과를 졸업하고 1917년에 귀국했다. 당시 조선인으로서 도쿄미술학교를 졸업한 것은 고희동高羲東(1886~1965), 김관호金觀鎬(1890~1959)에 이어 세 번째에 해당했다. 평양 부호의 아들로 도쿄미술학교를 졸업한 그의 경력은 평탄하고 화려해 보이지만 그 속내를 조금만 들여다보면 다른 예술가들처럼 결코 간단치 않은 갈등의 국면이 있었다는 사실을 알 수 있다. 메이지학원 중학부를 졸업하고 메이지학원대학 법학부를 들어갔으나 중도에 포기하고 도쿄미술학교로 진학한 김찬영의 유학 당시 내면적 정경이 어떠했는지는 도쿄 유학생 그룹의 회지인『태극학보』에 그가 '16세숙성인 김찬영十六歲夙成人 金瓚永'이라는 이름으로 썼던「노이불사老而不死」라는 글을 보면 쉽게 짐작할 수 있다. 『태극학보』제23호에 1908년 7월 발표된 이 글은 당시 16세였던 그가 도쿄로 유학을 떠난 지 채 1년이 되지 않은 시기에 쓴 것이다.[7] 이 글은 아들의 신학문 학교 진학에 반대하며 물려준 가옥전답이나 잘 지키라는 전근대적 가부장과 자식 사이에서 벌어진 말다툼을 담고 있다. 그가 소개하는 이러한 말다툼은 구한말 당시 지주계층의 가부장과 자식 사이에서 흔하게 있었을 세대 갈등을 보여주는 것으로, 물론 김찬영 개인의 경험과 겹치는 것이 있음을 쉽게 짐작할 수 있다.

> **기자記者는 말한다. 울어라. 늙어서도 죽지 않는 적이여. 자기 평생을 이미 잘못하여 수전노를 만듦이 이미 뼈아프거든 신선한 이상이 발현하여 국가**

의 미래 영웅을 만들 자제까지 잘못 인도하여 천인갱참(千仞坑塹, 천 길이 되도록 깊이 판 구덩이—인용자)에 넣고자 하니 슬프다. 적이여.[8]

김찬영은 이 글의 말미에 논평적 언급을 하면서 개화의 움직임을 거스르는 구습에 매몰된 전근대 계층을 '적賊'으로 규정하며 대단히 공격적인 어조로 비판한다. 이는 기존의 가치를 지키고 안주하려는 봉건적 태도와 변화하는 시대 속에서 외부의 새로운 이상과 가치를 추구하고자 하는 개화담론이 교차하던 당대의 현실 속에서 필연적으로 발생할 수밖에 없었던 가치 충돌 문제를 그 역시 민감하게 인식했음을 보여주는 것이다. 한편 김찬영이 이 글의 자기 이름 옆에 '십육세숙성인'이라고 표기한 대목에서 16세인 자신이 이미 '어른'임을 대외에 드러내고자 하는 속내를 읽을 수 있는데, 이는 당시 김찬영의 개인사와 관련지어 파악할 필요가 있다. 일본으로 건너간 직후인 1908년 봄, 그는 어머니의 죽음으로 일시 귀국했다가 다시 일본으로 돌아가는데,[9] 이 글은 그 직후에 썼다. 어머니가 돌아가고 얼마 되지 않아 세대 갈등에 대해 불만이 가득 담긴 글을 썼다는 사실은 그가 자기 부친과 관계가 그리 원만하지 않았을 것을 짐작하게 하기 때문이다. 즉 그의 도쿄 유학은 당시 유학생들이 대부분 그러했듯 전근대의 가부장제도에서 벗어나 스스로 전근대에 대해 저항정신을 표출하는 계기가 된 것으로 해석할 수 있다. 특히 이러한 저항적 의식이 예술적 내면을 형성하는 데 어떻게 기여했는지는 그가 도쿄미술학교에 진학한 뒤 발표한 「쯔 리!」라는 글을 보면 좀 더 분명해진다.

Free! Free! 모든 것에 으뜸이 되는 저들의 부르짖음은 쉼 없이 오오嗷嗷하다.

저들은 저들의 감각과, 의식과, 교활한 이해가(가장 저들이 자랑하는 그것이) 모든 허위와, 죄악과, 권태와, 공포와, 고통을 저들에게 공급하는 줄을 아는지? 모르는지? 모든 죄악과 허위에 빠져 있는 저들은, 스스로 그것을 저주하고 모욕하고, 참채惨責한다. -미욱한 아이가 거울을 보고 자기의 그림자를 욕하듯이-

Free! Free! 인생의 갈구하는 부르짖음은 오오하고, 자연은 인생의 모순을 묵묵히 냉소한다.[10]

이 글은 그가 도쿄미술학교에 재학 중이던 1914년 12월에 쓴 것으로, 1년여가 지난 뒤『학지광』에 실었다. 김찬영은『학지광』4호에 표지그림을 그리게 되면서 도쿄 유학생 그룹이 내던 잡지 중 하나인『학지광』과 인연을 맺게 된다. 그가 그린 표지그림은 출판상 한계 때문인지 단순한 표현에 그칠 수밖에 없었음에 비해, 이 글은 당시 김찬영의 예술적 내면이 얼마나 격정적이었는지를 보여준다. 이 글에서 그는 흡사 니체의 영향을 받은 것 같은 독특한 정서를 보여주는데, 특히 자신의 자유를 속박하는 특정되지 않은 대상을 구체화하고 그러한 대상과 대결을 넘어 일종의 반성적 정신을 통해 자유로움을 추구하고자 하는 지향적 태도를 보여주었다. 이는 앞서 그가 16세 때 썼던「노이불사」에서 발견되는 나와 '적敵' 사이의 단순한 대립과 저항이 거울이라는 매개를 통해 일종의 초월적 의식으로 변모한 양상을 보여주는 것이다. 이러한 일련의 변모 과정은 그가 예술이라는 매개를 통해 어느 정도는 자기 정신의 부정성을 넘어섰다는 것을 보여주는 것이라고 볼 수 있다. 특히 '자연'을 마치 심연처럼 인간의 모순을 들여다보고 그것을 냉소하는 존재로 설정해 주체의 주관적 동일성을 넘어서는 인식을 보여주는 것이 무엇보다 인상적이다. 이렇게 김찬영이 유학시절 발표했던 글 몇 편은 그가 어떠한 경로를 거쳐 예술적 내면을 형성하게 되었나 하는 것을 판단하는 데 중요한 역할을 할 뿐만 아니라 귀국 이후 전개했던 예술론의 방향성을 판단하는 데 폭넓은 이해의 여지를 제공해주는 것으로 이해할 수 있다.

3 예술에 대한 존재론적 접근과 예술론의 영점으로서 '자연주의'

김찬영은 10여 년간 일본 유학을 마치고 귀국하여 미술 작품을 생산하기보다는 주로 미술론, 특히 서구의 근대미술론을 소개하는 데 주력했다. 기존에 김찬영의 이러한 미술 관련 평론들이 한국 근대예술론의 성립과 관련하여 평가를 제대로 받지 못한 까닭은 그의 예술론이 자발적이라기보다는 단지 서구 예술사조들의 수입과 소개에 그치는 것으로 간주된 탓이 크다고 볼 수 있다. 하지만 그가 귀국한 이후 발표했던 예술 관련 평론들을 면밀히 검토해보면 일반적 인식과 달리, 그의 평론이 근대예술에 관한 지식의 수용과 소개에 그치는 것이 아니라 문예를 비롯한 예술적 제도의 형성기에 해당하는 1920년대 초 김찬영이 행했던 예술에 대한 다양한 고민과 심리적 변화의 지점을 담아냈다는 사실을 확인할 수 있다.

우선 이 문제를 논의하려면 도쿄 유학에서 돌아온 뒤 김찬영이 견지했던 예술에 관한 견해는 어떠했는가 하는 지점에서 시작해야만 한다. 김찬영은 자신의 귀국을 다룬 『매일신보』의 단편기사에서 '미술이 자연과 인생의 반영'이라며 나름대로 미술에 관한 견해를 제시했다.[11] 이 발언의 요지를 살펴보면, 미술이 실제적인 자연과 인생을 모사해 그것을 연장하는 수단이라는 것이다. 물론 그의 견해가 실린 기사 자체가 대단히 단편적인 성격을 띠며, 미술에 대한 인식이 높지 않았던 당시 신문 독자를 감안하지 않을 수 없었다고 하더라도, 그의 이러한 회화론이 초보 수준인 것은 분명한 사실이다. 물론 예술상의 자연주의와 연관될 여지가 남아 있더라도[12] 이 회화론은 자연주의적 발로라기보다는 회화의 역할을 단순히 실제 대상에 대한 일대일 모사로, 그리고 기록 수단으로 축소한 데에 지나지 않는 것처럼 보이기 때문이다.

특히 '자연'에 대한 이해의 측면만 놓고 본다면 앞서 「ᄯ리!」라는 글에서 이미 자연을 단순히 정신에 대응하는 실제적 대상으로 보는 차원을 넘어, 응시하는 '자연'이라는 새로운 인식을 보여준 김찬영이 다시 미술의 목적을 인생과 자연의 반영에 귀착하는 태도가 지나치게 소박해 보이는 것 역시 사실이다. 김찬영보다 먼저 도쿄미술학교를 졸업한 고희동의 경우, 주로 철저한 묘사에 근거한 사실주의적 화풍을 견지한 데에 반해, 김찬영은 유학시절에 남긴 글과 그림에서 단순한 사실주의적 화풍을 넘어서는 묘사를 보여주었다.[13] 이후에 쓴 여러 글에서는 인상주의(후기인상주의), 입체주의, 미래주의 등 현대미술에 대한 이해를 보여주었다. 따라서 이러한 정황을 고려해볼 때, 그의 발언은 일제강점기 조선에서 결코 높지 못했던 예술에 대한 이해 수준[14]을 고려한 일종의 '포즈'였을 것이다. 그런 의미에서 '미술은 인생과 자연의 반영'이라는 선언은 자연주의(사실주의)에 대한 옹호에 해당하기보다는 일제강점기 조선에서 미술에 대한 인식의 영점을 설정하는 것으로 해석할 수 있다. 이는 도쿄 유학 중 조선에는 아직 문예라는 것이 없다는 불안의식 때문에[15] 「문학의 가치」[16]와 「문학이란 하오」[17] 등의 문예론을 씀으로써 필연적으로 문예란 무엇인가 하는 물음을 던질 수밖에 없었던 이광수의 행보와 같은 것이라고 볼 수 있다. 김찬영이 쓴 최초의 미술 관련 평론인 「서양화의 계통 급 사명」은 '자연주의'라는 구체적 사조가 어떻게 예술비평의 존재에서 일종의 영점으로 놓이게 되는지를 잘 보여주는 글이다. 그는 이 글에서 1920년대 조선에서 미술, 특히 서구적 회화의 개념에 대해 인식을 제고할 필요성을 절감하면서 먼저 예술, 특히 회화란 무엇인가라는, 예술적 개념에 관한 존재론적 물음을 해결하고자 했으며, 회화의 기본 존재 이유를 인생과 자연을 거울처럼 모방하는 것에 귀착하였다.

「예술은 생활의 거울[鏡]이라」 이러한 말은 이미 우리 귀가 아프도록 들었을 것이다. 그러나 우리는 항상 우리의 전 생활이 예술 위에 나타날 때 어떠한 의혹과 또한 어떠한 비난을 시험하려 한다.

더욱이 비평가의 소질과 수양을 가지지 못한 인사 가운데서 더욱 심혹甚酷한 불평과 비난을 듣는다. 이것을 비해 말하자면 일찍이 면경面鏡을 대하지 못한 추한 부인[醜婦]이 처음 거울을 대할 때에 자기의 반영을 비난함과 일반이라 하겠다. 그러나 나는 항상 자기의 반영을 비난하는 추한 부인에게 그 반영이 자신의 얼굴이라고 직언하는 것을 주저하였다. 그 이유는 단순하다. 만일 그 추한 부인이 그 말을 빨리 긍정하면 그만이거니와 그렇지 아니하면 오히려 반목을 사리라는 공포심에서 주저함을 금하지 못한 것이다. 그러나 면경은 어떤 것이라고 자세히 알리면 반드시 그 면경의 주인은 자기 자신의 얼굴이 그와 같은 것을 깨달을 것을 믿는다.[18)]

이 글에서 김찬영은 귀국 이후에 밝혔던 예술관의 연장선에서, 예술(미술)을 생활의 거울, 즉 인생과 자연의 모방으로 정의했다. 이는 미술이 현실을 투명하게 반영하는 매체라는 일종의 반영론적 논리의 구축으로 이해된다. 예술은 그대로 현실의 현 단계 수준과 양상을 그대로 보여주므로 비판의 초점은 현실에 맞추어야 하며 예술 자체를 비판해서는 안 된다는 것이다. 이러한 논리의 구축은 한편으로는 당대 예술에 대한 낮은 인식을 질타하기 위한 것이면서, 예술 비판을 원천적으로 차단하기 위한 시도로 볼 수 있다. 즉 그는 예술의 존립 근거를 구명할 만한 비평적 담론의 부재를 예술에 대한 올바른 이해를 막는 주요한 원인으로 파악하였으며, 이 때문에 예술에 대한 이해를 구하고 그 기능을 설명하기 위하여 예술을 바로 현실을 반영하는 거울로 비유하였다. 거울의 존재와 그 작용에 대한 이해가 일반 대중에게 형성되어 있지 않은 상태에서는 당연히 비난의 초점이 현실 자체가 아니라 거울이라는 매체에 대한 불신으로 이어질 수밖에 없다는 논리이다. 문제는 그가 이렇게 예술의 존립 근거로 설정한 논리적 기반이 실제로는 자신이 설명하는 대로 자연주의의 방법론[19)]에 해당한다는 사실이다. 김찬영은「서양화의 계통 급 사명」2회에서 자연주의를 설명하면서 앞서 예술을 인생과 자연의 모방으로 설명한 것과 마찬가지로 '미는 미, 추는 추, 선은 선, 악은 악'을 그대로 묘사하는 경향으로 설명하였다. 그가 도쿄미술학교에 재학하던 시기에 보여주었던 예술적 견해를 따라 어쩌면 당연하게도 예술을 주관성의 해방이라든가 개성의 표현과 같은 방식으로 규정하는 것이 아니라 왜 '자연주의'에서 시작하는가 하는 질문은 분명 중요한 것이다.

(자연주의는) 과학 발달의 영향을 받아 사조를 움직인 주의다. 모든 것을 자연에 의하여 충실한 묘사를 하려 한 것이 즉 이 주의다. 모든 물질을 속임 없이 묘사하려 한 것이다. 묘사라는 말이 이 자연주의에서 생겼다 하여도 과언이 아니다. 미美는 미, 추醜는 추, 선善은 선, 악惡은 악을 그대로 숨겨두지[隱置] 아니하고 묘사한 것이다. (중략) 자연주의는 객관적 표준을 주장한 것이다. 즉 객관적 묘사에 그 뇌력腦力의 전부를 제공하였다. 청색은 반드시 청색대로 묘사하였고 황색은 반드시 황색대로 묘사하였다. 즉 색채를 가진 사진이라면 얼른 해득할 듯하다. 그러나 인상주의에 속한 그림은 그 표준을 주관적으로 하였다. 작자의 인상을 따라 긍, 부정을 결단하였다.[20]

이 글에서 김찬영은 예술상의 자연주의를 객관적 표준, 객관적 묘사의 문제로 보았다. 자연에 따라 충실하게 묘사하는 '자연주의'가 '청색'을 '청색'으로 그리는 것과 같은, 객관적 표준을 따르는 것이라면 이러한 '자연주의'적 객관은 궁극적으로 하나의 개념이 A=A라는 동일률을 반복해서

왜곡되지 않고 타자에게 전달되는 객관성을 담보하는 차원을 의미하는 것이다. 중요한 사실은 그가 제시하는 객관성의 차원이 바로 언어를 통한 예술의 존재론적 의미의 구축 문제와 관계되어 있다는 점이다. 이는 물론 당연하게도 예술비평의 성립 근거와도 관련된다. 김찬영이 언어적 재현은 미술적 재현과 달리 어느 정도 기호 발신자와 수신자 사이에 객관성이 확보되는 것으로 이해했기 때문이다. 하지만 예술에 대한 존재론적 접근이 존재적 차원으로 환원될 수 없는 것처럼, 김찬영이 제기한 예술상 자연주의는 예술의 궁극적 목적지가 되지는 않는다. 그것이 어떠한 단계로 넘어서기 위해서 필연적으로 제기되지 않으면 안 되는 일종의 잠정적 단계에 해당하기 때문이다. 어디까지나 문제는 예술이 인생과 자연의 거울이라는 사실을 일반 대중이 이해하게 하는데 거울의 의미를 언어적으로 설명할 수밖에 없다는 데에서 발생한다.

> **예술의 첫 번째 의미 또는 가장 높은 의미는 "사람의 심령에 어떠한 사명을 전달한다." 이 심령에 어떠한 사명의 전달이라는 것은 무엇이냐? 말이 그 형용을 완전히 하지 못하겠다. 그러나 비겨 말하자면 누구든지 예술적 작품을 대할 때에 가슴에 핍박逼迫하는 일종의 동경을 감격하리라. 그것이 즉 예술이 사람의 심령에 전달하는 사명이라 한다.**[21]

김찬영은 궁극적으로 예술의 의미를 사람의 심령에 사명을 전달하는 것으로 보았다. 물론 이는 언어로서는 표현되지 않는, 언어적 접근의 차원을 넘어서는 것이다. 하지만 당대 현실의 인식적 장벽 때문에 예술은 언어적 접근으로 이해를 구하지 않으면 안 된다. 김찬영에게 이러한 모순 지점이 바로 예술이라는 대상을 언어로 번역하는 불가능의 기획에서 필수불가결하게 발생할 수밖에 없는 것임은 분명하다. 예술은 분명 자족적인 것이면서 또한 불투명한 것일 수밖에 없으며, 메타적 언어로는 접근할 수 없는 독자 영역을 확보하였음이 분명하지만 그럼에도 아직 일제강점의 조선 사회에는 예술에 대한 담론이 충분하게 형성되어 있지 않기 때문에 예술의 존재를 언어로서 구명하는 일종의 비평행위는 이루어지지 않으면 안 된다는 것이 그의 고민에서 핵심 지점이다.

> **(서양화의 사명이) 논할 필요가 없도록 극히 단순하고 간단한 이유는 그림은 판명 또는 해석을 필요치 아니한다. 다만 작자가 화폭에 필적을 노출하는 동시에 모든 가치와 모든 설명과 모든 해석이 거기에 있을 것이겠다. 그러므로 붓을 들어 논술할 필요가 없는, 다만 그리는 데서 모든 해결을 얻는다는 단순하고 간단한 이유가 생길 것이겠다. 더욱이 나는 여기에 심절한 핍박을 한 가지 더 감격하는 것은 그림에 대한 관념을 적게라도 해득한 사람의 요구와 전연 몰각한 사람의 요구가 다를 것이겠다. 그럼으로 나는 가공적 화론**画論**이라는 것보다 실제적 설명의 역**役**을 취치 않을 수 없다 한다. 그것이 한 번 더 나에게 핍박하는 고통이라 한다.**[22]

위에 인용한 부분은 당시 김찬영이 당도한 모순 지점을 가장 간명하게 요약하여 보여준다. 미술은, 특히 양화는 변명이나 해석이 필요하지 않으며 그 화폭 안에 모든 가치와 설명, 해석을 내포하므로 언어를 통해 논술할 필요가 없다. 하지만 당대에 만연한, 그림의 관념을 몰각한 사람의 요구 때문에 어쩔 수 없이 가공적 화론보다는 실제적 설명을 할 수밖에 없다는 것이며, 그것이 그에게 바짝 다가온 고통이라는 것이다. 따라서 김찬영에게 예술에 대한 실제적 설명으로서 예술론과 '인생과 자연의 모방으로서 예술,' 즉 예술론의 영점으로서 자연주의는 같은 차원에 해당하는 것으로, 결국 넘어서지 않으면 안 되는 예술에 대한 존재론적 접근과 관련되어 있다. 다음에서 살펴보겠지만 자연주의의 객관적 태도가 인상주의의 주관성을 통해 극복되고 나아가 후기인상주의, 입체주의를 통해 한층 더 근대예술의 본의를 향해 접근해가게 되듯이, 언어로 전개되는 예술론 역시 언어로는 도달하기 어려운 예술의 본래적 가치로 극복하지 않으면 안 된다. 이는 단지 김찬영의 문제만이 아니라 조선시대 후기의 예술적 자산들과 결별하고 일본을 통해 서구인 예술 개념을 번역하지 않을 수 없었던 근대 주변에서 마주치지 않으면 안 되는 필연적 모순의 지점이었다.

4 전위적 예술사조의 수용과 김찬영 예술론의 근대 지향성

이와 같이 1920년대에 예술 자체에 대한 실천보다 예술론 형성에 더욱 신경을 쓸 수밖에 없었던 김찬영의 고민은 그보다는 약간 앞선 시기에 미술론을 전개한 김환의 그것과 여러모로 비교된다. 김환은 약간 앞서 「미술론」[23]이라든가 「미술에 대하야」[24] 등의 글을 쓰면서 그와 마찬가지로 당시 조선 사회에서 미술에 대한 인식 제고의 필요성을 절감하고 '미술이란 무엇인가'라는 질문에 존재론적으로 접근하고자 했던 것이 사실이나 둘의 접근 방식에는 차이가 드러나기 때문이다. 김환은 「미술론」에서 '미술'을 '학술學術'과 같은 궤도에 놓인, 진리를 연구하는 '술術'의 일종으로 보았다.[25] 과학과 같은 학술이 학적 형식을 통해 진리를 추구한다면 미술은 미적 형식을 통해 진리를 연구한다는 것이 그의 요점이다.[26] 이러한 그의 접근 방식은 기본적으로 미술이 여타 형식과 다른 특수성을 가지고 있는 것이 아니라 오히려 보편성 속에서 설명될 수 있다는 신념에서 비롯했다. 그의 이러한 주장을 따르게 된다면 미술은 그 의미나 가치, 목적 등에서 학술과 구별되는 자율성을 갖지 않는다. 또한 그는 여기에서 더 나아가 예술로서 회화가 음성언어가 아닌, 시각 중심의 문자언어에 좀 더 가깝다는 논리를 통해, 회화가 시각적 모방을 중심으로 하는 상형문자와 같으므로 일종의 세계어로 이해할 수 있다는 주장에 이른다.[27] 김환의 이러한 주장이 담고 있는 의도는 물론 분명하다. 그는 미술이라는 개념에 무지한 대상을 계몽하고자 하는 의도에서 회화의 개념적 특수성을 배제하고 보편적인 대상과 비교하면서 개념을 균질화하는 방식을 취한 것이다.[28] 하지만 이런 단순한 비교는 미술의 개념을 명료한 비평적 언어를 통해 투명하게 번역해내는 결과를 가져옴으로써 오히려 그러한 과정에서 미술의 독자적 영역과 가치는 사라져버리는 위험성을 내포하고 있음을 부인하기는 어렵다.[29]

이러한 미술의 개념에 대한 김환의 단순명료한 접근 방식은 김찬영의 그것과는 여러모로 다른 점이 있다. 물론 김찬영 역시 미술의 본령을 한편으로는 '인생과 자연의 모방'이라는 명료한 언어로 정의한 것이 사실이지만 그는 여러 대목에서 자신의 이러한 실제적 설명이 한계를 내포했음을 인지하였으며, 예술이라는 대상에 언어적으로 접근하는 데 의문을 내포했기 때문이다. 그에게 예술론이 '고통'일 수밖에 없는 까닭은 예술 속에 예술론의 형식으로 접근되지 않는 여백이 존재했기 때문이다. 그렇다면 이렇게 김찬영이 언어화되지 않는 예술의 자리를 언어적으로 어떻게 설명하였는가 하는 문제는 1920년대에 전개된 그의 예술론의 의미와 성취를 가늠하는 데 가장 중요한 열쇠가 된다고 보아도 좋을 것이다.

실제로 김찬영은 「현대예술의 대안에서」에서 자연주의를 넘어 인상주의 이후 예술의 두 분파, 즉 후기인상주의Post-impressionism와 입체주의Cubism에 대해 다루었다. 여기에서 그는 자연주의가 세웠던 '거울'로서 객관성에 개개 주관을 도입함으로써 균열을 내고자 했던 인상주의적 시도가 어떤 의미가 있으며 또한 어떤 결과로 이어졌는가 하는 점을 보여주었다. 이에 앞서 그는 '감정'과 '감각'을 개념적으로 구분하는데, 감정은 원인과 결과 사이를 움직이는 선線적 활동인 데 비해 감각은 이러한 감정의 활동이 종결될 때 그것의 가부를 결정하는 점点적 작용에 해당한다고 보았다.[30] 다시 말해, 우리가 어떤 대상을 대하든 내부에 있는 감정의 활동을 통해 대상을 이해하고자 하는 것이며, 감각의 작용을 통해 긍정과 부정을 판단하는 것이라는 의미이다. 이러한 감각의 결과를 화폭이나 지면 혹은 음보에 투영하는 것이 바로 '표현'이다. 후기인상파나 입체파 같은 현대 예술의 생명은 이러한 주관적 감각의 작용과 그것의 표현으로 성립되는 것이다.[31] 그는 이 글에서 미적 쾌감이란 예를 들어 '청색'과 같은 대

상 자체에 내재된 것이 아니라 개인의 주관적 감정에 의존한다는 사실을 분명히 한다. 그는 이를 인상파의 대표적 화가 휘슬러James Abbott McNeill Whistler(1834~1903)와 러스킨John Ruskin(1819~1900)의 대화를 들어 보여주었다. 휘슬러와 러스킨의 대화는 미국의 미술평론가 에디Arthur Jerome Eddy(1859~1920, アーサ・ジエローム・エッヅイ)가 쓴 책인 *Cubists and post-impressionism*(1914)을 쿠메 마사오久米正雄(1891~1952)가 번역한『입체파와 후기인상파立体派と後期印象派』에서 인용한 것이다.[32] 이뿐만 아니라 그의 글 상당 부분에서는 이를 인용한 것이 드러나는데, 특히 후기인상파 혹은 입체파의 결성과 그 면면과 관련된 역사적 사실은 이 책에서 참고한 흔적이 역력하다. 다만 김찬영은 에디가 휘슬러에 대해 그의 주요 화제画題를 '야경nocturne', '해조symphony', '배열arrangement' 등으로 제시한 것을 자신의 논지에 맞춰 바꿔 '색色', '해조諧調', '배열排列'로 제시함으로써 그가 단지 이 책을 그대로 인용한 것이 아니라 나름대로 자기 맥락 속에서 이해하고자 했다는 사실을 짐작할 수 있게 했다.

> **작자 자신의 정조와 그의 미적 관념을 표현하기 위하여 어떠한 물상**物象**을 묘사할 때에 그것은 자연 혹은 인물에 없는 것이라고 맹목적 비평을 하는 것은 예술가로 하여금 자연과 인물과의 형식적 모조**模造**를 하라고 주문하는 몰각적 비평자에서 지나지 못하겠다. 과도기의 인생이 아닌 우리는 결코 자연의 모효**模効**만으로는 만족치 않이할 것은 거론을 불요**不要**하겠다. (중략) 화가로 하여금 삼각산은 삼각산과 같이, 한강철교는 한강철교와 같이 하지 않으면 만족하기 어렵다고 비난하는 사람이 있다 하면 그는 진실로 현대에서**

낙오된 백치에 가까운 자라고 할 수밖에 없겠다.[33)]

김찬영에 따르면 이렇게 인상주의 이후의 예술 양식들은 주관적 감각과 표현에 기대어, 기존의 이른바 자연주의적 객관 혹은 그 모방으로서 예술 양식을 넘어 아직 존재한 바 없었던 새로운 대상에 대한 묘사를 보여주고자 했다. 따라서 자연주의를 넘어선 화가에게 그가 그린 것이 실제 대상에는 존재하지 않는다고 비판하는 것은 그야말로 맹목적 비평에 지나지 않는다. 인생과 자연의 모방 혹은 거울로서 회화를 규정했던 최초의 예술론적 발언으로부터 그것을 부정하는 단계로 나아가기까지 김찬영 예술관의 도정에서 이러한 변모는 일종의 자기부정을 통해 비로소 미래의, 아직 도래하지 않은 예술에 대해 긍정의 단계로 나아가게 되었음을 알리는 것으로 이해될 수 있다. 이는 아직 조선 사회에서 실현된 바 없었던 입체파, 미래파 등 예술의 새로운 조류를 긍정하기 위한 예비적 단계에 해당하면서, 다른 한편으로는 언어적 명료성을 통해 환원된 미술의 배후에서 발견되는 '난해한' 현대미술의 독자적 지위를 긍정하기 위한 것이다. 자연주의적 모방을 넘어선 현대의 미술이 이해되기 어려운 것은 바로 그렇게 일상적 언어의 외부에서 개별적 감각의 차원을 중시하는 새로운 차원으로 표현되었기 때문이다. 이러한 변화가 그토록 까다로운 과정을 거쳐서 설명되지 않으면 안 되었던 것은 김찬영이 토로하듯, 현실의 모사라는 회화의 본래적 기능에 대한 세간의 뿌리 깊은 인식이 그만큼 극복하기 어려웠다는 의미로 해석할 수 있을 것이다. 인상주의를 넘어 후기인상주의는 바로 이러한 현실의 반영이라는 회화의 자연주의적 방법론이 내포하는 객관성의 실현에 균열을 내는 주관성의 해방과 관련되는 것이다.

한편, 이렇게 후기인상파에 대해서는 나름대로 분명한 자기 이해를 보여준 김찬영은 입체파에 대해서는 분명히 이해하지 못한 듯, 설명을 대부분 앞선 에디의 책에서 차용했다. 특히 그가 입체파의 종류를 과학적 입체파, 생리적 입체파, 음조적 입체파, 본능적 입체파로 나누고[34] 세부적 설명을 붙인 것까지 거의 다 인용해왔기 때문에 특별한 변별점은 보이지 않는다. 하지만 여기에서 주목할 것은 그가 입체파를 정리하면서 이를 앞서 자신이 전개했던 예술론과 관련성 아래에서 설명한 부분이다.[35]

> **그들의 주장은 인생이나 자연, 모든 속에서만큼 자기의 존재를 구하라라는 데 있다. 말하자면 어떠한 산천을 볼 때에 그 산천 속에는 자기 자신이 묻혀 있고 덥혀 있는 것을 깨달아라 하는 데 있다. 그러한 까닭에 인생과 자연의 평면적 관찰을 지나, 그이들은 모든 것의 깊은 오면奧面을 보지 아니하면 안 된다 한다. 즉 입체라 하는 것은 자연과 인생의 오면을 칭함이다.**
>
> **그것이 입체파 화가들의 주요한 주장이라 하겠다.**[36]

여기에서 김찬영은 입체파의 예술적 지향에 대한 독특한 이해의 차원을 보여주었다. 그에 따르면 입체주의는 인생과 자연의 깊은 면을 드러내는 예술이라는 것이다. 이는 물론 김찬영 자신이 앞서 근대예술론의 영점으로 제시했던 자연주의를 극복하고 넘어서는 예술사조로서 입체주의를 위치시킨 것이다. 인상주의가 주관성을 통해 자연주의의 객관성에 균열을 내는 방식으로 그것을 극복한다면, 입체주의는 자연주의의 평면성을 극복하여 그 내부의 '오면奧面', 즉 일종의 표면 밑에 존재하는 구조를 드러내는 방식으로 이를 극복한다는 것이다. 이러한 설명은 당시 김찬영이 자연주의를 영점으로 하여 그것을 극복하는 과정을 거쳐 예술사가 진행된다고 하는 일종의 예술사에 대한 자기 이해의 체계를 세워두고 있었다는 사실을 이해할 수 있도록 한다. 즉 김찬영이 단지 모더니티적 근대의 구도 속에서 무작정 최근의 예술사조를 소개하는 데에 그친 것이 아니라 철저한 자기 이해 과정 속에서 그것을 수용했던 흔적을 보여준다는 것이다. 이는 분명 김찬영 예술론에서 가장 가치 있는 지점으로 제시될 수 있을 것이다.

5 김찬영의 예술 비평적 실천과 문단과의 교류에 담긴 의미

주지하다시피 김찬영은 한편으로는 이러한 예술론을 전개해나가면서 다른 한편으로는 주로 당대 문예 영역과 교류적인 활동을 전개한다. 그가 어떤 이유로 선전이나 협전에 미술 작품을 발표하거나 하지 않고[37] 주로 『폐허』나 『창조』, 『영대』 같은 문예 중심 동인지에 가담하여 활동을 펼쳤는가[38] 하는 이유는 확정하기 어렵다. 하지만 그가 예술론을 통해 추구하고자 했던 근대예술의 높은 지향점에 비해 실제 조선에서 창작되는 회화 작품은 그것에 턱없이 미치지 못했기 때문이 아닐까 짐작할 수 있을 따름이다. 가령 일본의 경우만 예로 든다 하더라도 일본 입체파의 선구적 존재로 제시되는 요로즈 테츠고로万鉄五郎(1885~1927)[39]조차 문전文展이나

원전院展에 작품을 내지 않거나 입선하지 못할 정도로 당시 입체파의 예술에 대한 이해는 낮았다. 김찬영이 남긴 회화 작품들이나 주위의 증언에서 보면 그가 주로 일본의 주된 창작적 경향을 따라 낭만주의 정조를 드러내거나 외광파의 수법을 따라 창작하였음이 분명하지만[40] 심정적으로는 근대예술의 가장 전위적 양식으로 입체파 예술을 지향했다는 사실은『개벽』에서 벌어진 이른바 신시논쟁에 가담하면서 썼던「우연한 도정에서 - 신시의 정의를 쟁론하시는 여러 형에게」에서 그 실마리를 찾을 수 있다.[41] 여기에서 그는 '신시'를 기존의 시가 형식을 통해 재단하며 '내가 간다'도 시인가 묻는 '미세微細'라는 기자에 대해 다음과 같이 답했다.

> 가령 군(현철)이 그 시의 정의를 창조하였다 할지라도 제3자의 권리로는 그의 아무런 해설을 듣지 않고 '그것은 시가 아니라'고 반박은 못합니다. 왜 그런가 하면 모든 예술의 조류는 그 시대, 시대의 이즘을 따라 그 근본의 뜻과 형식의 뜻을 각각 달리합니다. 낭만주의 예술론자가 상징주의나 혹은 회화의 후기인상파, 미래파 예술론자더러 그는 예술이 아니라 한들 누가 그 진비真非를 결단하오리까? (중략) 그러나 모든 범안凡眼으로는 다만 기형畸形에서 지나지 못하며 또한 백치 아이의 장난한 것에서 지나지 못하게 보이는 후기인상파며 입체파, 미래파의 작품은 이미 전 세계가 함께 나서 반역[共挙反逆]을 한다 하여도 촌보寸步를 움직이지 못할 영원한 생명을 가진 진실한 예술적 작품일 것을 같이 알고 있는 바[所共知]가 아닙니까. 그러한 예는 회화뿐이 아니겠습니다. '간다 내가'보다도 더 이상한 것이, 즉 광인의 부르짖음 같은 단어를 종합한 것이 최근에 움직이지 못하는 시로서 많이 발생된 것을

들었습니다.[42]

그는 이 글에서 일반적인 눈으로 보면 아이들의 장난이거나 기형에 불과한 후기인상파, 입체파, 미래파의 작품이 이미 의미 있는 예술작품이 되었다고 강변하면서 이들은 재래의 양식들이 미美와 선善과 정情을 추구할 때, 이러한 양식들은 그 반면, 즉 악惡과 추醜 가운데서 어떠한 신념이나 진실한 정조를 얻으려고 하며 이것이 근대인이 욕구하는 경향이라고 주장하였다.[43] 그러면서 그는 이 글의 말미에 미국 시인인 '막스 베버Max Weber(1864~1920)'의 입체파 시 「순간瞬間」을 인용하여 제시하였다. 김찬영의 이 글은 여러 가지 흥미로운 시사점을 던져주는데 특히 그가 가장 근대적인 예술 경향으로서 입체파에 대한 관심이 단지 관련 이론을 수입하는 태도를 넘어 실제적 지향에 이르렀다는 사실을 알 수 있게 할 뿐만 아니라, 입체파의 시를 인용하는 대목에서는 그가 특별히 매체를 국한하지 않고 입체주의에 대한 지향성을 실현하고자 했다는 사실을 보여주기 때문이다. 사실 회화적 재현의 경우, 언어적 재현보다 전위성에서 여러 가지 제약이 많다고 생각하던 김찬영에게[44] 그의 입체주의 지향성을 시라고 하는 문예적 양식을 통해 보여줄 수밖에 없었던 것은 불가피한 선택이라고 볼 수 있다.

문제는 그가 문예적 친연성을 보여주는 것이 이러한 회화적 표현과 수용의 한계에 대한 인식으로 말미암은 것일 수 있다는 사실이다. 그는 당시 조선 사회에서 후기인상파나 입체파, 미래파 같은 가장 근대적인 예술적 시도는 적어도 아직 회화를 통해 이루어지기에는 요원한 것으로 판단했을 개연성이 높기 때문이다. 회화적 표현으로는 당대에 성립 불가능했던 그러한 근대예술론들은 문예적 표현으로는 가능했을 뿐 아니라 당시 문단에서도 그의 예술론에 대한 반응이 있었다. 가령 소설가 늘봄 전영택田榮澤(1894~1968)은 자신의 소설「독약 마시는 여인」을『창조』8호에 실을 때 다음과 같이 언급하면서 김찬영의 예술론에 응답하는 형식을 취했다.

이번의「독약 마시는 여인」은 미래파와 인상파 뒤섞은 것을 하나 써보느라고 한 것이외다. 처음에는 미래파라고 쓰던 것이 인상파가 되고 말았지요. 어쨌든 우리 문단의 첫 시험인 듯합니다.[45]

이 '미래파'나 '인상파'가 문예적 예술사조를 가리키는 것이 아니라 주로 미술적 예술사조를 가리키는 것이라는 점을 감안하면 늘봄의 이러한 발언은 같은『창조』8호에 실린 김찬영의 예술론「현대예술의 대안에서」에 대한 일종의 답변이 될 수 있다. 물론「독약 마시는 여인」의 면면을 살펴보거나 당시『창조』편집을 맡고 있어서 김찬영의 글을 미리 볼 수 있었던 늘봄이 편집후기에 남긴 짤막한 글임을 고려할 때, 이러한 교류적 시도를 치밀한 계획과 논의를 거쳐 나온 것이 아니라 즉흥적 치기에 따른 것으로 평가할 여지가 없지 않다. 따라서 늘봄의 소설「독약 마시는 여인」이 실제로 '미래파'나 '인상파'의 지향성을 담보하는가 하는 문제는 또 다른 평가 작업이 필요하겠으나 이보다 중요한 것은 당시 김찬영의 근대적 예술론과『창조』문인들 사이에 일종의 교류가 형성되어 있었다는 사실이다. 이러한 전영택의 언급에 답이라도 하듯 김찬영은『창조』9호에「꽃피려 할 때(창조 8호를 읽고)」라는 평론을 써서 그의 시도를 높게 평가하였다.[46] 비록 아쉽게도 『창조』가 9호로 종간되었기 때문에 '포경抱耿'이라는 필명으로 쓰인 그의 이러한 예술적 교류를 토대로 한 비평적 실천은 더 이어지지 못했지만, 이러한 교류가 계속해서 이어졌다면 이는 한국문학사상 가장 독특한 예술적 실천의 사례로 남게 되었을 개연성이 충분하다.

이러한 일종의 교류적 측면을 검토해보면, 김찬영이 문학과 미술의 교류를 꾀하고자 했던 『창조』의 이상과 발맞추어 자신의 근대적 예술론을 문예적 영역에서 실현할 가능성을 발견했을 것이라는 추론은 그리 무리한 것이 아니다. 그가 김억의 번역 시집 「오뇌의 무도」 출간에 대해 「오뇌의 무도의 출생에 제하야」(『동아일보』, 1921. 3. 28~30)[47]라든가 『오뇌의 무도』의 출생된 날(안서군의 시집을 읽고)」(『창조』 9, 1921. 6)을 쓰면서 적극적인 상호작용을 보여준 것이라든가 「작품에 대한 평자적 가치」라든가 「꽃피려 할 때(창조 8호를 읽고)」(『창조』 9, 1921. 6) 등을 쓰면서 『창조』의 문예적 장에 대해 적극적 교류를 꾀하는 비평행위를 보여주는 것은 바로 이러한 모더니티에 대한 지향적 의식과 당대 문단과의 교류에서 새로운 가능성을 발견했던 배경에서 나온 것이라고 평가할 수 있다. 따라서 『창조』가 9호를 마지막으로 종간된 것은 그에게 여러모로 불운한 의미가 있다. 이후 그의 예술비평이 구심력을 잃어버리고 말았기 때문이다. 그가 1921년 7월 발표한 「파괴로부터 건설에」(『조선일보』, 1921. 7. 28~8. 2)는 '데카단'을 주제로 했는데, 이는 그의 예술론의 연장선에 있다기보다는 좀 더 현대의 과학적 유물사관을 비판하고 퇴폐주의와 개인주의를 통해 현대사회를 분석하는 의도가 담긴 글이었다. 하지만 그가 이 글에서 '데카단'을 다루는 태도가 다소 미온적이고 비판적인 것을 감안하면 '후기인상파'나 '입체파'에 보여주었던 것만큼 관심이 있지 않았던 것이 아닌가 하는 판단을 내리게 한다. 이 글을 마지막으로 김찬영의 예술비평적 실천행위는 거의 종결되었다고 보아도 무방하다. 물론 1921년 한성도서주식회사에서 촉탁으로 근무하게 된 개인적 이력과도 관련이 있겠지만[48] 전후 추이를 살펴보면『창조』라는 장을 잃어버린 김찬영의 예술비평은 이제 더는 새로운 동력을 얻지 못하고 진행되지 못했다고 보는 것이 타당하다. 비록 1923년에『개벽』에「문화생활과 주택」이라는 글을 내기도 하고 1924년에는『영대』에 음악에 대한 단상을 다룬「완성예술의 서름」이라는 글을 발표하기도 했지만 어느 것이나 단편적 작업에 불과할 뿐 자기 예술론의 체계와 연결한다거나 발전시키기에는 한계가 있었던 까닭이다.

6 근대적 예술성에 대한 '자기 확인'이라는 과제 – 결론을 대신하여

이 글은 1920년대 초, 예술에 대한 이해가 척박한 풍토 속에서 나름의 근대적 예술론을 전개하여 예술에 대한 담론장을 형성하고자 했던 김찬영의 노력을 재평가해보고자 썼다.『창조』라는 우리 근대문학의 기념비적 문예지의 동인으로서 김찬영이라는 존재는 정작 미술사학계에서는 전혀 중요하게 다루어지지 못했다. 이는 그가 도쿄미술학교를 졸업하고 돌아와서도 '선전'이라든가 '협전'에 참여하지 않았을 뿐 아니라 일본에 보관된 자화상 외에 작품이 한 점도 남아 있지 않아, 당대의 고희동, 김관호 등에 비해 학계의 주목을 받지 못했던 상황과 관련된다. 하지만 김찬영이 오히려 중요하게 부각되어야 할 바는 그가 조선의 척박한 예술적 이해 풍토 속에서 근대적 예술사조를 자기 예술론의 체계 속에서 이해한 독자적 예술론을 전개하였음은 물론 문예 주도적 시대에『창조』라는 지면에서 미술과 문학의 교류를 시도하였다는 사실이다. 일반적 평가와 달리 그는 단지 서구의 예술사조를 수입하고 소개한 데 지나지 않고 '예술'의 근대적 지향성과 그것에 대한 세간의 몰이해를 통절하게 간파하였으며, 그러한 인식적 간극을 넘어서기 위해 '예술'이라는 개념을 대중이 이해하도록 하는 예술비평을 우선시하였다. 그가 근대예술론의 영점으로 '자연주의' 예술론을 제시한 것은 바로 '예술'의 자율적 측면과 이를 언어로 설명하지 않으면 안 되는 이율배반적 상황이 반영된 것이다. '자연주의' 예술이 내포하는 묘사적 객관성이 이해를 얻고 나서야 그것을 넘어서는 좀 더 근대적 예술론, 즉 주관성을 통해 그것을 극복하는 인상주의(후기인상주의), 인생과 자연의 깊은 구조를 파악해내는 입체주의적 시도를 제각기 그의 예술론적 체계 속에서 설명할 수 있기 때문이다.

일제강점하 조선에서 1920년대 초기 예술론의 전개가 단순히 서구 예술이론을 소개한 것에 지나지 않으며, 경성제국대학이 설립된 이후 고유섭, 김용준 등 제도화된 학문 속에서 성장한 미학자들이 등장하고 나서야 예술학 혹은 미학의 토대가 비로소 갖춰질 수 있었다고 하는 일반적 인식과 달리, 김찬영의 이러한 예술비평적 실천 면모는 1920년대 초기부터 예술에 대한 고민이 형성되어 일종의 자생적 예술론이 형성되었을 여지를 보여주는 것으로 의미가 있다. 이를 위해서는 특히 문예에서는 김동인과 염상섭, 미술에서는 김환과 김찬영 등이 보여준 예술론적 성취를 종합적 안목에 따라 재조명할 필요가 있으며, 이것이 김억이나 임노월의 예술론과는 어떻게 연관되는가 하는 것 역시 함께 조망할 수 있어야 한다. 이 글은 이를 위한 예비작업으로, 김찬영의 근대적 예술론이 어떤 배경에서 전개되었는가 하는 사실을 밝히고 그것에 담긴 의미를 환기하는 것으로 소박한 존재의의를 삼고자 한다.

송민호

서울대학교 국어국문학과에서 학사, 석사, 박사 학위를 했고 단국대학교 영화콘텐츠전문대학원 연구교수를 거쳐 현재 홍익대학교 국어국문학과 교수로 있다. 주요 논저로는 『이상李箱이라는 현상–작가 이상이 경험한 동시대의 예술과 과학』(예옥, 2014)과 「모더니티의 첨단과 암실 사이의 공간(들)–에로센코Eroshenko, 나까무라쯔네[中村彝], 이상李箱」, 「아방가르드 예술의 한국적 수용–이상李箱과 장 콕토Jean Cocteau」, 「대한제국시대 출판법의 제정과 출판검열의 법–문자적 기원」(2014) 등이 있다.

집필경위

이 글은 2010년 성균관대학교 동아시아 학술원에서 발간하는 학술지 『대동문화연구』 71집에 필자가 발표했던 「1920년대年代 초기初期 김찬영金瓚永의 미술론美術論과 그 의미意味」를 수정 · 보완한 것이다.

7

1920년대 초 동인지 문인들의 예술: 예술의 미적 절대성 획득과 상실 과정

◎

박슬기

1 문학이라는 종種과 예술이라는 유類 – 그 속성으로서의 정情

한국근대문학에서 '문학'이라는 개념은 정치, 제도와 같은 사회적 체계에서 독립적인 '예술'의 한 장르로 성립했다. 이로써 새로운 시대의 문학은 통시적으로는 전통적인 문文의 개념과 결별하고, 공시적으로는 음악, 미술, 무용 같은 다른 장르와 분리됨으로써 독자적 형식과 특성을 지닌 예술의 한 종이 되었다. 문학은 내적으로는 다양한 언어 텍스트를 분별적으로 통합하고 외적으로는 예술의 제도적 체계에 접속됨으로써 독자성을 획득[1]했고, 이 독자성은 그 어떠한 사회적 · 관습적 잣대로도 평가할 수 없는 특권성의 근거가 되었다. 문학의 특권성이 언제나 예술의 특권성에 기대어 일컬어졌다는 것은 상당히 인상적이다. 이후로 문학은 예술과 쉽사리 등가치환되었는데, 문학예술 혹은 문예[2]라는 개념이 일반적으로 사용되었으며, 1920년대 초에는 문학과 예술의 개념이 완전히 등가치환될 개연성이 있었다는 점에서 이것이 증명되고 있다.

이러한 등가치환은 또한 역설적으로 예술이 문학이라는 종의 속성을 내포한 유로 성립되는 과정이었음을 보여주는 것이기도 하다. 말하자면, 문학과 예술의 장르 체계는 두 항이 동일한 속성을 공유한 것임을 증명하면서 성립했는데, 여기에 개입한 본질적 속성이 정情이다. 즉, '정의 표현'이라는 예술의 본질적 속성을 문학이 분유分有받고 있다는 한에서 체계가 성립되기 때문이다. 이광수李光洙(1892~1950)가 "지知와 의意의 노예에 불과하던 자가 지와 동등한 권력을 득得하여 지知가 제반 과학으로 만족을 구하려 하매 정情도 문학, 음악, 미술 등으로 자기의 만족을 구"[3]하려 했다고 설명할 때, 그는 예술이 지, 정, 의 자질 중에서 정을 핵심으로 하는 것[4]임을 명확하게 한 것이다. 그렇다면 이 전환 속에서 예술과 문학이 얻은 자유는 정의 위계적 우월성에 근거한 것인데, 이 구도는 진/선/미의 가치 체계에서 미가 얻게 된 우월성과 일치하게 된다. 그러나 이는 정 자체가 우월한 것으로 간주되었기 때문이라기보다는 그것이 미의 우월적 가치와 등가적으로 간주되었기 때문에 가능해진 것이다. 이를 통해 정-예술-미의 연결축은 지-과학-진, 의-도덕-선의 연결축과 더불어

근대적인 인식론적 분화의 한 축을 담당하게 된다.[5]

그러나 이러한 연결은 다소 설명이 필요하다. 예술과 미의 연결은 'fine arts'의 번역어로서 '미술'을 채택하고 '미술'을 다시 '예술'로 수정하는 과정에서 확보된 것으로,[6] 번역을 거쳐 창출된 것이었다. 이를 정과 직접적으로 접속한 것은 와세다 미사학美辭學이며, 이를 이어받은 시마무라 호게쓰島村抱月의 『신미사학新美辭學』에서는 인간의 사상을 지적인 것과 정적인 것으로 구별하면서, 지의 사상이 실용적인 것에 연결된다면 정의 사상은 오락적인 것에 연결된다며 이러한 정의 사상을 담은 정의 문을 '미문美文'[7]으로 정의했다. 말하자면 미문이란 단순히 '아름답게 꾸며놓은 문장'이 아니라 정의 사상을 담고 있는 문장이며 이 지점에서 정과 미는 본질적 친연성을 얻는다. 그러나 여기서 정은 정확한 내포가 규정된 것이었다기보다는 지/정/의의 삼분 체계에서 지/의와는 다른 인간의 마음 작용이라는 방식으로, 다시 말해 늘 상대적인 체계 속에서만 설명이 가능한 것이었다.[8] 말하자면, 정은 지/의와의 관계 속에서 규정되는 한에서, 미와 연결되는 지점에서만 그 가치를 획득한다.

많은 선학이 증명했듯, 진과 선과 미라는 인식론적 삼분 체계 속에서 미는 자율적이면서 바로 그 때문에 특권적인 것으로 간주되었는데, 이는 미가 선, 진과 투쟁해서 획득한 지위다. 이는 비록 이광수가 정과 예술과 미를 연결했을 때 그 실마리를 얻은 것이기는 했지만, 이광수의 정의 개념이 사실상 선의 근거였다는 점에서 당시에는 '아직' 얻지 못한 것[9]이었다. 미에 절대성을 부여한 이들은 1920년대 초 동인지 문인들이며, 그들은 미적 절대성과 자아의 절대성을 연결함으로써 비로소 예술 창작의 주체로서 '개인'을 탄생시켰다.[10] 예술의 특권성과 예술을 창조하는 창작자의 감정이 지니는 특권성은 1920년대 초 동인지 문인들의 예술론에서 확고한 것으로 간주된다. 가령, 김찬영金瓚泳(1889~1960)의 "우리의 주관 속에 있는 감정이 그 청색 위에 활동할 때에 비로소 우리는 그 미적 쾌감을 얻는 것"[11]이라는 발언은 미의 주관적 근거로 이해[12]되었다. 이는 문학과 예술의 관계를 창작 주체와 예술의 관계로 전환한 것으로, 이때 정은 인생, 생명, 개성의 용어로 대체되면서 근대적인 예술적 자아 자체로 옹위되었다. 예술이 문학을 포섭하면서 정과 미의 연결 지점을 얻었으며, 자아의 절대성으로부터 미의 절대성을 획득하게 된 것은 일종의 단계적 과정이었던 셈이다.

개인의 주관적 감정에서 미의 절대성이 정초되고, 이것이 다시 그 산물인 예술의 절대성으로 이어지는 과정은 명백히 낭만주의적이다. 예술이 진/선의 이념을 감각적으로 드러내는 것이 아니라, 예술 자체의 고유한 가치와 특성 속에서 획득한 '심미적 현대성'이 '자아=자아'라는 등식에 기반하고 있다는 점[13]에서 말이다. 그러나 이러한 절대적 자아가 주/객에 대한 인식론적 구별의 토대 위에서 세계를 구성하는 근대적 주체라는 지위를 곧바로 획득할 수는 없다. 절대적 자아란 그 자신과 구별될 수 있는 유일한 대상[非我]이 비실체적인 것이라는 점에서, 코기토의 그것처럼 세계로부터 고립되어 있는 것이 아니라 세계와 결코 분리될 수 없는 것이기 때문이다.[14]

그 어떠한 타자를 가지고 있지 않은 '절대적 자아'란 사실상 존재할 수 없다. 예술의 절대성을 통해서 1920년대의 창조적 자아들은 전대와 결정적으로 분리될 수 있는 지점을 확보한 동시에, 내면=성소를 등치해 자아를 특권적인 미 속에서 사실상 소멸시킨 것이다. 1920년대적 기원, 고립된 개인의 내면 발견과 고백을 통해서 성립되었다는 근대예술의 내적 기원은 그 '내면'이라는 개별적 장소가 보편적 이념으로서 미 속에서 소멸된 것이라는 측면에서 문제적이다. 이 글은 1920년대 동인지의 예술담론이 일종의 예술지상주의적 관점을 통해 '절대적 자아'를 창출했다는 기왕의 관점에 전적으로 동의한다. 그러나 그것이 확고부동한 '주체', '대상'을 '창조'하는 '주체'의 역할에 합당한지에 대해서는 조심스럽다. 오히려 동인지 문인에게서 비난받았던 이광수의 문학론이 이에 합당한 주체를 구비했던 것처럼 보인다. 그의 개조론에 개입되어 있는 기독교적 윤리는 주체임을 포기하고서만 획득할 수 있었던 주체의 구도를 인생과 예술/진리의 관계 속에서 작동하였기 때문이다.[15)]

1920년대 동인지 문인들의 예술론, 절대적 예술과 자아라는 구도는 정을 미로 단번에 치환하는 과정에서 성립했다. 여기에는 아직 공리성을 버리지 못한 1910년대적 문사와 1920년대적 예술가의 대립이라는 다소 발전론적 등식이 개입하였으며, 이 등식에서는 정의 소유자인 자아가 인생, 생명, 개성과 같은 여러 개념으로 등치되면서 어떻게 예술과 관계를 맺어갔는지에 대한 개념적 추적이 생략되었다. 이때 이광수와 동인지 문인들의 예술 개념의 동일성과 차이는 미세하게 조정되지 못하며, 동시에 동인지 문인들의 예술론이 결과적으로 산출한 '자아'의 다양한 존재론적 층위는 '절대적 자아'로서 통합되어 있는 것처럼 나타났다. 대표적으로 김동인의 견해는 동인지 예술론의 전체 견해로 간주되는 경향이 있다.

이 글에서는 동인지 문인들의 예술론 속에서 사실상 두 단계 과정이 동시적으로 일어났다고 가정했다. 하나는 예술이 인생과 진리의 문제와 투쟁하면서 절대성을 획득하는 과정이다. 이는 예술과 인생의 구도가 예술과 생명의 구도로 전환되고, 생명이 예술적 자아 자체로 간주되는 과정과 겹친다. 또 하나는 이러한 생명과 자아, 그리고 예술이 일치된 지점에서 성립한 예술의 절대성이 상실되는 과정이다. 이는 예술을 자아의 주관성에 정초시키되 이 주관적 자아를 절대화하는 방향과 그것을 구별 가능한 근대적 개인 주체로 탄생시킨 과정과 겹친다. 이 글에서는 정의 표현으로서 예술이 미적 절대성을 확보하면서 동시에 상실하는 과정을 거치고 있다고 봄으로써 기왕의 발전론적 등식에서 떨어져나갔던 지점들을 조명해보고자 한다.

2 예술의 미적 절대성의 획득: 생명으로서 자아와 그것의 표현으로서 예술

1922년에 월탄 박종화朴鍾和(1901~1981)는 『백조』 2호에 발표한 「오호嗚呼 아문단我文壇」에서 이광수를 극렬히 비난했다. 그는 「예술과 인생」을 보고 공명하였으나 「문학에 뜻을 두는 이에게」를 읽고 망연자실하였다며, 대략 세 가지 점을 들어 비판했다. 하나는 청년들이 과학에 뜻을 두지 않고 문학에 뜻을 두는 이가 많은 점을 슬퍼한다는 것, 또 하나는 "제매弟妹들이여" 운운하며 지도자인 양 한다는 것, 그리고 마지막은 문사의 자격으로 적당한 생활 수준과 신체건강함을 내세운다는 것이다. 월탄이 언급한 이광수의 글은 각각 같은 해 1월과 3월에 발표된 것으로, 그사이에 관점의 변화가 일어났을 수는 없다. 월탄이 앞의 글에는 지지를, 뒤의 글에는 비판하는 반응을 보인 이유가 공리주의적 문학관을 고집한 이광수와 미적 저항을 보여준『백조』세대 사이의 거리 때문이라고[16] 보기 어려운 것은, 예술과 인생의 관계에 관한 견해에서는 동인지 문단과 이광수가 거의 같은 관점을 공유했기 때문이다.

월탄이 공명했다고 하는「예술과 인생」의 요체는 인생과 예술과 도덕의 일체를 주장한 것으로, "도덕과 예술은 하나이니, 도덕적이 아닌 예술은 참 예술이 아니요, 예술적이 아닌 도덕은 참 도덕이 아니외다"[17]라는 구절에 집약되어 있다. 이 글에서 이광수는 인생을 개인 생활과 사회적 생활로 나누고, 전자의 원리를 예술로, 후자의 원리를 도덕으로 구별했다. 이에 따라 예술은 두 가지로 나타나는데, 하나는 "인생의 한 원리로서의 예술, 즉 생활의 주의로서의 예술"이고 또 하나는 시가, 음악, 미술 등 "인생의 사업의 일부분인 예술"(「예술과 인생」, 16)이다. 이광수는 '원리로서의 예술'을 더욱 강조하지만, 인생의 사업으로서의 예술과 인생의 원리로서의 예술을 별개로 생각한 것은 아닌데, 원리로서의 예술이 제대로 기능하려면 '미의식'에 대해 예술품을 감상함으로써 배워야 하기 때문이다(「예술과 인생」, 8).

도덕과 예술의 일치가 미를 통해 가능하다면, 예술은 도달해야 할 절대적 영역이거나 예술가의 내면 표현이 아니라 개인의 인생을 보편적 선의 경지에 도달케 하는 수단이다. 이 지점에서 '정'은 예술적 원리로 도덕화되며, 예술품이라는 매개를 통해 마찬가지로 도덕화된 타인들의 정과 연결된다. 여기서 예술은 이상적인 공동체를 창출하는 원리다. 인생은 이광수가 구별한 두 가지 예술을 통해서만, "애愛의 기쁨의 생활"(「예술과 인생」, 4)로 변모할 수 있다. 이에 비출 때 월탄의 글은 사실상 이광수와 같은 논리를 공유한 것으로 보인다.

> **시가 무無한지라 어찌 그 만중萬衆에게 열熱과 애愛를 주注하여 예술을 가歌하게 하고 인생을 가歌하게 하여 인생과 예술을 써 결합하여 혼연한 진리의 경境에 최고의 완적完的 생生에 들게 할 수 있으며, 그 소설이 무無한지라 어찌 써 생의 과거를 추억하고 생의 현재를 감상하고 생의 미래를 조망하여 써 우주의 전축도全縮圖를 조감하며 최대의 생명을 유지하고 최대의 생을 확충하여 숭고한 인간으로 전적全的에 귀歸케 할 수 있으랴.**[18]

민중에게 열정과 사랑을 부여하여 인생을 노래하게 한다는 것은 예술이 단순히 자기 표현에 머무르는 것을 의미하지 않는다. 시가라는 예술품은 '인생과 예술을 결합하여' 인생으로 하여금 '완전한 생'에 가까워지게 한다. 소설도 마찬가지로, 인생의 전 과정을 총체적으로 조망함으로써 '숭고한 인간'으로 완전하게 한다. 예술은 인생을 완전하고 숭고한 진리로 만들어주는 원리인데, 이는 한 개인의 미적 경험에 국한되는 것이 아니라 '민중'이 공유할 수 있는 것이라는 측면에서 이광수의 논리와 다르지 않은 것처럼 보인다. 이러한 측면에서 이광수와 동인지 문단은 동일한 계몽주의적 욕망을 가지고 있었다는 것, 이광수가 도덕적 계몽주의에 복무했다면 동인지 문단은 미적 계몽주의에 복무했다는 지적은[19] 타당하다.

반발의 초점은 예술과 인생의 '관계'보다는 인생 개념 자체에 있었다. 이광수가 문사가 되려면 "집에는 먹을 것이나 있고, 건강은 중이나"[20] 되어야 한다고 주장한 것은 그의 '인생' 개념이 다분히 사회적 삶을 의미하기 때문이다. 생활의 여유와 건강한 몸은 온건하고 조화로운 인격에 이어진다. 이러한 인격의 소유자라야 인생과 예술의 조화를 이루어낼 수 있다. 그에 반해, 월탄에게 인생은 그런 외적이고 사회적인 요인으로 결정될 수 있는 것이 아니다. 그는 이광수가 내세운 '문사 지원자'의 모범 답안에 "빈한하외다. 신체는 그리 튼튼치 못하외다 하면 형은 언하言下에 바로 곧 '당신은 예술가가 될 수 없습니다' 하고 거절할 것인가"(嗚呼 我文壇, 301)라고 비틀어놓았다.

그렇다면 대신에 무엇이 예술가가 될 수 있는 조건인가에 대해서 월탄은 논의하지 않지만, 이 대답에는 하나의 중요한 국면이 게재되어 있다. 그것은 이광수는 '문사'를 물었는데 월탄은 '예술가'로 대답했다는 사실이다. 이는 월탄이 문학자를 예술가로 곧바로 치환할 수 있었던 담론이 이미 형성되었다는 의미이기도 하면서 동시에, 예술가란 그 모든 외적 조건이 필요치 않다는 선언이기도 하다. 이광수가 처음부터 끝까지 밀고 갔던 예술과 인생의 관계를 월탄이 거절한 것은 아니지만, 그는 '인생'의 개념을 이광수와 다른 것으로 설정했다. 변화된 인생 개념을 『폐허』의 시론가이자 예술과 인생의 문제를 수없이 논의했던 김억金億(1896~?)의 예술론을 살펴봄으로써 이해할 수 있을 것이다.

인생의 모든 것은 예술적 되려고 노력하는 것이다. 인생의 최고 목적은 예술적 되는 그곳에 있다. 이는 이리하고 다시 나아가, 예술의 의미는 생명을 전긍정함에 있어 불완전한 실재를 향상시키며 창조시키며 발전시키어 완전한 곳으로 이끄는 힘 생명의 단편을 모아 완전케 하는 것이 아니여서는 아니된다. 진생명의 자기만족생활될 만한 것은 예술적 생활에 있을 뿐이며, 진현실적 생활도 예술적 생활을 비롯함에 생기리라는 것은 다 아는 바, 일급지시인의 아름다운 몽상적 공상세계도 인생을 위하야 실현함이 없으면 무엇이리오.[21]

김억이 최초로 발표한 예술론인「예술적 생활(H군에게)」은 "인생과 및 예술은 한 걸음 더 깊은 근저에서 의미는 합일"이라는 말로 시작한다. 이는 '예술 이퀄 인생'이라는 구호로 집약되는데, 여기에서 예술은 인생의 '생명'을 가리키는 것으로 이해된다. 김억은 계속해서 설명하기를 "예술적 이상을 가지지 못한 인생은 공허며, 따라서 무생명이며, 무가치의 것"이며 인생을 위한 예술을 거부하는 예술지상주의자들은 "예술이 그 사람의 중심 생명으로 되지 아니하였음"을 드러내는 것에 지나지 않는다고 했다. 따라서 김억이 "인생의 최고 목적은 예술적 되는 그곳에 있다"라고 주장할 때, 예술은 생명을 발현하는 것으로 이해된다. 이 지점에서 이광수의 예술론에서 작동하던 '인생' 개념은 '생명'으로 대체된다.

이제 예술 대 인생의 관계는 예술 대 생명의 관계로, 다시 말해 인생의 생명과 예술의 미로 대체된다. 예술과 생명은 동일하므로, 생명은 예술 자체다. '생명은 예술'인 한에서 예술은 생명을 긍정함으로써 "자기의 권

역 및 가치 의미를 정하게" 되기 때문이다. 예술적 생활이란 "생명의 단편을 모아 완전케" 하는 것이므로, 생명은 동시에 미와 일치하게 된다. 이렇게 일치된 인생은 '진인생眞人生'(「예술적 생활」, 253)이라는 용어로 표현되며, '진생명'이자 '진현실'과 동등한 것이다. 김억에게 '생명'은 단순히 인간만이 소유한 것이 아닌데, 10년 후에 발표된 「예술 대 인생문제」에서는 인간뿐만이 아니라 모든 자연의 사물이 지니고 있는 본질적 영역을 가리킨다고 했기 때문이다.[22] 물론 이러한 생명 개념의 확대는 「예술적 생활」을 쓰던 시점에서 명확했던 것은 아니며, 동인지 문단에서 '자연' 개념과 '생명' 개념이 논의된 다음에 가능해졌다.

동인지 문인의 예술론에서 '생명' 개념은 '자연'의 개념과 접속하면서, 예술적 자아 자체로 자리매김하게 된다.[23] 이 과정에서 전대의 '인생' 개념과 확실하게 결별하게 된다.

가령, 김찬영이 『폐허』 창간호에 발표한 「K형에게」에서 인생과 생명은 대립적으로 설정된다. 이 글에서 화자는 경성에서 기차를 타고 고향으로 돌아가고 있다. 고향은 냉담한 어머니와 답답한 가족이 있는 곳일 뿐이라, 결코 돌아가고 싶지 않은데도 돌아가야 하는 상황이다. 결코 돌아가고 싶지 않은 고향에 돌아가게 하는 것이 '인생의 본능'[24]이라면 그것은 결코 벗어날 수 없는 비참한 현실을 만들어내게 된다. 고향은 자연의 '희열'과 신비의 큰 사랑을 담고 있지 못하는 '컴컴한 나라'다. 이 고향에서의 인생은 "우리가 짐승을 기르듯 그 생명을 가두어놓"(「K형에게」, 29)은 가축의 삶에 비유되면서 생명을 상실한 생활로서의 삶으로 표상된다. 반면에 나로 하여금 어떤 '행복'을 가슴속에 품게 하는 것은 "쉬임없이 지나가는 저

산맥입니다. 저 구름입니다. 저 세류細流", 즉 자연이다. 이는 생명을 억압하는 고향에 대립되는 자연의 세계다. 서술자가 자연을 바라보며 "눈물은 깨닫지 못하게 나의 뺨을 적셨습니다"라고 고백할 때 그는 생명의 자연과 생명 없는 인생 사이에 놓여 있는 자신의 현실에 대한 비애를 드러내고 있다.

『창조』 쪽에서는 노자영盧子泳(1898~1940)이 이를 구별하고자 했다. 그는 「문예에서 무엇을 구하는가」라는 글에서 문예, 즉 예술에서 찾고자 하는 것은 "전적 생명에 말지 아니치 못할 심원한 무엇"[25]이라고 주장했다. 이어지는 설명에서 그는 그러나 그 '무엇'은 영구불변한 것이 아니라 "우리의 사상과 지식과 감정이 변화발전함에 따라" 변하는 것으로 간주하는데 그것은 우리 내부 생활이 변하기 때문이라는 것이다. 말하자면 '생명'이란 우리 내부 생활, 다시 말해 정신 생활의 방면에서 변화무쌍하게 발전하는 일종의 역동적인 활동 자체다. 그러므로 예술은 '생명의 구체적 표현'이 될 수밖에 없는데, 정신적 활동은 그것 자체를 원동력으로 하여 외적 형식을 띠고 분출될 뿐이지 어떤 묘사의 대상으로 자리매김할 수 있는 것은 아니기 때문이다. 이와 더불어 그는 여기에서 생명에 "표현을 요구하는 생명"이라는 말을 덧붙였다. 말하자면, 예술은 사람의 내적 생명을 외적 형식을 통해서 예술가가 '표현한' 것이기도 하면서, 표현에 대한 요구를 '반영'한 것이기도 하다. 따라서 예술가의 '표현'은 자율적 선택에 따른 것이기보다는 숭고한 명령에 복종한 결과이다. 이 지점에서 생명은 주관의 영역을 벗어나 절대적이고 객관적인 미에 도달한다. 예술은 인간의 사상과 형식이 혼일되는 '생명' 그 자체다. 혹은 "인人의 생명이 가장 진실히 가장 상세히 또는 가장 기운있게 표현된 자”(「문예에서 무엇을 구하는가」, 475)로 이해된다. 노자영의 글에서 예술은 “생명의 구체적 표현”으로 전환된 것이다.

‘인생의 여실한 묘사’가 ‘생명의 표현’으로 대체된다는 것은 두 가지를 의미한다. 하나는 예술이 포착해야 하는 대상으로서 외적 세계가 더는 중요하지 않다는 것이며 또 하나는 ‘표현하는 자’로서 예술가가 성립한다는 것이다. 이는 예술품을 창작하는 예술가가 인생과 진리의 접합지에 자리하지 않고, 생명이 분출하는 위에 자리하게 된다는 것과 동일하다. 생명은 사람의 내부에 있으므로, 이 내부의 바깥은 이제 중요하지 않으며 그 자체로서 일종의 무한성을 얻게 된다. 김찬영이 말하는바, “예술의 제일의우第一義又는 최고의最高義는 사람의 심령에 어떠한 사명을 전달한다. 이 심령에 어떠한 사명의 전달이라는 것은 무엇이냐. 누구든지 예술작품을 대할 때에 가슴에 핍박하는 일종의 동경을 감격하리라. 그것이 즉 예술이 사람의 심령에 전달하는 사명이라 한다”[26] 한다면 예술은 이제 사람의 내부, 즉 심령을 움직여 그 생명을 표현하는 것이며, 이로써 인생은 동경의 감정으로 숭앙되는 보편적 생명으로 승화될 수 있다. 이제 예술은 생명의 원리가 된 것이다.

이는 사실상 동인지 예술론에서 ‘자기의 내부 생명’의 표현으로서 예술과 이 예술의 신성함에 기대어 그것을 가능하게 하는 절대적 자아의 탄생과 연결되는 것이다. 여기에는 김찬영이 대비했듯, ‘자연’ 개념이 개입되었다. 즉, 신성한 자연은 이에 감응할 수 있는 자아의 내적 능력의 신성함에 연결되며,[27] 자연과 자아는 둘 다 숭고한 생명을 공유한다는 차원에서 동일하다. 이 지점에서 숭고하고도 절대적인 '생명'으로서 '자아'가 탄생한다. 그러나 생명과 자아를 동일하게 간주한다는 것은 대상과 주체가 구별되지 않는 자리에 자아가 놓인다는 것이며, 이는 자아가 성립되는 순간 소멸하는 것에 가까운 것이다.[28)]

이는 절대적 예술의 자율성을 정초한 자아가 처한 낭만주의적 딜레마와 다르지 않다. 생명이 예술이며, 이 생명이 예술이 표현하는 혹은 예술 속에서 드러나는 절대적인 것이라면, 이는 이데아를 모방하는 고전적 예술과 결코 다르지 않은 방식으로 예술 역시 반영의 형식이 된다. 모든 개별 예술 작품은 '예술 그 자체'의 반영일 뿐이다.[29)] 표현을 요구하는 생명이 명령하는 자로서 객관적 권위를 지닌 것은 이러한 속성에서 기인했다. 이 지점에서 자아의 주관성은 권위를 지니기가 어렵다. 자아는 그 어떠한 외적인 것과도 구별될 수 없으며, 이러한 안/밖의 비구별성은 최종적으로 이름 지을 수도 없고 형체도 없는 '아무것도 아님'[30)]에 마주치게 된다. 말하자면, 인생을 생명으로 대체하고 이를 신성한 자연과 연결해 성립한 생명=자연=자아=예술의 등치는 결국 다른 모든 것이 소멸한 '절대적 예술의 미'만을 가리키는 것이다. 이때 자아는 예술을 창조하는 주체로서 지위를 획득할 수 있는가? 그것은 불가능하기 때문에, 이로부터 빠져나가기 위해 두 가지 방법이 강구된다. 하나는 생명과 자연을 더는 끌어들이지 않는, 절대적 창조 공간으로서 '자아'를 탄생시키는 방법이며, 또 하나는 아예 이 등식 자체와 결별하는 것이다. 이는 김동인金東仁(1900~1951)의 '자기가 창조한 세계'와 염상섭廉想燮(1897~1963)의 '개성의 표현'으로서의 예술론에서 나타난다.

3 자아의 주관성에 정초된 예술- 절대적 자아의 창조와 개인 주체의 표현

김동인과 염상섭은『현대』1호에 발표된 김환金煥(1893~?)의 「자연의 자각」에 대한 염상섭의 비평을 계기로 하여 격렬한 논쟁을 벌이게 된다.[31] 이 소설에 대해 염상섭은 개성 없는 인물을 통한 노골적인 자아광고에 지나지 않는다고 혹평했고, 김동인은 염상섭이 사적인 감정으로 인신공격을 한다며 비난했다. 비평가의 자질 문제로 비화되면서 다소 감정싸움으로 번진 면이 있으나 이 논쟁은 '자연' 개념을 사실상 폐기한 두 사람이 자신들의 대립적 예술관을 토대로 벌였다는 점에서 주목된다.

> 자연을 자연히 깨달았나이다. 내가 받은 이 고통도 자연 속에서 자연히 받는 것이요 나를 이 지경에 이르게 함도 자연 속에서 자연이 된 것임을 알았나이다. 저 멀리 보이는 푸른 하늘에 반짝이는 별들도 자연 속에 있고 어둠에 막도 자연 속에 열었고 빈부귀천도 자연 속에 있고 희로애락도 자연 속에서 느끼게 되는 것인 줄을 비로소 깨달았나이다.[32]

인용된 부분은 실연의 아픔을 겪은 P가 K에게 편지를 보내, '자연을 자각'하는 장면을 서술한 것이다. 여기에서 자연은 내가 무자각적으로 깨닫게 되는 대상인 동시에, 나를 포함하여 세상의 모든 것을 내포하는 장소이기도 하다. 고통과 빈부귀천, 희로애락이 감정과 생활을 모두 포함하는 인생의 문제라고 한다면, 이 인생의 문제는 사람에게 귀속되는 것이 아니라 '자연 속'에 귀속되는 것이다. 또한 반짝이는 별과 푸른 하늘과 같은 자연의 사물들 역시 '자연 속'에 귀속되어 있다. 이는 자연 속에 있다는 것으로써 자연의 사물과 인생은 완전히 동일한 차원에 놓인다는 것을 의미한다. 사물과 인생은 자연 속에서 동일한 존재 형식을 가진다는 것, 다시 말해 존재론적으로 동일하다.

이는 또한 '생명'이다. 생명은 모든 사물과 인간의 내부에 존재하되, 표현되기를 요구하는 본성과 동일하기 때문이다. 자연 속에 있다는 점에서 나와 자연의 사물은 서로 구별되는 것이 아니다. 또한 내가 자연 속에 있다는 사실로써 자연은 나의 확장이자 외연으로 존재한다. 그러므로 자연은 주체의 인식 대상으로서가 아니라 주체와 구별되지 않는 것으로서, 더 정확히 말하면 외존하는 주체 자신으로서 여기에 나타나는 것이다. 그러므로 여기서 '자연을 자각'하는 주체란 사실 존재하지 않는 것이다. 그는 자각하는 순간 자연 속에서 소멸하기 때문이다.

그러므로 염상섭이 이를 두고 "그 당사고當事考의 심리, 행동, 성격 등이 글로 인하여, 어떻게 변천하는 것을 '개성적'으로 묘사하야서 주기를 바"[33]란다고 한 것은 이 소설의 주인공, 즉 자연을 사유하는 주체가 사실상 그 대상과 구별되기 어려운 것으로서 존재하기 때문이다. 이때 염상섭은 '개성적'이라는 말의 의미를 객체와 구별되는 주체의 특성으로, 즉 자기 바깥의 것들과 명백하게 구별되어 그것들을 인식 대상으로 포섭하는 근대적 의미에서의 주체가 지닌 고유성이라는 맥락에서 사용했다고 보인다. 이는 단순히 이 구절에서만 유추할 수 있는 것은 아닌데, 동인지 담론에서 전개하는 생명으로서 자아와 그것의 표현으로서 예술이라는 구도와는 전적으로 구별되는 지점이 염상섭의 예술적 사유에 들어 있기 때문이다.

염상섭은 「저수하에서」에서, "사死는 예술이다"라고 적고 자살한 여성의 신문기사를 읽고서 든 생각을 이렇게 적었다. "사는 예술이다. 인간만사 사로써 해결한다. 세상의 모든 고통을 떠나 조용히 사를 생각할 때의 사는 예술을 안다."[34] 죽음을 예술로 볼 수 있는 근거는 죽음을 '생각하'기 때문이라는 것이다. 이는 죽음을 사유 대상으로서, 다시 말해 주체의 객체로서 간주한다는 것으로 여기서 염상섭은 명확하게 주/객을 구별하였다. 그는 이어서 "자연은 오직 예술의 장고藏庫일 다름이요, 우리가 이르는 바 예술 그 물건은 아니다. 따라서 일체의 사를 예술이라고 할 수는 없다. 오직 관념에 의하여 형상화하여 그 속에 미와 생명이 유동할 때에만 예술일 수가 있다"라고 썼다. 자연은 인식가능한 대상으로, 주관이 끌어다가 쓸 수 있는 객체로서 존재한다. 이때 '표현'은 말 그대로 일종의 형상화 방법을 가리킬 뿐이며, 대상을 어떻게 표현할 것인가는 중요하지 않다. 주체가 대상을 그렇게 '생각'했다는 사실 자체가 예술로 간주될 수 있는 것이기 때문이다.

즉, 염상섭은 예술의 토대를 주관의 영역에 놓은 것이다. 자신의 관념이 예술적이기만 하다면 이 관념이 어떻게 표현되는가 하는 문제와 별개로 그것의 표현 형식은 예술적일 수 있다. 그러나 이는 예술성의 토대를 절대적인 주관성의 영역, 모든 객관적인 지점이 소멸되는 지점으로 환원한 것을 의미하지는 않는다. 자살한 여성이 죽음을 예술로 생각했다면, 그는 자신의 생명이 소멸하는 지점을 객관화한 것이다. 이는 주체가 소멸하는 지점을 객관화함으로써 자기 밖에 있는 모든 것을 인식 대상으로 간주하는 주체의 자리를 완강히 고수하는 것이다. 그러므로 염상섭의 글에서 생명이라는 모호한 주체가 소멸하는 죽음의 지점은 되레 그 자신의 소멸마저 객관화할 수 있는 냉철한 미적 인식의 주체가 탄생하는 지점이다. 이 지점에서 김동인의 예술관과 염상섭의 예술관은 결정적 차이를 내장하며, 이 차이에서 염상섭의 '개성의 표현으로서 예술' 개념이 도출된다.

> **예술이란 무엇이냐, 여기 대한 해답은 헤일 수 없이 많지만, 그 가운데 그 중 정당한 대답은 '사람이 자기 그림자에게 생명을 부어넣어서 활동케 하는 세계—다시 말하자면, 사람 자기가 지어놓은 사랑의 세계, 그것을 니름이라' 하는 것이다. 어떠한 요구로 말미암아 예술이 생겨났느냐, 한마디로 대답하면 이것이다. 하느님의 지은 세계에 만족지 아니하고, 어떤 불완전한 세계던 자기의 정력과 힘으로써 지어놓은 뒤에야 처음으로 만족하는 인생의 위대한 창조성에서 말미암아 생겨났다.**[35)]

김동인 역시 자연을 주체와 구별되는 대상으로 간주했다. "하느님이 지은 세계에 만족"하지 못했기 때문에 예술이 생겨났다고 말할 때, 그것은 명백히 자연을 예술가가 판단하는 대상으로 간주했기 때문이다. 여기서 자연과 인생의 모든 것은 예술가가 평가하는 인식의 대상으로서 존재한다. 아무리 '자연이 훌륭하고 아름다워'도 사람은 여기에 만족하지 못하고 더 아름다운 세계를 찾는다. 주체는 불완전한 세계로 '판단'한 대상을 더욱 완전한 세계로 만들기 위해 끊임없이 움직이는 예술적 충동을 소유한 자다. 완전하고 아름다운 예술은 자연의 아름다움을 모방하거나 자연 속에서 소멸됨으로써 가능한 것이 아니라 전적으로 자기의 주관 영역에서 스스로 창조해야만 가능한 것이다.

그러므로 그가 "자연의 위대라 하는 것은 생명없는 위대다"라며 "사람의 사는 모양의 표현보다 더 위대한 것이 어디 있을까?"[36]라고 말한 것은 예술의 위대성을 끌어다 자기의 위대성을 증명하고자 했다기보다는 예술의 위대성 자체가 자신의 주관에 정초된다는 것을 천명한 것이다. 그것은 그가 "예술은 인생의 정신이요 사상이요 자기를 대상으로 한 참사랑이요"[37]라고 정의했을 때부터 이미 확고했던 사실이다. 예술은 그 무엇에 '대한' 것이 아니라 오직 '자기'만을 대상으로 하고 '자기'만의 토대 위에서 세워질 때 "신의섭囁이오. 성서"(「소설에 대한 조선 사람의 사상을」, 46)가 될 수 있는 것이다.

그의 논의에서 예술의 미는 비로소 자기의 절대성에 기반을 둔 절대성을 획득한다. 이러한 주체가 탄생시킨 예술은 '예술 그 자체'의 반영으로서 예술이 아니다. 내가 창조한 예술은 자연의 신성함으로부터도, 초월적 미로부터도 그 가치를 끌어오지 않는다. 그러므로 이 예술은 절대적으로 아름다울 수 있다. 그것은 오직 자아의 절대성에 근거했기 때문이다. 그러나 바로 이러한 점 때문에 자아와 예술의 절대성은 존재할 수 없다. 절대적이라는 것은 그 무엇으로도 지시될 수 없고, 다른 어떤 것에 비추어서도 설명될 수 없다는 점에서 완전히 충만한 의미 그 자체이기도 하지만, 바로 그 사실 때문에 아무런 내용을 가지지 못한 텅 빈 것이다. 인간의 인식이 기본적으로 변별 체계이며, 이 변별 체계를 벗어나서 존재하는 그

'무엇'은 인간의 인식 속에 없으므로 없는 것이기 때문이다. 이는 그 아름다움의 근거인 자기의 절대성에도 적용된다. 김동인이 예술의 미를 그것을 창조하는 '자기'의 절대성에 근거짓는다고 한다면, 자아의 절대성은 무엇에 근거하여 증명될 수 있는가. 그러므로 사실상 이 '절대적 자아'는 그것이 절대적이기 때문에 존재하지 않는 것이다. 이는 자아가 생명 속에서 소멸되는 것과 정반대 방식으로 소멸된다.

예술의 미를 주관성에 토대했다는 출발은 같지만, 그에 비해 염상섭의 '개성'은 철저히 주/객의 대립과 차이의 체계 속에 놓여 있다는 점에서 온전히 보존되는 주체다. 그는 「개성과 예술」에서 김동인과 비슷하게 자아의 위대함을 말했다. "자아의 각성이니, 자아의 존엄이니 하는 것은, 무엇을 의미함인가. 이를 약언略言하면, 곧 인간성의 각성, 또는 해방이며, 인간성의 위대를 발견하였다는 의미"이며, 이를 개인의 차원에서 보면 "개성의 자각, 개성의 존엄"[38]이라는 것이다. 이 개성은 "개개인의 품부稟賦한 독이적獨異的 생명"이며, "그 거룩한 독이적 생명의 유로流露"가 "개성의 표현"이다. 즉, 염상섭의 예술론에서 생명의 표현으로서 예술은 개성의 표현으로서 예술로 전환된 것이다. 이러한 개성이 신성한 생명에서 기인한다는 측면에서 개성과 생명은 곧바로 등치할 수 있는 것처럼 보인다. 이는 앞서 논의한 바의 생명과 유사한 것처럼 여겨진다.

그러나 염상섭이 개성을 자세히 설명하는 지점을 보면, 이는 신성한 생명과는 거리가 멀다. 개성을 서양 종이와 조선 종이의 특징 차이로 설명하면서 "자아의 각성이 일반적 인간성의 자각인 동시에 독이적 개성의 발견이라 함은, 결국 지류紙類는 공통한 사명과 동일한 수요 가치 즉 공통한 생명이 있는 동시에, 개적 특성이 있다 함"(「개성과 예술」, 5)과 같은 맥락이라고 주장했다. 말하자면 종이의 일반적 특징이 있고, 개별 종이들은 일반적 특징을 공유하면서 개별적 특성을 지니는 것처럼 개인들 역시 일반적 인간성을 공유하고 이를 바탕으로 조금씩 차이나는 개별 특성, 즉 개성을 지니고 있다는 것이다. 그가 '보통 인정'에 존재하는 "심천深淺과 강약強弱의 차이"(「개성과 예술」, 5)가 일반적 인간성과 구별되는 독이적 개성이라고 설명할 때, 이는 다만 인간성의 '정도 차이'에 지나지 않는 것으로 보인다. 말하자면, 염상섭은 개성을 그 어떤 것과도 비교될 수 없는 절대적 영역에 놓은 것이 아니라, 일반적인 것 속에서 다른 것들과 조금씩 달라지는 고유성, 인간성 일반을 변별하는 체계 속에서 발견되는 고유성으로 설정한 것이다.

그렇다면 염상섭이 '거룩한 생명'이나 '영혼의 불똥'과 같은 수사로 개성을 운위하더라도 사실 개성은 그다지 신성한 것도, 거룩한 것도 아니다. 그것은 어디까지나 인간성 일반이라는 토대 위에서, 다른 모든 개성과의 관계 속에서 상대적으로만 존재하기 때문이다. 이 지점에서 "예술의 영분領分이오, 예술의 내용이며, 생명"(「개성과 예술」, 7)인 미는 그것이 "작자의 개성의" "표현"(「개성과 예술」, 8)인 이상 김동인의 예술 개념에서 나타났던 절대성을 상실하게 된다. 이러한 상실로 말미암아 '개성의 표현'으로서 예술은 비로소 근대적 개인 주체의 자기 표현의 지위를 얻게 되는 것이다.

4 근대적 예술 개념의 1920년대적 기원—미적 절대성의 획득과 상실의 동시적 과정

문학이 예술의 한 장르로 편입된 이후, 예술이 지닌 미를 문학의 것으로 온전하게 확보한 것은 문학을 예술로 당연한 듯 등가치환한 동인지 담론에 와서이다. 이 미적 절대성의 전이는 한편으로는 예술에서 문학으로, 또 한편으로는 문학에서 예술로 이루어졌다. 미를 둘러싼 여러 개념, 인생, 도덕, 표현, 개성과 같은 어휘들이 각각 다른 방식으로 이합집산하며 문학/예술의 개념을 만들어갔다. 그러나 이러한 과정의 핵심에 있었던 것은 창작 주체가 예술과 맺은 관계이며, 전적으로 다른 모든 것과 구별되는 창작 주체로서 예술가는 사실상 동인지 문인들의 예술론에서 확고부동하게 자리 잡은 것은 아니었다. '예술적 자아'는 한편으로는 생명으로, 또 한편으로는 개성으로 대체되면서 그 자신이 창출하는 예술의 미적 절대성 속에서 소멸되거나 그것과 구별되는 자리에 설 수 있었다.

이광수가 문학/예술의 개념을 정초하며 세웠던 예술과 인생의 관계는 예술과 생명의 관계로 대체되면서, 생명은 자아 자체가 되었다. 그러나 생명은 또한 동시에 예술 자체이기도 하며, 자연과 자아의 동일한 존재론적 근거였다는 점에서 자아는 예술을 '창조'하는 자로서 지위를 보증받지 못했다. 자아는 내부의 생명에 포섭된 것으로, 동시에 외부의 생명과 구별되지 않는 상태로 사라진다. 이 과정에서 예술은 미적 절대성을 획득하지만, 보편적 미의 이념의 반영체로 자리매김됨으로써 개별적 자아의 구체적 표현으로서 예술은 이 보편적 미 속에서 소멸했다.

이러한 난국 때문에 두 가지 출구가 모색되는데, 그것은 김동인의 '자기가 창조하는 세계'와 염상섭의 '개성의 표현'으로서 예술 개념에 걸려 있다. 생명과 자아를 등치했을 때, 자아의 주관성은 사라지고 보편적이고 객관적인 생명 자체가 예술의 미적 이념을 정초시킨 것과 달리, 이들은 뚜렷하게 예술을 창조하는 자아의 주관성 위에 정초시킨다. 이는 생명=자아=예술의 등치를 가능하게 했던 자연 개념을 폐기하고, 자연을 명백히 주체의 인식 대상으로 위치시킴으로써 가능해졌다. 김동인과 염상섭의 예술론에 와서야 창조하는 자아는 비로소 자신의 주관성으로서 예술가 자리에 설 수 있었던 셈이다.

그러나 김동인의 예술론에서 자아의 주관성은 절대화됨으로써 생명과 자아의 일치 속에서 자아가 소멸된 것과 정반대 방식으로 소멸한다. 변별적인 것으로 인식될 수 없는 그 무엇이란 존재하지 않기 때문이다. 그런 의미에서, 염상섭의 '개성'은 인간성 일반 위에 정초된 개인의 다양성 차원에서 운위됨으로써 온전히 보존된다. 그에게서 예술은 절대적인 미의 영역을 창출할 수는 없으나, 바로 그 때문에 비로소 근대적인 개인의 내적 표현으로 자리매김할 수 있었던 셈이다.

박슬기

연세대학교 인문학부를 졸업하고 서울대학교 대학원 국어국문학과에서 석사와 박사 학위를 받았다. 현재 한림대학교 국어국문학과 조교수로 있다. 주요 논문으로는「김억의 번역론, 조선적 운율의 정초가능성」(『현대문학연구』 30집, 2010),「한국과 일본에서의 자유시론의 성립」(『현대문학연구』 42집, 2014) 등이 있으며, 저서로는『한국 근대시의 형성과 율의 이념』(소명출판, 2014)이 있다.

집필경위

이 글은 2013년 11월 한림과학원 주최 "식민지 시기 '예술' 개념의 수용과 문학장의 변동" 워크숍에서 처음으로 발표되었고, 같은 해『개념과 소통』 12집에 수록되었다. 필자는 시학과 미학의 차원에서 한국 근대 자유시의 발생적 기원을 탐구하고 있으며, 이 글은 이러한 연구의 맥락에서 1920년대 초 동인지 문인들의 예술론을 해명하고자 쓴 것이다.

8

1920년대 후반 임화 평론에 나타난 아방가르드 수용과 예술의 정치화

◎

이성혁

1 아방가르드 예술의 정치성과 청년 임화

제1차 세계대전 전후에 등장한 아방가르드avant-garde[1]는 기성의 예술이 삶에서 분리되어 제도화되었다는 점을 비판하면서 예술과 삶의 일치를 꾀한 집단적인 예술운동이다. 다다이스트인 뒤샹Henri Robert Marcel Duchamp(1887~1968)이 미술전시회에 자기 이름을 서명한 변기를 보냈다는 일화는 제도 예술에 대한 아방가르드의 태도를 잘 보여준다. 아방가르드는 당시 당연시되던 예술 개념을 파괴하고 예술 제도를 비웃었다. 그런데 아방가르드가 꾀한 예술과 삶의 일치는 당시 부르주아 사회 질서의 삶에 예술을 동화한다는 의미와는 거리가 멀었다. 뷔르거Peter Burger에 따르면, 근대예술의 제도화 경향에 반발하여 삶과 예술의 간격을 급진적인 방식으로 없애려고 한 '역사적 아방가르드'는 "실생활로부터 유지했던 거리를 작품의 내용으로 만"든 유미주의와 "합목적적으로 조직된 세계에 대한 거부"를 공유하면서도, "예술로부터 새로운 실생활을 조직하려고 시도"했다는 점에서 유미주의와 차이가 있다.[2] 아방가르드는 합목적적으로 조직된 상품 사회에 예술을 맡기는 것과는 반대로, '예술 아닌 예술'을 통해 실제 생활을 예술적으로 조직하여 부르주아적 삶을 변혁하려고 한 것이었다.

초현실주의자인 브르통Andre Breton(1896~1966)에게는 마르크스Karl Marx(1818~1883)의 "세계를 변혁시켜라"와 랭보Jean-Arthur Rimbaud(1854~1891)의 "삶을 변혁하라"라는 슬로건이 하나이자 동일한 것이었다.[3] 이 두 슬로건의 결합은 아방가르드의 예술혁명이 삶과 사회의 혁명 추구와 결합되어 있음을 잘 보여준다. 아방가르드는 미지의 영역을 탐구하면서 기존 예술의 재현 양식을 파괴하고 더 나아가 실생활을 예술적으로 재조직하는 정치를 하고자 했다. 그 아방가르드 예술은 '정치'의 도구가 아니라 직접적으로 정치적인 것이 되려고 했던 것이다. 그러한 프로젝트를 위해 아방가르드는 여러 실험에서 습속적 표상을 해체하고자 했기 때문에, 실험은 전위성의 한 지표가 된다. 그래서 아방가르드 운동은 "전혀 어떠한 양식도 발전시키지 않았"고, "오히려 이러한 운동들은 시대적 양식의 가능성을 제거해버렸"으며, "지나간 예술수단을 마음대로 이용할 수 있는 가능성을 원칙으로 부각"[4]하기 시작했다.

습속을 조직하는 제도를 파괴하고 권력에 저항하며 실생활을 다르게 조직하고자 했던 아방가르드는 실제 정치 영역에서도 급진적인 견지에 섰다. 삶 자체를 혁명적으로 바꾸고자 한 아방가르드는 자본주의 체제를 전복하려는 정치적 전위주의자들인 마르크스주의자와 친화성이 있었던 것이다. 브르통, 아라공Louis Aragon(1897~1982), 엘뤼아르Paul Eluard(1895~1952) 등 초현실주의자들이 공산당에 가입했고, 트리스탕 차라Tristan Tzara(1896~1963)나 베를린의 다다이스트dadaist들마저 공산당에 가입했으며, 러시아 아방가르드가 볼셰비키가 주도한 10월 혁명을 열렬하게 환영하는 데에서 더 나아가 혁명 정부의 사업에 투신한 일화를 보면, 20세기 전반기 아방가르드의 전투적 전위주의자들은 마르크스주의자와 같은 배를 타고 있다고 생각했음이 분명하다. 반면 권력자가 된 마르크스주의자들은 결국 아방가르드를 받아들이지 않고 도리어 파괴하려고까지 했지만 말이다. 그러나 아방가르드 예술가들은 비록 권력화된 마르크스주의와 불화에 빠지게 되었더라도, 정치적 예술을 피하지 않았고 혁명적 정신을 잃지 않으려고 했다. 이 과정에서 아방가르드 예술가들 사이에 갈등이 많았다. 한편으로는 마르크시즘에 종속된 정치지향성에 염증을 느껴 예술을 통한 삶의 변화로 나아가고자 했던 전위주의자들도 있었고, 다른 한편으로는 표현주의자였던 브레히트Bertolt Brecht(1898~1956)처럼 더욱 철저하게 마르크스주의와 결합하여 정치적 예술로 나아간 전위주의자들도 많았다.

한편, 아방가르드와 마르크스주의는 또 다른 공통점을 가지고 있는데, 둘 다 국제주의를 지향했다는 점이다. 마르크스주의가 국제주의에 입각하여 전 세계를 뒤흔들었다면, 20세기 전반기의 역사적 아방가르드 역시 전 유럽, 중남미와 동아시아에 전파되어 그 지역 예술가들을 흥분시켰다. 한국에서도 마르크스주의와 마찬가지로 아방가르드 예술 역시 수용되었다. 특히 1920년대 후반 시인 임화林和(1908~1953)는 문학뿐만 아니라 연극, 영화, 미술, 사회운동 등 다방면에 걸친 예술활동에서 아방가르드의 급진적 정치성을 온전히 살려내면서 아방가르드 예술론을 본격적으로 수용했다. 임화가 아방가르드를 수용하기 이전에도 일본을 통해 한국문단에 다다이즘이 수용되긴 했으나, 아방가르드의 정치적이고 혁명적인 성격은 제거되고 표피적인 신기성 차원에서 수용되었다.[5] 하지만 임화는 당시 아방가르드 예술의 급진성을 그 누구보다도 열정적으로 수용했고, 이를 소화하여 전위적이면서 동시에 정치적인 예술 실천으로까지 밀고 나갔다. "어느덧 간략奸略한 '따따이즘'의 세례를 받고 처음 예술을 가지고 행동의 세계에 참가할 결심을 가졌"[6]다는 임화의 말은, 그가 접촉한 아방가르드 중 하나인 '다다이즘'이 그의 전 시력詩歷을 관통하는 '행동으로서의 시'에 주춧돌이 되었다는 의미로 해석할 수 있다. 그의 아방가르드 수용은 '새것 콤플렉스'에 젖어 단순한 호기심 차원에서 근대예술의 신기성에 매혹당하여 이루어진 것이 아니었고, 또한 아방가르드를 쉽게 버린 것도 아니었다.[7]

1927년에는 한국 시단에 전위적인 시가 본격적으로 등장했지만, 당시 그러한 시는 한국 시단 전체에서 보면 극소수에 불과했다. 게다가 당시

'다다이스트'로 불린 시인들은 창작 경향을 계속 밀고 나가지도 못했다. 아나키스트 김화산金華山은 1927년 초「악마도」를 발표했지만, 아나키즘 논쟁을 거치면서 1930년까지 시를 거의 발표하지 못하고 말았다. 민중시를 발표하던 박팔양朴八陽(1905~1988)도 1927년 초에 아나키즘적인 다다 시「윤전기와 사층집」을 발표했지만, 곧 예전 경향으로 돌아가버렸다. 그는 점차 민중시 경향에서도 벗어나 도시 생활을 주제로 얌전한 모더니즘 경향의 시를 쓰거나 평범한 서정시를 쓰는 방향으로 나아갔다. 이들은 과격한 다다 작품 한 편씩을 발표하고는 곧 그 세계에서 멀어진 것이다.[8] 이들에 비해 임화는 전위적인 시뿐만 아니라 아방가르드 이론을 수용한 평론을 발표하면서 일정 기간 일관성 있게 전위적인 예술활동을 전개했다. 그가 박팔양과 김화산보다 비교적 많은 전위적 시를 창작하고 전위적 활동을 다방면으로 할 수 있었던 것은 당대의 아방가르드 논리를 체화했기 때문이었을 것이다.[9]

이 글에서는 1920년대 후반 임화가 전위적인 의식을 형성하는 데 바탕이 된 당대의 아방가르드 이론 수용을 어떠한 양상으로 전개했으며, 그 수용이 어떻게 예술의 정치화 논리로 나아갔는지를 그의 평론을 통해서 살펴보고자 한다.[10] 여기서 '전위적인' 의식이란 뷔르거의 논의에 따라 이해된 아방가르드, 즉 예술과 삶을 일치하기 위해 제도화된 예술, 삶과 유리된 제도화된 예술을 파괴하고, 삶을 새롭게 조직하는 예술을 통하여 현실도 변화시키려 한 아방가르드의 의식을 말한다.

2 '소용돌이파'의 수용과 아방가르드로서 '프로문학'

중년이 된 임화가 쓴 「어떤 청년의 참회」[11]는 1920년대 중후반 당시 열정적인 문학청년이었던 자신의 지적 편력을 보여준다. 특히 이 글의 다음 대목은, 당시 임화가 아방가르드 예술론과 급진적인 사회이론을 동시에 수용하였음을 알려준다.

그는 「크로포트킨」의 「청년에게 고함」이란 소책자를 읽고 몹시 감동되었습니다. 「개조」와 「중앙공론中央公論」의 고본古本을 작고 사들여, 福田德三(후쿠다 토쿠조오)이란 이의 논문 속에서 「리카아도」란 이름과 더불어 「마르크스」와 「엥겔스」라는 이름을 알았습니다. (중략) 高橋新吉(다카하시 신기치)이란 이의 시집을 사 읽고, 어느 틈에 「다다이즘」이란 말을 배웠습니다. 一氏義良(이치우지 요시나가)의 「미래파 연구未來派研究」란 책, 외의 「아렉세이 · 깡」이란 이의 「구성주의 예술론構成主義藝術論」 표현파 작가, 「카레에 시민」과 더불어 「로망 롤랑」을 특히 민중 연극론과 「愛와 死의 戲弄」을 통하여 알았습니다. 한 일 년 전부터 공부하던 양화洋畵에서 그는 이런 신흥예술의 양식을 시험할 만하다가 우연히 村山知義(무라야마 도모요시)란 사람의 「今日의 예술과 明日의 예술」이란 책을 구경하고 열광했습니다. 그때로부터 그는 낡은 감상풍의 시를 버리고 「따따」풍의 시작詩作을 시험했습니다. 그동안에 고한승, 김화산, 김「니콜라이」라는 이름을 발견하고 반가워했습니다.

임화는 위의 책을 읽은 시기를 열아홉 살 때라고 말하였다. 그가 한국

나이로 열아홉 살 때면 1926년이다. 그는 한창 감수성이 예민할 시기에 크로포트킨Pyotr Alekseevich Kropotkin(1842~1921)을 읽고 마르크스와 엥겔스를 알아가는 동시에 다다이즘과 『미래파 연구』, 『구성주의 예술론』, 『금일의 예술과 명일의 예술』 등 전위적 예술 이론 서적을 읽었다. 임화가 급진적인 사회이론을 습득하는 동시에 아방가르드 예술론을 열렬하게 수용했다는 사실은, 그가 전위예술이야말로 참여하는 예술이요 혁명적 예술이라고 생각했을 것임을 암시한다. 그렇지 않다면 크로포트킨에 감동받고 사회주의에 감화되는 상태에서 전위예술에 대한 편향적 독서는 하지 않았을 것이다.[12]

임화가 아방가르드 예술에 대해 논의한 것은 「폴테스파의 선언」(『매일신보』, 1926. 4. 4, 4. 10)이라는 글이 처음이다. 이는 영국의 '폴테스파'(소용돌이파, vorticism)를 소개하는 글이다. 하지만 전반부는 이탈리아 미래주의를 소개하고 후반부에서만 소용돌이파를 소개하였다. 임화는 이탈리아 미래주의가 '폴테스파'와 관계가 깊고 시대적 공명을 갖고 있다면서 전반부를 이탈리아 미래주의 소개에 주력한 것이다. 그런데 그는 이탈리아 미래주의 소개가 『리터레리 다이제스트』의 '미래주의'에 대한 설명 기사를 요약했다고 밝혔다.

임화는 그 기사를 비교적 충실히 이해하고 요약한 듯, '미래파'가 "활동사진을 여러 장 통독하여 겹쳐 보는 것같이 동적動的 상태에 있는 것을 표현하려고" 했으며 "미래파에서는 입술을 상하 둘만 그린 것이 아니다. 그 역亦 몇 겹씩 겹쳐 그렸다. 미래파에 회화에 말[馬]에 다리가 칠본七本이나 팔본八本씩 그리어져 있는 것은 가장 노골적으로 이 동적 표현을 한 것이다"[13]라면서 비교적 정확하게 이탈리아 미래주의를 설명하였다. 더 나아가 임화는 이 동적 성격이 '미래파'의 공간적 특징이라고 하고, 이어 미래파의 시간적 특징으로 경과經過적 성격을 들었다. '미래파'는 한 단면을 묘사하는 것이 아니라 움직이는 경과를 묘사한다는 그의 설명은, 이탈리아 미래주의의 핵심을 잘 지적하였다.

그런데 이 글은 단지 이탈리아 미래주의 설명에만 그치지 않았다. 이 글은 설명에 치중하고 가치판단을 거의 드러내지 않았지만, 말미에는 이탈리아 미래주의에 대한 그의 비판적 시각이 드러나 있다. 임화는 '미래파'는 "현재 이후에 것만에다 주목을 하고 또한 그것을 일체의 대상으로 하여 무엇이고 과거라고 말할 만한 것에 대하여는 존재 그것조차 생각지 아니하였다. 모든 현재와 이전에 것은 사갈시蛇蝎視해버리려고 할 것"이라고 지적하면서, 반면 과거에도 '미래파'적 예술이 있었다는 점을 적시하여 이탈리아 미래주의의 논리적 함정을 꼬집은 것이다. 임화가 거론한 과거의 '미래파'적 예술이란, 역설적으로 프랑스 남부 도르도뉴 지방의 퐁드곰Font de Gaume 동굴에서 발견된 후기 구석기 시대의 소 그림들을 가리킨다.[14] 즉 임화는 '미래파'의 동적이고 경과적 성격과 같은 여러 가지 '특장'이 "세계 최고最古라고 일컫는 벽화"에서 이미 발견되었다고 지적하고, "이것은 미래파를 위하여 불리한 것이 아니고 미래파에게 대단한 유익한 근거라고도 할 만하나 미래파의 거두 마리네티 등이 선언한 것과는 정면으로 충돌을 하게 되었다"면서 은근히 이탈리아 미래주의의 논리를 비판하였다.

이를 보면 임화는 이탈리아 미래주의가 강조한 '새로움의 미래'라는 논리를 받아들이지 않았다는 것을 알 수 있다. 이탈리아 미래주의가 자신들이 창출한 미가 아무리 새롭다고 주장하더라도, 그것은 결국 저 구석기인의 벽화와 비슷한 특성을 가지고 있다는 점에서 설득력이 떨어진다. 임화는 그 긴 세월의 차이에도 불구하고 두 미술의 유사성이 가능한 것은 이탈리아 미래주의 역시 "요컨대 예술에 제재를 취급하는 문제에 지내지 않"기 때문이라고 말했다. 이 말은 결국 이탈리아 미래주의가 아무리 어지럽게 대상을 표현한다고 하더라도 제재를 어떻게 취급할 것인가 하는 문제에 고민했다는 면에서 구석기인과 동일한 선상에 있었다는 의미다. 이에 임화는 이탈리아 미래주의의 영향을 받았으면서도 '새로움의 시간성'을 추구하지는 않았던 소용돌이파에 관심을 기울였다. 소용돌이파는 미래주의와 달리 '원시적 힘'에서 예술적 가능성을 찾았다. 그 유파는 미래주의와 반대로 현대의 여러 특징의 재현이 아니라 석기 시대의 예술에서 예술적 힘과 그 가능성을 발견했다.[15]

소용돌이파는 영국에서 1914년 창간된『블래스트Blast(돌풍)』라는 잡지를 통해 일어난 전위적 예술유파다. 루이스Wyndham Lewis(1882~1957)가 이 유파의 지도적 인물이다. 그는『돌풍』지상에서 "현대 운동의 예술가는 야만인"이라고 하면서 이탈리아 미래주의를 비판했다. 그는, "마리네티가 설파하는 미래주의는 대체로 '인상주의'의 최신형이다. 우리의 '소용돌이'는 '과거'를 두려워하지 않는다. '소용돌이'는 스스로 존재함을 잊는다. 이 새로운 '소용돌이'는 '현재'의 한복판 속으로 뛰어든다. 우리의 '소용돌이'는 저들 인상주의의 소란을 깨물고자 성난 개처럼 뛰쳐나간다"[16]고 하여 미래주의와 자신들의 유파 사이에 선명하게 선을 그었다. 소용돌이파는 내면에서 솟아오르는 원시적 격정을 표현하려고 했지 이탈리아 미래주의처럼 현대를 재현하고자 하지 않았다. 소용돌이란 그 격정이 발생하는 "'현재'의 한복판"이다. '소용돌이파'는 그 "'현재'의 한복판"에서 소용돌이치는 삶의 힘을 표현하려고 했던 것이다.

이 유파 안에서 미술 방면에서 가장 열렬히 활동한 이는 브르제스카 Henri Gaudier-Brzeska(1891~1915)라는 화가다. 그는 제1차 세계대전에 참전하여 1915년에 전사하고 말았다. 임화의「폴테스파의 선언」두 번째 글에서는 브르제스카의 조각에 대한 소용돌이파의 선언을 발췌 인용하면서 그 유파의 사상도 간략하게 소개하였다. 그런데 임화는 이탈리아 미래주의에 대한 소개와 달리 소용돌이파에 대해서는 비판적 언급을 하지 않았다. 이는 임화가 이 유파의 사상에 어느 정도 동의하고 수용하였음을 암시한다. 이 글은 도입부에 브르제스카의 선언문이 인용되어 있는데, 특히 "조각의 정력은 첨형尖形의 산이다. 조각의 감정은 제물諸物에 관계의 감상鑑賞이다. 조각적 능력은 평면을 가지고 제물에 관계를 결정하는 데 있다. 석기시대에 풀테쓰는 더든 동洞에 장식이 되어 있다. 석기 시대에 인간은 야수와 영지를 다투었다"[17]라는 부분이 주목된다. 브르제스카는 자신들의 핵심 유파인 '소용돌이(첨형尖形)'가 석기 시대부터 발견된다고 말했기 때문이다.

임화는 이 구절에 주목하면서 "근대의 것과는 상상조차 미치지 못할 생명 있는 예술이 생긴 것"이라며 구석기 시대의 예술에 대해 다소 길게 보완 설명을 하였다. 이를 보면, 그만큼 임화가 이 구절에 매력을 느꼈다는 것을 알 수 있다. 한편 앞에서 본 이탈리아 미래주의에 대한 임화의 비판도 생명력을 중시하는 소용돌이파의 사상에서 빌려왔다는 것을 짐작할 수 있다. 「폴테스파의 선언」은 결국 이탈리아 미래주의의 '미래'보다는 소용돌이파의 '생명력'에 임화가 끌렸다는 것을 보여주는 글이다. 이러한 전위적 예술 유파의 선별적 수용은, 임화가 아방가르드 예술을 단지 새로움의 매력에 이끌려 무분별하게 받아들인 것이 아님을 보여준다. 그는 생명력의 표현 형식으로서 아방가르드 예술에 매력을 느꼈고, 이러한 편향적 수용은 곧이어 프롤레타리아의 생명력을 표현하는 예술로서 아방가르드를 사고하는 데로 이끈다. 「폴테스파의 선언」을 발표한 이후 임화는 아방가르드 예술을 프롤레타리아의 혁명적 정치와 연결하려고 시도하게 되는데, 이를 처음으로 보여주는 글이 「정신분석학을 기초로 한 계급문학의 비판」이다.[18]

이 글에서 임화는 정신분석학의 꿈 이론을 소개하고, 이를 바탕으로 한 프롤레타리아 예술론을 전개하였다. 그가 프로이트Sigmund Freud(1856~1939)와 마르크스의 결합을 선구적으로 시도한 것인데, 이는 당시에 거의 볼 수 없었던 독특한 논리였다. 임화는 이 글에서 정신분석학이 "일반 심리학과 같이 다수한 사람의 심리를 개괄적으로 공통성을 연구하는 게 아니라, 개개인에게 특유한 심리를 전혀 개별적으로 연구를 하는 것"이라고 옳게 설명하면서, 프로이트는 꿈을 "생리적 원인을 가진 게 아니"라 "정신적으로 억압된 정의情意의 누설이라"[19] 고 본다고 역시 올바르게 지적하였다. 이는 임화가 프로이트 이론을 나름대로 소화했음을 보여준다.

하지만 임화는 프로이트 이론을 변형해 "강한 자아충동으로 인한 본능적 심령의 발작發作이" 복잡하고 장애가 많은 생활 속에서는, "어떤 유형 무형을 물론하고 어떤 방법형식으로 억압 작용을 받아, 그의 자재自在한 행동의 조지阻止를 받는"[20]다고 말했다. 프로이트의 억압이론이 성적 충동과 관련되었다고 한다면, 임화의 억압론은 자아충동이라는 개념과 관련되었다(이 '자아충동'이 위에서 본 소용돌이파의 '생명력'과 통하는 것임을 짐작할 수 있다). 이에 대하여 임화가 정신분석을 잘 이해하지 못했다고 말할 수도 있겠지만, 프로이트 이론에서 '성'이 중심적 의미를 가지고 있다는 것이 당시에도 상식이었다고 한다면, 임화는 프로이트의 성충동 이론을 일부러 '자아충동'이라는 개념으로 변환한 것으로 볼 수도 있다. 특히 그가 이 글의 후반부에서 '자아 충동'을 프롤레타리아의 충동으로 확장해 논하는 것을 보면, 이러한 고의적 변환은 더욱 뚜렷해진다. 즉, 임화는 올바르게 알고 있던 프로이트의 '개인 심리학'을 나름대로 사회심리학으로 확대하려고 했으며, 이러한 확대에 '성적 충동' 개념은 방해가 되었기에 그것을 '자아충동'이라는 개념으로 변환했다고도 볼 수 있다.

임화의 이 글을 좀 더 따라가면서 살펴보자. 임화는 자본주의 사회에서 부르주아 계급과 프롤레타리아 계급 사이의 "빈부의 차가 점차로 격원隔遠이 되어 두 개의 인군人群은, 불가근不可近할 원遠거리로 떠나버렸"기에, "양 계급의 입지는 판연하게" 되어 "그들은 계급적으로 서로 합合지 못할 양극을 향하여 걸어가고 있"다고 주장했다. 그리고 이 양극의 계급은 빈부 차이로 생활 자체를 완전히 다르게 살기 때문에 억압 정도나 종류도 다르리라는 것이다. 그래서 그는 억압된 무의식의 표현인 문학 역시 계급에 따라 다른 성격을 갖게 되어 '계급문학'이라는 말이 나타났으며,

그 말은 "문학상에까지 계급적 분열을 보게까지 된 것을 증명하는 것"이라고 주장했다. "시대의 고민을 집단적으로 받는 억압은 반드시 문학상에 심적 상해를 노출하게" 되는데, 임화는 특히 프롤레타리아의 "심저心底에 나날이 더 많이 받아가는 상흔은 울분이 되어 내려갈 것"이어서 "그들은 재래의 문학, 즉 '부르문학'을 그대로 가지고 일시적이나마 지내갈 수가 없고 또한 그들의 양심은 그것을 도무지 허락지 않"게 되어 "그들의 잠재의식은 적극적으로 새로운 무엇을 요구"하게 된다고 했다. 그리하여 필연적으로 '프로문학'이 '현출現出'하게 된다는 것이다.[21]

임화의 논리는, 프롤레타리아는 시대적 억압으로 상처와 울분을 더욱 많이 가지게 되어 프롤레타리아만의 무의식을 가지게 되고, 따라서 프롤레타리아의 무의식을 표현하는 '프로문학'은 부르주아 문학과는 다른 무엇이 될 수밖에 없다고 다시 말할 수 있다는 것이다. 그리고 "그들의 작품은 몹시 받은 수많은 억압의 폭발"이기에 "격렬하고 위험성을 띠우는 동시에 위대한 현실감을 가진 것"[22]으로, 이는 기존 부르주아 문학에서는 찾아볼 수 없는 특성이 된다. 임화는 그러한 "프로문학의 성정性情"에 대해 다음과 같이 말했다.

> 현대 무수한 프로계급은 사색할 여유도 없고 독서할 틈조차도 없다. 집주集注적으로 내리는 무서운 억압으로 말미암아 그들의 내심에 심적 상해를 커지게 한다는 것이다. 다시 말하면 그들이 어떤 대상 위에 던지는 광선은 점점 명암의 도가 강해지고 따라서 그의 감각할 수 없는 음영은 무의식으로 확대되어간다는 것이다. 그리고 따라서 위에 말한 것과 같은 그의 전면에 가로

질린 대상의 형체가 갈수록 선명히 정교히 모이게 된 것이다. 즉, 프롤레타리아의 날카로운 눈은 자본주의 사회조직의 벌써 질식 상태로 빠져가는 것까지 명확히 보고 있는 것이다. 그러므로 그들의 문학의 성정이 소설이나 시가를 물론하고 모두가 프로계급의 현재 당면문제인 파괴와 쟁투를 의미하게 된 것은 결코 우연한 일이 아니라, 현재의 프로계급에게는 프로문학은 전 프롤레타리아가 부르주아의 억압을 못 견디어 쏟아진 정의情意의 누설인 동시에 전 프로계급의 생존권을 요구하는 어떤 종류의 물건도 될 수 있는 것이다. 그렇다고 프로문학의 예술적 가치가 하락된다는 게 결코 아닌 것을 부언해두는 것이다.[23)]

위의 인용 대목을 다시 정리해보면 이렇다. 자본주의에서 노동이 강제되는 '무서운 억압'을 당하는 프롤레타리아는 노동을 하기 위해 노동 대상을 날카롭게 바라보아야 하므로 "대상 위에 던지는 광선은 점점 명암의 도가 강해"진다. 그래서 그의 눈은 '전면'에 가로질러 있는 대상의 형체를 "선명히 정교히 모"을 수 있게 된다. 하나 그만큼 "그의 감각할 수 없는 음영"도 확대될 것이다. 다른 감각은 무의식으로 밀려나게 되기에 그렇다. 이 음영은 바로 억압으로 인한 '심적 상해'와 관련된 것일 테다. 한편, 음영이 확대되면서 프롤레타리아의 눈은 점점 날카로워져 그들은 "자본주의 사회조직의 벌써 질식 상태로 빠져가는 것까지" 날카롭게 인식할 수 있게 된다. 그리하여 프롤레타리아는 자신과 사회의 질식 상태를 벗어나고자 욕망하게 되고, 그래서 '파괴'와 '투쟁'을 당면과제로 삼게 된다. 프로문학은 그 파괴와 투쟁을 표현하면서 "부르주아의 억압을 못 견디어 쏟아진 정의의 누설인 동시에 전 프로계급의 생존권을 요구"하게 된다. 그러한 문학은 억압 때문에 무의식적으로 잠재하게 된 자아충동이 억압을 극복하려는 힘의 표출인 동시에 날카로운 사회비판이기도 할 것이다.

임화는 이렇게 프로문학을 자아에 대한 억압을 파괴하고자 하면서 동시에 '질식 상태'의 사회를 변화시키려는 비판적 투쟁의 표현으로 이론화했다. 이때 그 '프로문학'은 삶을 변화시키는 동시에 세상도 변화시키려고 한 아방가르드의 기획과 맞닿게 된다. 게다가 파괴와 투쟁을 위해서라면 프로문학은 "어떤 종류의 물건"도 가능하다는 임화의 논리는 아방가르드적 예술론에 접근한 것이라고 말할 수 있다.[24] 서론에서 언급했듯이, 아방가르드는 어떠한 양식도 발전시키지 않았다. 아방가르드는 제도 예술을 거부하려고 했기에 처리수법을 하나의 방법으로만 생각했다. 그래서 삶과 세상을 변화시키는 것이라면 모든 실험이 가능했다. 이와 마찬가지로, 임화의 논리에서 프로문학이라는 '물건'을 생산하기 위해서라면 가능한 모든 양식이 실험될 수 있다.[25] 그런데 임화는 그 물건에 예술적 가치가 하락되지 않는다고 부언함으로써 예술 개념 자체를 버리지는 않았다. 하지만 "어떤 종류의 물건"도 예술이라고 본다는 점은 그가 아방가르드에서처럼 제도화된 예술 양식을 받아들이지 않았다고 할 수 있다.

3 무라야마 도모요시의 수용과 정치적 예술

임화는 이탈리아 미래주의와 소용돌이파를 소개하면서 아방가르드 이론을 수용하기 시작했다. 하지만 그는 현대의 속도와 새로움을 재현하고자 했던 이탈리아 미래주의를 비판하고, '지금 이곳'에서 펼쳐지는 생명력을 표현하고자 했던 소용돌이파를 받아들였다. 아방가르드의 이러한 선별적 수용은 계급 사회의 비판과 만나 '프로문학'의 이론화로 나아간다. 간단하게 말하면, 사회적으로 억압당하고 있는 프롤레타리아의 생명력과 정의가 표출-투쟁과 파괴로 현상하기도 하는-될 때 문예적 양태가 바로 프로문학이라는 것이다. 프로문학은 미리 정해진 양식이 없기 때문에 어떠한 '물건'도 가능하다. 여기서 임화는 투쟁과 파괴를 표현하기 위한 프로문학이라는 '물건-시'를 어떻게 제작할 것인가 하는 문제에 봉착하게 되었을 것이다. 이때 임화는 또 다른 방향의 아방가르드를 본격적으로 수용하게 된다.[26] 무라야마 도모요시村山知義(1901~1977)의 '의식적 구성주의'가 그것이다. 「어떤 청년의 참회」에서 임화는 무라야마의 『금일의 예술과 내일의 예술』을 읽고 열광했다고 말한 바 있다. 임화가 열광하게 된 것은 무라야마의 예술론과 예술적 실천이 그가 부딪친 '물건-시' 제작의 문제를 풀 길을 보여주었기 때문일 것이다.

1920년대 중반 일본의 아방가르드 예술운동을 주도했던 무라야마는 서양의 아방가르드 예술가들처럼 회화와 조각, 일러스트레이션, 타이포그래피, 연극 연출, 무용, 무대미술 등 예술의 거의 모든 분야에서 맹렬하게 활동했다. 그가 아방가르드 예술활동을 벌이게 된 계기는 1922년에서 1923년 사이 1년간 베를린에 유학한 데 있었다. 1922년 베를린에는 동유럽 전위 운동이 결집되어 있었다. 특히 그즈음 베를린에서 러시아 미술의 현황을 소개하는 '제1회 러시아전'이 대규모로 열리면서 러시아 아방가르드-절대주의와 구축주의 등-가 직접 독일인에게 소개되기도 했다.[27] 무라야마는 베를린 체류 중 동유럽의 아방가르드를 섭렵하고 나름대로 다다와 구축주의라는 중요한 두 가지 아방가르드 조류를 종합한 후 1923년 1월 도쿄로 돌아왔다. 귀국 직후인 1923년 4월「지나가버린 표현파」라는 글을 발표하면서 독일 표현주의의 종말을 알린 그는 '의식적 구성주의'라는 독자적 아방가르드 이론을 제창했다. 같은 해 5월, 그는 '의식적 구성주의'를 주제로 개인 전람회를 최초로 열고, 7월에는 '마보MAVO'를 결성했다. 그리고 그해 11월 기존에 발표한 글을 모아 임화가 열광했다는 책『금일의 예술과 명일의 예술』을 출간했다.『마보』창간호(1924. 7)에는 마보 결성 선언문이 실려 있는데, 이 선언문에는 당시 무라야마의 예술론이 집약되어 있다고 생각된다. 선언문 일부를 인용하면 이러하다.

> 1. 우리들은 우리들이 형성예술가로서 같은 경향을 갖기에 모였다.
> 1. 그리고 우리들은 결코 예술상의 주의 신념이 동일하기 때문은 아니다.
> 1. 그래서 우리 그룹은 적극적으로 예술에 관한 하등何等의 주장을 규정하려고 하지 않는다.
> 1. 우리들은 그러나 형성예술계 일반을 넓게 볼 때 우리들이 매우 콘크리트concrete한 경향으로 서로 결집해 있다는 것을 인정한다. (중략)
> 1. 우리들은 첨단尖端에 서 있다. 그리고 영구히 첨단에 서 있을 것이다. 우리들은 속박되어 있지 않다. 우리들은 과격하다. 우리들은 혁명한다. 우리들은 창조한다. 우리들은 끊임없이 긍정하고 부정한다. 우리들은 언어의 모든 의미에서 살아 있다. 비교할 것이 없을 정도로. (중략)

1. 강연회, 극, 음악회, 잡지의 발간, 기타를 시도한다. 포스터, 쇼윈도우 서적의 장정, 무대장치, 각종의 장식, 건축설계 등을 떠맡는다.[28)]

'다다'처럼 '마보' 역시 특별한 의미를 가지고 있지 않다고 했다. 자신들의 운동 이름을 의미 없는 단어로 내세우는 것은 우연을 중시하는 다다적 아방가르드의 특성이기도 하다. 이 선언문에서 우선 첫 번째 문장이 주목된다. 그 문장은 '형성예술가'로서 경향이 같은 마보 구성원이 모였다는 것이다. 그렇다면 이들을 묶어주는 '형성예술'이란 무엇을 의미하는가? 마보의 '형성예술' 개념에 대해 바이젠펠트Gennifer Weisenfeld는 다음과 같이 설명하였다.

마보의 예술가들도 전 세대의 경향에 따라 재현적 예술을 자연계의 단순한 표면적 복제라며 물리쳤지만, 더욱 완벽한 비대상성을 요구하며 모더니티의 체험을 포착하려고 했다. 무라야마는 자신의 작품에는 '구축예술'과 동의어인 '형성예술(bildende kunst의 번역)'이라는 새로운 용어를 사용했다. 비평의 절대적 기준에 대한 신뢰가 떨어진 후 주관성의 시대에는 적합하지 않은 기술적 숙련이라는 개념을 거절했다. 내적 세계의 표현으로 향한 개인적 스타일을 깊이 추구하기보다는, 무라야마는 예술가들에게 예술 자체의 경계를 넓히고, 다양한 이디엄idiom과 미디어를 실험하도록 독려하고, 기술의 시대에서 생명의 자연을 관찰하여 전달하는 수단으로 예술의 중요한 기능을 강조했다.[29)]

이 설명에 따르면, 형성예술은 형bild을 자유롭게 구축해나가는 예술로, 어떤 양식 개념이 아니다. 마보의 예술가들은 우연에 따르는 '구축'으로 오브제를 만들어나가려고 했기 때문에 기술적 숙련을 거부했다. 그런데 '구축'은 또한 이 기술적 숙련과 무관하기 때문에 개인적 스타일을 추구한 것이 아니었다. 그래서 마보의 예술활동은 예술가가 자신의 개성을 예술품에 담는다기보다는 미디어와 다양한 작풍idiom을 다양하게 실험함으로써 작품 세계를 대담하게 넓혀나가는 것이었다. 선언문의 마지막 부분에서 볼 수 있듯이 마보는 예술의 영역을 확장하여, 그들의 활동을 통상의 '예술' 장르에 속하지 못했던 영역으로까지 뻗쳤다. 즉 마보이스트들은 강연회, 포스터, 서적 장정, 건축설계 등 예술로 취급되지 않았던 온갖 영역을 횡단하는 활동을 해나가려고 했던 것이다. 이는 제도적 예술 개념을 뒷받침하는 장르 의식을 깨뜨리는 아방가르드적 시도로서, 마보이스트들이 유럽의 전위주의자들처럼 장르로 구획된 직업 예술가의 전문화를 부정했음을 알려준다. 그들은 전문가가 되길 거부하고 이 모든 영역을 횡단하면서 작품을 실천했다. 이들에게 중요한 것은 '형성예술'의 제작 활동을 통해 '혁명'하고 '창조'함으로써, 즉 "끊임없이 긍정하고 부정"함으로써 첨단에 서 있는 일이지, 어떤 '잘된' '작품'을 만드는 일이 아니었다.

한국에서 마보를 가장 먼저 수용한 이는 조각가 김복진金復鎭(1901~1940)으로 판단된다. 프롤레타리아 계급 의식을 중시한 김복진은 아방가르드 예술운동에도 큰 관심을 가지고 있었다. 그는 이미 1926년 초에 「신흥미술과 그 표적」(『조선일보』, 1926. 1. 2)이라는 글에서 입체파와 이탈리아 미래주의, 그리고 1925년 일본 미술계의 동향을 비판적으로 소개했다.[30] 더 나아가 그는「파스큐라」(『조선일보』, 1926. 7. 1~2)라는 글에서 "파스큐라 -파스큐라를 알 만한 사람은 그것이 어떠한 모임이었고 그간 어떻게 되었다는 것을 대개는 짐작할 것이다. 다다나 마쁘와 크게 틀림이 없었다고도 말하려면 할 수 있겠고 어떤 운동을 모발謨發하려는 준비행동이었었다고 보아주려면 줄 수도 있는 것이다"[31]라고 말하여 파스큘라라는 모임을 다다나 마보 운동과 동일시하였다. 이 뜻밖의 발언은 중요한 의미를 가지는데, 1923년에서 1925년까지 존재한 파스큘라 그룹의 구체적 활동 양상에 대해서는 그다지 알려져 있지 않았다는 면에서도 그러하다.[32]

마보의 '형성예술론'이 본격적으로 수용된 것은 김복진의「나형裸型선언초안」(『조선지광』, 1927. 5)에서였다고 생각된다. 김복진은 그 글에서 문단에서 일어난 문예운동의 목적의식적 방향 전환의 주창을 미술계의 장에서 하고 있었다. 그런데 그 글에서 김복진은 독특하게도 프롤레타리아 예술운동을 '형성예술'과 결합하는 방향으로 나아갔다. 그의 글에서 '형성예술'이라는 용어는 "우리는 한 걸음 더 나아가서 한 개의 형성예술운동단을 결성함이라"[33]는 선언조 문장에서 사용된다. '구축예술'과 동의어인 '형성예술'은 엄연히 무라야마와 마보가 새롭게 사용한 개념으로 마보 선언문에도 반복해서 등장하는, 마보 예술론의 핵심 개념이다. 마보 디자인에도 영향받은 바 있을 정도로[34] 마보에 대해 잘 알고 있던 김복진이 이 '형성예술'이 마보의 핵심 개념임을 알지 못했을 리 없다. 그렇다면 김복진은 자신의 프롤레타리아 예술운동론에 이 개념을 핵심 개념으로 사용할 만큼 마보와 무라야마에게서 많은 영향을 받고 있었다는 것을 짐작할 수 있다.

임화의 「미술 영역에 재한 주체 이론의 확립」(1927. 11. 20~24)이란 글에도 '형성예술'이라는 개념이 등장한다. 임화는 이미 무라야마의 책을 통해 '의식적 구성주의'와 '형성예술'에 대해 잘 알고 있었으며 깊이 영향을 받고 있었을 것이다. 더구나 미술이론에 해박하고 전투적인 마르크시스트였던 카프KARF(조선프롤레타리아예술가동맹) 선배 김복진이 마보의 '형성예술'론을 받아들였기에 임화는 더욱 무라야마의 이론을 받아들일 수 있었을 것이다. 그리고 임화가 프로문학이 프롤레타리아의 억압된 정의를 표현하기 위해 어떠한 '물건'도 가능하다고 주장하면서 이를 예술의 정치적 실천으로 연결하려고 할 때, 특정한 예술 양식을 부정하고 실험을 긍정하며 예술 영역을 확장하려고 한 마보와 무라야마의 아방가르드적 예술관이 든든한 논리를 제공해주었을 것이다. 이 평론에서 임화는 "우리의 미술가는 포스타로 제작할 것이다. 그리하여 석판石板가에 보낼 것이다. 그리하여 대량으로 만들어야 할 것이다. 가두에다 O장에다 우리는 우리의 미술품전람회를 열 것이다. 그리하여 우리 미술가는 계급 XX의 직접 참가는 물론 일면으로 이 운동의 확대에 봉사할 것이다"[35]라고 말했는데, 이는 마보의 아방가르드적 예술활동 방식을 계급투쟁 전선에서의 광범위한 선전선동 활동으로 전환해 정치화한 것이라고 할 수 있다.

임화가 이러한 문학예술의 정치화를 강력하게 주장하기 시작한 글은 「무산계급 문화의 장래와 문예작가의 행정行程 ―행동 · 선전 · 기타―」(『조선일보』, 1926. 12. 27~28)이다.[36] 임화는 "현대는 가장 복잡하고 모순과 당착이 거듭한 이로 갈피를 잡을 수가 없는 세상"으로, "생활을 위한 예술, 생존의 예술, 행동 선전의 예술을 낳지 아니치 못하게"(19) 되었다고 하고, 그래서 현대의 "신흥문학의 운동"은 재래의 문학운동처럼 그렇게 단순하지 않고 "예술 자체를 위한 운동이 될 뿐 아니라, 프롤레타리아의 장래를 위하여 그 생존권의 확립을 요구하는 사회운동과 병행되지 않을 수 없는 것"(20)이라고 주장했다. 그런데 여기서 임화가 무산계급문학을 정의하는 대목이 주목된다. 그는 "무산계급문학이란 오로지 무산계급 자신의 사업"이지만, "무산계급이 사회 개혁을 이루기까지인 과도기에 있을 사실"을 들어 "신흥계급은 반드시 자기의 문화를 자기의 손으로 건설하는 것은 아니"(21)라고 말했다. 이의 예로 마르크스, 엥겔스나 레닌 같은 혁명가들이 인텔리 출신이었음을 들었다. 그는 이 현상이 "구문화의 멸망해가는 속에서 자라는 신문화의 가능성을 말하는 맹아라고도 할 만한 것"(22)이라면서, 인텔리 출신인 작가가 무산계급 문화의 작가가 될 수 있는 길을 열어놓았다. 그런데 이 논리의 연장선상에서, 임화는 다음과 같이 말하였다.

> 그러므로 그 작가 자신은 아무것일지라도 좋다. 다만 작가는 무엇보다도 무산계급의 인생관을 가지고 모든 현상을 통찰하는 데서 벌써 그 작가는 훌륭한 무산계급문학의 작가인 것이다. 마치 다다DADA가 다다이즘에 공명하는 사람이면 누구든지 남녀노소를 물론하고 시인 예술가가 될 자격이 있다는 것과 같이 '프로'의 인생관을 기초로 하여 출생된 작품의 작가는 누구든지이다.(22)

여기서 임화가 무산계급문학을 다다와 연결하는 대목이 흥미롭다. 이를 보면 그는 무산계급문학을 다다의 연장선상에서 생각하였음을 짐작할 수 있다. 임화의 다다에 대한 일정한 수용은, 무라야마의 의식적 구성주의의 수용과 관련될 것이다. 당시 의식적 구성주의는 다다적 특성을 가지고 있었기 때문이다. 여하튼 임화는 다다가 예술 제도를 거부하면서 누구에게나 시인 예술가의 자격을 부여했듯이 '프로 작가' 역시 인텔리를 포함한 누구든지 무산계급문학 작가가 될 수 있다고 진술하는데, 이는 논리의 비약이기는 하지만 임화가 다다와 무산계급문학을 동질적 궤에 있는 것으로 인식했다는 것을 드러낸다. 더 나아가 그는 "작가는 여하한 것을 제재로 취급하여도 무관하"며, 대중의 배후에서 "끊임없이 군호軍號를 부를 것을 잊어서는 안 된다"(22)고 하여 적극적으로 선전선동 문학을 주창했다. 그리고 선전예술에 대한 예상되는 비판, 즉 그것은 "문학의 선전화요, 문예도의 몰락이요, 타락이라"는 비판에 임화는 다음과 같은 답변을 준비했다.

> 그러나 선전을 문학으로 하는 것은 결코 아니다. 문학으로 우리는 선전하게 되는 것이다. 다시 말하면 문학으로 가지고 선전용의 포스터로 사용하는 게 아니라 사회운동의 실제 투졸鬪卒이 아닌 우리는 문예작품으로 새 시대의 의의와 존재가치를 대중에게 알리는 동시에 그들의 진로를 암암暗暗히 보여주는 것이다. 이것이 무슨 그들의 소위 예술의 생명을 다치는 것이 될 것인가. 거기에 오히려 더 큰 예술의 가치가 잠재해 있음이 아닐 것인가? 무산계급의 작가는 언제든지 우리에게 전도前途를 위하여 깊은 통찰을 가지고 붓을 드는

것이다. 그리하여 자연히 노동계급이나 기타 어떤 계급을 물론하고 공명자를 갖게 될 제 비로소 그 작품은 선전의 효과를 나타낸다. 그것이 무슨 재래문학과 다른 점이 있을 것인가.(23~24)

여기서 임화는 프로문학의 '예술성'은 재래문학과 다른 점이 없다면서 선전을 행하는 프로문학이 예술을 타락시킨다는 비판에 응답했다. 이를 뒷받침하는 논리가 프로문학은 선전을 위해 사용되는 것이 아니라 문학 자체로 선전한다는 것이다. 즉 프로문학은 문학성을 버리고 포스터로 사용되는 것이 아니라 문학성을 끌어올려 선전한다는 논리다. 이에 따르면, 프로문학과 유산계급문학의 차이점은, 후자가 개인주의적이라면 "신흥문학은 그 근저를 집합주의적 정신 위에다 두었"(24)다는 점에 있을 뿐이다. 이는 '재래문학'과 근본적으로 단절하려고 한 아방가르드의 공격성이 약화된 진술이지만, 프로문학이 선전에 사용되는 것이 아니라 문학 자체가 직접적으로 선전한다는 주장은 아방가르드적 의미를 갖는다. 이때 문학은 현실을 담는 재현물이 아니라 아방가르드 예술처럼 현실에 직접적으로 작용하여 현실을 변화시키려는 것이기 때문이다.

임화에 따르면, 프로문학 작가의 가장 중요한 임무는 "민중을 움직이는 데"에 있으며, 그의 작품에는 현실을 변화시키기 위해 민중을 움직이는 "선전적 위력"이 있어야 한다. 이 프로문학은 "선전적 효과를 나타낼 제 강열한 의지로 변하"(24)는 것이어야 하고, 이렇듯 "강렬한 의지로 변"할 수 있는 문학은 "전투적 기분을 가지고 강렬한 형식으로 표현되"어야 가능하다. 즉 민중의 강렬한 의지로 변할 수 있는 문학은, 그 자체의 강렬한 형식을 통해 전투적 기분을 표현해야 한다. 이러한 프로문학의 성격은, 「정신분석학을 기초로 한 계급문학의 비판」에서 제시되었던, 억압되어 무의식적으로 된 프롤레타리아의 정의情意의 표현으로서 프로문학에 대한 논의를 잇는 것인데, 「무산계급 문화의 장래와 문예작가의 행정行程」에서는 프로문학을 선전선동이라는 정치적 목적의식과 연결하여 형식 문제까지 언급했다는 점에서 논의의 진전이 있다. 하지만 이 글이 '재래문학'의 '예술성'과 단절하면서 제도 예술의 경계를 파괴하고자 하는 완연한 아방가르드적 논의에는 다다르지 못하였음이 사실이다. 다음에서 보겠지만 무라야마를 경유한 구축주의를 수용했을 때 임화는 비로소 완연한 아방가르드적 사고에 다다르게 된다.

4 러시아 구축주의의 수용과 기술로서 (반)예술

「무산계급 문화의 장래와 문예작가의 행정」에서 보았던 임화의 프로문학은 선전선동과 강렬한 '예술성'을 결합하고자 하는 데에 목표를 두었다. 이러한 태도는 1927년 카프 내에서 벌어진 목적의식론 논쟁에서도 지속되었다. 임화는 「분화와 전개」(『조선일보』 1927. 5. 16~18, 20~21)라는 글에서, 카프 내에서 제기된 목적의식론에 반대하는 아나키스트 김화산을 비판한 바 있다. 이 글에서 임화는 "우리의 낳은 작품이 비본격적이요, 포스터적이요, 선전적이라도 하등의 관계가 없다"는 견해를 표명하면서 예술의 자율성을 주장하는 아나키즘과 분화해야 할 필요성을 강조했다. 하지만 그는 프로문학이 무작정 선전적이어야만 한다는 것이 아니라, "예술적 본미本美의 추구 즉 새로운 시적 정신의 무장"[37] 역시 투쟁의 전개와 함께 출현할 것이라고 주장했다. 이러한 주장은 「문예작가의 행정」의 그것과 그다지 다를 것은 없다. 그런데 임화 자신이 예술의 자연발생성을 중시하는 아나키즘과의 분화를 주장하고 목적의식적 선전선동 문학을 주장했기 때문에, '정의' 표출을 중시한 예전의 프로문학론에서 한 걸음 더 나아가는 방향 전환을 해야 했다.

그런데 그 방향 전환은 무라야마가 우연에 기대는 다다적 성격이 짙은 '의식적 구성주의'에서 벗어나 좀 더 건설적인 예술론을 지향한 데서도 영향을 받은 것으로 보인다. 그는 『구성파 연구』(1926. 2)에서, 다다를 부르주아 예술의 종말로 봄으로써 다다와 결별하는 모습을 보여주었다. 그는 그 종말에 뒤이은 프롤레타리아 예술을 러시아의 구축주의로 파악하였다. 그리고 네덜란드 구축주의 그룹 데 스테일de Stijl의 일원인 두스부르흐Theo Van Doesburg의 글을 인용하면서, 예술이 생활 속의 즐거움으로 용해된다는 점에 구축주의와 부르주아 예술의 차별성을 두었다.[38] 즉 무라야마는 기능적이고 실용적인 예술관을 받아들이게 된 것이다. 이러한 실용성은 바로 프로문학의 실용성, 즉 선전선동성과 통한다. 임화와 마찬가지로 무라야마 역시 1926년과 1927년을 거치면서 프롤레타리아 문예운동에 헌신하게 되는데, 이는 구축주의의 실용성 논리의 연장선상에서 행해진 것이라고 할 수 있다.

무라야마에 열광한 임화는 『구성파 연구』 역시 읽었을 것이고, 그 책에서 소개한 러시아 구축주의에 흥미를 느꼈을 것이다. 그래서 「어느 청년의 참회」에서 말했듯이, 그는 러시아 구축주의를 과격하게 주장한 알렉세이 간Alexei Gan의 『구축주의』 일역서[39]를 읽게 되었을 것이다. 이 책의 일본어 번역자는 "예술은 죽었다! 예술은 이 인간의 노동 장치 안에 있을 장소가 없다!"라는 선언을 들면서, 알렉세이 간의 이론이 당시 소비에트 러시아에서 "가장 좌익"적인 예술론이라고 평하였다.[40] 이러한 알렉세이 간의 선언은 임화에게 큰 영향을 미친 것으로 보인다. 임화가 김화산의 아나키즘 예술론에 대한 두 번째 비판 평론인 「착각적 문예이론」(『조선일보』, 1927. 9. 4~5, 8~9, 11)에서 "오등吾等의 예술 행동은 예술이란 협애한 범주를 완전히 지양해야 할 것"[41]이라며 예술이라는 범주 자체를 지양하자는 더욱 과격한 주장을 한 것을 보면 그러하다. 같은 해 5월에 발표된 「분화와 전개」에서 임화는, 앞에서 보았듯이 선전선동 예술을 주창하면서도 예술적 본미의 추구를 부정하지 않았다. 그런데 4개월 뒤에는 예술이란 범주를 완전히 지양해야 한다는 과격한 아방가르드적 발언을 했다. 이러한 사고의 전환에는 예술의 폐지를 주장했던 알렉세이 간의 『구축주의』가 큰 자극을 주었으리라고 판단된다.

여기서 예술에 대한 러시아 구축주의의 견해를 잠시 살펴보기로 한다. 타틀린Vladimir Evgrafovich Tatlin(1885~1953) 등이 실천하던 구축주의의 일목요연한 이론화는 당시 디자이너였던 스테파노바Varvara Stepanova의 「구축주의에 대하여」(1921. 12)라는 글에서 처음 시도되었다고 알려져 있다. 그녀는 이 글에서 구축주의의 일반 이론을 전개했다.[42] 스테파노바에 따르면 구축주의는 미학과 '예술'을 부정한다. 즉, 스테파노바는 "예술은 종교와 철학의 속박에서 해방되었지만, 미학에서 분리되지 못했음은 명확하다. 결국 미학에 의해 예술은 화상畵像의 자족적 가치를 반영하는 상태에 놓이게 되었다"[43]면서, 이와 달리 "구축주의는 일체의 예술을 전체적으로 부정하고, 세계 미학의 창조자로서 예술의 특수한 활동의 필연성을 의심한다"는 것이다. 그리하여 구축주의는 예술을 버림으로써 역설적으로 "무익한 허구의 마취제"[44]로서 자족적인 미학에서 예술을 해방시키려고 했다. 즉, 구축주의는 예술의 독자성을 부정함으로써 예술을 해방시키려는 프로젝트인 것이다.

구축주의의 견해는 코뮌주의의 비전과 관련된다. 코뮌주의에서 국가와 분업이 없어지듯이 제도화된 예술 역시 사라져야 한다고 생각한 것이다. 그래서 그들은 이전에 비예술로 취급되던 구축물과 예술의 경계를 파괴했다. 그들에게 분업의 경계가 파괴되는 코뮌주의에서는 모든 행위가 동등하다. 예술 창작의 영역이 다른 생산 행위보다 더 우월할 이유도 없고 사회로부터 다른 영역보다 더 존중받을 필요도 없다. 마르크스는 "코뮌주의 사회에서는 사회가 전반적인 생산을 조절하기 때문에 사냥꾼, 어부, 양치기 혹은 비판가가 되지 않고도 내가 마음먹은 대로 오늘은 이것을, 내일은 저것을, 곧 아침에는 사냥을, 오후에는 낚시를, 저녁에는 목축을, 밤에는 비판을 할 수 있게 된다"[45]고 말한 바 있는데, 이 구절은 분업이 철폐되는 코뮌주의에서는 어떤 활동이 우월하다는 서열 역시 없어진다는 의미를 함축한다. 마르크스의 이러한 생각에 공명하는 구축주의에, 미학은 예술만이 가진 특수한 미적 성질을 내세워 분업화되어 생산되는 예술을 정당화하고 '미화'하는 학문이다. 그래서 이들에게는 미학이 먼저 파괴되어야 할 공격 대상이었다. 그리고 구축주의가 생산한 '예술'은 사회주의 국가가 원리적으로는 국가를 소멸시키는 국가인 것과 마찬가지로 예술을 소멸시키는 사회주의 예술이라고 할 수 있다.[46]

「연애의 종말」(『조선일보』, 1928. 10. 19, 21)은 임화가 이러한 성격의 구축주의를 수용했음을 확실하게 보여주는 글이다. 이것이 구축주의를 본격적으로 소개한 글은 아니다. 이는 제목과 "연애 형태에 의한 남녀관계는 이미 그 위기의 절정에 달하였다"는 등의 말에서 보듯이 현대의 연애를 주제로 한 글이다. 그런데 임화는 자신이 펼치는 연애론에 대해 "이것은 노국露國의 좌익적인 가장 새로운 예술단체인 구성파 예술가 제일군의 웅장 '알렉세이 · 간'이 초강草綱한 구성주의 예술가의 전투적인 선언을 내가 지금 이 연애의 문제에 적용한 것이다"[47]라고 말했다. 그래서 임화는 구축주의의 예술 종말 선언을 대입하여 부르주아 사회에서 '연애의 종말'을 선언하고, 더 나아가 모던한 연애관과 '우리' 연애관의 차이를 서구 구축주의와 러시아 구축주의의 차이에서 유추하여 설명했다.[48] 이 진술에는 임화가 러시아 구축주의에 대한 호의적 감정을 넘어 그것을 '우리' 사상으로 생각하였음이 암시되어 있다. 그리고 이 글의 다음과 같은 구절은 임화가 구축주의 원리에 대해 어느 정도 이해했음을 보여준다.

> 그들이 서구의 구성주의와의 견해가 상위한 그것과 같이 우리도 모든 모던인 가장 현대적인 제 예술과 아울러 청년남녀와의 견해와 엄연히 독립한다. 노서아의 구성주의는 서구 구성주의 예술가에 대하여 그들의 텍토니카의 취급에 있어서 그들 자신을 그 도시적 집단적 발전에서 종말된 예술 속에 그 자신을 탐닉시켜버린 데에 서구 구성파의 매음성 부르주아성이 존재한다는 것

이다.[49)]

이 글의 주제와 관련해 이 인용문에서 주목되는 것은 임화가 설파하는 연애관보다는 '텍토니카'라는 개념을 사용했다는 점이다. '텍토니카'는 생소한 개념이지만 러시아 구축주의 창작 원리에서 핵심 개념이다. 구축주의 창작 원리는 앞에서 인용한 스테파노바의 글에 간명하게 정리되어 있다. 스테파노바에 따르면, 구축주의에서는 기술과 실험적 사고가 미학을 대체하는데, "구축주의의 특수한 의의는 세계의 다른 활동요소 –텍토니카tektonika, 컨스트럭치아konstruksiia, 팍투라factura– 로부터 성립된다"[50)]고 한다. 알렉세이 간의『구축주의』역시 이 세 개념을 설명하였는데, 임화는 '텍토니카'라는 개념을 이 책에서 차용했을 것이다. 알렉세이 간은 텍토니카에 대해 "조직성이라는 말의 동의어"이며, "내적인 체질로부터 분출하는 경우의 것"이라면서, 이것은 "구축주의자를 실제상에서 새로운 내용과 새로운 형식의 종합으로 이끌게 하는 것"이라고 말했다.[51)]

하지만 사실 이러한 설명은 그 의미가 명확하게 다가오지 않는다. 이에 운노 히로시海野 弘의 설명이 도움이 된다. 그는 "공업생산의 물질적 원칙이 팍투라, 형식적 원칙이 컨스트럭치아라고 한다. 팍투라는 공급의 형식, 시각적인 지각을 위한 회화적인 표시의 형식이라고도 한다. 컨스트럭치아는 표면을 결정하기 위한 형식이다. 팍투라와 컨스트럭치아는 구축학(텍토니카)으로 나간다"면서『구축주의』에서의 세 개념에 대한 알렉세이 간의 설명을 간결하게 해설하였다.[52)] 운노는 스테파노바의 구축주의적인 옷 제작 방식을 예를 들어 이 개념들의 이해를 구체화했다. 구축주의적인 옷 생산에서, 컨스트럭치아는 인체의 형태와 운동에 맞는 의복을 형성하는 테크놀로지이고, 그 표면을 구성하는 텍스타일textile이 팍투라에 해당한다. 텍토니카는 의복의 사회적 기능, 의미와 관련되는 것이다. 일하기 위한 옷, 놀기 위한 옷, 어떠한 직업을 위한 제복 등을 사회적·정치적 의미로부터 어떻게 생산할지 연구할 때의 모든 과정이다. 이 세 요소는 일체화되어 구축되어야 하므로 옷과 텍스타일의 디자인이 종합적으로 처리되어야 한다고 한다. 이렇듯 구축주의는 사회적 기능에 따르는 조직성(텍토니카)을 일차적으로 생각하면서 그 기능에 따라 제작 방식을 찾았고, '팍투라'에 기초한 '컨스트럭치아-기술'로 그 기능성을 극대화하려고 했다.

임화는 '텍토니카'라는 개념을 이해하고 수용하는 과정에서 미학을 대체하는 기술과 실험, 재료의 조직이라는 러시아 구축주의의 아방가르드적 예술관을 받아들이기 시작했으리라고 판단된다. 무라야마 역시 앞에서 언급한 『구성파 연구』에서, 예술품 제작에서 기술의 중요성을 부각하면서 기계와 구축주의의 긍정적 관계를 호의적으로 논하였다. 즉, 그는 구축주의에서 "기계는 단순히 자극제, 흥분제로서 애완되는 것이 아니었"으며, "구성파(구축주의-인용자)는 당연 산업주의와 결부시켜 실제적 효용이 있는 기계의 구축을 지향했다"[53]고 설명하고, 기계와 밀접하게 관련된 예술 분야인 인쇄, 사진, 영화에서 구축주의의 활약상을 소개하였다. 그 예술들은 바로 1930년대 중반에 벤야민Walter Benjamin(1892~1940)이 논한 '기술복제 예술'로서, 러시아 구축주의는 1920년대에 이미 이 예술 분야에서 활발한 실험을 행하고 있었다. 무라야마 역시 이 기계를 이용한 예술에 주목했는데, 이 '기계-예술'을 생산하려면 기술에 대한 이해가 선행되어야 했다.

앞에서 잠시 논했던 임화의 「미술 영역에 대한 주체 이론의 확립」에서는 러시아 구축주의의 전문 용어인 '기능'과 '기술'이 중시되어 사용되었는데, 이는 무라야마의 『구성파 연구』나 알렉세이 간의 『구축주의』를 통해 러시아 구축주의를 수용한 결과일 것이다. 가령, 이 글에서 "우리들의 예술은 대중들의 감정을 조직화하여 적당한 시기에 폭발케 하지 않으면 안 될 것"[54]이라든지, "미는 여하한 것일까. 그것은 우리들의 사상 내지 발표를 요하는 의식을 표현할 때 사용하는 일종의 기술 이외에 아무것도 아니"[55]며 형식 역시 "기술 이외에 아무것도 아니다"와 같은 발언, 그리고 "무기로서의 기술-우리들의 예술이란 것은 XXXXX의 의지가 무기로서의 기술에 의하여 행동화되는 것[56]"과 같은 발언은 임화가 당시 러시아 구축주의를 전폭적으로 수용했다는 것을 드러낸다. 러시아 구축주의에서 기술은 생산에서의 단순한 수단이 아니고 사회를 변화시키는 지렛대와 같이 매우 중요한 의미를 가진다. 알렉세이 간 역시 『구축주의』에서 "기술-그것은 외적 자연의 단순한 한 조각이 아니다. 그것은-사회를 진전시키는 무기이다"[57]라고 말하였다. 그에 따르면, "사회의 기술적 조직, 사회의 기구器具의 구조는 또한 인간관계의 구조를 창출"[58]하기 때문이다. 임화가 예술을 '무기로서의 기술'이라고 정의할 때, 그 기술이란 그에게 단순한 기법이 아니라 투쟁의 행동 방식으로서 세상을 바꾸는('진전시키는') 무기이다.

선전을 통해 예술을 정치화 · 생활화하고 사회를 바꾸는 데 가장 강력한 예술 장르는 영화다.[59] 임화가 1927년 말에 조선영화예술협회에 들어가고 영화 제작활동에 뛰어든 것[60]은 영화 장르의 선전적 힘을 알게 되었기 때문일 것이다. 그런데 영화는 당시 가장 첨단적인 기계 예술이었으며 기술복제 예술이었다. 그래서 영화 예술을 제작하려면 기술에 대한 이해가 필수적이었다. 촬영에도 기술이 필요했지만, 영화의 몽타주(편집)는 숏들을 재료로 일정한 기술을 활용해 구축해가는 작업이다. 훌륭한 영화 생산물을 제작하려면 기술을 습득해야 했다. 임화가 1927년 말 영화계에 뛰어들어 영화 기술을 습득하기 시작한 것은, 러시아 구축주의를 통해 선전선동을 위한 (반)예술에서 기술이 얼마나 중요한지를 알게 되자 가장 강력한 '계몽 도구'이자 최첨단의 기술력이 필요한 분야인 영화에 들어가서 선전 효과를 증폭할 수 있는 '구성 방식(컨스트럭치아)'을 배우고자 한 것일지도 모른다.

이 추측의 근거는, 임화가 『조선지광』 1929년 1월호에 영화적 기법을 사용한 시 「네거리의 순이」[61]를 발표함과 동시에 「기술적 능력의 확충과 조직」이라는 선언조 글을 같은 지면에 발표한 사실에서 찾을 수 있다.[62] 후자에서 임화는 "XXX 승부는 실력량인 이 기술의 능력이 좌우하는 것"이기에 1929년을 맞이하여 "우리 자신의 XXX 기술의 일층 더 첨예한 세련을 요구하게" 되었다면서 "예술의 명목 밑에 있는 모든 부문, 문학, 미술, 음악, 연극, 영화, 건축, 기타 모든 종류의 기술의 「가나다」부터 공부를 시작해나가야 할 것"[63]이라고 주장했다. 이 주장과 함께 영화적 기술을 활용한 이른바 '단편서사시'를 발표한 것은, 다른 부문 첨단 기술의 활용을 시 분야에서 실험한 하나의 예로 '단편서사시'를 제시하겠다는 의미도 있을 것이다. 하지만 이에 대해서는 '단편서사시'의 영화적 성격이 지니는 아방가르드적 실험성과 기술의 관련성을 논증하는 작업이 필요하다. 이는 이 논문의 주제에서 벗어나기 때문에 별도 지면에서 작업해야 할 것이다.

5 현재화를 기다리는 임화의 아방가르드 수용

임화의 아방가르드 수용과 이에 따른 문학예술론의 전개는 1930년이 넘어가면 더 진행되지 않았다. 단편서사시 창작 역시 1930년 중반 이후에는 더 진행되지 않았다. 그 대신 그는 1930년 후반부터 카프 도쿄지부의 소장파들과 함께 '카프의 볼셰비키화'를 주창하고 그 슬로건에 대한 이론화 작업에 전념했다. 그리고 1931년에는 '카프의 볼셰비키화'의 핵심 이론가로서 카프의 서기장이 되어 카프를 장악했다. '카프의 볼셰비키화'가 아방가르드적 성격을 지니는지에 대해서는 또 다른 고찰이 필요하다. 하지만 '카프의 볼셰비키화' 논리가 예술의 정치화를 통한 아방가르드적 실천보다는 정치투쟁에 예술이 어떻게 '복무'할 것인가로 흘러가는 경향이 있었음은 분명하다. 이 시기 임화의 평론 활동은 정세를 분석하고 예술운동의 전체적 방향을 설정하는 데 주력했기 때문에, 예술의 정치화가 지니는 아방가르드적 성격에 대한 논의는 사라진다. 이는 임화가 수용했던 러시아 구축주의가 당시 러시아에선 점차 스탈린주의 문예이론에 비판받으면서 활동이 금지되기 시작했던 상황과 무관하지 않을 것이다.

임화가 아방가르드적 예술론을 완전히 포기하는 것을 보여주는 글은 1933년 11월『조선일보』에 발표된「문학에 있어서의 형상의 성질 문제」일 것이다. 이 글에서 임화는 문학예술을 파괴나 표현, 기술로서 보는 아방가르드적 관점에서 벗어나 형상적 반영의 원리로 파악했다. 즉 이때부터 임화는 아방가르드적 예술의 정치화 논의보다는 리얼리즘론을 바탕으로 문학예술의 정치성을 파악하면서 날카로운 리얼리즘 이론가이자 평론가로서 문단에서 맹활약하기 시작했다. 이를 보면, 임화의 아방가르드적 예술활동은 1920년대 말에서 1930년대 초에 끝난다고 볼 수 있다. 1930년대 초에서 1933년까지는 예술활동가로서보다는 문학운동의 이론가, 정치가로서 활동했다고 할 것이다. 그래서 비교적 일관성을 가지고 지속적으로 아방가르드를 수용하고 실천하고자 했던 임화의 활동 역시 결국 단기간에 그쳤다고 할 수 있다.

하지만 임화가 이렇게 아방가르드 예술활동을 포기했다고 하더라도, 그의 아방가르드 수용과 실천 노력은 독자적 가치를 갖는다. 유럽의 '역사적 아방가르드' 역시 긴 기간 지속되었다고 할 수 없다. 유럽의 격동적 역사에 연동된 역사적 아방가르드는 결국 실패했다고 할 수 있다. 하지만 그렇다고 '역사적 아방가르드'의 가치가 사라졌다고는 할 수 없다. 러시아 아방가르드에서 볼 수 있듯이, 역사적 아방가르드는 그 잠재성이 다 개화되기 전에 역사의 폭력에 파괴되었다. 그래서 역사적 아방가르드는 잠재성이 모두 현재화되지 못하고 미완의 기획이 되었다고 할 수 있으며, 여전히 현재화되기를 기다린다고 할 수 있다. 임화의 아방가르드 수용과 실천 노력 역시 혁명 운동의 스탈린주의화에 따라 중지되었다고 할 수 있다. 그래서 청년 임화의 아방가르드적 활동의 잠재성 역시 다 개화되지 못했다고 할 수 있다. 그렇기에, 임화가 시도했으나 결국 실패한 예술의 아방가르드적 정치화는 현재화를 기다릴지도 모르며, 임화가 펼친 아방가르드 논리를 되살피는 것도 그 때문이라고 하겠다.

이성혁

한국외국어대학교 일본어과를 졸업하고 대학원 국어국문과에서 석사와 박사 과정을 마쳤다. 현재 한국외국어대학교와 세명대학교에 출강하고 있다. 2003년 『대한매일신문』 신춘문예 평론부문에 「경악의 얼굴-기형도론」이 당선된 후 현장 평론 활동을 하고 있다. 저서로는 『불꽃과 트임』(푸른사상, 2005), 『불화의 상상력과 기억의 시학』(리토피아, 2011), 『서정시와 실재』(푸른사상, 2011), 『미래의 시를 향하여』(갈무리, 2013), 『모더니티에 대항하는 역린』(새미, 2015)이 있으며, 번역서로는 이마무라 히토시, 『화폐 인문학』(자음과모음, 2010, 공역)이 있다.

집필경위

이 글은 한국미학예술학회 2012년 가을 정기학술대회 기획 심포지엄에서 발표한 원고를 수정 · 보완하여 『미학예술학연구』 37호(2013. 2)에 실은 논문을 다듬은 것이다(학술지에 실은 논문과 이 글의 제목은 같다). 학술대회에 제출한 발표문과 학술지 게재 논문은 필자의 박사학위 논문인 「1920년대 한국 근대시의 전위성 연구」의 Ⅲ장 2절과 Ⅳ장 2절의 일부를 축약하여 다시 서술하고, 새로운 논의를 첨가하여 작성했다. 필자는 박사학위 논문에서 한국 프로시, 특히 1920년대 중후반의 초기 프로시에 대해 리얼리즘이나 문예운동사적 측면에서의 접근을 넘어, 당시 세계의 급진적이고 정치적인 예술을 관통하고 있던 아방가르드적 성격을 들추어내려고 했다. 이를 증명해주는 것이 임화의 평론에 나타나는 아방가르드 수용이라고 보았고, 이에 이 글이 보여주듯이 임화에 영향을 미친 일본과 러시아의 아방가르드 예술론을 추적해보고자 했다.

9

1930년대 한국 모더니즘 문학·예술 개념의 탈경계적 사유와 그 가능성

◎

김예리

1 한국문학에서 근대의 자율적 예술 개념 형성의 조건

한국문학연구에서 1920년대는 동인지 문학을 중심으로 본격적인 근대 문학 운동이 벌어진 시기로 이해되며, 전문적인 문학 영역과 그것의 내적 원리를 이념화한 미적 자율성의 문학관을 구성한 시대로 평가된다.[1] 그리고 1920년대 문학의 이러한 특이성은 이광수李光洙(1892~1950)나 최남선崔南善(1890~1957) 등 계몽적 주체와 차이점을 포착하는 데서 그 논점의 정당성이 구축된다. 이를테면 차승기는 1920년대 동인지 문학인들이 발견한 '미'라는 보편성의 영역이 민족이라는 공동체의 심리적 · 감성적 기반을 마련하고자 했던 이전 세대의 문학이념과는 구별되는 것이었음을 논증했고,[2] 동인지 문학의 문체가 개화기 문체에 비해 주관적이고 내면적인 특성을 보인다는 점을 포착한 조영복은, 내면을 드러낸다는 것은 개인의 내밀한 시적 감수성의 표출을 의미하는 것으로, 이러한 문학 담론은 춘원의 담론과는 다른 지층에 놓여 있어서 그만큼 낯설고 신선한 느낌을 준다고 말했다.[3]

특히 위와 같은 연구들에서 1920년대 동인지 문학의 주요한 특징으로 포착되는 '내면'의 문제는 계몽적 주체와 대별되는 예술적 주체가 한국문학에서 등장하는 지점을 포착하는 연구들에서 핵심 주제로 제시되는 중요한 연구 테마라 할 수 있다.[4] '내면'이란 '주체의 자율성을 근거로 하는 동시에 주체의 특수한 체험의 소산'[5]이라 할 수 있고, 또 예술적 주체는 예술의 자율성을 이념으로 삼는다고 했을 때, 위와 같은 연구들이 집단적 목소리가 아니라 이로부터 자유로운 개별자의 목소리를 담고 있는 '내면'을 강조하는 것은 자연스러운 귀결이라 하겠다.

그러나 다른 한편으로 '내면'이란 단지 예술 영역의 문제만이 아니라 근대라는 새로운 세계가 등장하면서 필연적으로 사유할 수밖에 없게 된 근대적 주제라 하겠다. "내면과 외면 사이의 상위相違나 모순을 느끼지 않으며, 사회가 그에게 요구하는 규범적 의무와 자신이 실제로 욕망하는 바 사이에 어떤 단절이나 간극도 느끼지 못하는"[6] 전근대적 세계의 공동체적 조화를 붕괴시키고 세계의 총체성을 파괴하여 주체에게 상실된 자기 정체성을 새롭게 찾아야 하는 고통스러운 작업을 부과한 것은 근대라는 새로운 세계이고, 이런 세계 속에서 출현한 내면은 "외적 현실과 차단되어 유아론적으로 기능하는 자폐적 판타지의 기관"[7]이 아니라 "근대적 자아가 스스로의 삶을 성찰하게 되는 과정에서 형성되는 '윤리적' 공간이 제도화된 것"[8]이기 때문이다.

즉, 한국문학연구에서 근대적 예술가가 출현한 근거로 제시되는 '내면'이란 단지 사적이고 주관적인 성격의 공간이 아니라 보편적 형식이자 근대적 제도이다. 이와 관련하여 가라타니 고진柄谷行人은 내면이라는 것은 처음부터 존재했던 것이 아니라 '기호론적 인식 구도의 전도' 속에서 비로소 나타난 것이라는 점을 분명히 했다. '기호론적 인식 구도의 전도'라는 근대의 특성을 논의하기 위해 그는 근대적 풍경이 어떻게 탄생하게 되었는지 먼저 논의했다. 그에 따르면 '풍경'이란 개인의 주관적 내부 공간에 대비되는 객관적 바깥을 의미하는 것이 아니라 '하나의 인식틀'인 동시에 '지각 양태의 역전' 속에서 '발견'된 대상 세계이다.[9] 다시 말해 가라타니의 '풍경'이란 자연 그대로 풍경이 아니라 그 풍경을 바라보는 주체의 시선에 따라 재구성된 풍경이고, 어떤 누구라도 이 시선을 통해 본다면 똑같은 풍경을 볼 수밖에 없는 원근법적 세계이다. 여기서 중요한 것은 무엇을 보느냐가 아니라, 다시 말해 내면이라는 형식 속에 무엇이 담겨 있느냐가 아니라, 어떤 누구라도 똑같은 것을 볼 수밖에 없게 하는 '시선'의 간취, 즉 '내면이라는 형식 그 자체'를 확보하는 것이다. 이 '시선'을 가진 자만이 중세의 형이상학적 진리로부터 해방되어 근대인의 자격을 얻고, '내면'이라는 사적이고 내밀한 공간을 확보할 수 있다. 이 '시선'에 따라 발견된 풍경이 곧 '나'의 내면을 구성하는 구성물이 되기 때문이다. 그래서 근대의 세계에서 '풍경'은 곧 '내면'이고, '주체'는 곧 '대상'이며, 근대적 주체subject는 주인인 동시에 노예이고, 근대의 자기 지시적이고 자기 반영적인 구도는 바로 이러한 '전도된 시선'의 산물이다.

즉, 한국문학에서 근대적 예술가를 탄생시키는 '내면'이라는 이 특수한 공간은 '나는 나이다' 같은 자기 반영적이고 자기 지시적인 구도에서 비롯하며, 이러한 근대적 예술 주체의 '내면'이라는 공간은 어떠한 구체적이고 경험적인 내용을 담고 있지 않은 선험적 형식일 뿐이다. 그리고 가라타니의 설명처럼 '내면'은 근대적 인식체계 같은 형식의 전도 속에서 창출된다. 그런 점에서 1920년대 동인지 문학에서 어렵지 않게 발견되는 '참자기'나 '참인생' 같은 기표들은 텅 빈 내면의 형식을 지시하는 메타포라 할 수 있다. '참인생'이나 '참자기' 같은 표현이 의미하는 내면이라는 공간은 어떤 특정한 개인의 사적이고 특수한 체험과 생각이 가득 차 있는 공간이 아니라 어떤 누구도 이 공간에 들어서면 내밀한 자기 진실을 생각하게 만들고, 그러한 것들을 말할 수밖에 없게 추동하는 보편적 공간이기 때문이다.[10] 중요한 것은 1920년대 예술가 문인들이 무엇을 고백하느냐가 아니라 고백이라는 선험적 형식이 그들의 무의식을 질서화했다는 점이다. 다시 말해 내용이 있고 그것을 담아내는 형식이 있는 것이 아니라, 내면이라는 형식이 먼저 있고 나서야 비로소 그 형식에 적합한 말들을 내뱉을 수 있다는 것이다. 그런 점에서 1920년대 동인지 문인들에게 '내면'은 단순히 사적인 것의 표출이 아니라 일종의 선험적 형식이다.

그렇다면 한국문학에서 이렇게 자기 지시적 구도의 변화를 보여주는 시원적 장면은 어디인가. 다시 말해 1920년대 동인지 문학에서 예술적 주체가 자기 주관을 표출하는 내면이라는 형식이 보편화될 수 있었던 근원은 무엇인가. 황종연의 글을 참조하면, 그것은 바로 1916년에 발표된 춘원의 「문학이란 하오」(『매일신보』)이다.[11] 물론 이미 많은 연구가 춘원의 「문학이란 하오」에서 인간 정신을 '지知 · 정情 · 의意'로 삼분하고, 예술을 '정'의 영역에 위치시키면서 '예술의 자율성'을 언급한다는 점을 지적했다. 그러나 이러한 사실보다 더 중요한 것은 「문학이란 하오」에서 춘원이 '인식론적 전회'의 지점을 보여준다는 데 있다. 잘 알려져 있듯이 춘원은 1910년에 발표된 「문학의 가치」(『대한흥학보』)에서 이미 「문학이란 하오」와 유사한 내용의 문학론을 발표했다. 그러나 춘원의 「문학의 가치」에 비해 「문학이란 하오」가 혁명적인 점은 '역어로서 문학literature'이라는 기표를 텅 빈 기표로 제시하고, 이 기표에 따라 마련된 자리에 적합한 대상들을 다시 '발견'하는 방식으로 바꾸었다는 데에 있다.

이 두 글이 보여주는 차이는 상당히 중요하다. 「문학의 가치」에서 춘원이 조선의 문학을 기원으로 먼저 설정하고 그 대응물로 '역어로서 문학'을 위치시켰다면, 「문학이란 하오」에서는 즉자적으로 존재하는 대상을 '역어로서 문학'이라는 개념적 질서 속에 대자적으로 위치시켰기 때문이다. 황종연의 지적처럼 이는 단순히 전통을 부정하고 단절하는 차원이 아니라 담론상의 단절이다. 다시 말해 「문학이란 하오」에서 춘원의 이러한 작업은 근대적 분류학과 같은 체계의 수입이고, 이 체계를 적용한 조선문학의 새로운 '발견'이자 근대라는 시간의 새로운 시작이며, 근대적 주체의 재구성인 것이다.[12] 이를 통해 비로소 춘원은 자신의 사적 주장이 아닌 보편성을 획득한 근대문학 개념을 구성할 수 있었고, 보편적 형식을 확보한 춘원의 문학론은 이 개념에 적합하지 않은 대상들을 과감하게 배제할 수 있었다.[13] 「문학이란 하오」라는 춘원의 문학론이 "한국근대문학론의 최초의 확립"[14]이라고 한다면, 그것은 「문학이란 하오」라는 글 이전에 춘원 혹은 다른 문인들의 문학론이 없었기 때문이 아니라 「문학이란 하오」가 근대의 인식체계를 구성하는 전도 형식을 통해 조선문학을 재구성하였기 때문이다.

이광수의 「문학이란 하오」가 한국문학에서의 근대적 예술론의 출발점이라 할 수 있는 것은 오직 이런 맥락에서만이다. 그리고 자율적 '예술'이라는 근대의 독립적 영역은 이와 같은 '인식 구조의 전도'로 이루어진다. 이는 자율적 예술의 등장이라는 근대적 사건을 헤겔Georg Wilhelm Friedrich Hegel(1770~1831)이 '예술의 죽음'이라고 규정한 이유이기도 하다. 헤겔이 말하는 '예술의 죽음'의 의미는 예술이 더는 존재하지 않는다는 것이 아니라 '고전적 의미에서 이해된 예술이 더는 유효하지 않은 미학적 · 역사적 상황의 도래에 대한 인식의 표명이며, 그런 전환점에 선 근대 예술의 이념에 발생한 예술 개념의 변용에 대한 언명'이다.[15] 즉 근대의 자율적 예술은 '전도된 형식'에 따라 재구성된 근대의 보편적 구조의 결과이자, '예술의 죽음' 이후의 전혀 새로운 예술이다. 그리고 근대예술이란 '자율성'이라는 예술의 성격이 암시하는바, 자기 지시적이고 자기반영적인 형태로 새롭게 구조화된다.

대부분 한국근대문학연구가 '재현representation 담론의 탐색'이라는 하나의 주제로 귀속되는 것도 이러한 맥락 위에 놓여 있다. 예컨대 (국)문학이라는 개념의 역사, 민족문학이라는 이념의 형성, 시 · 소설 · 희곡 · 수필 등 장르(양식)의 형성과 분화 양상, 제도적 질서를 구축하는 동시에 질서 형식 속에 담기는 구체적 내용으로서 문학 개념 체계의 계보학적 탐색, 근대적 글쓰기의 성립과정, 이러한 글쓰기 문제와 관련된 근대적 주체의 내면의 성립과 표출 양상, 근대적 표상의 탄생 및 이것의 성립과정과 관계된 문화풍속사적 탐색 등과 같은 연구들은 공통적으로 문학이라는 제도 혹은 제도화되어가는 문학을 연구 대상으로 놓고 있으며, 이를 조금 더 확장하면 한국근대문학사 자체가 이러한 재현 담론의 바탕 위에 세워진 것이라고 해도 무방하다. 근대성이라는 화두와 긴밀하게 연관되어 있는 한국근대문학연구의 대부분은 제도로서의 문학연구이며, 이런 연구를 가능하게 한 것은 한국근대문학이 근대적 체계로 재편되었기 때문이다. 그리고 근대적 체계의 핵심은 범주적이고 개념적인 구분이다. 예술의 자율성이라는 근대예술 개념은 세계 인식의 전환 속에서 구축된 것이며, 문학의 측면에서 보면 이러한 인식 전환의 근원에 바로 춘원의 「문학이란 하오」가 있는 것이라 하겠다.

2 '사라지는 매개자vanishing mediator'와 예술의 두 얼굴

문제는 정치나 윤리 · 도덕에서 자유로워진 자율적 예술이 '지 · 정 · 의'라는 삼분 체계 중 특히 '정情'의 세계와 연결됨으로써 끊임없이 자기 영역에서 이탈을 시도한다는 것이다. 김행숙은 근대예술의 이와 같은 양면적 측면을 1920년대 동인지 문학에서 다음과 같이 포착했다.

> "Life is short, art is long." "Art is for art's sake"라는 문구와 "씸볼리즘이니 로만티시즘이니 자연주의니 실사주의니" 하는 전문적인 용어들이 포진되어 있는 '문학'이란 '종교 외에 다른 세계'에 위치해 있는 것임을 그녀는 '분명히' 감지해낸다. 그녀가 남편의 '문학'에 대한 관심과 욕망을 지켜보면서 불안감을 느끼는 이유가 여기에 있다. 그녀에게 'Life is short, art is long.' 'Art is for art's sake'라는 문구는 문학의 "고귀한 가치"를 뜻하는 말이 아니라 문학이 "종교에 위반되는 위험한" 것이라는 느낌을 강화시키는 말이었다. (중략) 영선이라는 인물이 감지하고 있는 '종교에 위반되는' 문학의 불온함도 '선'이라는 가치로부터 독립해 있는 영역에 대한 도덕적 위기감과 불안감에서 파생한다.[16)]

전영택田榮澤(1894~1968)의 「생명의 봄」을 분석한 위의 인용문은 종교와 같은 '선善의 가치'로부터 자율성을 획득한 문학이라는 새로운 관념이 역으로 '선'의 세계의 위기를 파생시키고 있음을 보여준다. 즉, 예술이 자율성을 획득함으로써 정치나 도덕의 영역에서 독립된 세계를 구축할 수 있었으나, 자율성을 획득한 예술이, 좀 더 정확히 말하면 '예술의 자율성'이라는 예술의 형식 자체가 자기에게 자율성이라는 권능을 부여해준 체계의 질서를 위협하는 것이다. 그러므로 자율적 예술의 이러한 공격성은 단순히 도덕을 공격하는 수준이 아니라 예술 자체의 죽음 충동적이고 자살적인 움직임이라 할 수 있다. 그런데 이렇게 체계 자체나 순수 형식 층위에서 이루어지는 예술의 공격적 측면을 생각해본다면 근대문학에서 예술은 '내면'이라는 선험적 형식과 같은 '근대적 질서의 구축' 측면과만 관련이 있는 것이 아니라 이렇게 구축된 '근대 질서의 무화'라는 측면도 동시적으로 표출하는 양면적 모순성을 갖는 것이고, 이러한 예술의 양면성은 근대라는 세계 질서 속으로 완전히 재편될 수 없는 잉여들이 예술에 존재한다는 점을 암시한다. 그리고 전영택의 소설이 잘 보여주듯이, 이런 잉여는 '예술적 주체의 등장'이라든가 '개인의 내면 표출'과 같은 자율적 예술 형식이 생산해내는 실제적 내용이 아니라 예술의 자율성이라는 예술의 순수 형식 자체가 문제시될 때 감지된다.

이러한 점을 좀 더 분명히 하기 위해 '사라지는 매개자vanishing mediator'라는 개념을 통하여 변증법의 비밀스러운 운동을 분석해낸 지젝Slavoj Žižek의 논의를 참조하는 것도 좋을 듯하다.[17] 지젝은 제임슨Fredric Jameson이 자본주의의 발생에서 프로테스탄티즘의 역할에 관한 베버Max Weber(1864~1920)의 이론을 논하면서 제시한 '사라지는 매개자'라는 개념이 '정 · 반 · 합'이라는 변증법의 삼항 운동을 어떻게 완성하는지 보여줌으로써 내용과 형식의 변증법적 관계를 좀 더 분명하게 해명했다.

지젝에 따르면 봉건제에서 자본주의로 이행하는 유럽 역사의 흐름에 필연성을 만들어주는 것은 프로테스탄티즘이다. 다시 말해 근대적 인식체계의 전도가 '내면'이라는 공간을 창출하고, 이 공간에서 한국근대문학의 예술적 주체가 탄생한 것처럼, 자본주의는 우연한 역사적 흐름이 아니라 자본주의가 탄생할 수밖에 없게 한 필연적 발생조건이 있고, 그것이 바로 프로테스탄티즘이라는 것이다. 그리고 프로테스탄티즘이 자본주의의 발생조건을 창출할 수 있었던 것은 "종교적 이데올로기의 범위를 제한하거나 중세 사회를 특징짓는 종교의 전방위적 현전을 침식함으로써가 아니라, 반대로 종교의 적용범위를 보편화"[18]했기 때문이다. 이를테면 전통적 가톨릭 세계에서 금욕이 현세와 천국을 매개하는 특권화된 계층의 문제였다면, 프로테스탄티즘은 세속의 삶 속에서 금욕을 실천하도록, 다시 말해 기독교적 태도가 모든 세속적 일상생활에까지 스며들어 지배력을 행사하게 했다. 그 결과 목적 자체로서 강박적인 노동과 부의 축적, 소비의 포기 같은 '프로테스탄트 노동윤리'를 낳았고, 실제 종교는 국가와 공적 직무와는 분리된 내밀한 사적 공간의 영역으로 밀려났다. 즉, 사회적 현실 자체가 '프로테스탄트적 세계'로 조직되는 순간 실제 종교로서 프로테스탄티즘은 불필요한 여분이 되었고, 이렇게 사회적 잉여가 되면서 '매개자'로서 프로테스탄티즘이라는 실제 종교는 사라지게 된다.

그러나 좀 더 정확히는 프로테스탄티즘은 사라진 것이 아니라 자본주의 시민사회의 이념으로 보편화되었다고 해야 하겠다. 왜냐하면 자본주의 시민사회의 개념체계는 '탐욕적 금욕'이라는 역설(지젝은 이를 '많이 가지면 가질수록 더 많이 포기해야 한다'라는 문장으로 설명했다)로 정의되는 원자화된 개인들의 세계, "말하자면 실정적 종교형식이 결여된 프로테스탄트적 내용의 구조"[19]이기 때문이다. 즉, 낡은 내용에서 자본주의라는 새로운 내용으로 점진적으로 변화하기 위한 공간은 이렇게 기독교 형식이 자신의 사회적 내용에서 '해방'됨으로써 열린다. 금욕이라는 실정적인 종교적 실천이 자본주의적 세계 자체의 작동원리, 다시 말해 자본주의 세계 자체의 형식이 될 때, 종교는 자본주의 세계 밖으로 밀려난다.

실정적 내용이 순수 형식이 되고, 그 형식이 새롭게 내용을 구성하는 식의 변증법적 운동을 가능하게 하는 '사라지는 매개자' 역할을 조선 역사에서 찾아본다면, 구한말 조선과 일본이라는 '서로 다른 문화 사이에서 횡단적 기행'을 해야만 했던 개화기 통신사나 그들이 알고 있던 중국의 한문 정도로 생각해볼 수 있을 것이다. 여전히 중세의 질서 속에 살던 개화기 통신사들이 일본에 도착해서 발견한 것은 중세의 언어가 소통되지 않는 근대 일본이었다. 바다를 건너기 전 통신사들은 중국이라는 형이상학적 질서의 한 요소였을 뿐이었고, 그들의 관념 속에 일본 역시 중세적 질서의 한 요소일 뿐이었지만, 바다를 건너고 난 뒤 근대 일본과 마주한 통신사는 그들이 사용하는 한문이 조선이라는 한 나라를 대변하는 언어로 위치가 떨어졌음을 알고 혼란에 빠진다.[20] 그러나 이 혼란의 순간은 중세적 질서가 무너지는 순간이기도 하지만, 근대적 의미에서 '민족'이라는 개념을 발견한 순간이기도 하다. 이 순간 한문은 이제 이전의 형이상학적 중세의 세계 질서와는 아무런 상관이 없는 조선이라는 '민족'의 언어가 된다. 이렇게 '민족'의 언어가 된 한문의 시선으로 다시 조선을 바라보면, 비로소 한글이라는 조선인의 언어가 '발견'되고, 한문은 외부로 밀려난다. 『독립신문』 같은 순국문 매체가 탄생한 것도 이러한 '민족' 개념이 우리 정신을 새롭게 구조화했기 때문이라고 할 수 있다.

그렇다면 예술은 어떠한가. '예술의 죽음'이라는 헤겔적 명제가 통용되기 이전, 예술은 종교와 구별되는 것이 아니었다. 반복하면 헤겔이 말하는 '예술의 죽음'이란 인간이 경배하는 예술의 '죽음'이다. 그 자체로 경배되며 스스로 존재를 증명하던 예술은 근대라는 세계를 통과하면서 "어떤 언술의 지원 속에서만 자신의 진리와 생명을 보장받을 수"[21] 있게 된다. 예술이 이렇게 된 이유는 전적으로 전도의 형식으로 탄생한 근대가 균열되었기 때문이다. 우리가 사용하는 언어가 자의적이라는 사실은 근대가 균열된 세계라는 것을 분명하게 말해준다. 지젝의 목소리를 빌리면, 언어의 자의성이란 "우리가 외부에서 단어와 사물을 '비교'할 수 있고, 그리고 나서 그 둘의 관계가 자의적이라고 단정할 수 있다는 뜻이 아니라 단어가 언어적 총체 안에서 차지하는 장소와의 관계에서만 의미를 지닌다"[22]는 뜻이다. 같은 맥락에서 '예술의 죽음'이란 그 자체로 존재하던 예술작품이 근대라는 세계 속에서는 오직 언어라는 상징적이고 보편적인 그물망 속으로 들어와야 그 의미를 획득할 수 있게 되었다는 것을 의미하고,[23] 「문학이란 하오」에서 춘원의 작업은 그 자체로 존재하는 조선문학을 '문학이라는 보편적 체계' 속으로 위치시키려는 시도였다고 하겠다.

즉, '사라지는 매개자'로서 종교가 자기 내용을 보편적 형식으로 전화하고 난 뒤, 실정적인 종교 자체는 사적이고 내밀한 공간으로 밀려나버린 것처럼, 종교와 구별되지 않던 예술 역시 종교가 사라지듯 사라진 것이다. 이것이 분류체계학적으로 구축된 전도의 형식으로서 근대의 도착倒錯적 문법이다. 그러나 우리가 인식하고 의식하지는 못하지만, '사라지는 매개자'로서 프로테스탄티즘이 완전히 산화된 것이 아니라 자본주의라는 세계가 작동할 수 있게 하는 형식으로, 라캉Jacques Lacan(1901~1981)식으로 말하면 무의식으로 구조화되어 있듯이, 예술가 주체를 탄생시킨 '내면'이라는 선험적 형식처럼 예술 역시 예술을 예술이게 하는 선험적 조건이 있고, 이를 우리는 '예술의 순수 형식'이라 부를 수 있을 것이다. 그런데 이 '예술의 형식'은 우리가 인식할 수 있고, 이해할 수 있게 번역될 수 있는 것으로, 다시 말해 언어라는 상징적 그물망으로 자연스레 들어오지 않는다. 이를테면 소설을 읽을 때 우리는 줄거리는 읽어내지만, 작가의 문체는 읽을 수 없다. 그러나 소설 작품을 줄거리 요약이 아니라 소설답게 만드는 것은 작가의 문체이다. 작품의 층위에서 생각해보면, 작가의 문체야말로 소설이라는 특수한 세계를 구성해낸 '사라지는 매개자'인 셈이다. 그런데 작가의 문체를 인식하려면 소설 작품이 구성하고 있는 서사적 시간과는 다른 층위에서 소설을 재독할 수밖에 없고, 문체를 분석함으로써 자연히 소설의 서사적 시간은 해체된다. 즉, '사라지는 매개자'가 되살아날 때, 서사라는 허구적 세계는 부서진다.

전영택의 소설에서 예술에 담긴 내용이 아니라 예술의 형식 자체가 문제될 때, 예술이 공격적이 되는 것은 이 때문이다. 자본주의를 분석하고 비판하는 지젝이 '사라지는 매개자'의 개념을 중요하게 다루는 것 역시 이와 무관하지 않다. '사라지는 매개자'가 되살아나는 순간은 중세의 언어를 들고서 근대의 일본과 마주한 개화기 통신사의 혼란이 되살아나는 순간이고, 자기반영적 구조로 질서화되어 있어 자동으로 작동되는 근대적 질서 체계에 균열이 발생하는 순간이다. 이와 관련하여 카프KARF 해체 이후 당대 문인들이 몰두했던 것은 새로운 창작방법론의 탐구였으며, 동구권 사회가 붕괴된 뒤 1990년대 후반부터 2000년대 중반까지 한국문학연구가 매진했던 주제가 '문학'이라는 개념의 기원이었다는 점을 상기해보는 것도 좋겠다. 혹은 개념이 사유의 도구가 아니라 대상이 될 때, 그것은 그 개념에 의해 유지되는 특정한 질서가 위태롭다는 것을 의미한다는 최원식의 서술을 상기해볼 수도 있다.[24] 그런데 예술은 그중에서도 언어를 질료로 하는 문학은 자동으로 작동하는 언어라는 상징적 네트워크 스스로 균열을 인지하기 전에 언어라는 상징적 그물망에 능동적으로 침입하여 균열을 일으키는 힘을 갖는다. 이는 일상 언어가 아니라 예술이 사용하는 언어를 살펴보는 것으로 좀 더 구체화할 수 있다.

상징적 네트워크 속에 정상적으로 안착하여 자동으로 작동하는 일상의 언어가 아니라 시 언어는 언어의 개념적 범주와 체계를 넘나들며 이미 작동하는 언어의 개념적 경계를 손쉽게 무시한다. 시 언어가 이렇게 개념적 질서의 방종을 누릴 수 있는 것은 '차이'의 체계 속에서 구축되는 개념적 언어와 달리 시가 사용하는 은유적 언어가 '유사성'의 원리에 따라 작동하기 때문이다. 은유의 가장 기본적 정의는 '말의 전이'이고, 이 전이는 서로 구별되는 두 타자 사이의 '유사성'에 근거한다. 여기서 '서로 구별되는 두 타자'라는 말이 전제하는 것은 아리스토텔레스가 내린 은유에 대한 정의가 알려주는바,[25] 은유가 '종에서 종, 유에서 종, 종에서 유' 등과 같이 서로 다른 범주를 이행하는 수사 양식이기 때문이다. 즉, 은유적 유사성은 논리적 언어로 구축된 인위적 경계들을 가로지르며 범주적 동일성에 차이를 유발하고, 종적인 개념적 범주에 따라 단절된 사물들 사이의 관계를 다시 이어붙이는 역할을 한다. 그런 점에서 은유의 유사성analogy은 논리적 동일성identity과는 구분된다. 은유란 "전이된 이름이자 다른 사물에 속한 이름의 전용이고, 이 전이와 전용 속에서 일어나는 우회와 이동의 힘이 두 사물 간의 완전한 일치를 방해하기 때문이다." 그래서 유사성의 관계에 놓인 사물은 "동일한 사물도 아니고 전적으로 다른 사물도 아닌 것"이 된다.[26] 그래서 은유는 논리의 범주적 질서를 흩뜨리고 가로지르면서 논리적 범주에 의해 볼 수 없었던 새로운 현실을 우리 눈앞에 보여주는 수사의 한 양식이다.[27]

즉, 유적 체계의 한 부분으로 자리하면서 그 자체의 독자적 형식 체계를 확립한 문학예술은 아이러니하게도 의미 혹은 개념이라는 유적 체계로서 자기 존재 양태를 끊임없이 부정하는 것을 존재 형식으로 욕망한다. 다시 말해 개념적으로 인식되지 않는 것, 그래서 언어로 표현될 수 없는 것을 어떻게든 언어라는 질료로 형상화하려는 욕망을 자기 존재 형식으로 삼는 것이 바로 문학(문학 언어)이다. 이렇게 본다면 문학이란 자기 존재를 끊임없이 부정하는 존재형식을 통해 자기 아닌 것, 즉 타자를 끊임없이 형상화함으로써 자기 존재를 증명하는 기묘한 것이 된다. 이렇게 고유한 자기 영역으로서 개념적 경계를 지속적으로 파열하는 것으로 자기 존재를 증명하는 문학의 존재형식은 문학이 일반 학문처럼 이론적이 될 수 없으며, 이는 문학이 범주를 설정하고 설정된 범주 속에서 판단과 인식을 수행하는 이성적 능력에 불일치할 수밖에 없다는 것을 의미한다. 바로 이런 특성이 문학에 다른 영역과 구분되는 독자적 자율성이 부여될 수 있는 이유이지만, 동시에 바로 이런 특성 때문에 문학은 체계적인 학문적 범주 어디에도 위치될 수 없는 근대라는 세계의 타자이자 근대라는 질서의 근원적 자리로서 '바깥'[28]이 되는 것이다.[29] 다시 말해 예술은 끊임없이 '사라지는 매개자'로 되돌아가기를, 헤겔적으로 말하면 자기가 죽음을 맞는 그 순간으로 되돌아가기를 욕망하는 것이다. 블랑쇼Maurice Blanchot(1907~2003)가 "문학이 일관성을 가진 영역이며 공통의 장이라는 것은 오직 그것이 실제로 존재할 수 없는 한에서의 일"이라고 한 것이나, "실제로 그것 자신으로서 존재하지 못하고 몸을 숨기는 한에서의 일"[30]이라고 한 것은 이런 맥락 속에 놓여 있다.

이처럼 '내면'과 같은 선험적 형식에서 출현하는 예술가 주체의 정체성이나 예술담론이 아니라 이러한 담론이나 정체성을 구축하는 언어와 같은 '예술의 형식' 자체가 문제가 될 때, 예술은 또 다른 얼굴로 우리에게 나타난다. 1920년대 동인지 문학의 예술 담론과 1930년대 모더니즘 문학이 달라지는 것은 바로 이 지점이다. 1930년대 모더니즘 문학에서는 시인이 자기 정체성을 구성해가는 과정이 아니라 시인의 '자기반영성self-reference'과 같은 메타적 요소가 문학적 주제로 대두되고, 자기 지시적 구도 속에서 자기를 재현하는 언어 자체가 의식적 대상으로 호출되며, '근대적 풍경'으로 재발견됨으로써 자기 '내면'과 동일시되는 관념적 풍경이 아니라 실제적이고 물질적이며 감각적인 외적 풍경이 문학적 주제로 대두되면서 '예술의 형식' 자체에 대한 사유가 생겨나기 때문이다.

3 가시적인 것과 언술적인 것의 균열: 김기림의 '시의 회화성'의 의미

1930년대 모더니즘 시가 그 이전의 시와 달라지는 지점은 운율이나 리듬 등의 음악적 요소가 약화되고 이미지와 같은 시각적 요소가 강화된다는 점에 있다. 이러한 현상은 시적 언어의 권력 구도가 음성언어에서 문자언어 중심으로 전환되었다는 것을 의미한다. 즉, 낭송하고 듣는 문화에서 읽고 보는 문화로 전환되는 속에서 청각 중심의 시 향유 방식이 시각 중심으로 바뀌어간 것이다. 물론 한국문학에서 이러한 장면을 가장 선명하게 보여주는 이는 1930년대 모더니즘 시인인 이상李箱(1910~1937)이다. 이상의 시는 수식이나 수학적 기호 등과 같은 다양한 시각적 기호를 시어로 수용함으로써 시가 낭송 대상이 아니라는 것을 분명하게 보여주었다.[31]

시문학에서의 이와 같은 당대 현상을 민감하게 감지하고, 또 시론이라는 담론의 언어를 통해 이러한 변화를 새로운 현대시의 방향으로 추동한 이는 김기림金起林이다. 예술 담론의 층위에서 보면, 김기림의 이러한 주장에는 당시 예이츠William Butler Yeats(1865~1939)나 파운드Ezra Loomis Pound(1885~1972)의 시학이나 유럽 전위예술의 장르 혼종성과 연관성이 있다는 점을 무시할 수 없다. 예이츠는 현대 영미시의 주요한 특징 중 하나로 시의 회화성을 꼽으며 현대시 흐름이 수사rhetoric나 추상으로부터 그림이나 심미적 심상sensuous images으로 그 중심이 전환되고 있다고 주장하였다.[32] 문자 이미지를 자신의 회화 작업에 도입하여 콜라주의 미학을 선보인 피카소Pablo Ruiz Picasso(1881~1973)의 작업이나 다양한 폰트와 글자 크기, 활자 배열과 같은 문자의 시각적 요소를 자기 시 창작 작업에 도입한 아폴리네르Guillaume Apollinaire(1880~1918)나 말라르메Stéphane Mallarméé(1842~1898)의 형식 실험은 인쇄술이라는 기술적 측면이 문학 창작행위에 영향을 미친 근대적 사건이기도 했다. 김기림 역시 이러한 세계 예술사조에 상당한 지식을 가지고 있었고, 현대시의 세계적 흐름에 매우 민감하게 반응한 것이 분명해 보인다.[33] 그러나 '시각적인 것'을 강조하는 김기림의 이러한 주장을 서구 예술사조의 수용이라는 예술 담론의 관점으로만 볼 수 없는 까닭은 시론에서 김기림의 작업이 상당히 메타-시학적이기 때문이다.

김기림의 시론이 메타-시학적이라는 것은 그가 리얼리즘 문학의 재현 문법이나 1920년대 낭만주의 시인들을 향해 보이는 비판적 태도에서 분명하게 드러난다. 사회비판적인 리얼리즘 문학과 순수 문학의 근원이라 할 수 있을 '예술을 위한 예술'을 주장한 1920년대 낭만주의 시인들이 김기림의 눈에는 같은 대상으로 비춰진 것이다. 그 이유는 두 집단 모두 언어라는 상징적 그물망에 포획되었으면서도 이것을 인지하지 못하는 존재들이었기 때문이다. 김기림의 눈에 리얼리즘 문학가들은 스스로 유물론자라 주장하지만 "관념이 부과하는 결론을 강제"[34]하는 형이상학자들일 뿐이고, 낭만주의 시인들은 시 작품과 자신들의 주관적 목소리를 구분하지 못하면서 내면에서 신성한 '영혼'의 목소리를 들으려는 존재들이었다. 전자는 이데올로기라는 인식의 자동 기계의 부품일 뿐이면서 기계의 작동을 제어하는 기술자로 스스로를 착각하는 '소아병자'[35]이고, 후자는 현실에서 유폐된 관념의 세계 속에서 뿜어져 나오는 감정을 그대로 문자로 옮겨놓고 이것이 '시다!'라고 외치는 '소아병자'이다.[36] 다시 말해 김기림에게 리얼리즘 문학은 이데올로기라는 신념 속에 갇혀 있는 자기 위치를 생각하지 못하는 문학이고, 낭만주의 문학은 자신이 관념이라는 상징적 네트워크에 포획되어 있다는 것조차 생각하지 못하는 문학이다.

이러한 비판적 사유 속에서 김기림이 1920년대 낭만주의를 겨냥하면서 강조한 것은 "시에 나타나는 현실은 단순한 현실의 단편이 아니라 의

미적인 현실"이며, 시는 "현실이 전문명의 시간적 · 공간적 관계에서 굳세게 파악되어 언어를 통하여 조직된 것이지 않으면 안 된다"[37]는 점을 분명하게 인식함으로써 개인의 주관이라는 관념적 요소에 유폐되어 있는 시를 언어라는 보편적 상징체계 속으로 되돌려놓는 것이다.[38] 또 계급문학의 재현 문법을 겨냥하면서 강조한 것은 "전연 생각하지 않던 어떤 단어와 단어 사이의 새로운 관계, 이러한 방면에 시인을 기다리는 영역이 처녀림대로 가로누어 있"[39]다는 점을 인식함으로써 언어라는 보편적 상징체계를 균열할 수 있는 권능을 문학에 되돌려주는 것이다. 그래서 김기림에게는 '무엇을 말할 것인가'가 아니라 '어떻게 말할 것인가'가 중요해지고, 그 결과 세계를 정확하게 재현해내는 것보다 세계를 조작하고 변형하는 테크닉적 요소가 시를 제작하는 작업에서 중요해질 수밖에 없게 된다.

즉, 언어로 구조화되는 객관화된 인식 체계를 대자적으로 인식하는 것이 시 창작의 전제조건이 되지만, 리얼리즘 문학처럼 언어라는 상징적 그물망에 내속됨으로써 세계를 객관적으로 인식해내는 것을 문학의 역할로 생각하는 데 그치는 것이 아니라, 더 나아가 언어의 자동적 운동을 어떻게 고장 내고 삐걱대게 하느냐까지 시인이 사유하기를 김기림은 요청하는 것이다. 바로 여기에서 리얼리즘 문학이 구성하는 문학적 주체와 김기림이 자기 시학을 통해 주장하는 문학적 주체의 형상이 달라진다. 전자가 근대의 자기지시적 재현의 문법에 충실했다면, 후자는 재현의 문법에 따라 구축된 근대적 주체의 정체성을 끊임없이 파열하고 해체하고 재구축하는 역동적 행위의 측면에 강조점을 두기 때문이다. 다시 말해 김기림이 구축하는 시적 주체는 언어라는 상징적 네트워크에 안착하여 이것에 내속되는 존재들이 아니라 '사라지는 매개자'처럼 언어라는 상징의 네트워크로부터 물러섬으로써 언어의 자동운동을 중지하는 힘인 동시에 전혀 새로운 인식 구조를 구축하는 힘으로 정의된다.

그런데 문학적 주체에 '정체성의 파열'이나 '정체성의 재구축'이라는 관점으로 접근하게 될 때, 시인은 상징적 네트워크에 안착한 언어를 쓰는 존재들이 아니라 은유처럼 논리의 범주적 질서를 흩뜨리고 가로지르면서 논리적 범주에 따라 볼 수 없었던 새로운 현실을 우리 눈앞에 보여주는 '경계의 언어'를 쓰는 존재들이 된다. 내면이 그대로 풍경이 되는 자기반영적 구조에서는 시인들의 정체성이 곧 현실 자체였지만, 시인들이 '경계의 언어'를 쓰는 존재로 규정되는 한 시인은 '현실세계'와 전혀 새로운 현실로 구성된 '시적 세계'를 매개하는 자가 된다. 그리고 시는 전혀 새로운 언어로 재구성된 세계이므로 시와 현실 사이에는 건널 수 없는 간극이 놓인다. 시는 현실이라는 세계를 반영하고 재현하는 것이 아니라 현실의 언어로 번역하지 않으면 알 수 없는 미지의 대상이 되고, 시인의 주관으로부터도 독립하여 시가 "시인의 감정과 의지 위에 입각하는 것으로서 제1인칭 혹은 제2인칭의 것"이 아닌 "사물을 재구성하여 시로써 독자의 객관성을 구비하는 그러한 새로운 가치의 세계"[40]를 구성한다. 이것이 바로 김기림이 현대시가 나아가야 할 방향이라고 제시하는 '객관주의'이다.

바로 이 지점에서 시와 회화 사이의 장르 혼종성이나 서구 이미지즘의 수용과 같은 맥락 이상을 포함하는 김기림의 '시의 회화성'의 의미가 드러난다. 김기림은 시의 본질을 음악이 아니라 이미지로 파악하는 서구 이미지즘을 수용하면서도 자신이 생각하는 서구 이미지즘의 한계 역시 명확히 진술했다. 그들이 "영상의 감각을 통하여 역시 감정의 세계를 상징하려고 한 까닭에 그것도 서정시의 범주를 아직 완전히 벗어나지 못했다"[41] 고 생각했기 때문이다. 다시 말해 서구 이미지즘은 시의 이미지 요소를 강조하면서도 한국의 1920년대 낭만주의 시인들처럼 시와 시인으로서 주관적 감정을 분리하지 못했다는 것이다. 그렇다면 서구 이미지즘에 한계가 있음에도 이를 현대시가 나아가야 할 방향으로 자신이 제시한 '객관주의'의 과도적 상태로 고려한 이유는 무엇인가. 그것은 이미지즘이 추구하는 '조소성', "다른 방면으로 보면 회화에의 동경"[42]이라는 지향 때문이다. 그런데 이러한 서술의 흐름은 서구에서 유행하는 이미지즘이라는 사조를 수용하는 맥락 속에서 '시의 회화성'을 강조한 것이 아니라 김기림의 시학이 구축한 어떤 내적 논리가 '시각성' 혹은 '회화성'을 요청했고, 마침 서구 이미지즘이 그의 생각과 유사한 현대시의 형상을 보여주었다는 것을 암시한다. 그렇다면 그의 시학이 구축한 내적 논리란 무엇인가. 그는 왜 현대시의 방향으로 '이미지'와 같은 시각적 요소를 핵심 내용으로 제안했는가. 그것은 김기림이 새롭게 제안하는 시적 주체가 근대의 재현 문법과 달리 '가시적인 것'과 '언술적인 것'의 균열을 이끌고, 이 균열은 '예술의 죽음' 이전으로 시를 이끌고 가기 때문이며, 김기림의 표현대로 말하면 이 균열로 "현대 예술의 내부에 원시에의 동경이 눈뜨기 시작"[43]했기 때문이다.

김기림이 자신의 시론에서 '시의 회화성'을 논할 때 눈여겨봐야 할 점은 세잔Paul Cézanne(1839~1906)이나 마티스Henri Matisse(1869~1954)나 피카소 같은 서구 유럽 화가들이나 그들의 작품 혹은 그들의 작품이 구축하는 신선한 회화繪畫의 이미지들을 언급하기도 하지만, "언어 사이의 이지의 무답舞踏"[44]이라든가 "회화(會話－인용자)의 온갖 수사학은「이미지」나「엑스타시」로 향하여 유기적으로 전율한다"[45]와 같이 '경계의 언어'가 만들어내는 의미의 균열을 강조했다는 것이다. 상징적 네트워크가 매끄럽게 작동되기 위해서 삭제해버려야 했던 개념의 잉여 혹은 김기림이 '시인들을 기다리는 처녀림'이라고 말했던 의미의 공백은 언어라는 상징적 그물망이 끝내 건져내지 못하는 것이고, 자기반영적으로 구축된 근대라는 세계는 이런 것들을 위한 자리조차 없애버림으로써 부정성으로도 인지할 수 없는 그런 세계라 하겠다. 그러나 김기림의 시학이 구축하는 새로운 주체론은 언어의 균열을 통해 이러한 것들을 위한 자리를 벌여놓고, 이미지라는 '경계의 언어'를 통해 이 공백 자체를 형상화할 수 있는 가능성을 마련했다. 김기림의 시학에서 시는 더 이상 시인의 내면을 재현하는 재현물 혹은 내면의 노래가 아니라 새롭게 구성된 전혀 다른 세계로서 언제나 미지의 영역을 내포한다. 그래서 김기림은 "시는 충분히 오만해도 좋을 것이다"[46]라고 말했다. 김기림의 이러한 작업은 '언술적인 것'으로 구축되는 근대를 통과하여 언술적 공간으로 재배치된 근대의 문학 개념을 가시적 요소를 통해 해체하려는 시도이며, 이로써 김기림은 근대적 미적 주체와 구분되는 새로운 형상의 미적 주체를 우리에게 제시하고 있다.

4 문학연구의 관점 이동의 필요성: '전통과 근대'에서 '재현성과 재현 불가능성'으로

'예술의 자율성'이라는 근대적 예술 개념은 세계 인식의 전환 속에서 구축되었으며, 한국문학의 측면에서 보면 이러한 인식 전환의 근원에는 바로 춘원의 「문학이란 하오」가 놓여 있다. 춘원의 문학론이 혁명적인 점은 즉자적으로 존재하는 대상들을 '역어로서의 문학'이라는 개념적 질서 속에 대자적으로 위치시킨 것이고, 이로써 비로소 춘원은 자신의 사적인 주장이 아닌 보편성을 획득한 근대문학 개념을 구성할 수 있었다. 이광수의 「문학이란 하오」가 한국문학에서의 근대적 예술론의 출발점이라 할 수 있는 것은 오직 이런 맥락에서만이다. 그리고 자율적 '예술'이라는 근대의 독립적 영역은 이와 같은 '인식 구조의 전도'로 이루어진다. 즉 근대의 자율적 예술은 '전도된 형식'에 따라 재구성된 보편적 구조의 결과이자, '예술의 죽음' 이후의 전혀 새로운 예술로서 자기 지시적이고 자기반영적인 형태로 새롭게 구조화된다.

한국근대문학연구가 대부분 '재현representation 담론의 탐색'이라는 하나의 주제로 귀속되는 것도 이러한 맥락 위에 놓여 있다. 근대성이라는 화두와 긴밀하게 연관되어 있는 한국근대문학연구의 대부분은 제도로서의 문학연구이며, 이런 연구를 가능하게 한 것은 한국근대문학이 근대적 체계로 재편되었기 때문이다. 그리고 근대적 체계의 핵심은 범주적이고 개념적인 구분이다. 예술의 자율성이라는 근대예술 개념은 세계 인식의 전환 속에서 구축된 것이며, 문학의 측면에서 보면 이러한 인식 전환의 근원에는 바로 춘원의 「문학이란 하오」가 놓여 있는 것이라고 하겠다.

그러나 다른 한편으로 예술은 자기에게 자율성이라는 권능을 부여해 준 체계의 질서를 위협하기도 한다. 자율적 예술의 이러한 공격성은 단순히 도덕을 공격하는 수준이 아니라 예술 자체의 죽음 충동적이고 자살적인 움직임이라 할 수 있다. 즉, 근대문학에서 예술은 '근대적 질서의 구축' 측면과만 관련이 있는 것이 아니라 이렇게 구축된 '근대 질서의 무화'라는 측면도 동시적으로 표출하는 양면적 모순성을 갖는다. 이러한 모순성은 예술이 근대의 자기반영적 세계 구성에서 '사라지는 매개자' 역할을 수행하기 때문이다. 실정적 내용이 순수 형식이 되고, 그 형식이 새롭게 내용을 구성하는 식의 변증법적 운동을 가능하게 하는 '사라지는 매개자' 개념은 예술이 어떻게 근대적 인식 체계의 한 요소인 동시에 토대가 될 수 있는지 해명하는 동시에 예술이 왜 죽음 충동적 운동을 통해 근대라는 세계의 질서를 위협하는지 해명한다. 예술은 끊임없이 '사라지는 매개자'로 되돌아가기를, 헤겔적으로 말하면 자기가 죽음을 맞는 그 순간으로 되돌아가기를 욕망함으로써 세계 질서에 균열을 낸다.

1930년대 모더니즘 시론가인 김기림은 이 예술의 죽음 충동을 통해 근대의 재현적 주체와는 성격이 다른 새로운 미적 주체를 탄생시켰다. 그것은 재현의 문법에 따라 구축된 근대적 주체의 정체성을 끊임없이 파열하고 해체하고 재구축하는 역동적 힘 그 자체이다. 다시 말해 김기림이 구축하는 시적 주체란 언어라는 상징적 네트워크에 안착하여 이것에 내속되는 존재들이 아니라 '사라지는 매개자'처럼 오히려 언어라는 상징의 네트워크로부터 물러섬으로써 언어의 자동적 운동을 중지시키는 힘인 동시에 전혀 새로운 인식 구조를 구축하는 힘으로 정의된다. 이때 시인은 상징적 네트워크에 안착한 언어를 쓰는 존재들이 아니라 은유처럼 논리의 범주적 질서를 흩뜨리고 가로지르면서 논리적 범주로 볼 수 없었던 새로운 현실을 우리 눈앞에 보여주는 '경계의 언어'를 쓰는 존재들이다. 내면이 그대로 풍경이 되는 자기반영적 구조에서는 시인들의 정체성이 곧 현실 자체였지만, 시인들이 '경계의 언어'를 쓰는 존재로 규정되는 한 시인은 '현실세계'와 전혀 새로운 현실로 구성된 '시적 세계'를 매개하는 자로 규정되고, 시는 전혀 새로운 언어로 재구성된 세계이므로 시와 현실 사이에는 건널 수 없는 간극이 놓인다. 마침내 시는 현실이라는 세계를 반영하고 재현하는 것이 아니라 현실의 언어로 번역하지 않으면 알 수 없는 미지의 대상으로 재탄생한 것이다. 한국문학사에서 춘원의 문학론만큼이나 이 장면이 중요한 것은 춘원의 문학론이 삭제한 예술의 타자성을 김기림이 회복시키는 장면이기 때문이다.

사실 춘원의 문학론은 전통을 부정함으로써 한국문학의 자생적 근대화의 계기를 사라지게 했다는 점에서 강력한 비판을 받아왔다. 그러나 역사적(문학사적) 연속성의 맥락에서 자생적 근대성을 주장하며 춘원의 단절론적 시각을 비판하는 전통주의적이고 민족주의적인 연구 시선이 놓치는 것은, 춘원의 문학론이 구체적 실체와는 전혀 관계없는 담론상의 단절 지점, 칸트적 언어로 말해 초월론적 형식의 측면을 건드렸다는 것과 더불어 전통주의적이고 민족주의적인 시선 자체가 '외부−타자'와 접촉한 인식론적 전회의 결과물이라는 사실에 있다. 전통과 근대의 연속성을 주장한다는 것 자체가 이미 전통과 근대 사이의 단절을 인정하였다는 것이고, 이런 단절은 춘원 개인의 주장이 아니라 근대라는 시대를 승인하는 순간 필연적으로 생겨나는 단절이기 때문이다.

오히려 자생적 근대성을 주장하는 시선들의 생각과 달리 인식체계의 전도는 오직 '외부-타자'와 접촉을 통해서만 가능해진다. 즉, 근대라는 세계는 외부와 접촉하면서 이전과는 전혀 다른 새로운 질서를 구축하는 인식론적 전회를 요구받으며 시작되고, 또한 형이상학적이고 선험적인 세계의 붕괴로 스스로 세계 질서를 구축하기를 요구받는 시대라고 할 수 있다. 이 새로운 질서가 데카르트의 코기토에서 출발하는 재현 담론이다. 그리고 지금까지 축적되어온 한국문학연구는 바로 이렇게 '사이'에서 출현한 근대문학이 어떻게 스스로 제도를 구축하고, 또 이렇게 구축된 문학이라는 제도가 어떻게 점점 자기 기준을 명료하게 구분 짓고, 체계화하고 분류하는지 등을 탐색해왔다고 정리해볼 수 있다. 다시 말해 한국근대문학연구는 대부분 춘원의 문학론에 빚을 진 셈이다.

그러나 앞서 살펴본바, 예술은 '근대적 질서의 구축' 측면과 이렇게 구축된 '근대 질서의 무화' 측면을 동시적으로 표출하는 양면적 모순성을 갖는다. 그리고 특히 예술이 '질서의 무화' 측면으로 그 얼굴을 내밀 때 예술은 전혀 새로운 인식 구조를 구축하는 힘으로써 잠재적 가능성을 우리에게 제시한다. 다시 말해 예술은 언술적이고 담론적인 것으로 전환된 근대 인식 구조에 균열을 만듦으로써 개념의 경계에서 부유하는 억압된 것들을 가시화한다. 김기림은 시인들이 바로 이렇게 언어로 환원되지 못하는 가시적 요소들로 향하기를, 이를 통해 "우리들이 날마다 접촉함으로써 기계적으로밖에는 보이지 않는 사물을 마치 그것을 처음 보는 것처럼 새로운 각도로 보여주"[47]기를, 그래서 "항상 시대의 사람이며 동시에 초시대의 사람"[48]이기를 그들에게 요청했다. 시인들이 이런 존재들이 될 때, 시인들은 단 하나의 정체성으로 구축된 고정된 존재가 아니라 끊임없이 자기 정체성을 파열하고 재구축하는 힘이자 과정 자체의 형상이 된다. 이를 김기림은 '움직이는 주관'[49]이라 불렀고, 한국근대문학사에서 우리는 바로 여기에서 근대적 '내면'으로부터 탄생한 예술가 주체와는 전혀 다른 형상과 마주하게 된다. '움직이는 주관'이란 자기 정체성으로 동일화되지 않는 타자의 목소리를 가시화하는 매개이기 때문이다. 재현 불가능한 것들이 재현될 수 있도록 스스로 정체성을 해체하고 전혀 새로운 정체성을 구축함으로써 자기 정체성을 끊임없이 움직이게 하는 것, 이것이 김기림이 당대 문단에 제시한 새로운 예술가 주체의 정체성이다.

김기림이 자신의 시론에서 이런 주장을 펼친 이유는 "인간에서 출발한 근대문명이 이미 인간을 무시하는 경지까지에 이르렀다"[50]는 판단에 근거한다. 즉, "시는 시 자체의 작은 세계에 국척跼蹐하려고 하였고 소설은 고도로 발달된 기술 속에 그것의 작은 운동장을 발견하려 하였고 비평은 그 직무를 완전히 태만에 붙인 게으른 탈주병이 되었다"[51]는 김기림의 말처럼, 경계를 지속적으로 파열하는 것에서 자기존재를 증명하던 시는 세계-타자를 동일성의 원리로 포섭하는 인식론적 전회 속에서 점점 순수한 자기 영역을 확보하는 동시에 삶의 추동력으로서 자기 능력을 상실했다. 이로써 문학은 재현이라는 근대적 논리 아래 스스로를 위치시키게 된 것이다. 문학의 이러한 위치는, 해방 이전에는 리얼리즘과 모더니즘의 구분선을, 해방 이후에는 참여문학과 순수문학의 구분선을 선명하게 제시해주었고, 한국문학을 대상으로 하는 연구의 시각 역시 한동안 이와 같은 이분법적 범주가 논의의 전제가 되었다. 하이데거Martin Heidegger(1889~1976)에 따르면 오히려 위대한 예술은 역사적 현실 전체를 개방하고 확장하는 원동력이 되며, 위대한 예술의 시대에 인간은 예술을 어떤 대상으로 바라보는 것이 아니라 모든 대상을 예술 안에서 바라보게 된다.[52] 물론 우리는 여전히 근대라는 세계에서 살고 있고, 이런 세계에 거주하는 한 개념적이고 재현적인 사유를 포기할 수는 없다. 그러나 예술은 이러한 근대적 사유체계 속에서조차 재현 너머 재현 불가능한 것들을 사유할 힘을 갖는다. 그리고 이런 것들로 향하는 예술의 움직임을 재현의 논리로 놓쳐버리지 않는 것 또한 문학연구의 주요한 임무일 것이다.

김예리

서울대학교 국어국문학과에서 학사와 석사, 박사 학위를 했다. 현재 강원대학교 국어국문학과 조교수로 있다. 주요 논저로는 『이미지의 정치학과 모더니즘』(2013), 『이상, 한번만 더 날자꾸나』(2014), 「시적 주체의 탄생과 경성 아케이드 시적 고찰」(2012), 「1930년대 한국 모더니즘 문학에 나타난 시각 체계의 다원성」(2012), 「법과 문학, '위반'으로서의 시적 정의」 (2014), 「1930년대 모더니즘 문학의 존재미학과 탈근대적 사유」(2015) 등이 있다.

집필경위

이 글은 2013년 한림과학원 주최로 열린 워크숍 "식민지 시기 '예술' 개념 수용과 문학장의 변동"에서 필자가 발표한 「1930년대 한국 모더니즘 문학 · 예술 개념의 탈경계적 사유와 그 가능성」을 수정, 보완하여 학술지 『개념과 경계』에 2013년 12월 발표한 것이다.

10

일제 말기 최재서의 예술론과 정치의 미학화

◎

최현희

1 모더니스트 리얼리즘의 비평사적 위치

최재서崔載瑞(1908~1964)가 문단에 나온 1934년경은 한국문학 비평사의 전환기였다고 할 수 있다. 카프KAPF 조직을 중심으로 펼쳐졌던 프롤레타리아 문학운동이 퇴조하면서 다양한 비평적 경향이 각축을 벌이는 상황이 조성되었다. 1920년대 중반부터 한국 문단을 장악한 카프 비평의 이념을 리얼리즘으로 정리할 수 있다면, 카프 이후의 비평은 크게 보아

모더니즘을 중심으로 진행되었다고 할 수 있다.[1] 리얼리즘 문학이 현실을 있는 그대로 재현하고자 하는 반영론의 견지에 선다면, 모더니즘은 재현의 방법에 집중하는, 형식론의 견지에 선다고 할 수 있다.

이런 관점에서 보았을 때 고현학考現學, 주지주의主知主義, 아방가르드 등의 방법론이 1930년대 중반 한국 모더니즘의 구체상으로 주목된다. 고현학은 예술가의 경험, 특히 근대 도시에서의 경험을 종합이나 분석을 거치지 않고 있는 그대로 기록하는 방법론이다. 여기서 관건은 근대성의 경험에서 그 어떤 의미도 끌어내지 않고 그 속에 자기를 방기해버리는 태도이다. 반면 주지주의는 지성을 가지고 무질서한 경험의 더미로부터 어떤 질서를 이끌어내려 한다는 점에서 고현학과는 구분되는 방법으로 보인다. 그러나 주지주의가 지향하는 질서란 근대성의 경험을 발생론적 차원에서 규정하는 심층 논리가 아니라 경험 사이의 관계라는 점에서 형식론의 차원을 벗어나지 않는다. 아방가르드는 문학적 형식 실험의 극단화를 통해 예술작품의 의미가 형식 자체에 이르는 지경으로 나아가며 이런 점에서 모더니즘의 한계점을 이룬다.

비평사에서 최재서는 김기림金起林 등과 더불어 주지주의 비평가로 기록되어 있지만, 1930년대 그의 비평이 위에 열거한 모더니즘 문학 전반에 미쳤음은 1938년 출간된 평론집『문학과 지성』에 잘 나타나 있다.[2] 위에서 지적했듯 문예사조로서 모더니즘의 본질은 근대성의 경험을 다른 차원으로 환원하지 않고 있는 그대로 재현하는 예술작품을 제작하는 데 있다. 리얼리즘이라는 모더니즘의 대타항의 경우, 예술은 근대성 경험을 유물론적 역사 인식을 산출하는 도구로 활용한다. 리얼리즘에서는 '근대성 경험－예술－유물론적 역사 인식'의 세 층위가 명확히 구분되며, 이때 예술은 근대성 경험이라는 현실이 조직되는 심층 논리를 변혁할 수 있는 핵심 기제로 작용한다. 그러나 모더니즘에서 예술은 경험과 같은 레벨에 존재하면서, 어떠한 심층적 의미의 지향도 거부한다. 이런 차원에서 본다면 모더니즘은 예술의 재료가 되는 '현실'로서 근대성 경험을 가능한 한 리얼하게 재현하려 했다는 점에서 나름의 '리얼리즘'을 겨냥한 것으로 파악된다. 최재서가 각각 고현학과 아방가르드 작가인 박태원朴泰遠(1909~1987)과 이상李箱(1910~1937)을 논의하면서 '리얼리즘의 확대와 심화'를 운운하거나 리얼리즘만이 유의미한 근대문학 사조라고 한 것은 이런 맥락에서 이해될 수 있다.[3]

최재서 예술론을 이러한 관점에서 '모더니스트 리얼리즘'이라고 명명할 수 있다면, 그 관건은 예술의 근대 현실reality에 대한 역설적 관계에 있다. 구체적으로 예술은 현실을 미학적 원리로 환원하지 않고 현실 그 자체로 재현한다는 점에서 현실주의적realist일 수밖에 없지만, 동시에 현실 그 자체는 되지 않는다는 점에서 여전히 미학주의적aestheticist 이념으로 남는다. 요컨대 예술은 현실의 원리를 그대로 체현함으로써 탄생하지만 동시에 현실과 절대적으로 분리된 미학적인 것으로 남을 때에만 예술일 수 있다. 이처럼 불안정한 위치에 놓여 있는 예술은, 현실로 환원되어버리거나 현실의 역사적 전개에서 철저히 유리되어버리거나 하는 이중의 위기에 처해 있다. 그러한 예술 개념에 준거를 두고 수행되어간 최재서 비평의 이후 전개 과정을 보면 그 위기에 대한 우려가 우려로만 그치지 않았던 것처럼 보인다. 잘 알려져 있다시피, 1938년 이후 최재서는 일제의

총동원 체제의 수립과 식민지 동화同化 정책에 부응하면서, 현실 추수주의에 휩쓸려 예술의 자율성을 철저히 부정하는 방향으로 나아갔다. 일제 말기의 최재서는 '예술'에서가 아니라 '주어진 현실'로부터 미학적인 것을 발견해내고 그것을 절대화해버렸다. 이때 '예술'은 도리어 현실성 없는 허황된 것으로 떨어져버렸다.

기존의 연구에서 최재서 비평의 이 같은 극적 전회를 설명하는 도식으로 제시되곤 하는 것이 '미학적 보편주의'에서 '생리적生理的 특수주의'로 이동하는 것이다.[4] 다시 말해 1938년 이전 모더니즘 시대의 최재서는 예술과 그에 대한 비평을 경유하여 서구 문화라는 근대적 보편성에 도달하고자 했으나, 1938년 이후 협력자가 된 최재서는 일제의 문화 · 사상 통제 시스템을 식민지 한국인에게 주어진 현실로 완전히 수리함으로써 일본문화의 특수성 속에서 근대를 부정 · 초극하고자 했다. 모더니스트 최재서가 예술과 비평의 현실에 대한 반성력의 근거로 보았던 것이 '지성知性'이었다는 점에서, 1938년 이후 그의 변신은 지성의 파탄으로 규정되곤 한다. 또한 기존의 연구들은 이 파탄이 발생하는 원인을 애초에 최재서의 '지성'이 식민지 한국의 역사적 · 과학적 현실이라는 구체성이 아니라, 서양 근대 문화라는 사이비 보편성에 기반을 두었다는 데서 찾는다.[5] 이러한 독법의 문제는 그 의도와는 반대로 최재서 비평의 전회에 정당성을 부여하는 효과를 가져온다는 것이다. 협력자 최재서에게 식민지 한국의 구체성을 받아들이기를 요구하는 것은 비판자 스스로가 생리적 특수주의를 절대적으로 수리하지 않고는 불가능하다. 이런 점에서 본다면, 최재서 예술론에서 우리가 주목해야 하는 것은 위에서 지적한 바, 현실주의와 미학주의로 분열된 예술 개념이 현재 관점에서 예술론을 구성할 때 갖는 반성적 의의일 것이다.

2 '지성'의 주체론

지성 개념은 최재서 예술론을 평가하는 데 결정적 개념이지만 동시에 그의 비평을 둘러싼 상반되는 해석을 불러오는 원인이 되기도 했다. 기본적으로 근대를 혼란기 · 과도기로 보는 최재서의 역사관에 비춰볼 때 지성은 근대를 이해하고 미래를 도모하는 주체적 비평 관점의 근거로 평가된다.[6] 하지만 최재서가 낭만주의적 센티멘탈리즘에 반대하는 20세기 초 영미 모더니즘 비평에 그 비평 의식의 많은 부분을 빚지고 있다는 점에 비추어, 그의 지성 개념을 사이비 보편주의에 복무하는 비현실적인 것으로 평가하기도 한다.[7] 문제는 둘 중 어떤 관점을 취하든 지성은 현실에 대한 수동적 · 감각적 반응이 아니라 적극적 · 이성적 반성으로 선규정되어 있다는 점이다. 나아가 지성은 그것이 작용하는 대상으로서 '현실'에 대한 분석적 이해를 바탕으로 변화를 이끌어내는 적극적 '행동'의 원동력으로 자리매김된다. 이렇게 보면 지성과 행동에 대한 최재서의 다음과 같은 서술은, 그의 지성 개념이 현실 적용력이 떨어지는 추상적 차원에 국한된 것이었다는 증거로밖에 보이지 않는다.

오늘날 소위 행동인行動人**이라고 일컫는 사람들의 행동을 조심하여 관찰**

하면 그 대부분이 다음과 같은 두 타입의 어느 것이나 하나에 속함을 알 수 있다. 즉 그것은 기계적 행동이 아니면 충동적 행동이다. 전자는 비즈니스맨이 대표하고 후자는 탕아蕩兒가 대표한다. (중략) 기계적 행동이나 충동적 행동이나 사색의 경과經過를 밟지 않는 데서 일치된다. 하나는 외부의 힘대로 행동하고 또 하나는 내부의 힘대로 행동한다. 그 어느 것이나 자기 자신과의 상의相議를 요치 않는다. 그들에게 있어선 자기반성이란 아마도 과거 세기의 풍습으로 기억되어 있을 것이다. 이것이 현대인에게 허용된 행동권의 전부이다. 허용되지 않는 행동권, 그것은 지하 운동자들의 그것이라고 상상된다. 참된 의미에 있어서의 지식인의 비행동성이라는 것이 이상과 같은 기계적 혹은 충동적 행동의 기피를 의미한다면 그것은 진실일 것이다. 왜 그러냐 하면 지식인의 행동이란 사색의 발전이고 가치관의 현실화이니까.[8]

위 인용에 따르면, 지성적 주체로서 지식인이 행동할 수 있는 여지는 원천적으로 차단되어 있다. 그것은 현대의 모든 행동은 '사색의 경과'를 거치지 않은 '기계적 행동이 아니면 충동적 행동' 둘 중 하나에 지나지 않기 때문이다. 지성의 핵심 작용인 '사색'은 구체적으로 말해 '자기 자신과의 상의' 즉 '자기반성'을 의미한다. 이렇게 놓고 보면 최재서에게 지성은 그 주체가 자기 밖의 현실에 참여하는 기제로서가 아니라, 오직 자기에 대한 회귀 운동으로만 실현된다. 여기서 유의해야 할 것은 그 운동이 '속악한 외적 현실'에 맞세워진 '진정한 자아'를 지향하는 것이 아니라는 점이다. 이는 순수하게 그 '내부의 힘'에 의거해서 하는 행동은 '충동적'인 것에 지나지 않는다는 언급으로 뒷받침된다. 다시 말해 지성적 주체란 외적 현실의 작동 원리에 종속되지도, 그로부터 절연된 내면 원리에만 의거하지도 않는 자이다. 자기의 안과 밖 어디에서도 행동의 준거를 얻을 수 없다면, 남는 선택지는 현실과 내면의 분리 자체에 집중하는 것뿐이다. 그렇다면 이 맥락에서 지성은 주체의 자기반성이라는 형식을 취하되 그것을 통해 현실에 개입하지도 않고 또 현실과 구분되는 자기만의 '내적 현실'도 만들어내지 않는 능력이라고 할 수 있다.

이러한 규정을 좀 더 밀고 나가면, 지성은 어떠한 행동이든 하도록 부추기는 현대의 현실에 거슬러 아무것도 하지 않고 '비행동'으로 버틸 수 있는 능력을 의미한다. 최재서의 말대로 그것은 '행동의 기피' 상태를 끝내 유지하려는 것이다. 지성에 의거할 때 현대란 어떤 행동도 불가능한 시대라는 인식은, 최재서가 20세기 초 영미 비평의 주류를 본격적으로 소개한 「현대 주지주의 문학 이론」에도 드러나 있다. 1934년에 발표된 이 글에서 최재서는 흄Thomas Ernest Hulme(1883~1917)과 엘리엇Thomas Stearns Eliot(1888~1965)의 비평을 주지주의적 경향으로 소개하면서 이들이 공히 19세기 낭만주의 전통의 극복을 목표로 하였다는 데 주목했다. 다시 말해 그들은 기존 전통의 파괴에만 집중할 뿐 그것을 대체할 '건설적 문학 이론을 가지지 않'았다는 것이다.[9] 이러한 규정이 다만 그들의 이론이 아직 완미한 상태에 도달하지 못했다거나 현실 정합성이 부족하다는 평가에 기초한 것이 아니라는 점이 문제적이다. 즉 최재서가 보기에 주지주의는 어떤 긍정적 · 건설적 의의도 없는, "다만 구 전통을 파괴한 현대인이 자기 자신의 신 전통을 발견 내지 건설할 때까지 편의적으로 자기 욕구에 비교적 적합"한 것을 찾은 결과 성립한 것일 뿐이다.[10] 이들의 비평이 '지성적'

이라고 할 수 있는 근거로 최재서는 '근대'라는 외적 현실과 그에 맞서는 '내면'을 모두 거부하는 태도를 들었다.

이렇게 놓고 보면 최재서 비평에서 빈출하는 개념인 '전통'이란 그것이 서구 근대의 인문적 교양이든 혹은 식민지 한국의 구체적 경험이든[11] 현재를 사는 현대인에게 어떤 의의도 갖지 못한 것으로 드러난다. 어디까지나 지성에 기초한다고 할 때, 가능한 유일한 주체적 행위는 나에게 주어지는 모든 것의 총체로서 현실을 그대로 받아들이면서 동시에 현실로 환원되지 않는 나의 정체성을 지키는 것뿐이다. 여기서 유의할 것은 이때 현실은 말 그대로 '모든 것'이어서 그것에 맞서는 나에는 어떤 실체적 내용도 없다는 점이다. 이는 현실에 대한 '종속성subjection'으로 주체성을 완전히 환원한다는 점에서 주체의 상실을 의미하지만 동시에 주체성이란 실체성 없는 위치성positionality이라는 점을 드러냄으로써 역설적으로 주체의 회복을 의미하기도 한다.[12] 예술론과 관련하여 최재서 주체론의 의의는 예술의 재현再現적 가치를 논하는 데 모더니즘적 관점의 의의를 선명하게 드러내준다는 데 있다. 예술의 재현이 현실의 한계를 넘어설 수 있다고 보는 데서 낭만주의적 예술관이 성립하고, 어디까지나 그것은 현실의 범위 안에 있다고 보는 데서 마르크스주의적 리얼리즘이 성립하는 것이라면,[13] 모더니즘은 예술적 재현이 현실과 한 치의 빈 틈도 없이 일치한다고 본다.

모더니즘에서 문제되는 현실이 근대성의 경험이라면, 그것은 모더니즘이라는 '미학'이 없다면 존재할 수 없다. 다시 말해 모더니즘에 관한 한 미학적 재현은 외적 현실의 필수 조건을 이룬다. 우리가 어떤 대상을 놓고 그것이 '모던하다'고 판단하는 것은, 그것이 과거와 미래가 아닌, 우리가 살고 있는 지금-여기의 현재성을 지니고 있다는 점을 함축한다.[14] 여기서 근대라는 '현실'은 그것을 '나의 현실'로 받아들이는 부단한 운동 속에서만 존재한다. 즉 재현이라는 미학적 형식을 빌리지 않고는 근대성의 경험은 이뤄지지 않으며, '재현'과 '경험'이 동시에 이뤄진다는 점에서, 모더니즘과 근대성의 경험은 서로를 형성하는 운동을 부단히 하고 있다. 이런 관점에서 보면, 미학적 모더니즘은 본질상 절대적 분열을 내포하며 나아가 그러한 분열이 없으면 성립할 수 없는 것이 된다.[15] 다시 말해 그것은 전체로서의 현실과 그에 대한 반성으로, 즉 종속성과 위치성으로 분열되어 있다. 최재서의 지성은 위치성에 해당하지만, 유의할 점은 거기에는 반드시 종속성이 내포되어 있다는 점이다. 주체성이란 현실에 적극 개입하여 그 변혁을 추진하는 것이 아니라 현실을 완전히 받아들이고 그 안에서 자기의 위치성 자각에서 그치는 것이라는 주체론을 여기서 확인할 수 있다.

이러한 주체론은 예술을 현실에 대해 자율적인 것으로 보거나 현실의 한 부분을 이루는 것으로 보는, 상극하는 두 관점을 극복할 실마리를 제공한다. 그것은 현실에 대한 주체의 개입, 즉 주체성의 실현이란 현실을 시차적parallax으로 재현할 때에만 가능하다는 점을 알려준다. 다시 말해, 진정한 의미에서 주체적 실천이란 현실을 주체성의 실현태로, 동시에 나의 주체성은 현실 구성 과정의 부산물로 '보는 것' 자체이다. 최재서 비평에 대한 기존의 논의들은 앞서 지적했다시피, 지성의 주체적 작용을 통한 보편주의 지향에 대한 긍정론과 지성의 비현실성 · 추상성으로 인한 현실 인식의 부정합성에 대한 비판론으로 양분된다. 또한 이 두 관점은, 지성의 현실 개입 능력을 전제하지 않고는 성립할 수 없다는 공통 분모를 갖고 있음을 지적한 바 있다.

지금까지 논의를 바탕으로 이를 다시 정리해보면, 긍정론은 예술의 자율성을, 비판론은 예술의 현실성을 전제한다는 점에서 상극하는 것처럼 보이나, 그 기준을 공히 '현실'에서 찾는다는 점에서 결국 '정치적인 것' 안에 '미학적인 것'을 완전히 포함시켜버리고 있다. 이는 결국 '정치의 미학화' 논리로, 이러한 논리에 충실할 때, 결국 예술이란 현실 정치를 원활하게 작동시키기 위한 것일 때에만 의미가 있다는 파시스트 예술론의 논리가 성립한다. 따라서 최재서가 1938년 이후 취한 현실 추수주의적 예술론을 결과적으로 긍정하는 난국이 초래된다.

3 예술이라는 카메라에 비친 현실

'미학의 정치화'라는 테제는 벤야민Walter Benjamin(1892~1940)이 파시즘의 '정치의 미학화'에 맞서는 코뮤니즘 측의 대응 논리로 제시한 것이다. 이 테제에서 유의할 점은 예술이 현실 정치의 권력 관계를 반영하는 것이 아니라는 것이다. 정치 이데올로기의 미학적 형상화가 예술이라고 한다면 그것은 파시즘의 선전 예술과 구분되지 않기 때문이다. 여기서 벤야민이 '미학의 정치화'와 '정치의 미학화'의 변증법에 도달하게 된 배경이 단순히 예술작품의 선전 도구화라는 현상에 그치지 않는다는 점을 염두에 둘 필요가 있다. 그는 예술작품이 근대적 매체인 필름의 발명 때문에 '기술적 복제가능성reproducibility'을 그 본질로 하게 되었다는 점에서 출발한다.[16] 필름 매체를 통하여 생산된 작품이 기존의 예술작품과 구별되는 근본적 이유는 그것이 현실의 재현 과정에서 인간의 개입을 원천적으로 차단하기 때문이다. 촬영 대상의 선택과 다양한 촬영 효과의 조절, 나아가 촬영 이후 현상 과정에서 조작함으로써 촬영자는 필름 작품의 생산에 개입하는 것처럼 보인다. 그러나 기본적으로 필름에 외부의 현실이 촬영되는 그 순간은 원천적으로 촬영자 몫이 아니라 촬영 기술의 집적체, 카메라의 몫이다.[17] 현실에 대한 예술적 재현 과정에 인간이 개입할 여지가 소멸함으로써 필름은 아무나 아무렇게나 예술작품을 만들어낼 가능성을 연다.

중요한 점은 이처럼 '기술적 복제가능성의 시대'로서 근대가 열린 이후에 '사후적으로' 예술과 현실이 별개 개념으로 성립된다는 것이다. 필름 이전 시대에는 논리상 예술적 재현과 그 대상으로서 현실 사이의 구분을 명확히 한다는 것이 불가능했다. 왜냐하면 예술가라는 인간이 작품으로 형상화해놓은 현실의 이미지와 인간 일반이 감각하는 현실의 이미지는 모두 인간의 감각 능력을 통해 걸러진 현실이라는 점에서 구분될 수 없기 때문이다. 그러나 필름으로 촬영된 현실의 이미지는 인간적 개입이 섞이지 않은 채 수립되었으며, 따라서 예술적으로 다 재현할 수 없는 현실이라는 관념을 낳는다. 나아가 필름에 담긴 이미지를 현실 '그 자체'로 볼 수도 없는데, 촬영하는 순간에 인간이 개입할 수 없기에 촬영 결과물이 현실과 일치한다고 판단할 수도 없기 때문이다. 따라서 필름의 출현과 더불어 예술작품은 '현실'과 그에 대한 인간의 '감각'이 절대적으로 분열하고 그 분열이 현현하는 장이 된다. 즉 예술의 본질은 결국 현실 자체도 인간의 감각도 아닌 미적 '재현 자체'에 국한되게 된다. 근대예술사가 필연적으로 심미주의/형식주의라는 정점으로 치달아갈 수밖에 없었던 것은 바로 이 때문이다. 이렇게 하여 예술은 현실에 대한 위치성으로 환원되고, 동시에 비인간적인 것으로 귀결된다.

일단 필름이 도래한 이상 근대예술이 그 존재 의의를 유지할 수 있는 것은 이처럼 하나의 전체totality로서 현실에 맞서 자신을 실체화하지 않으면서 오직 현실에 대한 부정성으로 머무르는 방법뿐이다. 그렇게 함으로써 현실이 갖는 현실성은 오직 그것을 전체로 승인하는 예술을 통해서만 가능하다는 점을 역설적으로 드러내는 것이다. 이것이 벤야민이 말하는 바, 현실의 작동 원리인 정치를 미학이 전유하는, '미학의 정치화'의 의미이다. 반면 '정치의 미학화'는 사회 현실의 전체성에 예술의 자율성까지를 포함하는 것을 의미한다. 즉 예술이 자율적이라 하더라도 그것이 어디까지나 사회 현실이라는 조건에 속박되었다면, 정치가 미학까지 떠맡는 것이 역설적으로 예술의 자율성의 궁극적 실현에 해당하게 된다. 따라서 예술의 자율성론이나 현실성론이나, 그것이 예술과 현실을 동일한 평면 위에 놓인 두 실체로 취급한다는 점에서 공히 '정치의 미학화'라는 파시즘적 논리로 흡수되어버릴 위험성이 있다. 그렇다면 '미학의 정치화'는 예술 자체가 예술과 현실의 분열이 육화되는 것을 통해서 가능하며, 최재서의 지성 개념은 바로 이 지점을 가리키는 것으로 볼 수 있다.

모더니즘 시대의 최재서가 그 예술론에서 지성의 역할을 강조하면서도 명석한 인식을 강조하기보다 '자의식'의 분열에 초점을 맞춘 것은 바로 이 때문이다.

> 「종생기」에서 종생終生이라 함을 산문으로 번역한다면 허탈虛脫이다. 즉 그의 에스프리가 현세적 고민에서 탈각함을 의미한다. 그러나 이것은 무슨 신비주의나 종교적 심경을 의미함은 아닐 게다. 왜 그러냐 하면 그는 자기의 정신을 육체로부터 유리시켜 가지고 안심입명安心立命 지대에서 유유히 지내자는 미신을 가진 것은 아니니까. 다만 고민을 감각하는 자기—「종생기」 이후에 남아 구천을 우러러 호곡하는 또 하나의 인간적 자기를 할퀴고 저미는 비평적 자기를 죽여버리자는 것이다. (중략) 자기가 자기를 비평하고 그 괴로움에 벗어나려고 자기의 일면을 죽이려 하나 그 역亦 불가능함을 깨닫는 이 모순 이 고민! 「종생기」 일편은 이 자기 분열과 자의식의 피묻은 기록이다.[18]

이 글은 이상이 도쿄에서 요절한 지 한 달 남짓 지난 시점인 1937년 5월에 발표된 것이다. 여기서 최재서는 이상의 「종생기終生記」를 유항림兪恒林(1914~1980)의 「마권馬券」과 비교하며 전자가 자의식의 표현이라는 점에서 월등히 심각한 지점에 이르고 있다고 보았다. 우선 최재서는 「종생기」에서 스스로 자기의 죽음을 선언하는 글쓰기가 '현세적 고민', 즉 현실 종속으로부터의 해방이라는 점을 지적했다. 그러나 동시에 그것이 현실로부터 완벽히 분리된 주체성의 탄생을 의미하지 않는다는 점을 명확히 했다. 최재서가 보기에 현실로부터의 완벽한 해방을 상상하는 것은 '미신'적 습속에 지나지 않는다. 나아가 그는 현실로부터의 진정한 '탈각'이란, 여러 '현세적 고민'에 시달리는 '자기'를 죽이는 것이 아니라는 점을 지적했다. 오히려 현실에 종속된 자기가 아니라 그것을 반성적으로 비평하는 자기를 죽이는 것이 이상의 '종생終生의 글쓰기[記]'의 참 의미라고 해석하였다.

이를 정리하면 다음과 같은 등식을 얻을 수 있다. (1) 현세적 고민에서의 탈각=(2) 비평적 자기를 죽여버림=(3) 둘 중 어느 것도 불가능한 모순에 대한 고민=(4) 종생의 글쓰기. 이는 「종생기」라는 작품이 현실과 예술의 분열을 텍스트 생성 원리로 그대로 체화하였기 때문에 가능한 등식이다. 현실과 예술을 이분법적으로 바라볼 때 사실상 (1)=(2)부터가 성립할 수 없다. 지성이 현실을 실체화하고, 동시에 현실이 지성의 산물인 예술에 위치성을 부여하는 근거가 될 때에만 (1)=(2)는 성립한다. 이어 (2)=(3)의 등식은 그러한 '미학의 정치화'를 '정치의 미학화'로 전도해 전체성 속에서 안정화하지 않고 (1)과 (2) 사이의 끊임없는 운동 상태에 머무는 것을 의미한다. 이 버팀이 앞 절의 말미에서 지적한, 최재서 주체론상에서의 실천, '비행동적 행동'에 해당한다. 그리고 이 실천은 (3)=(4)의 등식, 즉 자의식의 분열과 모순을 작품으로 육화하는 것으로만 가능하다. 이는 「종생기」라는 작품이 제작되는 과정 자체, 즉 '종생의 글쓰기'가 예술의 '자기 분열' 상태 자체가 되고 그에 따라 현실에 실체성을 부여하는 것을 의미한다.

이 지점에서 예술은 정확히 필름 작품을 생산하는 카메라의 지위를 점한다.[19] 동시에 카메라로 생산된 필름 작품이 그러하듯이, 예술작품은 '미학의 정치화'와 '정치의 미학화'로 통하는 두 길을 열어준다. 이상의 「종생기」의 경우, 작품에 형상화된 '미학적 자아'가 자기 죽음을 쓰는 수행이 그대로 작품이 된다. 그러나「종생기」는 거기 형상화된 '미학적 자아'의 죽음을 따라 사라져버리지 않고, 출판되어 최재서라는 비평가에게 해석되고 있다. 즉「종생기」의 존재 자체가 '종생의 글쓰기'가 실패했다는 증거가 되는 셈이다.「종생기」라는 예술작품은 그 생성 원리 차원에서, '미학적 자아'는 다만 예술작품이 탄생하는 한순간에만 존재할 수 있음을 증거한다. 이때 예술은 그처럼 작품이 탄생하는 순간으로 전적으로 환원되어버린다. 이것은 정확히 필름 작품의 생산에서 카메라의 역할과 일치한다. 사진이나 영화가 현실의 이미지를 담은 것으로 해석될 수 있는 것은, 그것이 카메라의 촬영 '순간'을 담고 있기 때문이다. 따라서 필름 작품은 카메라의 촬영 순간과 이미지가 되어 담긴 현실, 이렇게 두 부분으로 분열되어 있다. 이때 카메라는 필름 작품의 그러한 분열 자체로만 흔적을 남긴다.

그 존재 자체가 자기와 외적 현실의 분열이 된 예술작품은 우선 '미학의 정치화'의 길을 연다. 미학적인 것과 현실적인 것의 분열 자체가 예술작품이라면, 이때 예술이라는 이름에 내포된 '미학적인 것'은 현실 자체로도 혹은 현실로부터 자율적인 무언가로도 환원되지 않는다. 무엇으로도 환원되지 않는 미학적인 것의 실재 덕분에, 현실 정치에 대한 근본적 자기 반성이 가능해진다. 자기반성이란 주체가 자기에게로 돌아오는 운동이되, 그것이 지루한 자기 확인에 그치지 않으려면 자기 외부의 기준점이 필요하다. 우리의 맥락에서 예술작품의 자기 분열 형식으로 존재하는 '미학적인 것'은 그러한 기준점 역할을 한다. 이것이 최재서가 '지성'의 주체론을 통해 수립하려 한 미학/정치학의 실상이라고 한다면, 최재서는 이미 어떤 '모럴'을 제시한 셈이다. 그것은 현실과 분열 상태를 유지함으로써 성립하는 미학을 예술작품을 생산함으로써 육화하고 그렇게 육화된 미학이 정치로 환원되지 않도록 유지하는 비평을 씀으로써 지켜진다. 주체성이 자기만의 모럴을 유지하고 그에 의거하여 행동함으로써 성취되는 것이라면, 최재서의 지성의 주체론은 「종생기」 비평에서 완전히 전개되었다고 볼 수 있다.

4 모럴의 문제성과 정치의 미학화

최재서 예술론을 논의할 때 '모럴' 문제는 지성과 더불어 중요한 문제군을 형성한다. 최재서는 예술을 기예技藝와 구분할 수 있는 것은 오직 예술가가 전근대의 예인들과 달리 자기만의 모럴리티를 갖고 있기 때문이라고 하였다.[20] 통상 모럴은 지성의 작용으로 얻은 현실 이해를 바탕으로 수립된 적극적 행동 원칙으로 풀이되곤 한다. 소극적으로 해석하더라도 모럴은 지성의 객관적 현실 분석에 질서를 부여하고 방향을 정해주는 것으로 여겨진다. 요컨대 최재서는 지성을 통해 근대 현실에 대한 인식론을, 모럴을 통해 근대를 사는 윤리학을 제시하고자 했다. 지금까지 최재서론은 이 모럴이 아무 내포 없는 텅 빈 개념이며,[21] 기껏해야 지성 개념의 추상성을 가리기 위한 은폐물에 지나지 않는다는 시각을 취해왔다. 이런 관점에서 볼 때, 최재서가 1937~1938년경 시작된 일제의 식민지 동화정책에 휩쓸려 예술을 이데올로기 선전의 도구로 전락시킨 것은 당연한 귀결이 된다. 즉 최재서는 '비행동의 행동'으로서 자기 비평 행위가 현실 적용력이란 측면에서 철저히 무용하다는 사실을 말뿐인 '모럴' 개념으로 무마하려 하다가, 일본 제국이 동아시아의 문화적 통합을 통한 근대의 초극이라는 이데올로기를 제시하자 그것으로 곧장 모럴을 대체했다는 것이다.[22)]

이러한 독법의 문제는 최재서가 던진 모럴이라는 문제를 성급히 해결책으로 전환해버렸다는 데 있다. 위에서 분석한바, 최재서의 지성은 현실에서 행동력을 뒷받침하는 이론적 도구가 아니라 현실 정치에 대한 실질적 개입은 '미학적으로만' 가능하다는 점을 인식하도록 하는 것이었다. 이때 미학적 정치 행위란 예술이 정치와 자기 자신의 절대적 분열을 체화하는 작품을 생산하고 그 분열의 기술에서 그치는 비평을 쓰는 것을 의미한다. 그렇다면 최재서에게 모럴은 현실적 행동 원리라는 해답으로서가 아니라 예술과 비평에서 구체적 행동의 강령을 찾는 것이 가능한가 하는 문제의 형식으로 주어지는 것이다.[23)] 간단히 말해, 최재서의 모럴은 '미학의 정치화'가 '정치의 미학화'로 전도되어버리지 않도록 던져진 문제에 해당한다. 이런 관점에서 본다면 일제 말기 최재서가 '국민문학론國民文學論'을 통해 일본주의라는 도그마를 추구한 것은, 스스로 모럴의 문제성을 포기한 행위에 해당한다. 그러나 이러한 최재서 비평 행로에 근거하여 그의 모더니즘 시대에 제출된 모럴의 문제성을 간과하고 그 무내용성을 비판하는 것은, 최재서가 범한 오류를 똑같이 반복하는 것에 지나지 않는다.

'모더니스트 리얼리즘' 시대의 최재서가 도달한 모럴의 문제성이라는 테제는, 그의 국민문학론을 재독해야 할 필연성을 암시한다. 크게 보아 국민문학론이 식민지 한국의 문화적 정체성을 말살하고 일본의 그것으로 대체하려는, 이른바 '내선일체內鮮一體' 체제의 어용 이론이었다는 점은 부정할 수 없다. 그러나 국민문학론에 대한 비판이, 모럴의 자리에 식민지 한국이 아닌 제국 일본이 들어왔다는 점을 근거로 이뤄진다면, '정치의 미학화'라는 파시즘의 전략을 사후에 승인하는 의외의 결과를 피할 수 없다. 따라서 이론적으로나 실천적으로나 국민문학론에 대한 유일한 정당한 비판은 모럴이 문제성을 상실하고 해답으로 화하는 순간을 포착하는 데서 멈추는 것이다. 다시 말해, 최재서 모럴의 문제성을 유지하면서 그것을 다시 예술 개념을 사유하는 현재 관점을 반성하는 데 전유해야 한다. 이렇게 볼 때, 국민문학론의 전개 과정에서 핵심 장면은 최재서가 '국민적인 것'의 명확한 규정에 도달하는 순간이다. 국민문학론 시대의 최재서는 문학을 포함한 근대예술이 처한 과도기적 혼란 상태를 극복하려면 '국민적인 것'을 실현하기 위해 매진하는 방법밖에 없다고 보았다.

국민적이라고 하는 문자를 대수롭지 않게 생각하는 이도 곤란하지만, 국민문학을 너무 편협하게 생각하는 것도 금물이다. 국민문학은 지금부터 전 국민이 달려들어 반드시 만들어나가야 될 위대한 문학이다. (중략) 중심에 국민적 심지만 확실히 있다면 애써 작게 뭉쳐야 할 필요는 없지 않을까?[24)]

문학에서 국민의식이란 무엇을 의미하는 것일까. 자신은 일개 개인이 아니라 한 사람의 국민이라고 하는 의식, 따라서 자기 자신 한 사람으로는 의미도 가치도 없는 존재이며, 국가에 의해서 처음 의미와 가치를 부여받는다고 하는 자각으로부터 문학상의 국민의식은 출발한다. (중략) 작가는 국민의식

을 의식하지 않을 정도로 의식화되어 있지 않으면 안 된다. 그 안에서 살고 그 안에서 생각하지 않으면, 작가는 국민적인 어떤 것도 쓸 수 없을 것이다.[25)]

위의 두 인용문은 1941년 11월『국민문학』창간호에 수록된「국민문학의 요건」에서 나온 것이다. 식민지 한국문단이 조선총독부를 정점으로 하는 내선일체 시스템에 편입되었음을 선언하는 자리에서 발표된 이 글은, 최재서 국민문학론의 원점을 형성한다. 최재서는 문학에서 '국민적'이라는 술어가 갖는 의미를 정의하였는데, 이때 주목되는 것은 그것이 내선일체의 문학 이론이라면 응당 갖춰야 할 것으로 생각되는 이념, 즉 일본주의가 전혀 표면화되어 있지 않다는 점이다. 오히려 그는 국민문학을 일본주의의 영향으로 '편협하게 생각하는 것'을 경계하였다.[26)] 이 점에 주목하면, 최재서의 국민문학론은 사실 모더니스트 리얼리즘 시대의 도달점인 '문제성으로서의 모럴'론에서 크게 벗어난 것이 아니다. 여전히 그는 예술의 현실적 효용성보다는 부정성 쪽에 초점을 맞추고 있는 것이다.

이 점은 특히 두 번째 인용문에 선명하게 드러나 있다. 여기서 최재서는 '국민적인 것'이란 명석판명한 지식의 형식을 취하지 않으며 '무의식'의 논리를 따르는 것이라고 서술하였다. 물론 이 글이 작성된 맥락을 고려할 때, 이런 발언의 요지는 결국 "식민지 조선인은 의식적으로 일본인이 되기 위해서 노력하는 데서 그치지 말고 더 나아가 무의식까지도 철저히 일본화되어야 한다"는 것이다. 그러나 중요한 것은 그러한 일본주의가 '문학'으로 형상화될 때, 무의식 차원에서부터 우러나오는 것이 아니면 '문학'이 되지 못한다는 논리이다. 이 지점에서 최재서가 근대예술의 모럴을 문제성으로 보았던 관점이 유지되고 있음을 확인할 수 있기 때문이다. 다시 말해 작품에 의식적으로 '국민적인 것'을 담는 것으로는 예술이 성립하지 않는다는 말은, 곧 '현실이 이러하므로 예술도 그 논리를 지향해야 한다'는 인식으로는 예술작품이 탄생하지 않는다는 말이다. 나아가 '국민의식을 의식하지 않을 정도로 의식화'된 작품이라는 최재서의 모델은 논리상 국민문학 작품이 출현하는 것을 불가능하게 만든다. 그것은 오직 국민문학이라는 이상理想과 작품에 형상화된 국민의식 사이의 분열로만 나타날 수 있는 셈이다. 문학은 국민적인 것을 지향해야 하나, 그 의식적 지향성이 소멸해야만 국민문학이 될 수 있다는 논리는, 오직 '국민적인 것'의 절대성과 '국민문학'의 분열이라는 형식으로만 '국민문학'이 가능하다는 말이다.

국민문학론 시대의 최재서는 '국민적인 것'을 곧바로 '미학적인 것'과 등치 관계에 놓음으로써 '정치의 미학화'라는 파시즘의 논리에 걸려든 것으로 평가받는다. 즉 그는 예술의 본의는 국민의식을 직접적으로 실어나르는 도구가 되는 것이라고 보았다. 따라서 그가 현실 정치의 논리를 그대로 예술 발생의 논리로 승인했다고 생각된다. 하지만 위의 분석에서 드러나듯이, 최재서에게 국민적인 것은 국민문학과 같은 예술이 끝없이 국민의식에 접근하려는 운동으로 규정된다. 그리고 비평은 예술작품이 국민의식에 끝내 가닿을 수 없는 것이라는 사실을 일깨우는 것으로 존재한다. 여기에 최재서 국민문학론의 이론적 효용성이 있다.[27] 국민문학론을 통해서 드러나는 것은, 그것이 '(제국) 일본'이든 '(식민지) 한국'이든, 예술이 재현 대상으로 삼는 현실이란 작품에 가감 없이 그대로 복제된다든가 혹은 작품이 제시하는 모델을 따라 변혁된다든가 할 수 없다는 점이다. 그것은 오직 예술적 재현의 실패 속에서만, 그리고 그 실패가 초래하는 예술 자체의 분열을 통해서만 나타난다.

여기서 최재서가 국민문학론에서 '일본'이라는 '현실'에 절대성을 부여하는 순간은 주목할 필요가 있다. 다시 말해 일본이 예술작품에 완전한 전체로 형상화될 수 있다고 선언하는 순간을 다르게 해석해야 할 필요성이 생기는 것이다. 왜냐하면 그 순간은 지금까지의 논의에 비춰볼 때, 단순히 파시즘의 수렁에 빠지는 총체적 파탄의 순간이 아니라, 오히려 파시즘의 논리적 파탄을 보여줌으로써 확보되는 반성적 지점이라고 할 수 있기 때문이다.

> 문제는 언제나 간단명료했다.—그대는 일본인으로 될 자신이 있는가? 이 질문은 다시 다음과 같은 의문을 일으킨다. 일본인이란 무엇인가? 이 질문은 다시 다음과 같은 의문을 일으킨다. 일본인으로 되기 위해서는 어째야 좋은가? 일본인으로 되기 위해서는 조선인이라는 사실을 어떻게 처리해야 하는가?
>
> 이러한 의문은 이미 지성적인 이해로나 이론적 조작만으로 어쩔 도리가 없는 최후의 장벽이었다. 그렇기는 하나 이 장벽을 돌파하지 않는 한 팔굉일우도 내선일체도 대동아공영권의 확립도 세계 신질서의 건설도 통틀어 대동아전쟁의 의의도 알지 못하게 한다. 조국 관념의 파악이라 하나 그러한 의문에 대한 명확한 해답을 갖지 않는 한, 구체적 현실적이라 할 수 없다.
>
> 여기서 나 자신의 체험을 말하고자 한다. 나는 작년 연말 무렵부터 갖가지

자기를 처리하기에 깊이 결의하고 정월 첫날에는 그 수속으로 창씨를 했다. 그리하여 이튿날 아침 그것을 받들어 고하기 위해 조선신궁에 참배했다. 신궁 앞에 깊이깊이 머리를 드리우는 순간, 나는 맑고 맑은 대기 속에 호흡하자, 모든 의문에서 해방된 느낌이었다.—일본인이란 천황에 사봉하는 국민인 것이다.[28]

1944년 4월에 발표된 이 글에서 최재서는 '국민적인 것=일본적인 것=천황에 대한 사봉'이라는 등식에 도달하였다. 여태까지 물음 형식으로만 나타날 수 있었던 국민적인 것이 일체의 의심도 의문도 허용치 않는 절대성으로 나타난 셈이다. 최재서가 어떠한 논리적 과정도 거치지 않고 선험적 조건으로 '천황'이라는 현실에 도달하는 순간은, 비평 행위가 직접적으로 현실에 개입하는 순간이라는 점에서, 비평가 최재서가 주체로 탄생하는 순간이다. 이는 미학적인 것이 현실 정치로 환원된다는 점에서 '정치의 미학화'를 완성하는 순간이기도 하다. 그러나 이는 동시에 예술과 그 비평이 현실 정치에 직접 개입하는 것은, 주체성의 파탄을 전제하지 않고는 불가능하다는 점을 현시하는 순간이기도 하다. 이런 점에서 최재서가 도달한 이 순간은 '정치의 미학화'가 완전히 전개되어 붕괴하는 지점이면서 동시에 '미학의 정치화'라는 모더니스트 리얼리즘으로 회귀가 시작되는 지점이기도 하다. 정치의 미학화가 절대적 모럴의 제시라는 점에서 모더니스트 리얼리즘에 주어지는 명석한 해답이라는 사실을 상기한다면, 이제부터 다시 시작될 모더니스트 리얼리즘은 모럴의 문제성에 초점을 맞추어야 함이 드러난다. 요컨대, 최재서의 '정치의 미학화'는 '미학의 정치화’라는 문제가 끊임없이 반복적으로 다시 물어져야 하는 것임을, 그리고 그 물음의 형식 속에서만 비평적 주체성이 확립될 수 있는 것임을 알려주는 것이다.

5 미학의 정치화와 이론의 현실성

1930년대 최재서 비평은 지금까지 비평 이론의 과학화 · 학문화라는 관점에서 고평된 반면, 일제 말기의 국민문학은 양가적 평가를 얻어왔다. 국민문학론은 어떠한 관점을 취하든 식민주의 · 제국주의 · 파시즘의 문학적 옹호라는 점에서 비판받아 마땅하다. 민족주의 관점에서 볼 때 그것은 매판적 · 비주체적이며 보편주의적 · 인간주의적 관점에서 볼 때 예외주의적 · 반인도주의적으로 규정된다. 하지만 이렇게 최재서 국민문학론을 비판하는 두 관점은 그대로 다시 대상을 옹호하는 논리로 전용될 수도 있다. 즉 식민지 동화정책이 철저히 실현되는 속에서 문학 영역에서나마 한국적인 것을 지키려 했다는 점에서 국민문학론은 일정한 의의가 있다. 또 국민문학론에서 지향하는 국민적인 것이 단순히 일본주의만은 아니며, 한정된 범위에서나마 보편주의적 논리를 취했다는 점에서 의의가 없지는 않다. 이러한 국민문학론에 대한 양가적 평가 논리는 그대로 모더니스트 리얼리즘 시대의 최재서 비평에도 소급 적용된다. 비판론자들은 최재서가 추구한 비평의 과학화가 ‘한국 민족의 억압받는 생활’이라는 구체적 삶의 조건을 무시한 결과라고 보는 반면, 옹호론자들은 사이비 보편성이나마 최재서가 견지해왔기에 파시즘 시대에도 어느 정도 합리적 태도를 보일 수 있었다고 본다. 이 다양한 논평 가운데에도 하나의 공통점은 있다. 그것은 최재서가 1944년 창씨개명하며 천황주의로 빠지는 순간에 대한 비판이다. 이 순간 최재서는 자기 민족을 배신하고, 천황제 파시즘을 옹호하며, 어떤 논리로도 구제할 수 없는 파탄으로 치닫는다는 것이다.

위에서 여러 번 지적했듯 국민문학론이 비평가 최재서가 일본주의/천황주의를 의식적으로 선택한 결과 성립된 것임은 부인하기 어렵다. 만약 국민문학론에 모더니스트 리얼리즘이 제출한 '모럴'의 문제성을 이어받는 양상이 나타난다면, 그것은 최재서의 비평 의식이 작용한 결과라기보다는 식민주의/파시즘하의 피식민자가 처한 일반적 상황의 부산물에 지나지 않는다. 이렇게 놓고 보면, '이론'으로서 국민문학론의 가치는 '국민주의적 현실'에 철저히 종속된 것이 된다. 최재서가『전환기의 조선문학』을 출간한 1943년 즈음, 이론가 · 비평가로서 정체성을 버리고 소설가로 나선 것은 이런 맥락에서 보면 자연스러운 결정일 것이다. 천황에 '사봉하는 문학'을 외치는 순간 그에게는 현실에 대한 반성력으로서 이론을 수행하는 위치는 불가능해져버렸기 때문이다. 여기서 이론을 초과하는 현실의 힘을 읽어내는 것은 당연해 보이나, 이는 간과하기 어려운 난국을 초래한다.

천황주의를 선택하면서 최재서는 여태까지 전개해온 국민문학론을 통해 징후적으로 드러난 '국민주의적 현실'의 내적 모순을 극복하기 위해 '국민문학론'이라는 이론 자체를 없애는 방향을 취했다. 이는 국민주의적 현실에 순응하여 자신의 이론가적 주체성을 버리고 현실에 자기를 투신한 것으로 보인다. 그러나 이 투신은 역설적으로 국민주의적 현실을 여태 지지한 것은 결국 최재서 자신의 국민문학론이었다는 것을 드러낸다는 점에서, 이론가 최재서의 주체성의 최대 실현이자 '이론에 대한 투신'에 해당하기도 한다.

이론을 현실의 대립적 실체로 봄으로써 이론가의 주체성을 확보하려는 시각은 결국 이론의 현실 환원을 초래하고 만다. 이는 정확히 국민문학의 이론가로서 최재서가 밟아나간 행로이다. 최재서 비평을 현재 관점에서 이론화한다면, 즉 최재서 '이론'에 '역사적' 평가를 시도하고자 한다면, 최재서가 도달한 바 국민문학론의 현실 속으로의 해소에 내포된 '이론성'을 정확하게 기술하는 데서 그쳐야 한다. 최재서는 국민문학론이라는 자기 이론을 내적으로 붕괴시켜 현실 속으로 완전히 해소시키는 단계로 나아감으로써 국민문학론의 토대인 국민이라는 현실을 역설적으로 붕괴시켰다. 이 단계에서 국민문학론의 '현실성'을 묻는 것은 온당한 역사적 평가라고 할 수 없다. 이미 이 이론은 현실과의 거리를 상실하고, 더 정확히 말하면, 현실 자체가 되어버렸기 때문이다. 이 지점의 국민문학론은 자기의 현실성을 측정하고자 하는 모든 이론적 태도를 의문에 부친다는 점에서, 그리하여 이론의 이론성을 자문하도록 한다는 점에서 '이론성'을 갖는다.

현실에 대립하여 존재하는 이론이 '상대적' 이론이라면, 현실 없이 자기 존재성에 대한 자문으로 존재하는 이론을 절대적 이론 혹은 이론 자체라는 의미에서의 '이론성'으로 부를 수 있을 것이다. 이는 국민문학론 이전 모더니스트 리얼리즘 시대의 최재서가 도달한 지점, 자기 분열 자체가 작품의 내용이 되는 예술작품을 인식하고 그 분열이 현실적인 것으로 환원되지 않도록 저지하는 비평가의 모럴리티와 공명하고 있다.

최현희

성균관대학교에서 국어국문학과 영어영문학을 전공하고 서울대학교 국어국문학과 석사를 거쳐 미국 캘리포니아대학 어바인캠퍼스 동아시아어문학과에서 박사학위를 받았다. 일본 도쿄외국어대학 총합국제학연구원 외국인연구자와 KAIST 인문사회과학부 초빙교수를 거쳐 현재 한국외국어대학교 한국학과 조교수로 있다. 주요 논문으로 「임화 비평의 문학주의와 커뮤니즘」(『반교어문연구』 39, 2015), 「이중의 식민성과 보편주의」(『인문과학연구』 41, 2014), 「이상李箱의 경성」(『한국현대문학연구』 41, 2013) 등이 있다.

집필경위

이 글은 2013년 11월 한림과학원 주최 "식민지 시기 '예술' 개념의 수용과 문학장의 변동" 워크숍에서 처음으로 발표되었다. 일제 말기 한국과 일본의 문화사와 사상사를 다룬 필자의 박사학위 논문에는 이 글에서도 다룬 비평가 최재서의 국민문학론과 미키 기요시의 협동주의 사회사상을 비판적으로 비교 분석한 장이 있다. 이 글은 국민문학론 이전 시기 최재서의 모더니즘 예술론 분석에서 출발하여 그것이 어떻게 국민문학론 시기의 예술론으로 이어지는지를 고찰하고 있다.

주

1장

1) 曾田秀彦, 「民衆藝術論」, 日本近代文學館 編, 『日本近代文學大事典』 제4권, 講談社, 1977, 494쪽. 한국에서 이 주제에 관한 연구로는 김문봉, 「민중예술론고」, 『일어일문학』 10-1, 1998이 있다. 이 논문은 민중예술론의 대표적 논자 세 사람의 글을 개관하고 있다. 일본에서의 연구는 필요에 따라 이하 각주에서 제시한다.
2) 瀬沼茂樹, 『民衆芸術論」の前後」, 『文學』 18-7, 岩波書店, 1950. 7; 森山重雄, 「民衆芸術論」, 『日本文學』 12-7, 1963. 7 참조.
3) 필자는 「근대 일본의 아나키즘 수용과 조선으로의 접속-크로포트킨 사상을 중심으로」, 『일본역사연구』 35, 2012. 6에서 식민지 조선의 아나키즘 수용에서 오스기의 번역서와 저술이 주요한 역할을 했음을 논했다. 민중예술론을 다루는 이 글에서도 오스기가 식민지 조선에 미친 영향력을 입증하게 될 것이다.
4) 유치진, 「내 심금의 현을 울린 작품(6) 로만 로란의 민중예술론」, 『조선일보』, 1933. 1. 23, 4면. 유치진은 자신이 문학과 결별하기로 결심했을 때 '로만 로란'의 민중예술론을 만났다면서 "나는 그 책을 많이 읽을 필요가 없었다. 나는 초두初頭 평민예술로서의 연극을 읽고 그만 그 자리에서 큐피트의 전광電光을 맞았다"라고 술회했다.
5) 本間久雄 · 大久保典夫, 「「民衆芸術論争」のころ」, 『日本近代文學』 14, 1971. 5, 98쪽.
6) 吉野作造, 「民衆的示威運動を論ず」, 『中央公論』, 1914. 1, 『吉野作造選集』 3, 岩波書店, 1995, 17쪽.
7) 같은 글, 21쪽.
8) 石田雄, 『日本の社會科學』, 東京大學出版會, 1990, 73~80쪽.
9) 이 시기의 '평민'은 두 가지 의미가 있었다. 우선 메이지 시대에 신분제를 철폐하

고 대신 구 신분에 따라 화족(華族-공가公家, 다이묘大名), 사족(士族-다이묘 이외의 무사武士), 평민으로 구분하여 호적에 기재한 족칭族稱 중 하나이다. 이에서 비롯되어 평민은 일반적으로 '귀족 이외의 인민의 총칭'으로도 인식되어(당시의 대표적인 국어사전 金澤庄三郎 編, 『辭林』, 三省堂 , 1907에 따르면 ① 족적族籍상 사족 다음에 위치하는 것으로 권리, 의무, 대우 면에서는 사족과 다르지 않다. ② 귀족 이외의 인민의 총칭이라고 설명되어 있다), 흔히 귀족 또는 특권계층과 상대되는 개념으로 사용되었다. 또 하나의 의미는 메이지 사회주의자들에 의해 '프롤레타리아'의 번역어로서 사용된 용례이다. 고토쿠 슈스이幸德秋水와 사카이 도시히코境利彦는 『헤이민平民신문』(1904)에 게재한 『공산당선언』 번역문에서 부르주아를 '신사紳士', 부르주아지를 '신사벌紳士閥', 프롤레타리아를 '평민'으로 번역했다. 예컨대 '평민 즉 근대노동계급'(418쪽)이라고 번역한 것은 프롤레타리아를 설명한 것이다(『幸德秋水全集』 제5권, 明治文獻, 1968에 수록된 『공산당선언』에 따름). 이 번역어는 1920년대에 부르주아, 프롤레타리아가 원어 그대로 일반적으로 사용될 때까지 사회주의 계열의 사람들이 주로 사용한 것으로 보인다. '평민'의 이 두 용례 중 혼마는 전자에, 『헤이민신문』에서 일한 적이 있던 오스기는 후자에 가까웠다고 생각된다.

10) 本間久雄, 「民衆藝術の意義及び價値」, 『早稻田文學』 1916. 8, 伊藤整 編, 『日本現代文學全集 107-現代文藝評論集』, 講談社, 1959, 171쪽.

11) 같은 글, 172쪽.

12) 혼마는 그 이전부터 엘렌 케이에 대한 저역서를 출간하고 있었다. エレン・ケイ, 本間久雄 譯, 『婦人と道德』, 南北社, 1913; 本間久雄, 『エレンケイ思想の眞髓』, 大同館書店, 1915; エレン・ケイ, 本間久雄 譯, 『來るべき時代のために』, 北文館, 1916. 이 중 마지막 책에 「갱신적 수양론」이 수록되어 있다.

13) 本間久雄, 앞의 글, 173~174쪽.

14) 같은 글, 174쪽.

15) 같은 글, 175쪽.

16) 安成貞雄, 「君は貴族か平民か-本間久雄君に問ふ(二)」, 『讀賣新聞』, 1916. 8. 18, 7면.

17) 같은 글(三), 『讀賣新聞』, 1916. 8. 19, 7면.

18) 本間久雄, 「民衆藝術に就いて-安成貞雄君に答ふ(一)」, 『讀賣新聞』, 1916. 8. 30, 7면.

19) 같은 글(三), 『讀賣新聞』, 1916. 9. 1, 7면.

20) 「「民衆藝術」に就いて」, 『早稻田文學』 1917. 2, 42쪽. 이 특집에는 예술좌를 이끈 시마무라 호게쓰島村抱月의 「민중예술로서의 연극」, 민중시파의 도미다 스이카 富田碎花의 「민중예술로서의 시가詩歌」, 소설가 나카무라 세이코中村星湖의 「민중예술로서의 소설」이 실렸다.

21) 예술좌의 대중통속노선에 대해서는 木村敦夫, 「「大衆」の時代の演劇-島村抱月と小山內薰の民衆芸術觀」, 『東京藝術大學音樂學部紀要』 35, 2009 참조.

22) 曾田秀彦, 「「民衆芸術論」の一視点」, 『文芸研究: 明治大學文學部紀要』 20, 1968. 10, 5~7쪽.

23) 같은 글, 16쪽.

24) 兵藤正之助, 「ロマン・ロランと日本文學」, 『國文學: 解釋と教材の研究』 6-7, 1961, 69쪽.

25) 이 시기의 롤랑 연구에 대해서는 「日本におけるロマン・ロラン論年表(大正期)」, 『ロマン・ロラン研究』 27, 1956, 26~27쪽 참조. 이 연표에 따르면 다이쇼기에 롤랑에 대해 논한 글이 37편에 달한다.

26) 中澤臨川, 生田長江 編, 『近代思想十六講』, 新潮社, 1915. 이 책은 식민지 조선의 잡지 『개벽』에 소개된 서구 근대사상의 전거가 된 책 중 하나이다(허수, 『이돈화 연구』, 역사비평사, 2012, 94~96쪽).

27) 같은 책, 497~498쪽.

28) 원제를 직역하면 여기서처럼 '민중극' 혹은 '민중극론'이 될 터이나, 오스기가 이를 굳이 '민중예술론'으로 번역한 것은 당시 전개되고 있던 민중예술 논의를 의식한 것이라고 추측된다.

29) 大杉榮, 「新しき世界の爲の新しき藝術」, 1917. 10, 大杉榮全集刊行會, 『大杉榮全集』 제1권, 大杉榮全集刊行會, 1926, 586쪽.

30) 같은 글, 589쪽.

31) 같은 글, 596~598쪽.

32) 같은 글, 602~605쪽.

33) 오스기는 생의 철학을 제창한 베르그송Henri Bergson(1859~1941)에 대한 소개인 「創造的進化-アンリ・ベルグソン論-」(1913. 3)을 비롯하여 「生の擴充」(1913. 7), 「生の道德-ジャン・マリイ・ギイヨオ-」(1913. 10), 「生の創造」(1914. 1) 등 생명주의에 관한 글을 발표하고, 이를 그의 아나키즘의 한 토대로 삼았다.

34) 鈴木貞美 編, 『大正生命主義と現代』, 河出書房新社, 1995, 3쪽.

35) 같은 책, 9쪽. 이 책에서는 '다이쇼 생명주의'에 영향을 준 서구사상으로 생물학자 헤켈Ernst Haeckel(1834~1919)의 '생명일원론', 베르그송의 『창조적 진화』, 제임스William James(1842~1910)의 다원주의적 프래그머티즘, 케이의 리버럴 페미니즘, 크로포트킨Pyotr Alekseyevich Kropotkin(1842~1921)의 상호부조론 등을 들었다.

36) 大杉榮, 앞의 글, 600~602쪽.

37) 이에 대해서는 大和田茂, 「民衆芸術論と生命主義-加藤一夫を中心に」, 鈴木貞美 編, 앞의 책 참조.

38) 加藤一夫, 「民衆は何處に在りや」(1918. 1), 伊藤整など 編, 『日本現代文學全集 107-現代文藝評論集』, 講談社, 1959, 208쪽.

39) 같은 글, 209쪽.

40) 瀨沼茂樹, 「民衆芸術とプロレタリア文學」, 『近代日本文學講座』 4, 河出書房, 1952, 107쪽.

41) 허수, 『식민지 조선, 오래된 미래』, 푸른역사, 2011, 제3부 2장 「집합적 주체들의 향방-'국민 · 인민 · 민중 · 대중을 중심으로」에서는 『동아일보』 기사제목에 나타난 '민중'을 비롯한 네 개념의 빈도수와 특징을 분석하였다. 그에 따르면 네 개념 중 1920년대에는 '민중' 개념의 빈도수가 가장 높고, 1930년 이후에는 '국민' 개념이 강세를 보인다고 한다(284쪽). 그러나 이 논문은 검토 대상이 기사제목에 한정된 결과, '민중'이 지닌 역사적 함의나 사회적 배경에까지는 분석이 미치지 못하였다.

42) 吳鳳彬, 「일반 민중의 力」, 『매일신보』, 1920. 8. 2, 1면.

43) 天淵生, 「민중문화운동과 吾人의 사명(一)」, 『매일신보』, 1921. 7. 11, 1면.

44) 「법률은 민중화하고 경찰은 사회화하라」, 『매일신보』, 1921. 7. 4, 1면.

45) 「근세민중정치의 의의와 가치(一)」, 『동아일보』, 1921. 2. 21, 1면.

46)「현대정치요의要義(一)」,『동아일보』, 1922. 1. 1, 1면. 연재 2회부터「현대정치의 요의」로 변경.

47) 鄭栢,「민중정신의 일고찰」,『신생활』 1호, 1922. 3. 11, 30쪽.

48)「민중의 力을 更新하라-民惟邦本」,『동아일보』, 1922. 1. 2, 1면.

49)「민중의 권위-오즉 단결」,『동아일보』, 1923. 1. 13, 1면.

50)「지도자의 필요-민중시대의 일경향」,『동아일보』, 1923. 1. 22, 1면.

51) 東痴,「민본주의와 예술」,『조선일보』, 1920. 8. 4, 1면.

52) 현철,「문화사업의 급선무로 민중극을 제창하노라」,『개벽』 제10호, 1921. 4, 107쪽, 112쪽.

53) 같은 글, 112쪽.

54) 같은 글, 114쪽.

55) 양승국,『한국근대연극비평사연구』, 태학사, 1996, 54쪽.

56)「예술과 민중(一)」,『조선일보』, 1921. 5. 9, 1면.

57) 이상의 내용은 ロメン・ロオラン, 大杉榮 譯,『民衆藝術論: 新劇美學論』, 1917,『大杉榮全集』 제6권, 大杉榮全集刊行會, 1926. 1, 437~438쪽, 482~485쪽의 내용이다.

58)「예술과 민중(二)」,『조선일보』, 1921. 5. 10, 1면.

59) 申湜,「吾人의 생활과 예술」,『개벽』 제18호, 1921. 12, 40~41쪽.

60) 같은 글, 43쪽.

61) 京西學人,「예술과 인생」,『개벽』 제19호, 1922. 1, 18~19쪽.

62) 김명식,「露西亞의 산 문학」,『신생활』 3호, 1922. 4. 1, 5쪽.

63) 정백,「勞農露西亞의 문화시설」,『신생활』 6호, 1922. 6, 12~13쪽.

64) 예를 들어 제1편 첫 문장에 "모리엘은 이 평민희극의 큰 흑주黑柱입니다"라는 문장이 나오는데, 여기서 '큰 흑주'란 일역본의 '대흑주大黑柱'를 그대로 옮긴 것으로, 일본어에서 이는 '중심인물' 혹은 '대표인물'을 비유적으로 표현하는 단어이다. 결국 김억은 이를 제대로 번역하지 않고 그대로 옮겼다.

65) 김기진,「클라르테운동의 세계화」,『개벽』 제39호, 1923. 9, 14쪽. 김기진과 프로문학의 성립에 대해서는 김영민,『한국근대문학비평사』, 소명출판, 1999, 제2장 참조.

66) 김기진,「Promenade Sentimental」,『개벽』 제37호, 1923. 7, 86쪽.

67) 같은 글, 94쪽, 97쪽.

68) 1920년대에 일어난 사회주의 문학운동으로, 프랑스의 작가 바르뷔스가 전개했다. '클라르테Clarte'란 그의 작품 중 하나인데, 이 작품의 정신을 운동 차원으로 전개한 것이다. 그의 작가적 양심과 방법은 '유물론적 변증법에 의거하여 현실을 분석하고 탐구하는 것'에 있으며, 클라르테 운동의 핵심은 '무자비한 자본가들의 허위에 가득 찬 기독교주의와 온갖 불합리한 현상의 모태가 되는 상속법'에 대한 항거이다. 이 운동은 바르뷔스와 롤랑의 논쟁을 통해 세계적으로 유명해졌다(이응백 · 김원경 · 김선풍 감수, 『국어국문학자료사전』, 1998, 한국사전연구사, 「네이버 지식백과」 게재본에 따름).

69) 박지영, 「팔봉 김기진의 초기 사회주의사상 형성 과정-일본 사회주의 체험과 영향」, 『한국어문학연구』 12, 2000. 12, 176쪽.

70) 이것은 『種蒔く人』 3-10 · 11, 1922. 8에 게재된 「ロマン · ロオラン對アンリ · バルビユスの論爭五通」을 번역한 것이다.

71) 김기진, 「클라르테운동의 세계화」, 15~16쪽.

72) 김기진, 「또다시 「클라르테」에 대해서, 빠르뷰스연구의 一片」, 『개벽』 제41호, 1923. 11, 55쪽.

73) 양명, 「민중본위의 신예술관」, 『동아일보』, 1925. 3. 2, 1면.

74) 조동걸, 『일제하 한국농민운동사』, 한길사, 1983; 김인걸 · 강현욱, 『일제하 조선노동운동사』, 일송정, 1989 참조.

75) 「미발견의 민중-민중은 力의 원천」, 『동아일보』, 1924. 2. 6, 1면.

76) 「민중대회를 발기」, 『동아일보』, 1924. 4. 11, 2면.

77) 「심상치 안은 현상-민중아 혈맥을 집허 보아라」, 『동아일보』, 1924. 4. 16, 2면.

78) 「민중운동자대회」, 『동아일보』, 1925. 2. 8, 2면.

79) 「미국의 민중극 운동」, 『동아일보』, 1926. 4. 30, 3면.

80) 「미국의 민중극 운동(二)」, 『동아일보』, 1926. 5. 2, 3면.

81) 「민중예술의 개념(上)」, 『시대일보』, 1926. 6. 14, 4면.

82) 오스기 글과 대조한 결과 「민중예술의 개념(上)」은 大杉榮, 「新しき世界の爲の新しき芸術」, 『大杉榮全集』 1, 1926, 596~599쪽(중간에 일부 생략됨), (下)는 599~602쪽(중간에 일부 생략됨)에 해당한다.

83) 「민중예술의 개념(下)」, 『시대일보』, 1926. 6. 21, 4면.

84) 정희관, 「민중예술」, 『동아일보』, 1926. 9. 9, 4면.

85) 최호동, 「민중과 예술-文士 諸氏에게」, 『동아일보』, 1926. 10. 29, 3면.

86) 최화수, 「문단병환자 -「민중과 예술」의 필자에게」, 『동아일보』, 1926. 11. 2, 3면.

87) 정뢰, 「민중과 예술」, 『동아일보』, 1926. 12. 22, 3면.

88) 송순일, 『민중과 예술』을 낡고 최호동 군에게」, 『동아일보』, 1927. 1. 29, 3면.

89) 강영원 옮김, 「민중예술의 의의及가치」 전3회, 『조선일보』, 1927. 8. 27~31, 3면.

2장

1) 서구에서 'art'의 용법과 유사하게, 근대 이전의 일본에서 예술은 기술과 환치가 가능한 의미로 사용되었다. 에도 말기의 사상가 사쿠마 쇼잔佐久間象山(1811~1864)은 '동양도덕서양예술東洋道德西洋藝術'이라는 말을 남겼는데, 여기에서 예술은 '생산기술 · 산업기술'을 뜻했다(佐久間象山, 『省諐錄』, 聚遠樓, 1871).

2) 1873년 일본 정부가 비엔나만국박람회에 참가할 때 출품 분류에 관해 독일어 Kunstgewerbe(공예, 미술(품)) 및 bildende Kunst(조형예술)의 번역어로서 미술美術을 채용해 '음악, 회화, 조각, 시詩 등'을 포괄적으로 지칭한 것이 그 시초다. 「墺國維納府博覽會出品心得」 第二ヶ條(展覽會品ハ左ノ二十六類ニ別ツ), 第二十二區에 「美術(西洋ニテ音樂, 畫學, 像ヲ作ル術, 詩學等ヲ美術ト云フ)」이라고 기재되어 있다(『日本近代思想大系 17 美術』, 403~405쪽).

3) 1889년 개교한 도쿄미술학교(현 도쿄예술대학 미술학부)에 '미학 및 미술사'가 개설되었다(廣原新 編, 『改正官立公立及ビ私立諸學校規則』, 1895, 10쪽).

4) 근대적 의미의 예술 개념이 등장한 첫 용례는 니시 아마네西周(1829~1897)의 『百學連環』(1870년 고)에서, mechanical art(技術)와 대비되는 개념으로서 liberal art에 대해 예술의 번역어를 사용한 것이었다(飯田賢一 編 · 校注, 『日本近代思想大系 14 科學と技術』, 岩波書店 , 1989, 57~58쪽; 飯田賢一, 『技術』(一語の辭典シリーズ), 三省堂, 1995, 12쪽).

한편, 헵번平文, J. C. Hepburn의 『和英英和語林集成』 1867년 초판, 1872년 2판에

는 'GEIJUTSU(藝術)' 항목 자체가 없다. 따라서 새로운 개념으로서의 '예술'이 정착되지 않았음을 짐작할 수 있다. 1881년 이노우에 데쓰지로井上哲次郎의 『哲學字彙』(東京大學三學部印行)에서도 art는 '술術 · 기예技藝 · 기량技倆'으로, 1887년 나카에 조민中江兆民의 『佛和辭林』(丸善商社)에서도 art는 '술術 · 책策 · 인위人爲 · 기량技倆'으로, '기술'의 의미가 강하다. 헵번의 사전 1886년 3판에서 예술은 "n. the arts; fine arts", 1894년 판 art 항목은 "n. Jutsu(術), gei-jutsu(藝術); takumi(巧), nō(能), kō, toku, fine—, bujutsu(美術), master of arts, gakushi(學士)", '藝術' 항목은 "ゲイジュツ n. The arts; fine arts"로 되어 있다. 여전히 art에 예술, 기술, 미술의 의미가 혼재하는 가운데 '예술'이 현대 통용되는 근대적 개념으로서 자리 잡아가고 있음을 확인할 수 있다. 1913년의 『工業大辭典』(大日本百科辭典 編輯部, 同文館)에 이르러 '技術'은 "英 Art, 獨 Die Künste, 佛 Art로 예술과 동의어로 해석한다. 그러나 지금은 일반적으로 예술이라는 용어를 많이 사용하고 기술을 사용하는 경우는 적다. 《藝術》을 참조"라고 기재되어 있어, 'art'가 더는 '기술'의 의미가 아닌 '예술'의 의미로 통용되고 있음을 보여준다.

5) 리델의 『한불자전Dictionnaire Coréen-Français』(1880)에 '예술' 항목은 없으며 '술術'은 'art'로 번역되어 있다. 언더우드의 『한영자전A Concise Dictionary of the Korean Language』(1890)에도 '예술' 항목은 없다. 스콧의 『English-Corean Dictionary』(1891)에 'art'는 '재주, 솜씨'의 뜻으로 번역되어 있다. 게일의 『한영자전 A Korean-English Dictionary)』(1897)에도 '예술' 항목은 없으며, 조선총독부가 펴낸 『朝鮮語辭典』(1920)에 이르러 '예술' 항목이 나오지만 '才藝재예に同じ'라는 설명이 되어 있다. 최녹동의 『현대신어석의現代新語釋義』(1922)에서야 비로소 "예술: 광의로 해석하면 기술 혹은 기교의 뜻으로서 자연물에 대비해 사람의 기교에 의해 만들어낸 심미상의 가치를 가진 일체의 제 작품의 총칭이고, 또 협의로 하면 미를 표현하는 것을 유일한 목적으로 하는 기술 및 작품을 가리키니 곧 회화, 조각, 건축, 음악, 시가, 소설, 희곡 등이 그것이다. 일반적으로는 늘 협의로 많이 사용한다"라고 설명했다. 그러나 게일의 『삼천자전Present day English-Korean: Three Thousand Words』(1924)에는 여전히 "Art: 기슐技術, 미슐美術"로 되어 있어 여러 의미가 혼용되고 있음을 알 수 있다.

6) 근대적 의미의 예술 개념을 사용한 빠른 시기의 것으로는 김억, 「예술적 생활(H군

에게)」, 『학지광』 제6호, 1915 및 고미야 미호마쓰小宮三保松, 「朝鮮藝術衰亡の原因及其の將來」, 『조선휘보』, 1915가 보인다.

7) 김유방, 「톨스토이의 예술관」, 『개벽』 제9호, 1921. 3. 1; 불국 로맹 롤랑, 조선 김억 옮김, 「민중예술론」, 『개벽』 제26호, 1922. 8. 1; 「현 문단의 세계적 경향」, 『개벽』 제44호, 1924. 2. 1 등.

8) 김유방, 앞의 글, 1921. 3. 1; 김억, 앞의 글, 1915; 박영희, 「예술과 과학의 인간 사회에 기여하는 것은 무엇인가?」, 『삼천리』 제6권 제7호, 1934. 6. 1; 이광수, 『조선일보』, 1935. 11. 20; 『이광수전집 10』, 삼중당, 1971.

9) 근대 한국의 톨스토이 수용에 관해서는, 구인환, 「이광수 소설에 수용된 톨스토이」, 『국어교육』 제32호, 1978; 채진홍, 「홍명희의 톨스토이관 연구」, 『국어국문학』 제132호, 2002; 권보드래, 「「소년」과 톨스토이 번역」, 『한국근대문학연구』 제6권 제2호, 2005; 박진영, 「한국에 온 톨스토이」, 『한국근대문학연구』 제23호, 2011; 소영현, 「지知의 근대적 전환—톨스토이 수용을 통해 본 "근대지"의 편성과 유통」, 『동방학지』 제154호, 2011 등이 참고가 된다.

10) 톨스토이 예술론 수용에 관한 연구는 전반적으로 부진한 상태에서, 김태준, 「춘원 이광수의 예술관」, 『명지어문학』 제4호, 1970; 송민호, 「카프 초기 문예론의 전개와 과학적 이상주의의 영향: 회월 박영희의 사상적 전회 과정과 그 의미」, 『한국문학연구』 제42호, 2012가 참고가 된다. 한편 일본의 경우 근대 일본의 톨스토이 수용 연구는 상당히 축적되어 있는 편이다. 柳富子, 『トルストイと日本』, 早稲田大學出版部, 1998; 阿部軍治, 『白樺派とトルストイ: 武者小路實篤 · 有島武郎 · 志賀直哉を中心に』, 彩流社, 2008; 阿部軍治, 『德富蘆花とトルストイ: 日露文學交流の足跡』, 彩流社, 2008 등. 다만 톨스토이 예술론 수용을 중점적으로 다룬 연구는 보이지 않는다.

11) 이 주제에 관련된 논문은, 채진홍, 「홍명희의 정치관과 문예운동론 연구」, 『한국학연구』 제12호, 2000; 채진홍, 앞의 논문, 2002를 들 수 있다. 다만, 홍명희의 예술 개념에 집중한 논문은 보이지 않는다.

12) 鄧都意(トウストイ), 『北歐血戰余塵: 泣花怨柳』, 忠愛社, 1886.

13) 中村融, 『トルストイ全集17 藝術論 · 教育論』, 河出書房新社, 1973.

14) 德富蘆花, 『トルストイ』, 民友社, 1897, 5쪽.

15) 이하 근대 일본의 톨스토이 수용 상황 전반에 관해서는 柳富子, 앞의 책, 1998을 참고했다.

16) 木下尚江, 「舊友諸君に告ぐ」, 『新紀元』, 1906; 柳富子, 앞의 책, 1998, 29쪽에서 재인용.

17) 西海枝靜, 「トルストイ翁の新美術論」, 『帝國文學』 제4권 제7호, 1898; 柳富子, 앞의 책, 1998.

18) 長谷川天溪, 「トルストイ伯の藝術論」, 『國民新聞』, 1901. 2. 28, 3. 2; 長谷川天溪, 「トルストイの藝術論」, 『早稻田文學』, 1902. 5. 6; 柳富子, 앞의 책, 1998, 44쪽에서 재인용.

19) 長谷川天溪, 「トルストイの沙翁論を讀む」, 『早稻田文學』, 1907. 2; 柳富子, 앞의 책, 1998, 47쪽에서 재인용.

20) 島村抱月, 「囚はれた文藝」, 『早稻田文學』, 1906; 柳富子, 앞의 책, 1998, 46쪽에서 재인용.

21) 中鳥孤島, 「假面を脫すべき時は來れり」, 『太陽』, 1906. 8; 柳富子, 앞의 책, 1998, 45쪽에서 재인용.

22) 中鳥孤島, 「藝術とは何か」, 『火鞭』, 1906. 4; 柳富子, 앞의 책, 1998, 46쪽에서 재인용.

23) 홍명희가 톨스토이를 주제로 집필한 글로는, 톨스토이 서거 25주년 특집으로 구성된 「대톨스토이의 인물과 작품」(『조선일보』, 1935. 11. 23~12. 4, 총 8회 연재)이 있다. 톨스토이에 관해 대략 1860년대부터 1910년 사망할 때까지 사상적 특징을 논하면서 홍명희 자신의 톨스토이에 대한 초기 이해와 이해의 변천에 관해 서술하였다. 회고담이지만 시기를 명시적으로 제시하면서 톨스토이를 논했다는 점 그리고 다른 자료들과 대조했을 때 서술 내용이 일치하는 점에서 신뢰성 있는 자료로 판단된다. 이 외에 일본 유학 시기 홍명희의 톨스토이 이해를 알 수 있는 자료로는, 「홍명희 · 설정식 대담기」, 『신세대』 제23호, 1948(임형택 · 강영주, 『벽초 홍명희와 『임꺽정』 연구 자료』, 사계절, 1996, 211~228쪽), 이광수의 회고담 등이 있다(김윤식, 『이광수와 그의 시대 1』, 솔, 2001, 227~230쪽).

24) 홍명희는 조선시대 양반 사대부가의 장손으로 1888년 충북 괴산에서 태어나 당시 양반가 자제들이 대부분 그랬듯이 한학교육을 받으면서 성장했다. 조부 홍승목은

참판, 부친 홍범식은 괴산 군수를 지냈다. 홍명희는 『소학』, 『서경』, 『논어』, 『맹자』 등을 읽고 암송하는 등 비상한 기억력과 문재를 드러냈으나, 「자서전」에 따르면 열한 살 무렵부터는 『삼국지』, 『동주열국지』, 『서한연의』, 『수호지』, 『서유기』, 『금병매』 등 중국 소설들을 탐독하기 시작했다. 1901년 상경해 중교의숙中橋義塾에 입학하면서 처음으로 신학문을 접했다. 중교의숙에서는 산술, 물리, 역사, 법학 등 초보 수준의 근대 학문과 아울러 특히 일본어를 중점적으로 배운 것으로 추측된다. 이후 1906년 도쿄에 도착한 홍명희는 우선 도요상업학교 예과 2년에 편입한 뒤, 1907년 다시 다이세이중학교 3학년에 편입하여 1909년 말까지 수학했다(강영주, 『벽초 홍명희 연구』, 창작과비평, 2002; 임형택 · 강영주, 앞의 책, 1996 참조).

25) 당시 일본문단의 총아 나쓰메 소세키, 시마자키 도손, 다야마 가타이, 도쿠토미 로카, 마야마 세이카, 마사무네 하쿠초 등 자연주의 작가들뿐 아니라 영국의 바이런, 러시아의 투르게네프, 도스토옙스키, 톨스토이, 크로포트킨, 프랑스의 몰리에르, 모파상까지 당대를 풍미하던 신예 작가들의 작품을 섭렵했다.

26) "그때 주로 내 독서의 흥미는 러시아 작품들인데 번역된 것은 모조리 다 읽어보았지요. 암만해도 명랑하고 경쾌한 불란서문학 같은 것보다는 침통하고 사색적인 러시아 작품이 내 기질에 맞아요. 거기에는 예술의 맛보다는 인생의 맛이 더 들어 있으니까"(「홍명희 · 설정식 대담기」, 『신세대』 제23호, 1948; 임형택 · 강영주, 앞의 책, 1996, 214쪽).

27) 홍명희, 「대톨스토이의 인물과 작품」, 『조선일보』, 1935. 11. 23~12. 4; 임형택 · 강영주, 앞의 책, 1996, 83쪽.

28) 「홍명희 · 설정식 대담기」, 『신세대』 제23호, 1948; 임형택 · 강영주, 앞의 책, 1996, 215쪽.

29) 스미야는 일찍이 톨스토이의 『참회록』과 『종교론』을 읽고 감명을 받아 일본어로 번역하도록 추천해, トルストイ, 加藤直士 譯, 『我懺悔』, 警醒社, 1902 및 トルストイ, 加藤直士 譯, 『我宗教』, 文明堂, 1903이 출판되었다.

30) 「十九世紀之予言者 小引」, 「原著者の序文」, 「第一編 トーマス, カーライルと彼が勞働の福音」, 「第二編 社會改革家としてのジヨン, ラスキン」, 「第三編 トルストイ伯と其の福音」.

31) 「홍명희 · 설정식 대담기」, 『신세대』 제23호, 1948; 임형택 · 강영주, 앞의 책, 1996, 215쪽.

32) 홍명희, 앞의 글, 1935. 11. 23~12. 4; 임형택 · 강영주, 앞의 책, 1996, 83~84쪽.

33) 홍명희, 앞의 글, 1935. 11. 23~12. 4; 임형택 · 강영주, 앞의 책, 1996, 85쪽.

34) Romain Rolland, Tolstoy, translated by Bernard Miall, T. F. Unwin, 1911; ロマン · ロラン, 植村宗一 譯, 『トルストイ論 先驅者』, 人間社出版部, 1921.

35) 홍명희, 앞의 글, 1935. 11. 23~12. 4; 임형택 · 강영주, 앞의 책, 1996, 77쪽.

36) 中里介山(彌之助), 『トルストイ言行錄』, 內外出版協會, 1906.

37) 권보드래, 「「소년」과 톨스토이 번역」, 『한국근대문학연구』 제6권 제2호, 2005, 64쪽 이하; 박진영, 「한국에 온 톨스토이」, 『한국근대문학연구』 제23호, 2011, 201쪽 이하 참조.

38) 박노자, 「너희가 '톨스토이'를 아느냐」, 『한겨레 21』 제498호, 한겨레신문사, 2004; 박진영, 앞의 논문, 2011, 205쪽 참조.

39) 김윤식, 앞의 책, 2001, 227~230쪽.

40) 이광수, 앞의 글, 1935. 11. 20.

41) 같은 글.

42) 다만, 이들 서명만 거론할 뿐 구체적인 논의는 확인되지 않는다. 홍명희는 자신이 유학 시절 읽은 책 중 크로포트킨을 언급하면서 "나는 그때 사회주의니 뭐 그런 것은 몰랐었지요"라고 고백했다(「홍명희 · 설정식 대담기」; 임형택 · 강영주, 앞의 책, 1996, 214쪽).

43) 이러한 경향은 홍명희 개인의 관심이 이동했다기보다는 사회 전반적으로 현실 타개 원리로서 톨스토이사상에 한계를 느끼던 상황에서 1920년을 전후하여 부상한 마르크스주의에 대한 기대 속에서 일어난 일이라고 볼 수 있다.

44) 홍기문, 「아들로서 본 아버지」, 『조광』 제2권 제5호, 1936; 임형택 · 강영주, 앞의 책, 1996, 237쪽.

45) 신사상연구회는 "소련, 일본, 중국 등지에서 홍수와 같이 팽배하게 몰려오는 신사상을 연구해 조리 있는 갈피를 찾아보려는 목적"을 표방한 사상연구단체다.

46) 이 무렵 『동아일보』에 연재한 「인구원리」에서 홍명희는 맬서스Thomas Robert Malthus의 『인구론』이 자본주의 경제학의 필수 서적임을 말하기 위해, '마르크스

의 자본론'을 '사회의 경전'으로 비유했다(1924. 10. 23). 단편적이기는 하나 1924년 당시 홍명희의 마르크스주의 이해가 확고했던 것을 엿볼 수 있다. 『동아일보』에 연재된 홍명희의 글은 1926년 『학창산화』(조선도서주식회사)로 출간되었다.

47) 강영주, 앞의 책, 2002, 192쪽 이하.

48) 백철, 『신문학사조사』, 신구문화사, 2003, 305쪽.

49) 같은 책, 322쪽.

50) 홍명희, 「신흥문예의 운동」, 『문예운동』 제1호, 1926. 1; 임형택 · 강영주, 앞의 책, 1996, 69~72쪽. 홍명희의 글 「신흥문예의 운동」은 『문예운동』 제1호 권두에 배치되어 있어 실질적으로 창간사 역할을 했다.

51) 『문예운동』 제2호, 1926. 6, 2~3쪽. 이 글이 게재된 『문예운동』 제2호는 주요 도서관에 소장되지 않은 잡지이다. 「예술기원론의 일절」의 복사본을 제공해주신 강영주 선생님께 깊이 감사드린다. 또한 『문예운동』 제2호는 새로 발굴된 자료로서 2013년 12월호 『근대서지』(근대서지학회)에 소개되었다.

52) Vladimir Werke Lenin, Bd. 15, 1908, p. 197; 최대희, 「톨스토이와 사회민주주의적 인텔리겐치아」, 『러시아어문학 연구논집』 제14권, 2003, 350쪽 참조.

53) V. I. 레닌, 이길주 옮김, 『레닌의 문학예술론』, 논장, 1988, 60쪽; 최상철, 「마르크스-레닌주의 문학예술론의 몇 가지 쟁점에 대한 고찰」, 『노동사회과학』 제2호, 2009, 308쪽.

54) 레닌, 앞의 책, 1988, 87~89쪽; 최상철, 앞의 논문, 2009, 310쪽.

55) ニコライ · レ_ニン, 淺生燦 譯, 「(一)露西亞革命の鏡としてのレフ · トルストイ」, 『トルストイとディツゲン』(土曜會パンフレツト 第4册), 思想社, 1927.

56) ルナチャルスキイ, 金田常三郎 譯, 『トルストイとマルクス』(新露西亞の研究 第2篇), 原始社, 1927. 부록으로 "예술은 왜 생겼는가藝術はどうして生れたか"라는 주제로 글을 게재했다. 루나차르스키Anatorii Lunacharskii는 소비에트정권에서 인민예술계몽 위원장을 지낸 인물이다.

57) ニコライ · レ_ニン, 國際文化硏究會 譯編, 「ロシヤ革命の鏡としてのトルストイ レ_ニン」, 『マルクス主義者の見たトルストイ』, 叢文閣, 1928; ソウエ_ト藝術局, 國際文化硏究會 譯編, 「トル ストイに關するテ_ゼ」, 『マルクス主義者の見たトルストイ』, 叢文閣, 1928.

58) ヴェ―・イ―・レ―ニン, 日本戰鬪的無神論者同盟 譯,「第四章 トルスイトとトルスイト主義」, ソ同盟戰鬪的無神論者同盟 編,『レ―ニンの反宗教論』, 白揚社, 1931.

59) レ―ニン・プレハ―ノフ・アクセリロ―ド 等, Georgii, 米川正夫・熊澤復六・米川正夫・熊澤復六 譯,『トルストイ硏究』, 隆章閣, 1934.

60) 河上肇・小田賴造,「序」,『トルストイ翁人生の意義』, 今古堂, 1906, 1~24쪽.

61) 가와카미는 1917년『貧乏物語』(弘文堂)에서 빈곤의 현상・원인・해결 방안을 모색하고자 스미스Adam Smith・마르크스Karl Marx・로이드 조지Lloyd George의 이론을 중심으로 서술했으며, 이후 1920년『近世経濟思想史論』(岩波書店)과『社會問題管見』(弘文堂書房),『唯物史觀硏究』(弘文堂書店, 1923) 등에서 마르크스 유물사관에 의거해서 사회경제 문제를 다루었다.

62) 河上肇,「第六章 政治革命後における露西亞の經濟的地位(レ―ニン)」,『社會組織と社會革命に關する若干の考察』, 弘文堂, 1924; デボ―リン,「前篇 革命的辯證家としてのレ―ニン」,「後篇 辯證法に關するレ―ニンの遺稿について」, 1927; レ―ニン, 河上肇 譯,「辯證法の問題について」,『レ―ニンの辯證法』(マルキシズム叢書 第1冊), 弘文堂書房, 1927.

63) 山川均,『レ―ニンとトロッキ―』, 改造社, 1921; マックス・ベ―ア,「山川均氏の序」,『マルクスの生涯と學說』, 三德社書房, 1923; 山川均,『資本主義のからくり』, 無產階級社, 1926.

64) 강영주, 앞의 책, 2002, 197쪽.

65) 홍명희,「신간회의 사명」,『현대평론』 창간호, 1927. 1.

66) 홍명희,「『신소설』 창간사」,『신소설』 창간호, 1929; 임형택・강영주, 앞의 책, 1996, 74쪽.

67) 조용만,『30년대의 문화예술인들』, 범양사, 1988, 324쪽; 강영주,「벽초 홍명희와 조선학운동」,『인문과학연구』 제5호, 1996, 123쪽에서 재인용.

68) 홍명희,「『임거정전』을 쓰면서―장편소설과 작자 심경」,『삼천리』 제5권 제9호, 1933; 임형택・강영주, 앞의 책, 1996, 39쪽.

69) Pierre Macherey, "Lenin, Critic of Tolstoy," *A Theory of Literary Production*, trans., Geoffrey Wall, RKP, pp. 20~38; 이명호,「레닌의 톨스토이론을 둘러싼 반영과 생

산의 문제」, 『고봉논집』 제6호, 1990, 151쪽 이하.

70) "나는 지금 조선의 현상으로 보아서 다른 문화면이 응고되어 있으니 생동하는 맥으로 발달할 것은 오직 문학밖에 없다고 생각합니다." "조선의 문학청년은 아직 과거의 전통이 형식으로 제약하여 자유스런 지반에 장해될 것이 없으니, 도리어 좋은 경우에 있다고 생각합니다. 혹 언어에 불편을 느끼는 것도 있으나 그 외에는 넓은 천지가 불모지 그대로 신인을 기다리고 있습니다. 나는 형식으로서 사건을 중심으로 한 역사소설들을 보나 그것은 사건 흥미에 맞추려는 데 불과하고 독특한 혼에서 흘러나오는 독특한 내용과 형식이 있어야겠다고 생각합니다." 홍명희, 「문학청년들의 갈 길」, 『조광』, 1937; 임형택 · 강영주, 앞의 책, 1996, 93~94쪽.

71) 임형택 · 강영주, 앞의 책, 1996, 93~94쪽.

72) 홍명희 · 모윤숙(문답), 「이조문학 기타」, 『삼천리문학』 창간호, 1938; 임형택 · 강영주, 앞의 책, 1996, 172~176쪽.

73) 이태준 · 이원조 · 김남천, 「벽초 홍명희 선생을 둘러싼 문학 담의」, 『대조』 창간호, 1946; 임형택 · 강영주, 앞의 책, 1996, 198~199쪽.

74) 임형택 · 강영주, 앞의 책, 1996, 203쪽.

3장

1) 최열에 따르면 김복진은 카프의 강령과 규약의 초안을 작성한 서열 1위의 중앙위원이었다. 최열, 『한국근대미술의 역사: 1800-1945』, 열화당, 1998, 192쪽.

2) 김윤식, 『발견으로서의 한국현대문학사』, 서울대학교출판부, 1997, 178쪽.

3) 이것은 그의 동생인 팔봉 김기진의 증언이다. 김기진, 「나의 회고록, 초창기에 참가한 늦동이」(『세대』 제2권 통권 14호, 1964년 7월), 『김팔봉 문학전집(2)』, 문학과지성사, 1988, 198쪽.

4) 박팔양, 「프로레타리아 미술운동의 선구자 김복진 동지 회상」, 『조선미술』 1957년 5호, 16~17쪽.

5) 박세영, 「내가 본 조각가 김복진 선생」, 『조선미술』 1957년 5호, 22쪽.

6) 윤범모, 『김복진 연구』, 동국대학교출판부, 2010, 372쪽.

7) 김복진, 「파스큘라」, 『조선일보』, 1926년 7월 1일.

8) 김복진, 「상공업과 예술의 융화점」, 『상공세계』 1923년 9월~12월, 2(재수록), 『한국 근대조소예술의 개척자 김복진의 예술세계』, 얼과 알, 2001, 255~261쪽.

9) 최열은 「상공업과 예술의 융화점」이 "맨 처음이자 프로의식 문자화의 효시"(김윤식)로 간주된 김기진의 「프로므나드 상티망탈」(1923. 7), 「클라르테운동의 세계화」(1923. 9)에 6개월 앞서 발표된 것에 주목하여 이 글을 최초의 민중예술론으로 평가한다. 최열, 「사회주의 문예운동과 김복진」, 『인물미술사』 제5호, 2009, 141쪽.

10) 김복진, 「상공업과 예술의 융화점」, 29쪽.

11) 같은 글, 30쪽.

12) Gennifer Weisenfeld, "Mavo's conscious constructivism: art, individualism, and daily life in interwar Japan", *Art Journal*, Volume 55, Issue 3, 1996, p. 66.

13) *Ibid.,* p. 66.

14) 김복진, 「파스큘라」, 『조선일보』, 1926. 7. 1.

15) 김용철, 「근대 일본의 그래픽디자인과 러시아 아방가르드 미술의 수용」, 『아시아 문화』 제26호, 2010, 92쪽.

16) Gennifer Weisenfeld, *op. cit.*, p. 68.

17) *Ibid.,* p. 68.

18) Dawn Ades, "Dada-Constructivism", in *Twentieth century art theory: urbanism, politics, and mass culture*, Richard Norman & Norman Klein eds.(New Jersey: Prentice Hall, 1990), p. 71. Gennifer Weisenfeld, *Ibid.* m p. 68 재인용.

19) 다키자와 교지, 「마보의 국제성과 오리지널리티-「마보」와 그 주변 그래피즘에 관하여」, 『미술사논단』 21집, 2005, 71쪽.

20) 김용철, 앞의 글, 93쪽.

21) Gennifer Weisenfeld, *op. cit.*, p. 67.

22) 인용한 선언문은 이성혁이 번역했다. 이성혁, 「1920년대 후반 임화 평론에 나타난 아방가르드 수용과 예술의 정치화」, 『미학예술학연구』 37집, 2013, 18쪽.

23) Gennifer Weisenfeld, *op. cit.*, p. 71.

24) 다키자와 교지瀧澤恭司, 앞의 글, 47쪽.

25) 이성혁, 앞의 글, 26쪽.

26) 김복진, 「신흥미술과 그 표적」, 『조선일보』, 1926. 1. 2.

27) 키다 에미코, 「아방가르드와 한일 프롤레타리아 예술운동」, 『미학예술학연구』 38집, 2013, 201쪽.

28) 김복진, 「조선 역사 그대로의 반영인 조선 미술의 윤곽」, 『개벽』 제65호, 1926년 1월, 71쪽.

29) 같은 글, 70쪽.

30) 최열, 「김복진의 전기미술비평」, 『한국근대미술비평사』, 열화당, 2001, 99쪽.

31) 김복진, 「세계 화단畵壇의 1년, 일본, 불란서, 러시아 위주로」, 『시대일보』, 1926. 1. 2.

32) 김복진, 「나형선언초안」, 『조선지광』, 1927. 5.

33) 이성혁, 앞의 글, 21쪽.

34) 김복진, 「조선화단의 일년」, 『조선일보』, 1927. 1. 4.

35) 최병구, 「카프KAPF의 미학적 거점으로서 문예운동의 의미」, 『근대서지』 8호, 2013, 25쪽.

36) 기혜경은 이 작품이 "구성주의에 의거하여 문예운동文藝運動이라는 한문 글자를 기하학적인 도형들의 조합으로 써내고 있다"고 지적했다. 기혜경, 「1920년대의 미술과 문학의 교류-카프 형성과정을 중심으로」, 『한국근현대미술사학』 제8집, 2000, 25쪽. 하지만 이 글에서 기혜경은 그러한 구성주의적 양태를 다다, 표현주의와 별다를 바 없는 것으로 이해하고 있다. 기혜경에 따르면 방향전환 이전의 카프는 "구성주의와 표현주의 및 다다이즘적 경향이 혼재된 상태"에 있었고 김복진의 표지화는 그러한 상태를 반영하는 것이다.

37) 가령 김기진은 1924년에 발표한 글에서 "다다이슴이나 퓨튜리슴(미래주의)은, 결국, 도회지에서 일어난 기형적, 과도기적 현상인 것을 나는 깨달앗다"고 말하고 있다. 파괴를 추구하는 다다나 미래파를 건설에 선행하는 과도기적 현상으로 보는 견해는 카프 창립을 주도했던 김복진, 김기진 형제의 공통된 인식이었던 것 같다. 김기진, 「반자본비애국적反資本非愛國的인-전후戰後의 불란서문학佛蘭西文學」, 『개벽』 제44호, 1924. 2 참조.

38) 보리스 그로이스, 오원교 옮김, 「아방가르드 정신으로부터 사회주의리얼리즘의 탄생」, 『유토피아의 환영: 소비에트문화의 이론과 실제』, 한울, 2010, 104쪽.

39) 같은 글, 112쪽.

40) 같은 글, 110쪽 재인용.

41) 김윤식, 『한국근대문학비평사연구』, 일지사, 1980, 13~14쪽.

42) 알렉세이 간, 그리고 무라야마 도모요시의 이름은 다음과 같은 임화의 회고에도 등장한다. "다카하시 신기치一氏義良의 『미래파 연구』란 책, 외의 「아렉세이 · 깡」이란 이의 「구성주의 예술론構成主義藝術論」 표현파 작가, 「카레에 시민」과 더불어 「로망 롤랑」을 특히 민중 연극론과 「애愛와 사死의 희롱戲弄」을 통하여 알았습니다. 한 일 년 전부터 공부하던 양화洋畵에서 그는 이런 신흥예술의 양식을 시험할 만하다가 우연히 무라야마 도모요시村山知義란 사람의 『금일今日의 예술과 명백明日의 예술』이란 책을 구경하고 열광했습니다." 임화, 「어떤 청년의 참회」, 『문장』 제13호, 1940. 2.

43) 박영희, 「10주周를 맞는 노농러시아(5) 특히 문화발달에 대하야」, 『동아일보』, 1927. 11. 11.

44) 김복진 · 안석주, 「경성 각 상점 간판 품평회」, 『별건곤』 제3호, 1927. 1.

45) 박영희, 「신경향파新傾向派의 문학文學과 그 문단적文壇的 지위地位, 금년今年은 문단文壇에 잇서서 새로운 첫거름을 시작하엿다」, 『개벽』 제64호, 1924. 12.

46) 카프 맹원이 참여한 상점 간판 품평회의 또 다른 사례가 있다. 「경성 각 상점 진열창 품평회」(『별건곤』 제4호, 1927. 2)가 그것이다. 이 품평회에는 안석주와 권구현이 참여했다. 이로써 우리는 상점 디자인 비평이 카프 미술의 중요한 실천 과제였음을 확인할 수 있다. 여기에 등장하는 권구현의 발언을 인용해보자. "이 상점商店의 위치는 사통오달한 일각에 잇는이 만치 상당이 중요한 곳입니다. 따라서 진열창의 장치갓흔 것도 깁히 생각하야서 하지 안으면 안이 될 것임니다. 그런데 지금 安군의 말과 갓치 활동사진광고 그림을 배경삼아 걸어 논 것은 큰 실책임니다. 그야 물론 창내를 좀더 화려케 하자는 의미에서 그랫겟지마는 지나 단이는 사람들의 안목이 그다지 저열低劣하지 안은 이상 상점商店의 용의에 비웃지 안을 수 업겟지요. 압흐로 좀 더 생각을 하야서 새로운 형식으로 창내 배치를 하기 바라고 십습니다. 이것은 아마 누구보다도 자기네를 위한 이익이 되겟지요"(125쪽).

47) 김용준, 「화단개조」(『조선일보』, 1927. 5. 18~5. 20), 『근원 김용준전집 5: 민족예술론』, 열화당, 2010, 25쪽.

48) 김용준, 「무산계급회화론」(『조선일보』, 1927. 5. 30~6. 5), 『근원 김용준전집 5: 민족예술론』, 열화당, 2010, 33쪽.

49) 같은 글, 39쪽.

50) 김용준, 「프롤레타리아 미술 비판-사이비 예술을 구제하기 위하여」(『조선일보』, 1927. 9. 18~9. 30), 『근원 김용준전집 5: 민족예술론』, 열화당, 2010, 57쪽.

51) 보리스 그로이스, 앞의 글, 111쪽.

52) 김용준, 「속續 과정론자와 이론확립-이론유희를 일삼는 배輩에게」(『중외일보』, 1928. 2. 28~3. 5), 『근원 김용준전집 5: 민족예술론』, 열화당, 2010, 57쪽.

53) 이후 김용준은 1930년대에 "유물주의의 절정에서 동양적 정신주의의 피안으로"를 요청하는 정신주의자로 변모한다. 이러한 변모는 지금까지 주로 반서구, 반자본의 수준에서 이해됐으나 우리의 검토에 따르면 여기에 반볼셰비키가 추가되어야 할 것이다.

54) 김기진, 「붕괴의 원리 건설의 원리」, 『개벽』 제55호, 1925. 1, 『카프비평자료총서 2: 프로문학의 성립과 신경향파』, 태학사, 1990, 350~351쪽.

55) 임화, 「미술영역에 재한 주체이론의 확립」, 『조선일보』, 1927. 11. 20~24, 최열, 『한국근대미술비평사』, 열화당, 2001, 121쪽 재인용.

56) 박영희, 「신흥예술의 이론적 근거를 논하여 염상섭군의 무지를 박함(7)」, 『조선일보』, 1926. 2. 10, 『카프비평자료총서 2: 프로문학의 성립과 신경향파』, 태학사, 1990, 449쪽.

57) 윤기정, 「계급예술의 신전개를 읽고-김화산 씨에게」, 『조선일보』, 1927. 3. 25, 『카프비평자료총서 3: 제1차 방향전환과 대중화논쟁』, 태학사, 1990, 118쪽.

58) 임화, 「착각적 문예이론-김화산 씨의 우론愚論 검토」, 『조선일보』, 1927. 9. 4, 『카프비평자료총서 3: 제1차 방향전환과 대중화논쟁』, 태학사, 1990, 278쪽.

59) 조중곤, 「비맑스주의 문예론의 배격」, 『중외일보』, 1927. 6. 18, 『카프비평자료총서 3: 제1차 방향전환과 대중화논쟁』, 태학사, 1990, 217쪽.

60) 같은 글, 216쪽.

61) 장혜진, 「러시아 아방가르드 예술에서 구축과 생산의 미학 연구: 간과 아르바또프를 중심으로」, 『노어노문학』 제24권 제4호, 2012, 251~252쪽.

62) 같은 글, 232쪽.

63) 김윤식은 카프의 방향 전환을 주도한 인물로 김복진을 내세운다. 조중곤, 이북만 등 제3전선파를 끌어들여 카프를 새로운 조직체로 만들고자 한 당사자가 바로 카프 맹원인 조각가 김복진이라는 것이다. 그에 따르면 공산당원이었던 김복진은 "문화주의적 · 문학주의적인 카프를 정치적인 단체로 철저히 개혁하고자 했고 제3전선파를 이용하여 과감히 그 일을 단행"했다. 김윤식, 『임화 연구』, 문학사상사, 1989, 150쪽.

64) 이것은 김두용의 발언이다. 김두용, 「우리는 어떻게 싸울 것인가」, 『무산자』 제3권 제2호, 1929. 7; 『카프비평자료총서 3: 제1차 방향전환과 대중화논쟁』, 태학사, 1990, 570쪽.

65) 신고송, 「죽은 동지에게 보내는 조사-나의 죽마지우 이상춘 군」, 『예술운동』 창간호, 1945. 12; 최열, 『한국근대미술의 역사: 1800-1945』, 열화당, 1998, 215쪽 재인용.

66) 「좌익연극의 핵심체 몰트듸 발각-무산계급의 참담한 생활을 영화에 여실히 묘사, 상영, 선전하려던 좌익운동-종로서 검거의 내용」, 『조선중앙일보』, 1933. 3. 21; 최열, 『한국근대미술의 역사: 1800-1945』, 열화당, 1998, 298쪽 재인용.

67) 강호, 「카프 미술부의 조직과 활동」, 『조선미술』 1957년 제5호, 11쪽.

68) 김승환, 「정관 김복진과 한국근대문예운동사」, 『한국학보』 23권 2호, 1997, 140쪽.

69) 김복진, 「주관강조의 현대미술」, 『문예운동』 창간호, 1926, 7~8쪽; 윤범모, 『김복진 연구』, 동국대학교출판부, 2010, 292~293쪽 재인용.

70) 김기진, 「변증적 사실주의」, 『동아일보』, 1929. 2. 25~3. 7; 임화, 「탁류에 항하여」, 『조선지광』, 1929. 8.

71) 최열, 『한국근대미술의 역사: 1800-1945』, 열화당, 1998, 229쪽.

72) 같은 책, 238쪽.

73) 같은 책, 240쪽.

74) 고유섭, 「로서아露西亞의 건축建築」, 『신흥』 제7호, 1932년 12월, 『우현 고유섭 전집 8: 미학과 미술평론』, 열화당, 2013, 145~146쪽.

75) 정현웅, 「미술」, 『비판』, 1938. 5, 정현웅기념사업회 편, 『정현웅 전집』, 청년사, 2011, 64~65쪽. 정현웅의 이러한 생각은 훗날 소비에트의 선례를 따라 인쇄미술을 새 시대의 미술로 보는 견해로 발전한다. 그는 1948년에 발표한 글에서 이렇게

말한다. "'순수파 예술가'들이 마치 초기의 영화를 비예술이라고 무시하듯이 이 인쇄미술을 천시하고 백안시하는 동안, 각국의 진보적인 예술가들은 이 새로운 형식의 미술에 그 시대성과 대중성과 공리성의 위력에 착안하고, 판화로, 만화로, 포스터로, 삽화로 우수한 작품을 제작 발표하였고 대중의 광범위한 지지를 획득하였던 것이다." 정현웅, 「틀을 돌파하는 미술-새로운 시대의 두 가지 양식」(『주간서울』, 1948. 12. 30), 정현웅기념사업회 편, 『정현웅 전집』, 청년사, 2011, 132쪽.

4장

1) 北澤憲昭, 『眼の神殿』, 美術出版社, 1989, 140~145쪽.

2) 근대 중국의 용어 '미술美術'에 대한 논의는 小川裕充, 「『美術叢書』の刊行について—ヨーロッパの概念 "Fine Arts"と日本の譯語「美術」の導入」, 『美術史論叢』 20, 東京大學大學院人文社會研究科文學部美術史研究室, 2004, 33~45쪽; 沈國威, 『近代日中語彙交流史』, 笠間書院, 96쪽; 李万万, 「"美術館"的中文語源与中國人初識"美術館"」, 『中國美術館』 2011. 3, 103~110쪽 참조. 전국미전에 관한 연구로는 鶴田武良, 「民國期における全國規模の美術展覽會」, 『美術研究』 349, 東京文化財研究所, 1998, 18~43쪽; 劉瑞寬, 『中國美術的現代化 美術期刊与美展活動的分析 1911~1937)』, 三衍書店, 2006; 顔娟英, 「관방미술전람회의 비교: 1927년 臺灣美術展覽會와 1929년 上海全國美術展覽會」, 『美術史論壇』 32, 한국미술연구소, 2011, 211~257쪽.

3) 北澤憲昭, 앞의 책, 140~145쪽.

4) 1887년 岡倉天心의 「鑑畵會における岡倉天心の演說」(『美術』 日本近代思想大系 17, 岩波書店, 1989, 85~91쪽) 참조.

5) 李万万, 앞의 글, 103~110쪽.

6) 李筱圃, 『日本記遊』(鐘叔河 주편, 1985, 『走向世界叢書』, 岳鹿書社出版, 177쪽에서 재인용).

7) 傅雲龍, 『遊歷日本圖經餘記』(鐘叔河 주편, 앞의 책, 212쪽에서 재인용).

8) 小川裕充, 앞의 글, 43쪽의 보주 및 52쪽 도판 참조. 다만, 한자문화권에서 fine art의 한자 번역어가 등장한 것은 이미 1840년대로 상해에서 간행된 Walter H. Medhurst의 *English and Chinese Dictionary*(Printed at the Mission Press, 1847~1848)에서 예를 찾을 수 있으나, 그 의미는 '육예六藝', '기예技藝', '사술四術' 등이었다. 小川裕充, 앞의 글, 38쪽 참조.

9) 후궈수, 강성현 옮김, 『차이위안페이평전』, 김영사, 2009, 62~78쪽, 594쪽.

10) 高平叔 편, 『蔡元培全集』 1권, 中華書局, 1984, 144~145쪽.

11) 高平叔 편, 『蔡元培全集』 2권, 中華書局, 1984, 448~456쪽.

12) 강유위, 『대동서』, 이성애 옮김, 을유문화사, 2006, 609쪽; 梁啓超, 『新民叢報』(『新民說』, 中華書局, 1936, 6쪽에서 재인용).

13) 立花銑三郎, 『教育學』, 東京專門學校,1900; 王國維, 「論哲學家与美術家之天職」(『王國維遺書』 5, 上海古蹟書店, 1983, 101쪽에서 재인용).

14) 「美術大會」, 『萬國公報』 권191(1904. 10), 23쪽.

15) 李叔同, 「圖畵修得法」(『二十世紀中國美術文選』 상권, 上海書畵出版社, 1996, 1~6쪽에서 재인용).

16) 吉田千鶴子, 「上野的面影」, 曹布拉 주편, 『弘一大師藝術論』, 西泠印社, 2001, 90~97쪽.

17) 魯迅, 「擬播布美術意見書」, 『魯迅全集』 7권(郎紹君 · 水天中 편, 『二十世紀中國美術文選』 上卷, 上海書畵出版社, 1996, 10~14쪽에서 재인용).

18) 魏猛克, 「上海美專新制第十届畢業記念專刊」(朱伯雄 · 陳瑞林 편저, 『中國西畵五十年 1898~1949』, 人民出版社, 1989, 43쪽에서 재인용).

19) 呂徵, 「美術革命」, 『新青年』 6권 1호(郎紹君 · 水天中 편, 앞의 책, 26~28쪽에서 재인용); 陳獨秀, 「美術革命」, 『新青年』 6권 1호(郎紹君 · 水天中 편, 앞의 책, 29~30쪽에서 재인용).

20) 이후 광의의 미술은 예술을, 협의의 미술은 조형예술을 의미하게 되었다. 蔡元培, 「國立美術學校成立及開學式演說詞」, 1918(高平叔 편, 『蔡元培全集』 3권, 中華書局, 1984, 147~148쪽에서 재인용); 「美術的起源」, 1920. 12(高平叔 편, 앞의 책, 402~424쪽에서 재인용); 蔡元培, 「以美育代宗教說」, 『新青年』 3권 6호, 1917(高平叔 편, 『蔡元培全集』 3권, 中華書局, 1984, 30~34쪽에서 재인용) 및 蔡元培, 「序

文」,『全國美展特刊』, 教育部全國美術展覽會, 1929.

21) 蔡元培,「序文」,『全國美展特刊』, 教育部全國美術展覽會, 1929.

22) 中國近代教育史料匯 編,『晚清』卷 5, 全國圖書館文獻縮微複製中心, 2006, 56쪽.

23) 中國近代教育史料匯 編,『民國』卷 1, 全國圖書館文獻縮微複製中心, 2006, 85쪽.

24) 中國近代教育史料匯 編, 앞의 책, 158~159쪽.

25)『百年史 京都市立藝術大學』, 京都市立藝術大學, 1981, 198~203쪽.

26) 劉瑞寬, 앞의 책, 184쪽.

27) 鶴田武良, 앞의 글, 18~43쪽; 劉瑞寬, 앞의 책, 257~343쪽.

28) 顏娟英, 앞의 글, 221~223쪽 참조. 남양권업박람회에 관해서는 吳方正,「中國近代初期的展覽會」,『中國史新論—美術考古分册』, 中央硏究院聯經出版事業股份有限公司, 2010, 528~535쪽.

29) 蔡元培,「以美育代宗教說」,『新青年』3권 6호, 1917(高平叔 편,『蔡元培全集』3권, 中華書局, 1984, 30~34쪽에서 재인용).

30)『申報』, 1922. 6. 16; 劉海粟,「上海美專十年回顧 爲什么要開美術展覽會」,『學灯』, 1923. 2(朱金樓 편,『劉海粟藝術文選』, 上海人民出版社, 1997, 43쪽에서 재인용).

31) 蔡元培,「美育實施的方法」(高平叔 편,『蔡元培全集』4권, 中華書局, 1984, 50~54쪽에서 재인용); 劉海粟 · 汪亞塵,「美育組提議案件」,『時事新報』, 1924. 7. 13(榮君立 편,『汪亞塵藝術文集』, 上海書畫出版社, 1997, 345~346쪽에서 재인용).

32) 劉海粟,「民衆的藝術化」,『藝術』97기, 1925. 4. 5(朱金樓 편,『劉海粟藝術文選』, 上海人民出版社, 1997, 105쪽에서 재인용).

33)「大學院美術展覽會獎勵簡章」(章咸 · 張援 편,『中國近現代藝術教育法規匯 編 1840~1949』, 教育科學出版社, 1997, 185~186쪽에서 재인용). 1927년 개최가 결정될 당시 전국미전의 정식 명칭은 '대학원전국미술전람회'였으나, 이듬해 대학원이 교육부로 개편됨으로써 전람회의 명칭 또한 교육부전국미술전람회로 변경되었다.

34)「全國美展會積極籌備」,『申報』, 1929. 5. 3.

35) 서예가 미술인지 아닌지를 둘러싸고 일본에서 있었던 논쟁에 관해서는 岡倉天心,「書ハ美術ナラズ論ヲ讀ム」,『岡倉天心全集』3, 平凡社, 1980, 5~12쪽; 中村義一,『日本近代美術論爭史』, 求龍堂, 1983, 3~28쪽.

36) W. 타타르키비츠, 『예술개념의 역사』, 김채현 옮김, 열화당, 1990, 39~45쪽; 오병남, 「근대 미학 성립의 배경에 관한 연구」, 『美學』 5(오병남, 『미학강의』, 서울대학교 미학과, 1985, 55~96쪽에서 재인용).

37) 大村西崖, 「彫塑ノ美術界ニ於ケル地位」, 『京都美術協會雜誌』 16, 1893. 10, 14~21쪽; 「彫塑論」, 『京都美術協會雜誌』 28, 1894. 10, 11~19쪽.

38) 『申報』, 1929. 3. 14.

39) 北澤憲昭, 앞의 책, 145~148쪽.

40) 顔娟英, 앞의 글, 228~229쪽.

41) 顔娟英, 앞의 글, 228~229쪽.

42) 小川裕充, 앞의 글, 33~35쪽; 劉瑞寬, 앞의 책, 241~244쪽.

43) 北澤憲昭, 앞의 책, 178~179쪽. 일본의 경우 영어 architecture를 번역한 단어 건축이 등장한 것은 1876년 전후의 일이고, 1871년 개교한 공부성 공학료工學療에서 조가과造家科의 이름으로 건축 전공 학생들을 교육한 사실로 보면, 건축은 기술의 한 분야로 인식되었던 사정을 알 수 있다. 그러나 1887년 개교 당시 도쿄미술학교에 건축과가 설치된 사실은 다음 시기 건축을 미술의 한 장르로 파악하는 시각도 공존하고 있었음을 알 수 있다. 伊東忠太, 「アーキテクチュールの本義を論じてその譯字を撰定し我が造家學會の改名を望む」(『都市 建築』 日本近代思想大系 19, 岩波書店, 1990, 405~408쪽의 405쪽 해제 및 1888년 제정된 東京藝術大學百年史編纂委員會 편, 「東京美術學校規則」, 『東京藝術大學百年史 東京美術學校篇』 第一卷, ぎょうせい, 1987, 112~113쪽에서 재인용).

44) 北澤憲昭, 앞의 책, 178~179쪽.

5장

1) 이상의 내용은 강영안, 「우리의 철학 용어는 어디에서 왔는가」, 『우리에게 철학은 무엇인가』, 궁리, 2002, 216~219쪽.

2) 페데리코 마시니, 이정재 옮김, 『근대 중국의 언어와 역사』, 소명, 2005.

3) 중국에서는 최초의 일본 유학생인 왕영보王榮寶와 엽란葉瀾이 신어 해설서인 『신

이아新爾雅』(1903)를 펴냈으며 일본에서는 미야케 유지로와 도쿠타니 도요노스케가 함께 엮은 『보통술어사전』(1905)이 편찬되었다. 이상의 내용은 沈國威, 이한섭 외 옮김, 『근대중일어어휘교류사』, 고려대학교출판부, 2012, 316쪽; 강영안, 앞의 책, 231쪽 참조.

4) 이상의 내용은 松井榮一 외, 『新語辭典 · 流行語辭典解說』, 『新語辭典の硏究と解題』, 大空社, 1996, 153쪽, 172~173쪽 참조.

5) 일본의 경우 일상생활에도 널리 통용되는 신어를 모은 사전이 출현한 것은 다이쇼 초기였다. 다이쇼 시대부터 쇼와 시대에 걸쳐 신어사전이 성황하게 된 가장 큰 이유는 외래어의 급증에 있다. 새로운 학문, 사상, 기술은 물론, 의식주와 같은 일상생활과 관련된 부분에서도 외래어가 표제어 항목의 반수 이상을 차지했다. 신어사전은 다이쇼 시대 이후 쇼와 10년대에 이르기까지 약 30년간 지속적으로 발간되었으며 그 책들의 제목에는 신어新語, 모던어モダソ語, 첨단어尖端語, 유행어流行語, 현대어現代語, 근대어近代語, 신문어新聞語, 사회어社會語, 신시대어新時代語와 같은 명칭이 사용되었다. 이상의 내용은 松井榮一, 「新語辭典 · 流行語辭典解說」, 앞의 책, 3~4쪽 참조.

6) 이와 관련된 연구는 이지영, 「1910년 전후의 신어 수용 양상」, 『돈암어문학』 23, 돈암어문학회, 2010.

7) 『현대신어석의』와 관련된 연구는 조남철, 「『현대신어석의現代新語釋義』 고考」, 『어문연구』 31권 2호, 한국어문연구회, 2003.

8) 박상진, 「1920~1930년대 대중잡지의 어휘 소개에 대하여」, 『한국학연구』 38, 고려대 한국학연구소, 2011. 박상진에 따르면 '신어'가 키워드로 등장한 어휘소개란이 15개로 가장 많았고, '술어'가 키워드로 등장한 계열이 6개, '유행어', '모던어', '신문어'가 등장한 계열이 각각 5개를 차지했다. 어휘 소개란의 키워드로 제시된 명칭은 앞에서 제시한 일본 '신어사전'류 저작의 명칭과 크게 다르지 않았다.

9) 김윤희, 「한국 근대 신어新語 연구(1920년~1936년)-일상 · 문화적 맥락을 중심으로」, 『국어사연구』 11, 국어사학회, 2010.

10) 劉禾, 민정기 옮김, 『언어횡단적 실천: 문학, 민족문화 그리고 번역된 근대성-중국, 1900~1937』, 소명, 2005.

11) 박영희, 『중요술어사전』, 『개벽』 49~51호, 1924.

12) 이상의 논의는 박형익, 「1910년대 출간된 신어 자료집의 분석」, 『한국어학』 22, 한국어학회, 2004; 이지영, 앞의 글, 2010 참조.

13) 이 책들은 1920년대 『개벽』의 필진이 근대사상을 소개한 글들의 저본으로 알려져 있다. 이와 관련된 연구는 허수, 「1920년대 초 『개벽』 주도층의 근대사상 소개양상」, 『역사와 현실』 67, 한국역사연구회, 2008.

14) 훗날 유진오는 식민지 시대 자신의 독서체험을 회고하며 이쿠타 조코 등이 편찬한 『근대사상의 16강』과 구리야가와 하쿠손의 『근대문학 10강』이 서양의 문학 및 사상에 대한 입문서 역할을 했다고 밝혔다. 이는 이쿠타 조코의 저술작업이 식민지 조선 청년들의 지식 습득 과정에 일정한 영향을 미치고 있었음을 보여주는 예다. 유진오, 「편편야화」, 『동아일보』, 1974. 9.

15) 日本近代文學館, 『日本近代文學大事典 第1卷: 人名, あ-け』, 講談社, 昭和 52.

16) 生田長江, 『文學入門』, 新潮社, 明治 40, 233~240쪽.

17) 이쿠타 조코는 일본문장학원에서 출간하고 있던 『근대문학강의록近代文學講義錄』의 주된 집필자 중 한 명이기도 했다. 『근대문학강의록』은 후에 정리과정을 거쳐 『신문학백과정강新文學百科精講』이라는 제목으로 발간되었다. 『문학신어소사전』은 『신문학백과정강』의 안내서 역할을 했다. 이상의 내용은 松井榮一 외, 앞의 책, 172쪽 참조.

18) 松井榮一 외 편, 『近代用語の資料集成 26: 文學新語小辭典』, 大空社, 1996. 이하 이 책과 관련된 인용문은 쪽수만 표기함.

19) 최경옥, 『번역과 일본의 근대』, 살림, 2005, 55쪽.

20) 이연숙에 따르면, 가타가나의 형태로 외래어를 표기하는 방식은 단어의 의미를 해석하지 않고 소리만 자국 언어의 음운체계에 맞추어 번역하는 방식이다. 이연숙, 이재봉 외 옮김, 『말이라는 환영: 근대 일본의 언어 이데올로기』, 심산, 2012, 23쪽.

21) 최경옥, 앞의 책, 29~30쪽.

22) 松井榮一 외 편, 『近代用語の資料集成 27: 新文學辭典』, 大空社, 1996. 이하 이 책과 관련된 인용문은 쪽수만 표기함.

23) 이와 같은 해석은 정우택, 『황석우연구』, 박이정, 2008, 100쪽.

24) 라인하르트 코젤렉, 한철 옮김, 「개념사와 사회사」, 『지나간 미래』, 문학동네,

1998.

25) 그러나 '신시논쟁'에 참여했던 현철은 조선에서 '시'와 관련된 경험공간이 확장되고 있던 양상을 주목하지 못했다는 점에서 근본적 한계가 있었다. 『개벽』의 「현상문예」 선정자였던 김석송의 「고선여감」에서 확인할 수 있듯, 현철과 황석우가 논쟁을 벌였던 1921년 식민지 조선에서는 이른바 신시, 즉 근대적 자유시를 창작하는 움직임이 활발하게 일어나고 있었다. 물론 김석송은 당대 조선의 문학청년들이 창작하고 있던 '신시'를 비판적으로 바라보았다. 김석송은 당대 청년들이 "무엇을 쓰는지도 모르며 쓰기는 하나 쓰는 그 者에게도 아즉까지 일종의 미술과 가튼 형용키 어려운 어떠한 공기"를 발견할 수 있다고 말한다. 역설적이지만, 김석송이 표현한 '미술과 가튼 형용키 어려운 어떠한 공기'는 '시'를 둘러싼 당대 조선의 경험공간이 확장되고 있던 상황을 비유적으로 드러내고 있다. 김석송, 「고선여감」, 『개벽』 13호, 1921. 7.

26) 황종연은 「문학이라는 역어」에서 문학이라는 번역어의 정착이 "그것의 리터러처적 개념을 정당화하는 지식체계, 그리고 그러한 지식체계를 뒷받침하는 제도의 수립과 분리해서 생각할 수 없"다고 말한다. 황종연의 분석에서는 1880년대 도쿄대학에서 일본문학이 학과적으로 제도화된 상황이 강조되고 있다. 황종연, 「문학이라는 역어」, 『탕아를 위한 비평』, 문학동네, 2012, 455쪽.

27) 권보드래에 따르면 '미술'이 시각예술을 가리키는 용어로 한정되기 시작한 1910년대 이후 '예술'은 음악, 미술, 문학 등을 포괄하는 일반적 의미이자 art의 번역어로 자리매김될 수 있었다. 권보드래, 『한국 근대 소설의 기원』, 소명출판, 2000, 53~70쪽.

28) 박영희는 '후기 인상파', '인상주의', '미래주의', '다다이즘' 등을 '문학'과 '미술'의 영역에 통용되는 어휘로 규정하고 있다.

29) 1910년대 이후 '문학'이 언어예술적 성격을 지니는 의미로 활발하게 사용되면서, '문예'라는 개념 역시 부각되기 시작했다. 특히 1910년대 후반부터 1920년대 초에 간행된 『태서문예신보』, 『창조』와 같은 매체들은 '문예' 개념을 적극적으로 사용하며 문학이 예술적 위상을 지니고 있음을 강조했다. 이상의 내용은 강용훈, 『비평적 글쓰기의 계보』, 소명출판, 2013, 60~61쪽.

30) 한림과학원 편, 「현대신어석의現代新語釋義」, 『한국근대신어사전』, 선인, 2010, 68

쪽.

31) 대표적 예를 들면 다음과 같다. "의고주의擬古主義(Classicism)", "악惡의 화華(Les Fleurs du Mal)."

32) 일본과 조선의 문학용어 사전에는 음역 형태로 서양 용어를 번역한 예 또한 발견된다. 박영희의 『중요술어사전』에서 '욥부로모쎄즘'과 '라咔엘전파前派', '유토피아', '데카단' 등은 한자어 형태로 표기되지 않은 채 조선어로 음역되고 있다. 〈표 3〉을 보면 확인할 수 있듯 이 네 단어는 일본의 문학용어사전에서도 가타카나 형태로 음역되었다. 이 지점에서도 박영희의 『중요술어사전』이 제국 일본의 문학용어사전과 유사한 양태로 서양의 용어를 번역 · 수용하였음을 확인할 수 있다.

33) 이하 관련된 논의는 황호덕 · 이상현, 「번역과 정통성, 영한사전의 계보학」, 『개념과 역사, 근대 한국의 이중어사전: 외국인들의 사전 편찬 사업으로 본 한국어의 근대 1. 연구편』, 박문사, 2012, 241쪽 참조.

34) 『현대신어석의』에 '신이상주의'와 '신낭만주의'가 소개된 양상은 다음과 같다. 한림과학원 편, 앞의 책, 55~56쪽.

新理想主義: 종래從來의 이상주의理想主義는 동침 이상에 치중하여 현실을 전혀 돌아보지 않는 잘못에 빠진다. 이에 대한 반동으로 자연주의가 일어났는데, 이 또한 도저히 인생에 정신적인 만족을 줄 수가 없어서 다시 현실미를 충분히 띤 신이상주의가 출현하게 되었다. 독일의 오이켄의 철학이 곧 이것이다.

新浪漫主義: 자연주의가 이지를 중시하여 연구적 · 과학적 견지로부터 인생을 물질적 방면에서 관찰함에 반해, 사람의 감정을 중시하여 그 감각적 기분에 의해 인생의 전 사상을 정신적 방면으로부터 관찰하고자 하는 주의. 그런데 이는 구낭만주의의 부흥과 같으나, 공허하고 막연한 것이 아니라 현실의 생활을 기초로 한 점은 자연주의와 공통되어, 이 파의 특색이라고도 할 만하다.

35) '문학용어사전'에서 '~ism'을 번역한 용어들을 정리하면 다음과 같다.

(1)자연주의Naturalism (2)낭만주의Romanticism (3)신낭만주의Neo-Romanticism (4)의고주의Classicism (5)신이상주의Neo-idealism (6)인도주의Humanism (7)개인주의Individualism (8)신영웅주의Neo-Heroism (9)이교주의Paganism (10)향락주의Hedoism (11)유미주의Aestheticism (12)악마주의Satanism (13)상징주의Symbolism (14)사실주의 Realism (15)허무주의Nihilism

(16)인상주의Impressionism (17)미래주의Futurism (18)표현주의Expressionism (19)입체주의Cubism (20)다다이즘Dadaism (21)입센이즘Ibsenism (22)에루테루이즘Werterism (23)희랍주의Hellenism (24)희백래주의Hebrewism (25)옵부로모쎄즘Oblomovism

36) 『신인문학』에 연재됐던 「신문문예사전」과 『인문평론』에 연재됐던 「모던문예사전」에 수록된 용어는 앞에서 인용한 박상진의 논문(2011)을 참조했다.

37) 이상의 내용은 이한섭, 「개항 이후 한일어휘 교류의 일단면」, 『일본학보』 24, 1990.

38) 이한섭은 '~주의'라는 말이 한국에서 1900년대 중반부터 사용되었지만, 선교사들이 편찬한 이중어사전에 등재될 만큼 널리 통용되지는 않았다고 보았다. 그러나 개화기 잡지 12종을 검토한 최근 연구에서는 '~주의'라는 말이 1,097번 나타났으며 『대동학회월보』에서만도 86건 발견된다고 분석하였다. 이행훈, 「신구 관념의 교차와 전통 지식체계의 변용」, 『한국철학논집』 32, 한국철학사연구회, 2011.

39) 『개벽』에 실린 「력만능주의의 급선봉, 푸리드리히 니체 선생을 소개함」(1호), 「개인주의의 약의」(2호), 「사회주의의 약의」(3호), 「근대주의의 제일인 루소 선생」(5호), 「문화주의와 인격상 평등」(6호) 등의 기사에서 이를 확인할 수 있다.

40) 「갑신연래甲申年來의 「사상思想」과 임술연래壬戌年來의 「주의主義」」, 『개벽』 45호, 1924. 3.

41) 그러한 유형의 용어들을 정리하면 다음과 같다.
(1)사회주의Socialism (2)공산주의Communism (3)국가사회주의State Socialism (4)낄드派 사회주의Guild socialism (5)강단사회주의Socialism of Chair (6)과격파Bolshevism (7)과학적 사회주의Scientific Socialism (8)자본주의Capitalism (9)수정파 사회주의Revisonism (10)싼듸카리슴Syndicalisme (11)세계주의Cosmo-politanism (12)민주주의Democracy (13)제국주의Imperialism (14)집산주의Collectivism (15)무정부주의Anarchism

42) 라인하르트 코젤렉, 「근대」, 앞의 책 378쪽.

43) 박영희가 부각한 '신이상주의'와 관련된 최근 연구로는 다음을 들 수 있다. 첫째, 박상준(2000)은 「자연주의에서 신이상주의에 기우러지는 조선문단의 최근 경향」을 검토하며 박영희에게 '신이상주의'는 "새로운 경향에 대한 예견의 형식"과 연

결된다고 분석했다. 동시에 박상준은 이러한 예견 형식이 궁극적으로는 작가적 태도를 문제 삼는 방식으로 발전되고 있음을 지적했다.

둘째, 강용훈(2011)은 『중요술어사전』에서 '신이상주의'를 서술한 부분이 「자연주의에서 신이상주의에 기우러지는 조선문단의 최근 경향」에 담겨 있는 내용과 유사함을 지적한 후 '신이상주의' 개념에 담겨 있는 박영희의 문제의식이 이광수의 사유방식에서 크게 벗어나지 못했음을 비판했다. 셋째, 송민호(2012)는 박영희가 표방했던 '신이상주의'가 당대에 유행했던 오이켄의 정신주의적 이상주의에 영향을 받은 것으로 추정하며 박영희가 자연주의 문학을 비판하고 넘어서기 위해 신이상주의의 이론적 배경을 수용했을 가능성에 대해 논하였다.

이 글에서는 이러한 기존 연구 성과를 이어받되 '신이상주의' 개념을 내세운 박영희의 문제의식은 '~주의' 관련 용어를 부각한 『중요술어사전』의 전반적 구도와 밀접한 연관을 맺고 있음을 부각했다. 박영희가 내세운 '신이상주의'는 당대에 유행했던 오이켄의 '정신적 이상주의'를 연상하게 한다. 그러나 '신이상주의'가 오이켄의 사상에서 유래했음을 명시한 최록동의 『현대신어석의』와 달리, 『중요술어사전』과 박영희의 저작에서는 오이켄에 대한 직접적 언급이 발견되지 않는다. 박영희에게 중요했던 것은 오이켄의 사상을 엄밀하게 수용하는 작업이 아니라, 당대 조선문학의 경향에서 단절하여 새로운 미래로 나아갈 수 있는 가능성이었다. 그런 점에서 『중요술어사전』에서 부각되었던 '신이상주의'와 같은 개념들, 즉 역사적 운동을 개념화한 용어들은 조선문학과 관련된 새로운(그러나 아직은 보이지 않는) 경험공간을 열어주는 역할, 즉 기대지평을 확장하는 역할을 담당했다고 볼 수 있다.

이상의 논의는 박상준, 『한국 근대문학의 형성과 신경향파』, 소명출판, 2000, 211~216쪽; 강용훈, 「근대문예비평의 형성 과정 연구」, 고려대학교 박사학위 논문, 2011, 156~157쪽; 송민호, 「카프 초기 문예론의 전개와 과학적 이상주의의 영향」, 『한국문학연구』 42, 동국대학교 한국문학연구소, 2012; 라인하르트 코젤렉, 앞의 책, 394~399쪽 참조.

6장

1) 권보드래, 『한국 근대소설의 기원』, 소명출판, 2000, 53~79쪽; 정호경, 「한국 근대기 '미술' 용어의 도입과 그 제도적 인식」, 『현대미술사연구』 26, 2009, 7~36쪽.
2) 김현숙은 1920년대를 한국 근대미술이 본격적으로 전개된 기점으로 보는데, 그 근거로는 서화협전, 조선미전 등 근대적 미술제도의 실시와 이를 바탕으로 한 미술 감상형태의 변화와 미술의 대중화, 근대적 미술 교육의 실시, 근대적 화풍의 대두 등을 들었다(김현숙, 「한국근대미술 1920년대 기점 시론」, 『한국근현대미술사학』 2, 1995, 6~37쪽).
3) 김윤식은 김동인이 다이쇼 화단의 대표적 미술가인 후지시마 다케지藤島武二 문하에 있었다는 사실을 통해 『창조』와 시라카바白樺 사이의 광범위한 영향관계를 도출하고 특히 『창조』에 「미술론」 등을 썼던 김환이 제3의 동인으로 위치했던 것과 김관호, 김찬영 등이 『창조』에 가담했던 사실 등을 통해 김동인이 '미술'과 '문학'의 종합체로서 '예술'을 감지하고 있었다고 보았다(김윤식, 『김동인 연구』, 민음사, 1987, 70~101쪽).
4) 발터 벤야민, 반성완 편역, 「기술복제시대의 예술작품」, 『발터 벤야민의 문예이론』, 민음사, 1983, 220~222쪽. 벤야민에 따르면 예술작품의 기술적 복제 가능성은 예술을 대하는 대중의 태도를 변화시키는 데 중요한 영향을 미친다. 이는 단지 예술작품의 재현 가능성이나 전시 가능성의 확대로만 볼 수 없는 예술을 대하는 감상자의 전반적 인식을 바꾸는 문제이다.
5) 이는 1918년에 결성된 서화협회가 1921년 10월에 낸 기관지 『서화협회보書畵協會報』 1(『조형교육』 10, 1994, 224~247쪽에 영인 전재됨)의 면모를 보면 분명히 확인할 수 있다. 이 회보는 미술관계 회보임에도 주로 까다로운 인쇄기술이 필요하지 않은 서예작품들 위주로 삽도를 실었으며, 특히 이도영의 「동양화의 연원」이나 고희동의 「서양화의 연원」 같은 글에도 관련되는 충분한 삽도를 싣지 못했다. 이러한 한계는 분명 이 『서화협회보』가 미술 전문잡지로 자리매김하지 못하고 협회의 기관지에 그치게 된 배경으로 제시될 수 있다.
6) 김현숙, 「김찬영(金瓚永) 연구-한국 최초의 모더니스트 미술가」, 『한국근대미술사학』 7, 1998, 133~174쪽.

7) 최열은 김찬영의 생몰연대를 1893년에 출생해서 1960년에 사망한 것으로 추정하고 일본으로 건너간 시점을 1909년으로 본다(최열, 『한국근대미술의 역사: 1800~1945』, 열화당, 1998; 최열, 『한국근대미술 비평사』, 열화당, 2001). 김현숙은 이러한 최열의 견해를 재검토하여, 김찬영이 귀국할 당시 기사인 「미술美術은 자연自然의 반영反映」(『매일신보』, 1917. 6. 20)에서 김찬영 자신이 16세에 유학했다는 발언을 근거로 연도를 대조하여 1894년 출생, 1960년 사망, 1909년 도일했다는 의견을 내놓았다(김현숙, 앞의 글, 1998, 136~137쪽). 하지만 당시 도쿄유학생들의 친목회였던 태극학회 기관지 『태극학보』 14(1907. 10)에서는 김찬영이 '메이지학원 중학부明治學院 中學部'에 합격했다는 소식과 '태극학회'에 새로 가입하였다는 소식을 '잡보'(60~61면)를 통해 확인할 수 있다. 따라서 김찬영이 본격적으로 일본에 건너간 시기는 1908년(입학 시기)이며 출생연도는 1893년으로 확정할 수 있다.

8) 16세 숙성인 김찬영十六歲夙成人 金瓚永, 「노이불사老而不死」, 『태극학보』 23, 1908. 7, 51쪽(이후 인용되는 당시 출판된 원문은 쉽게 읽기 위하여 인용자가 현대어로 번역하여 제시한다).

9) 『태극학보』 20, 1908. 5의 '잡록時事要錄'에는 김찬영이 1908년 봄에 '慈親喪故를 因ᄒᆞ야' 일시 귀국했다는 사실을 전하고 있다.

10) CK生, 「ᄯᅳ리!」, 『학지광(學之光)』 4, 1916. 2, 46쪽.

11) "평양부平壤府 수정壽町 칠십칠번지 김찬영金瓚永군은 금년 봄에 동경미술학교 양화과洋畫科를 졸업하고 고향에 돌아왔는데 조선 사람으로 동경미술학교 졸업한 사람이 이 김군까지 세 명이며 세 명이 다 양화과이요 평양에 두 사람이 있음은 (중략) 군은 기자에게 대하여 말하되 "미술은 인생과 자연의 반영이지오 무엇이든지 그를 모사하여 그의 생명을 실체 이상理想에 연장케 하는 것은 미술이 아니면 능치 못하여요 그런데 조선에는 모사할 것이 많아요 이것을 모도 써서 우리 자손에게 완전한 참고와 모범을 주는 것은 우리의 책임이지요" 하더라"(「미술은 자연의 반영-서양화가 「김찬영」 군」, 『매일신보』, 1917. 6. 20).

12) 윤세진은 김찬영의 이러한 발언을 자연주의와 낭만주의가 결합된 것으로 평가한다. 특히 그는 김찬영이 『학지광』에 기고한 「ᄯᅳ리!」(『학지광』, 1916. 2)의 내용과 이 발언의 연결점을 찾고 있다(윤세진, 김영나 엮음, 「근대적 미술담론의 형성과 미술가에 대한 인식-1890년경부터 1910년대까지를 중심으로」, 『한국근대미술과

시각문화』, 조형교육, 2002, 77~78쪽).

13) 김현숙은 김찬영을 주관과 개성의 해방을 염원했던 아방가르드로 평가한다. 또한 그가 1917년에 제작한 「자화상」이 와다 에이사쿠和田英作 등의 외광파 수법을 보여준다고 분석하였으며, 김찬영의 그것과 비슷한 자화상을 그렸던 아오키 시게루靑木繁 등에게서 받은 영향 관계를 추정하여 낭만주의적 화풍을 보여준다고 평가하였다. 물론 작품 수가 지나치게 적어 확증하기는 어렵지만 적어도 당시 김찬영이 사실주의적 화풍에서 벗어나 주관과 개성을 강조했다는 사실은 확인할 수 있다(김현숙, 앞의 글, 148~157쪽).

14) "우리 사회에서는 누구를 물론하고 대개는 미술이라면 '그림'만으로 아는 동시에 '그림'은 '환쟁이'가 그리는 것이라고 낮게 여긴다. 그러나 미술이란 '그림'만이 아니며 낮은 사람이 하는 것이 아니니라"(김환, 「미술에 대하여」, 『학생계』 1, 1920. 7).

15) 이광수는 『조선문단』 7호(1925. 4)에 「나의 소년시대少年時代-十八歲 少年이 東京에서 한 日記」라는 제목으로 1909~1910년에 쓴 일기를 공개하였다. 이 중 1910년 1월 20일 일기에는 "전차 속에서 나는 문학자가 될까, 된다 하면 어찌나 될른고, 조선에는 아직 문예文藝라는 것이 없는데, 일본 문단에서 기를 들고 나설까-이런 생각을 하였다"라고 하며 도쿄에서 문예의 꿈을 품은 소년에게 내포된 불안감을 표현한 바 있다(이광수, 『이광수전집』 9권, 삼중당, 1971, 333쪽에서 인용).

16) 이광수[李宝鏡], 「문학의 가치」, 『대한흥학보』 11, 1910. 3.

17) 이광수[春園生], 「문학이란 하오」, 『매일신보』, 1916. 11. 10~23.

18) 김찬영[金惟邦], 「서양화의 계통과 사명[西洋畵의系統及使命](一)」, 『동아일보』, 1920. 7. 20.

19) 이 '자연주의'라는 용어는 미술보다는 문예에서 더 많이 쓰였다. 무엇보다도 이 용어의 출발점에 해당하는 에밀 졸라Émile François Zola(1840~1902)의 협소한 '자연(과학)주의'가 '자연'이라는 용어를 번역하는 과정과 일본의 문예적 상황 속에서 다양한 의미망을 갖추게 된 문학적인 용어였기 때문이다(야나부 아키라柳父章, 서혜영 옮김, 『번역어 성립 사정』, 일빛, 2003, 126~135쪽). 김찬영이 '사실주의'라는 용어보다 '자연주의'라는 용어를 더 선호한 것은 분명 문제적 부분인데,

이는 그가 미술 중심 예술론보다는 문예 중심 예술론에 좀 더 친연적이었음을 보여주는 대목이 되기 때문이다.

20) 김찬영[金惟邦], 「서양화의 계통과 사명[西洋畵의系統及使命]」 2, 『동아일보』, 1920. 7. 21, 괄호 안은 인용자가 보충함.

21) 김찬영[金惟邦], 위의 글.

22) 김찬영[金惟邦], 앞의 글, 괄호 안은 인용자가 보충함.

23) 김환, 「미술론」, 『창조』, 1920. 2~3.

24) 김환, 「미술에 대하야」, 『학생계』, 1920. 7.

25) 김윤식은 김환이 '미'를 독립적인 것이 아니라 진과 선의 보조물로 보면서 자연상태 그 자체를 '미'라고 부르는 모호한 관점을 취하였음을 지적하고 있다. 이를 통해 김환이 근대미술에 대해 확고한 인식을 갖지 못했다는 결론을 내리고 있다(김윤식, 『김동인 연구』, 민음사, 1987, 119~122쪽, '김환의 위치와 『창조』의 한 측면'을 참고할 것).

26) "미술이 그렇게 단순하고 무가치하고 몰취미한 것은 아니외다. 실로 미술도 학술學術과 같이 모든 진리를 연구하는 술術이니 학술은 학적 형식에서 진리를 연구하고 미술은 미적 형식에서 진리를 연구하는 것이므로 학술과 미술의 차이는 다만 이뿐이외다. (중략) 학적 형식은 진리를 벌거벗기고 나체로 연구하는 술術이지만은 미적 형식은 진리를 미 안에서 관찰하여 미 안에서 연구하는 술術이니 진리를 부자연하게 인공을 가加하여 나체를 만드는 것과 아름다운 자연 그대로 그냥 미라는 옷을 입혀두는 이 두 가지 중에 어느 것이 우리 인생에게 가치가 있고 취미가 있고 쾌감을 주겠습니까? 이 점으로만 보아도 미술이 학술보다 오묘하고도 고상하여 우리 인생에게 하루라도 없지 못할 것이 분명하외다."(김환, 「미술론」 1, 『창조』 4, 1920. 2, 1쪽)

27) "미술 작품은 우리에게 한 눈[一瞥]에 현시를 주는 고로 각 사람에게 공개한 서책이라 할 수 있으니 환언하면 세계의 공통어라 함이 적의適宜할 듯합니다. 문학은 사상과 주의가 다양하여 같지 않아 각각 폭이 다르지만 기념 유물 등의 미술품은 시대의 여하如何, 기원지起源地의 여하를 물론하고 직접으로 보는 사람에게 현시적 감각을 줍니다. 그런 고로 미술은 무엇보다도 일층 심원한 의미에서 세계어라 할 수 있으니, 왜? 그러냐하면 그 심지心智의 정도가 다른 모든 인류에게 대화를

하는 이유외다"(김환, 위의 글, 8쪽). 물론 여기에서 김환이 내세우는 '세계어'의 개념은 1920년대 김억 등이 주도한 에스페란토 운동과 같은 국제적 통일어의 개념과는 다소 상이한 측면이 있다. 그보다는 오히려 음성적인 수단이나 의미적인 변환 과정을 거치지 않고 시각적으로 이해되는 도상과 같은 형상물의 차원에 더욱 가깝다고 볼 수 있다.

28) 사실 김환은 비슷한 생각을 『창조』 창간호에 실은 「신비의 막」이라는 소설에서 이미 드러낸 바 있다. 이 소설의 주인공인 세민은 동경으로 미술유학을 떠난 유학생인데, 미술에 대해 전혀 이해하지 못하는 아버지를 설득하기 위해 '그림'과 '상형문자' 사이의 친연성을 강조한다. 그에 따르면, 자연적인 대상의 형상을 모방한다는 점에서 한자와 회화는 같은 위계적 차원에 놓여 있다는 것이다. 김환은 이 소설에서 미술을 이해 못하는 '아버지'를 설득하는 데 사용했던 논리를 그대로 「미술론」을 쓰는 데 이용하고 있다(김환, 「신비의 막」, 『창조』 1, 1919. 2).

29) "미술론 제2를 쓰기 시작하는 동시에 다시 또 한 번 말하지 않을 수 없는 것은 「진리는 미 안에 있고 미는 자연 속에 있다」는 것이다. 우리 인생은 진리를 찾기 위하여 미를 깨달아야 되겠고 미를 깨닫기 위하여, 자연을 연구하여야 될 것이다. (중략) 미에도 여러 가지 종류가 많겠지만은 내가 말하려는 미는 인생으로 하여금 진리를 찾게 하는 자연의 미를 일컬음이니, 자연의 미를 연구하는 術이 즉 미술이다."(김환, 「미술론」 2, 『창조』 5, 1920. 3, 66쪽)

30) 김찬영[金惟邦], 「현대 예술의 피안에서-회화에 표현된 「포스트임푸레쇼니즘」과 「큐비즘」」, 『창조』 8, 1921. 5, 20쪽.

31) 위의 글, 19~20쪽.

32) Arthur Jerome Eddy, *Cubists and post-impressionism*, 쿠메 마사오久米正雄 옮김, 『미래파와 후기인상파立体派と後期印象派』, 向陵社, 1916. 6~7쪽. 해당 대목의 인용 범위와 번역 등을 확인해보면 김찬영이 바로 이 번역서에서 인용하였다는 사실을 확인할 수 있다.

33) 김찬영[金惟邦], 앞의 글, 22쪽.

34) 에디는 이 입체파 구분을 기욤 아폴리네르Guillaume Apollinaire(1880~1919)가 1913년에 쓴 *Les Peintres Cubistes: Meditations Esthetiques*(번역서에서는 『입체파의 회화立体派の繪畫』로 표기됨-인용자)에서 가져왔다고 밝혔다(Arthur Jerome

Eddy, 앞의 책, 85쪽).

35) 김찬영이 「현대 예술의 피안에서-회화에 표현된 「포스트임푸레쇼니즘」과 「큐비즘」」(『창조』 8, 1921. 5)을 앞선 「서양화의 계통과 사명西洋畵의系統及使命」(『동아일보』, 1920. 7. 20~21)의 속편 격으로 썼다는 사실은 다음과 같은 대목을 확인하면 알 수 있다.

"우리의 기억에는 고전파, 낭만파, 이상파, 자연파, 사실파, 인상파(필자가 『동아일보』 지면에 이상의 전통은 약술하였다)를 가졌고 오늘은 후기인상파, 점채파点彩派, 외광파外光派, 미래파未來派, 음향파音響派, 육식파肉感派, 구도파構圖派, 이사동묘파異事同描派와 입체파立體派의 다수, 화파를 가지고 있다."(김찬영, 위의 글, 23쪽, 밑줄은 인용자)

36) 김찬영, 위의 글, 24쪽.

37) 김찬영은 김관호와 함께 서화협회의 정회원이었으나 서화협전에 자신의 작품을 출품한 바가 없다(김현숙, 「김찬영 연구-한국 최초의 모더니스트 미술가」, 『한국근대미술사학』 7, 1998, 140~141쪽). 하지만 그가 회화 작품을 계속 창작해왔다는 사실은 윤범모가 김찬영의 아들인 김병기의 노트 속 내용을 전하는 것에서 확인해볼 수 있다(윤범모, 『한국근대미술-시대정신과 정체성의 탐구』, 한길아트, 2000, 174~175쪽).

38) 김현숙은 그가 서화협전이나 조선미전 등의 관전을 거부한 이유를 아카데미즘을 거부하는 전위적 경향에서 찾고 있다(김현숙, 앞의 글, 141쪽).

39) 요로즈 테츠고로는 와세다학원을 다니다가 백마회연구소를 통하여 미술을 배웠다. 1912년 도쿄미술학교를 졸업하면서 퓨전ヒユウザン회에 참가하여 신흥예술운동을 이끌었지만 그의 수상기록은 확인되지 않는다. 이는 그가 당대 일본 화단의 주류적인 경향에서 벗어나 좀 더 전위적인 경향을 띠고 있었다는 사실과 무관하지 않다(『근대 일본의 미술近代日本の美術』, 東京國立近代美術館, 1974. 8, 74쪽).

40) 윤범모, 앞의 책, 171~175쪽.

41) 이 논쟁은 『개벽』의 지면을 통해 현철이 '신시新詩'의 정의를 실은 것을 두고 국민협회 기관지였던 『시사신문時事新聞』의 기자인 미태微蛻와 상아탑 황석우黃錫禹(1895~1959)가 이에 반박하며 벌어졌다. 이때 김찬영은 현철이 겪은 예술적 몰이해에 대해 공감을 표시하는 편지를 쓰는데, 이 편지가 『개벽』의 지면을 통

해 「「비평을 알고 비평을 하라」를 읽고」(『개벽』 7, 1921. 1, 117~118쪽)라는 제목으로 실려 본의 아니게 이 논쟁에 참여하게 된다. 논쟁의 자세한 정황에 대해서는 백운복의 「현철 · 황석우의 신시논쟁고」(『서강어문』 3, 서강어문학회, 1983, 175~191쪽)와 신지연의 「신시논쟁(1920~21)의 알레고리-한국근대시론의 형성과 '배제된 것'의 의미」(『한국근대문학연구』 18, 한국근대문학회, 2008, 305~342쪽)를 참고할 수 있다.

42) 김찬영[金惟邦], 「우연한 도정에서-신시의 정의를 쟁론하시는 여러 형에게」, 『개벽』 8, 1921. 2, 124~125쪽, 괄호 안은 인용자.

43) 같은 글, 125쪽.

44) 김찬영은 다음과 같이 언급함으로써 언어적 재현보다 이미지를 중심으로 하는 회화적 재현의 폭이 좁을 수밖에 없다는 고민을 토로한다. 회화적 재현의 경우, 주관성을 실현하는 측면이라든가 실험적인 시도에서 제약이 더 많다는 것이다.

"사람이 어떠한 사람의 얼굴을 비평할 때에 「저 사람의 얼굴은 여우[狐] 같다」 한다. 우리는 그러한 말을 들을 때에 아무런 이상한 생각을 갖지 아니 한다. 그러나 비평한 그 사람이 한 화폭에 여우를 그려 놓고 「이것은 저 사람의 얼굴이다」 하면 우리는 거기에 반항하려 한다. 그것은 일대 모순한 현상이라 하겠다. 입으로 사람의 얼굴을 자기가 인상한 대로 말하는 것은 이의異議가 없으나 화필로 그것을 화폭에 보고함에는 항의를 가지려 함은 진실로 현대 예술을 이해치 못하는 큰 원인이 여기에서 기인한다."(김찬영[金惟邦], 「현대 예술의 피안에서-회화에 표현된 「포스트임푸레쇼니즘」과 「큐비즘」」, 『창조』 8, 1921, 22쪽)

45) 전영택[늘봄], 「창조잡기創造雜記」, 『창조』 8, 1921. 1, 116쪽.

46) "다음은 「늘봄」 군의 「독약을 마시는 여인」을 들고져 한다. (중략) 그 내용을 볼 때에 나는 회화에서 보는 「포스트, 임푸렛슈니즘(후기인상파-인용자)」이나 「퓨튜어리즘(미래파-인용자)」 혹은 「큐비즘」 같은 인상을 얻었다. 내용을 총괄하여 보면 조선의 어떠한 재래在來의 전설을 가져다가 극히 새로운 기공技工으로써 작자 자신의 인생관의 일부분을 표현코져 한 것을 알겠다. 신비적 기공으로는 아직 경험이 많지 않은 듯한 작자로서 그만한 이해를 감격케 한 데 대하여 나는 작자에게 많이 사례코져 흔 다."(김찬영[抱耿], 「꽃피려 할 때(『창조』 8호를 읽고)」, 『창조』 9, 1921. 6, 42쪽)

47) 가령 이러한 대목은 김찬영이 김억의 「오뇌의 무도懊惱의舞蹈」 번역을 시대를 앞서나가는 예술사조에 대한 응답으로 여겼음을 파악하게 하는 바가 있다.
"폐쇄되었던 우리의 사회는 멀리로 좇아오는 시대 사조의 부르짖음에 귀를 들어 처음으로 그를 동경하며 또한 한껏 팔을 벌려 그를 맞으려고 우리의 모든 「눈」과 「입」과 심장은 이상하게도 뛰놀았다. 이는 오래지 아니한 기록을 가진 만근수년挽近數年 사이였다. / 그 사조가 우리의 적막한 문 앞에 첫걸음을 던질 때에 우리는 한갓 기쁘기도 하였고 또한 놀라기도 하였으며 오직 불안하기도 하였다 그러나 젊은 가슴은 한갓 안정이 없이 그를 맞으려는 도정에서 방황하였다. / 신문지면에는 보지 못하던 글자가 나타나며 집회에는 듣지 못하던 말이 들리며 또한 이름 모를 출판물은 날을 다투어 모두 오려는 사조의 첫걸음을 환영하는 그 방법이었다."(김찬영[抱耿生], 「오뇌의 무도의 출생에 제하여」, 『동아일보』, 1921. 3. 28)
48) 김현숙, 앞의 글, 140쪽.

7장

1) 이광수가 「문학이란 하오」에서 문학을 리터래처literature의 번역어로 정의하고, 이를 "특정한 형식하에서 인人의 사상과 감정을 발표한 자者"(이광수, 「문학이란 何오」, 『매일신보』, 1916. 11. 10)라고 설명했을 때, 그는 종래의 문학과 결별했을 뿐만 아니라, 과학과 같은 다른 학문과도 결별했다. 이 분별은 문학을 '예술'이라는 제도 체계에 접속하면서 가능해졌다. 황종연은 '문학 개념의 통일'을 통해 문학이 예술 체계에 포함되는 메이지 일본에서의 문학 개념 형성 과정이 이광수의 문학담론에서도 역시 나타난다는 것을 지적하였다(황종연, 「문학이라는 譯語」, 『동악어문논집』 32집, 1997. 12, 465~466쪽 참조).
2) 문학은 언어예술로서의 함의를 지니는 '문예'로도 사용되었는데, '문예' 개념은 학문적이고 정치적인 내용을 담은 언어와 구별하기 위해 종종 사용되었다(스즈키 사다미, 김채수 옮김, 『일본의 문학개념』, 보고사, 2001, 345~347쪽 참조).
3) 이광수, 앞의 글, 1916. 11. 11.
4) 1900년대 계몽 교육을 지탱하고 있던 논리인 지知/덕德/체體론은 이광수의 일련의

문학론 속에서 지/정/의론으로 대체되었으며, 이 전환의 동력은 정의 우월성에 있었다. 전통적인 유교적 질서는 정(감정)의 자연스러운 유로流路를 차단하는 것으로 간주되고, 이에 정의 가치를 옹호함으로써 정을 본질적 속성으로 지니는 문학은 자연스럽게 전대와 결별한 새로운 시대의 가치로 옹호되었다. 말하자면, 정의 옹호는 통시적 결별에서 핵심 키워드였던 셈이다(김행숙, 『문학이란 무엇이었는가』, 소명출판, 2005, 93~97쪽 참조).

5) 같은 책, 98쪽.

6) 일본에서 '예술'은 본래 교양예술liberal arts의 번역어였다. 이와 구별되는 순수예술fine arts의 번역어는 '미술'이었으며, 이때 미술은 그 하위 장르로 문학, 음악, 무용, 연극, 미술을 거느린 유개념이었다. 유와 종을 동시에 가리키는 술어로서 '미술' 개념의 애매함을 해소하기 위해 '예술'로 대체하기 시작한 것은 메이지 30년대 후반의 일이다(사사키 겡이치, 민주식 옮김, 『미학사전』, 동문선, 2002, 65쪽). 사실상 기능술과 구별되지 않았던 arts 개념에서 순수예술fine arts을 구별하기 시작한 것은 계몽주의 시대의 일이다. 바퇴는 이 순수예술에 음악, 시, 회화, 조각, 무용을 포함시키면서, 이것들이 자연을 모방한다는 사실뿐만 아니라 즐겁게 해주기도 한다는 공통된 목적을 지닌 것으로 간주했다. 바퇴의 구별이 완전히 새로운 것은 아니었으나, 이로부터 예술은 인간의 모든 제작활동 중에서 '미'를 본질적 속성으로 한다는 관념이 또한 탄생하며 이는 인식, 행위, 제작의 체계, 다시 학문, 도덕, 예술의 구별의 삼분 체계를 확정한다(W. 타타르키비츠, 손효주 옮김, 『미학의 기본 개념사』, 미술문화, 1999, 82~85쪽 참조).

7) 島村胞月, 『新美辭學』, 早稻田大學出版部, 1922, 491쪽.

8) 쇼요가 문학을 '정의 문'에 기초한 미문학美文學으로 정의할 때에, 이러한 구도를 작동했다(정병호, 『실용주의 문화사조와 일본근대문예론의 탄생』 1부, 보고사, 2003, 80~81쪽 참조).

9) 이광수의 문학론에서, 감정은 외적 세계를 감각하여 발생한 미적 감정이라기보다는 작가와 독자 사이에 일어나는 감정의 공명상태, 즉 '동정同情'에 이르는 것이다. 한 개인의 정은 작품을 매개로 하여 다른 개인의 정과 동반될 때 비로소 미를 획득하게 된다. 여기에 개입되어 있는 요소가 '인생'이며, 반드시 "인생을 여실하게 묘사"해야만 "정의 만족"에 이르게 되며, 이 만족은 독자로 하여금 문학 속의 인생이

자신의 인생과 같은 것으로 여기게 될 때에만 발생하는 것이다. 따라서 이광수에게 정은 이에 기초한 이상적인 도덕적 공동체를 구성할 수 있는 원리에 해당하며, 그런 한에서만 문학은 예술이 될 수 있다. 이러한 점에서 이광수에게 정은 심미적이면서 동시에 공리적인 것이다(이에 관해서는 박슬기, 「이광수의 문학관, 심미적 형식과 조선의 이념화」, 『한국문학이론과 비평』 30집, 2006, 281~283쪽 참조).

10) 1920년대 동인지 문단이 미를 절대화한 유미주의적 태도를 취했으며, 이는 달리 말해 미를 창출할 수 있는 자아의 권능으로 되돌려지는 것이라는 점에서 사실은 미적 절대성을 가능하게 하는 자아의 절대성을 창조한 근대적 예술의 본격적 출발점이 된다는 평가는 일반적으로 받아들여지고 있다(조영복, 「동인지 시대의 담론과 '내면-예술'의 계단」, 『1920년대 초기 시의 이념과 미학』, 소명출판, 2004; 오문석, 「1920년대 초반 동인지에 나타난 예술이론 연구」, 『상허학보』 6집, 2000 등).

11) 김유방, 「현대 예술의 피안에서」, 『창조』 8호, 19쪽.

12) 김행숙, 앞의 책, 98쪽. 김행숙은 김찬영이 이 글에서 쓴 "미적 쾌감"과 이광수가 「문학이란 하오」에서 쓴 "인정의 미"를 동일한 인식 체계로 설명하였다.

13) 최문규, 『독일 낭만주의』, 연세대학교출판부, 2005, 38~39쪽. 미가 진과 선과 동등한 가치를 지니는 것이며, 이 점이 '자아=자아'라는 전제에서 도출된 것이라는 것은 슐레겔의 견해로, 이는 이 책 39쪽에서 재인용.

14) 지명렬은 독일 낭만주의의 철학적 배경이 된 피히테의 사상을 설명하면서, 코기토의 자아와 피히테 철학에서의 자아 개념을 구별한다(지명렬, 『독일 낭만주의 총설』, 서울대학교출판부, 2000, 107쪽). 또한 최문규는 낭만주의의 예술적 자율성은 인간학적 역사철학적 맥락에서의 주체의 자율성이 아니라, 언어 자체를 토대로 하는 문학적 글쓰기의 독자적 운동을 뜻하는 것이라며, 낭만주의에서 예술의 자의식과 자율성을 바탕으로 하는 심미적 현대성에 대한 인식은 모순적이게도 탈현대적 사유가 반영될 때 제대로 이해될 수 있다고 설명한다. 낭만주의가 정초한 예술의 무한성은 의식적인 주체의 죽음에서 가장 잘 나타난다는 것이다(최문규, 앞의 책, 40~41쪽 참조).

15) 이에 관해서는 박슬기, 「이광수의 개조론과 기독교 윤리」, 『한국현대문학연구』 35집, 2011 참조.

16) 김윤식, 『이광수와 그의 시대』 2, 솔, 1999, 70~74쪽 참조.

17) 경서학인, 「예술과 인생」, 『개벽』 19호, 1922. 1, 5쪽. 이하 인용된 텍스트의 출처는 첫 번째 인용의 경우에만 주석으로 표시하고, 두 번째 인용부터는 본문에 (제목, 쪽수)를 기재하는 것으로 대신한다.

18) 박종화, 「嗚呼 我文壇」, 『백조』 2호, 1922. 5(영인본 도서출판 역락, 2004, 296~297쪽).

19) 조영복, 앞의 글, 97쪽; 김행숙 역시 동인지 문단이 주장했던 '탈정치'가 '탈계몽'을 의미하는 것이라며 이광수의 감성적 계몽주의가 유미주의와 결합된 형태로 파악한다(같은 책, 43쪽).

20) 이광수, 「문학에 뜻을 두는 이에게」, 『개벽』 21호, 1922. 3, 9쪽.

21) 김억, 「예술적 생활(H군에게)」, 『학지광』 6호, 1915. 7, 252쪽.

22) 이는 「예술 대 인생문제」에서 김억이 예술은 자연의 모방이며, 이 모방이 단순히 자연의 아름다움을 재현하는 것이 아니라 자연의 근저에 있는 '인생의 실재에 대한 감동'이며, 그러한 한에서 '인생의 표현'이라고 설명할 때 명백해진다. 이 글에서 생명력은 온갖 물상에 내재한 '표현에의 요구'이며 예술가는 이 '요구'를 자신에게 주어진 것으로서 표현하는 자이다. 예술은 그러한 한에서만 '인생의 표현'이다. 김억에게 예술가는 자연의 생명을 번역하는 자이며, 이 번역이 성공할 수 있으려면 예술가의 생명과 자연의 생명이 공명해야 한다. 이에 대한 자세한 논의는 박슬기, 「김억의 번역론, 조선적 운율의 정초 가능성」, 『한국현대문학연구』, 2010 참조.

23) 인생을 생명으로 대체한 것은 일본 자연주의에서의 '내부생명' 개념과 밀접한 관계가 있는 것이기는 하지만, 이 글에서 중요한 것은 동인지 문인들의 이론 수용의 성실함이 아니다. 이 대체는 또한 어떻게 예술과 인생의 관계를 예술과 생명의 관계로 대체하는 것에 이어지는가, 이로써 동인지 예술담론에 특징적인 '예술적 자아'의 개념을 어떻게 산출해나가는가 하는 것이다.

24) 김유방, 「K형에게!」, 『폐허』 1호, 1922. 7, 26쪽.

25) 춘성생, 「문예에서 무엇을 구하는가」, 『창조』 6호, 1921. 5(영인본 474쪽).

26) 김찬영, 「서양화의 계통 及 사명」(2), 『동아일보』, 1920. 7. 21.

27) 『창조』에서 이러한 생명은 신비한 자연과 일치하는 사랑을 통해, 신비한 자아의

관념을 파생한다. 최현희는 그러나 이러한 자아가 자연을 객관으로 놓고 포섭하려는 '개인'은 아니며, 자연과 함께 생동변화하는 존재라고 강조한다(최현희, 「『창조』지에 나타난 '자아'와 '사랑'의 의미 연구」, 『한국현대문학연구』 15집, 2004 참조).

28) 일본 자연주의 문학에서의 내부생명론에 대해 이러한 비판이 제기되었다. 하스미 시게히코, 「다이쇼적 담론과 비평」, 가라타니 고진 외, 송태욱 옮김, 『근대 일본의 비평』 1권, 소명출판, 2002, 176쪽.

29) 벤야민은 슐레겔의 '초월적 시'가 일종의 '시의 시'이며, 모든 개별 시는 이 절대적인 시의 반영에 지나지 않게 된다고 평가한다. 이때 시적 의식은 고양된 영혼의 형식으로, 그 자체로서 시에 반영된 절대성이자 시의 시다. W. Benjamin, "The Concept of Criticism," in *Walter Benjamin: Selected Writings Volume1,1913-1926*, ed. Marcus Bullock and Michael W. Jennings(Cambridge, MA: Belknap Press of Harvard University Press, 1996), pp. 170~171 참조.

30) P. Lacoue-labarthe and Jean Luc Nancy, *The Literary Absolute*, trans by P. Barnard and C. Lester(Albany: State University of New York Press, 1988), p. 83.

31) 「백악씨의 「자연의 자각」을 보고서」(『현대』 2호, 1920. 3)에 대해 김동인은 「제월씨의 평자적 가치를 논함-「자연의 자각」에 대한 평을 보고」(『창조』 6호, 1920. 5)로 응수한다. 이에 염상섭이 다시 응답하면서 두 사람은 격렬한 논쟁을 벌이게 된다. 이 논쟁은 사실상 비평가의 역할과 고백체의 양식에 집중되어 있었으므로 문학의 제도화 과정에 나타난 문학장의 형성 문제와 밀접한 관계가 있다고 평가받았다. 대표적으로 한형구는 근대적 문학장이 형성되는 과정에 한국 근대비평의 자기 인식이 드러난 논쟁이라고 평가한다(한형구, 「한국근대(문예)비평(사)의 원점론(2)-1920년대 초 염상섭, 김동인 논쟁의 비평사적 의의 재음미」, 『한국근대문학연구』, 2001. 4, 229쪽). 이 논쟁의 흐름과 자세한 맥락에 대해서는 송민호, 「1920년대 초기 김동인-염상섭 논쟁의 의미와 '자연' 개념의 의미적 착종 양상」, 『서강인문논총』 28집, 2010 참조.

32) 김환, 「자연의 자각」, 『현대』 1호, 1920. 1, 46쪽.

33) 염상섭, 「백악씨의 「자연의 자각」을 보고서」, 『현대』 2호, 1920. 3, 44쪽.

34) 염상섭, 「저수하에서」, 『폐허』 2호, 1921. 1, 65쪽.

35) 김동인, 「자기의 창조한 세계」, 『창조』 7호, 1920. 7(영인본, 539쪽).

36) 시어듬, 「사람의 사른 참 모양」, 『창조』 8호, 1921. 1(영인본, 600쪽).

37) 김동인, 「소설에 대한 조선 사람의 사상을」, 『학지광』 18호, 1919. 8, 46쪽.

38) 염상섭, 「개성과 예술」, 『개벽』 22호, 1922. 4, 5쪽.

8장

1) 이때의 아방가르드란 러시아의 미래파와 구축주의, 동유럽의 다다, 프랑스의 초현실주의 등의 '역사적 아방가르드'를 지칭한다.

2) 페터 뷔르거, 최성만 옮김, 『아방가르드의 이론Theorie der Avantgarde』, 지만지, 2009, 95쪽.

3) 알렉스 캘리니코스, 임상훈 · 이동연 옮김, 『포스트모더니즘 비판Against Postmodernism』, 성림, 1994, 42쪽에서 재인용.

4) 페터 뷔르거, 앞의 책, 35쪽.

5) 한국문단에 처음으로 다다가 이입된 과정과 이에 따른 논쟁에 대해서는 이성혁, 「1920년대 한국 근대시의 전위성 연구」, 한국외국어대학교 박사학위 논문, 2007, Ⅲ장 1절 참조.

6) 一記者, 「文人 林和氏와의 雜談記」, 『신인문학』, 1936. 9, 99쪽.

7) 이훈은, 임화의 초기 문학론의 성격을 "새로운 것에 대한 강렬한 관심으로 규정"하고 "이러한 관심은 자신의 현실에 대한 탐구의 과정과 결부된 것이 아니어서 대체로 외국의 것에 대한 호기심의 차원에서 이루어진 것이었다"고 비판한다(이훈, 「임화의 초기 문학론 연구」, 『국어국문학』 제111호, 1994. 5, 324쪽). 손진은도 임화의 시적 출발이 "미래파, 다다이즘 등 이른바 전위예술과 사회과학서적에의 호기심으로부터 출발"했기에 "현 상황에 대한 체계적인 인식 부족을 단적으로 드러내 보여준다"고 비판한다(손진은, 「새로운 시 양식의 시도와 실패-임화론-」, 『문학과 언어』 제12집, 1991. 5, 문학과언어연구회, 5쪽). 이러한 시각은 아방가르드에 대한 일정한 편견을 전제로 한 것이 아닌가 생각된다. 아방가르드는 마르크시즘과 함께 국제적인 성격을 띠고 있기 때문에 마르크시즘이나 아방가르드에 대한 경사를 호기심으로 치부할 수만은 없다. 그러한 경사는 삶과 사회의 혁명을 향한 지향과 연결

되어 있다.

8) 「악마도」와 「윤전기와 사층집」에 대한 자세한 논의는 이성혁, 앞의 논문, 2007, Ⅳ장 1절 참조.

9) 훗날 임화 자신도 「지난날 논적들의 면영」(『조선일보』, 1938. 2. 8)이라는 글에서 1927년 당시 이론적으로 아방가르드에 의지하고 있었음을 "지금 생각하면 내가 이론적으로 의거한 지반은 신흥미술이론이 아니고, 독일 표현주의자 칸딘스키, 미래파의 마리네티, 또 로서아 구성파의 알렉세이 간 등이었다"라면서 밝히고 있다(임화, 박정선 편, 『언제나 지상은 아름답다-임화 산문선집』, 역락, 2012, 66쪽). 임화의 마리네티와 알렉세이 간 수용에 대해서는 아래에서 논할 것이다. 그런데 이 글에서는 별도로 논하지 않겠지만, 임화 자신도 언급하고 있듯이 그는 마르크스주의 입장에서 아나키스트 화가 김용준과 논쟁할 때 놀랍게도 칸딘스키의 이론을 들어 김용준을 공격한다. 임화가 칸딘스키를 끌어들인 것은, 이 글에서도 곧 거론할 무라야마 도모요시의 영향 때문일 것이다. 임화가 열렬하게 받아들인 무라야마는 베를린에 유학 갔을 때 칸딘스키의 회화를 보고 처음으로 큰 충격을 받았다고 한다. 무라야마와 칸딘스키는 개인적 친분도 쌓아서, 일본에 돌아온 무라야마는 1925년 6월에 그와 칸딘스키의 만남에서부터 이별까지를 기록한 책 『칸딘스키』를 출판할 정도였다(和田博文 編, 『日本のアヴァンギャルド』, 世界思想社, 2005, 86쪽). 무라야마는 이론적으로나 실천적으로 곧 칸딘스키에게서 떠나게 되지만, 그에 대한 책을 낼 정도로 그에게 깊이 경사되어 있었던 것이다. 무라야마의 책에 소개되어 있는 칸딘스키의 이론을 임화는 읽었을 터, 이렇듯 임화는 무라야마에게서 칸딘스키를 간접적으로 -그러나 열렬하게- 수용했을 가능성이 크다.

10) 물론 그의 전위적인 문학 활동을 전면적으로 보기 위해서는, 1920년대 후반에 남긴 그의 시에서 나타나는 아방가르드적 특성을 살펴보아야 하는데, 필자는 그의 초기 시에 대한 자세한 논의를 필자의 박사학위 논문인 이성혁, 앞의 논문의 Ⅲ장 2절과 Ⅳ장 2절에서 행한 바 있다. 그 두 개 절에는 임화의 초기 평론에 대해서도 논하는 부분이 있는데, 이 논문은 그 부분을 소논문에 걸맞게 축약하여 다시 서술하고, 임화의 아방가르드 이론 수용이란 주제에 따라 새로운 논의를 첨가하여 보강한 것이다.

11) 임화, 「어떤 청년의 참회」, 『문장 13호』, 1940. 2.

12) 이치우지 요시나가一氏義良의 『미래파 연구未來派研究』에 대한 임화의 독서 기억은 착오인 것으로 보인다. 당시 일본에서 『미래파 연구』(1925년 3월 발행)란 책을 낸 이는 칸바라 타이神原泰다. 마리네티와 교류하고 있던 칸바라는 이 책에서 이탈리아 미래주의에 대해 "역사적 고찰에 기반한 사실의 확정"을 시도했다고 한다(和田博文 編, 앞의 책, 45쪽). 이치우지도 서양 신흥 미술을 활발하게 소개했는데, 1924년 칸바라의 책과 유사한 제목인 『입체파 미래파 표현파』라는 책을 발간한 바 있다. 이 책은 "부르주아 예술의 성립과 해체에 관하여 논하고, 후기 인상파, 입체파, 미래파, 표현파, 다다이즘 등의 현대예술 제 모습에 관하여 상세하게 서술되어 있다"고 한다(같은 책, 43쪽). 아마도 임화는 두 책을 다 읽었을 것 같은데, 훗날 회상하면서 저자와 책 이름에 혼동을 일으킨 것으로 보인다.

13) 성아星兒, 「폴테쓰파의 선언」, 『매일신보』, 1926. 4. 4.

14) 임화의 글에는 도르도뉴 동굴이 '더 동dordoque 동굴'이라고 잘못 표기되어 있다.

15) 그래서 소용돌이파는 미래주의보다 표현주의에 더 가까운 유파로 분류되기도 한다. 가령, 퍼니스는 소용돌이파를 영국의 표현주의적 예술운동으로 보고 있다. R. S. 퍼니스, 김길중 옮김, 『표현주의Expressionism』, 서울대학교출판부, 1985, 102~107쪽 참조.

16) 같은 책, 104~105쪽에서 재인용.

17) 성아星兒, 「폴테쓰파의 선언」, 『매일신보』, 1926. 4. 10.

18) 『조선일보』, 1926. 11. 22~24.

19) 임화, 신두원 편, 「정신분석학을 기초로 한 계급문학의 비판」, 『임화문학전집 4-평론 1』, 소명출판, 2009, 12쪽.

20) 같은 책, 같은 쪽.

21) 같은 책, 14~16쪽.

22) 같은 책, 16쪽.

23) 같은 책, 16~17쪽.

24) 이 글을 쓴 직후 임화의 시는 '다다'적 경향으로 급격한 변화를 보여주게 되는데, 이는 그가 이 글을 쓸 당시 이러한 아방가르드적 사고에 도달했기 때문에 가능했으리라고 판단된다.

25) 특히 러시아의 구축주의constructivism적 경향의 아방가르드는 예술을 생산으

로 보았으며, 예술 작품을 하나의 생산물, '물건'으로 보았다. 구축주의는 주로 구성주의라고 번역된다. 하지만 윤난지도 지적하듯이 "구축주의 작가들은 구성composition을 구축으로 대치되어야 한다고 주장"(윤난지, 「20세기 초기 러시아 전위미술에 나타난 유토피아니즘-말레비치와 타틀린을 중심으로-」, 『미술사학』 제5호, 1993, 미술사학연구회, 153쪽)한 사실을 보면, composition과 constructive는 매우 다른 개념이다. 그래서 전자를 구성, 후자를 구축이라고 번역하여 두 개념을 분별할 수 있게 해야 한다. 일본에서는 전자를 구도, 후자를 구성이라고도 번역한다. 하지만 한국 미술계에서 composition은 주로 '구성'으로 번역되었기 때문에 이러한 방식의 번역을 받아들이긴 힘들다.

26) 이탈리아 미래주의는 이 글이 상정한 아방가르드의 특성 -뷔르거가 논의한 특성-에 미치지 못한 운동이라고 필자는 생각한다. 이탈리아 미래주의는 보통 아방가르드의 '효시'로 이야기되곤 한다. 외견상 아방가르드적 해프닝 등은 다다의 해프닝 등에 영향을 미쳤음이 인정된다. 하지만 이탈리아 미래주의의 예술적 기획은 근대 도시 생활의 재현에 머물러 있었다. 즉, 그 기획은 빠른 속도로 변모하고 움직이며 사건이 벌어지는 근대 도시 생활의 특성을 예술이 어떻게 살려내고 부각해 재현할 것인가에 맞추어져 있었다. 이는 근대 도시 기계 문명에 걸맞은 아름다움('자동차의 아름다움')을 창출하고자 하는 기획이었는데, 이에 따라 결국 근대성을 변호하고 미화하게 되는 이탈리아 미래주의는 벤야민이 「기술복제시대의 예술작품」의 후기에서 지적했듯이 최첨단의 근대적 기술이 사용된 전쟁 현장을 미화하는 극단적 유미주의의 길로 나아가게 된다. 이와 달리 역사적 아방가르드는 근대 생활을 유미적으로 재현하려고 한 것이 아니라 근대 생활의 습성과 문화를 파괴하려고 했으며(다다, 초현실주의), 더 나아가 근대생활을 혁명적으로 재구축하려고 했다(초현실주의, 러시아의 미래주의와 구축주의). 러시아의 미래주의와 이탈리아의 미래주의의 근본적 차이점에 대한 좀 더 자세한 논의는 이성혁, 앞의 논문, 43~56쪽 참조.

27) 五十殿利治, 『日本のアヴァンギャルド芸術〈マヴォ〉とその時代』, 青土社, 2001, 51~52쪽.

28) 村山知義 他, 白川昌生 編, 「マヴォ宣言」, 『日本のダダ 1920-1970 增補新版』, 水聲社, 2005, 35~36쪽.

29) ジエニファ__・ワイゼンフェルド, 五十殿ひろ美 譯,「マヴォの意識的構成主義」, 五十殿利治 他,『水聲通信』제3호, 2006. 1, 水聲社, 19쪽.

30) 김복진은 이 글에 이탈리아 미래주의 선언을 번역하여 싣는 등의 소개와 함께, 이들 아방가르드적 조류에 대해 "말초신경의 발달로 자기 무력을 인식하므로 동족의 OOOO에 OOO의 팽창으로 하여 현상파괴, O정O情 부인否認을 하게 된 것"이라는 혹독한 비판을 가했다. 하지만 그는 "그러나 그네는 유쾌한 파괴를 감행한다"고 하여 입체주의와 미래주의의 긍정적 일면을 인정하기도 했다(김복진,「신흥미술과 그 표적」, 윤범모 · 최열 엮음,『김복진 전집』, 청년사, 1995, 45쪽).

31) 김복진,「파스큐라」, 앞의 책, 157쪽.

32) 그러나 미술사학자 기혜경은 파스큘라 동인들이 문예 강연회 등의 활동만 벌인 것이 아니라 조형예술가인 김복진과 안석주를 중심으로 무대장치와 간판, 그리고 쇼윈도를 만드는 데 지속적인 관심을 쏟았음을 밝혀내면서, 특히『백조』사 광고부가 간판 및 쇼윈도 작업을 대행했다는 점을 찾아냈다. 위에서 본 마보 선언문에서도 알 수 있듯이, 이러한 활동은 마보의 활동 영역과 비슷한 것임을 그는 지적한다(기혜경,「1920년대의 미술과 문학의 교류 연구-카프 형성과정을 중심으로-」,『한국근대미술사학』제9집, 2000. 12, 한국근대미술사학회, 23쪽).

33) 김복진, 윤범모 · 최열 엮음,「나형예술초안」, 앞의 책, 50쪽.

34) 김복진이 만든 카프의 첫 번째 기관지『문예운동』창간호(1926. 1)의 표지 디자인은 당시 김복진이 마보의 영향을 받고 있다는 것을 보여준다고 논한 연구자도 있다. 예를 들어, 키다 에미코喜多惠美子는 "김복진은 카프의 준기관지『문예운동』에 MAVO의 영향을 받았다고 생각되는 구축주의적인 표지화를 묘사하고 있"다고 주장했다(喜多惠美子,「村山知義にとつての朝鮮」, 五十殿利治 他,『水聲通信』제3호, 2006. 1, 106쪽). 기혜경의 앞의 논문 24쪽에는『마보』와『문예운동』의 표지 도판이 실려 있는데, 이를 보면 두 도판의 유사성을 직접 확인할 수 있다. 이를 볼 때, 주로 파스큘라 내 조형 예술가들이 마보의 영향을 받았음을 충분히 짐작할 수 있다.

35)『조선일보』, 1927. 11. 24.

36) 이 글의 인용은「무산계급 문화의 장래와 문예작가의 행정行程 -행동 · 선전 · 기타-」,『임화 전집 4』, 18~25쪽에서 취했다. 인용 쪽수는 본문 괄호 안에 넣어 밝

혔다.

37) 임화,「분화와 전개-목적의식 문예론의 서론적 도입」,『임화문학전집 4』, 116쪽. 이훈은 이 글을 쓸 당시 임화를 "예술을 정치에 종속시키는 일원론의 처지"라고 하면서 예술의 특수성에 대한 임화의 말은 단지 미봉책에 지나지 않는다고 비판했다(이훈,「임화의 1920년대 중반-1930년대 초 문학론 연구」,『국어국문학』 제114호, 1995. 5, 국어국문학회, 326~327쪽). 하지만 예술과 정치의 일원론이 '예술적 본미의 추구'와 모순되지는 않는다. 당시 임화가 생각한 것은 예술의 정치 종속이라기보다는 예술의 정치화라는 아방가르드적 기획이었다. 즉 임화는 예술이 정치에 투입됨으로써 삶을 재조직하려는 기획을 갖고 있었다.「문예작가의 행정」에서 임화가 "선전을 문학으로 하는 것은 결코 아니다. 문학으로 우리는 선전하게 되는 것"이라고 말했듯이, 그것은 예술을 정치에 복종시킨다거나 희생시킨다는 견해가 아니다. '문학으로 선전'함으로써 삶을 고양하고, 이를 통해 예술과 삶을 통합하려는 것이기에, 삶을 고양하고 새롭게 조직할 수 있는 '예술적 본미의 추구'가 임화로서는 매우 중요한 것이다.

38) 村山知義,『構成派 硏究』(復刊本), 本の泉社, 2002, 35~37쪽.

39) 당시 일본 번역판은『구성주의예술론構成主義藝術論』이란 제목으로 1927년 4월에 출판되었다.

40) 和田博文 編, 앞의 책, 49쪽.

41) 임화,「착각적 문예이론」,『임화 문학전집 4』, 121쪽.

42) F. ステパノワ,「構成主義について」, 五十殿利治 外 편,『ロシア・アヴァンギャルド・4 - コンストルクツィア 構成主義の展開』, 國書刊行會, 1991, 210~215쪽.

43) 같은 책, 213쪽.

44) 같은 책, 214쪽.

45) 칼 마르크스 · 엥겔스, 김대웅 옮김,『독일 이데올로기Die Deutsche Ideologie I』, 두레, 1989, 74~75쪽.

46) 구축주의의 예술 폐기론을 다음과 같이 해석할 수 있다고 생각한다. 예술을 버리면서 예술을 해방하는 작업은 예전엔 '예술'이라고 지칭되었던 활동 방식이 사회의 모든 노동으로 확장된다는 의미도 있다. 다시 말해 그들은 예술의 소멸을 통해 예술이 일반화되는 사회를 코뮌주의로 생각했다. 그때의 일반화된 예술은 생활

과 떨어져 무엇을 재현하는 활동이 아니고 구축하는 행동이다. 이 구축하는 행동은 세계의 물질을 연구하면서 이를 기반으로 세계를 다시 새롭게 구축해나간다. 그럼으로써 세계는 재창조된다. 이러한 과정을 거쳐 사회는 창의력으로 충만해져 세계와 자신을 갱신해나간다. 그래서 구축주의는 리얼리즘과 같은 특정한 양식이 아니다. 구축주의의 견지에서 보면, 세계는 앞으로 어떠한 형태를 생산해낼지 모르는 것이다. 구축주의는 새로운 세계를 창조해내는 방법적 원리, 체계이지 양식이 아니기 때문이다.

47) 임화, 박정선 편, 「연애의 종말」, 앞의 책, 35쪽.

48) 알렉세이 간의 책에서 마지막 절 제목은 「서구 구축주의」로, 그 절에서 간은 서구 구축주의가 "예술과 친화하고 있"다면 "우리의 구축주의는" "물질적 구조의 공산주의적 표현을 드러낸다"는 "명백한 목적을 가지고 있다"면서 서구와 러시아의 구축주의를 비교하였다(アレクセイ・ガン, 黒田辰男 譯, 「構成主義藝術論」, 瀧澤恭司 編, 『コレクション・モダン都市文化 29 - 構成主義とマヴォ』, ゆまに書房, 2007, 138쪽).

49) 임화, 앞의 책, 35~36쪽.

50) F. ステパノワ, 앞의 책, 214쪽. 텍토니카, 컨스트럭치아, 팍투라는 대응되는 한국어 단어를 찾기 어렵다. 위의 일본어 번역본에서는 각각 구조와 구성, 가공으로 번역하였지만, 그 구축주의 개념은, 구조와 구성, 가공 하면 통상적으로 생각되는 내용과 상당히 다르기에 번역어로 채택하기 곤란하다.

51) アレクセイ・ガン, 앞의 책, 118~119쪽.

52) 海野 弘, 『ロシア・アヴァンギャルドのデザイン: アートは世界を變えうるか』, 新曜社, 2000, 71쪽. 운노는 텍토니카를 구축학, 컨스트럭치아를 구성이라고 번역하였다. 이 글에서는 이 번역어를 따르지 않고 러시아어 발음 그대로 표기했다.

53) 村山知義, 앞의 책, 57쪽.

54) 『조선일보』, 1927. 11. 22.

55) 『조선일보』, 1927. 11. 23.

56) 『조선일보』, 1927. 11. 24.

57) アレクセイ・ガン, 앞의 책, 104쪽.

58) 같은 책, 106쪽.

59) 예술이 가진 선전적 · 계몽적 힘에 대해서는 레닌이나 트로츠키가 이미 강조한 바 있다. 레닌은 "영화가 일반 대중과 사회주의 문화의 찬미자들의 수중에 들어가게 되는 날, 그것은 가장 막강한 계몽의 도구가 될 것이다"라고 말했고, 트로츠키는 "교회의 몽매주의, 술집에 대항해서 균형을 이룰 수 있는 도구인 영화에 손을 대지 않았다니 볼셰비키들은 정말 바보들이었다"라고 썼다고 한다(마르크 페로, 주경철 옮김, 『역사와 영화Cinéma et histoire』, 까치, 1999, 189~190쪽).

60) 1920년대 후반 임화의 영화 활동에 대해서는 김종욱, 「일제 강점기 임화의 영화 체험과 조선영화론」, 『한국현대문학연구』 제32호, 2010, 2절 참조.

61) 윤수하, 「「네거리의 순이」의 영화적 요소에 관한 연구」, 『한국시학연구』 제9호, 2003. 11, 한국시학회 참조.

62) 영화 활동 때문인지 1928년 한 해 동안 임화는 시를 거의 발표하지 않다가 1929년이 되자 이른바 '단편서사시'를 다량 쏟아냈다.

63) 임화, 「기술적 능력의 확충과 조직」, 『조선지광』, 1929. 1, 114쪽.

9장

1) 박현수, 「1920년대 초기 문학의 재인식-기존 논의 검토」, 『상허학보』, 상허학회, 2000. 8; 차혜영, 「1920년대 동인지 문학 운동과 미 이데올로기」, 『한국문학이론과 비평』, 한국문학이론과 비평학회, 2004. 9.

2) 차승기, 「'폐허'의 시간 - 1920년대 초 동인지 문학의 미적 세계관 형성에 대하여」, 『상허학보』, 상허학회, 2000. 8.

3) 조영복, 『1920년대 초기 시의 이념과 미학』, 소명출판, 2004, 95~103쪽.

4) 이은주, 「문학 텍스트에 나타난 자기 구성방식에 대한 시론」, 『상허학보』, 상허학회, 2000. 8; 오문석, 「1920년대 초반 '동인지'에 나타난 예술이론 연구」, 같은 책; 김춘식, 『미적 근대성과 동인지 문학』, 소명출판, 2003; 김행숙, 『문학이란 무엇이었는가』, 소명출판, 2005.

5) 여태천, 「1920년대 초기시의 관념 표상과 그 양상」, 『정신문화연구』 30집, 한국학중앙연구원, 2007. 3, 274쪽.

6) 김홍중, 「진정성의 기원과 구조」, 『마음의 사회학』, 문학동네, 2010, 25쪽.

7) 같은 글, 32쪽.

8) 김홍중, 「근대문학 종언론의 비판」, 앞의 책, 125쪽.

9) 가라타니 고진, 송태욱 옮김, 「풍경의 발견」, 『일본근대문학의 기원』, 민음사, 1997, 32쪽, 35쪽.

10) '내면'이라는 공간에서 고백이라는 제도가 탄생하는 것 역시 같은 맥락이라 할 수 있겠다(가라타니 고진, 「고백이라는 제도」, 앞의 책; 김윤식 · 정호웅, 『한국소설사』, 예하, 1993 참조).

11) 황종연, 「문학이라는 역어」, 『한국어문학연구』 32집, 한국어문학학회, 1997.

12) 「문학이란 하오」의 문학론이 "종전의 문학 전통과 단절되어 있다는 것은 기왕의 논의에서 누누이 확인된 사실"이지만, "그것이 기록한 전통과의 단절은 엄밀하게 말하면 종전의 관례화된 문학적 실천을 부인했다는 의미에서의 단절이 아니라 문학에 관해 개념, 지식, 이념을 생산하는 규칙을 바꾸었다는 의미에서의 단절이다. 그것은 한마디로 담론상의 단절"(앞의 논문, 470쪽)이라는 점을 포착해낸 이는 황종연이다. 춘원의 문학론에 대한 이 글의 서술은 황종연 논문의 이와 같은 시각을 참조하여 썼다.

13) 이경돈은 이광수와 안자산의 논의를 비교하면서 안자산은 "정의 범주에서 향유되어온 작품들을 역사적 실체로서 대입시키고 있고 또 '사전, 일기수록, 교술적 문류' 등까지도 폭넓게 '문학'으로 간주했다"(이경돈, 『문학이후』, 소명출판, 2009, 53쪽)는 점을 높이 평가한다. 그러나 우리의 머릿속에 이광수 문학론의 기준이 없었다면, 안자산에 대한 이러한 평가는 불가능하다. 이광수의 문학론에 의해 구축된 '문학'이라는 개념이 이미 우리의 머릿속에 질서화되어 있기 때문에 안자산의 문학론은 이광수의 문학론보다는 포괄적이라는 판단이 가능하게 되는 것이다. 다시 말해 이 책은 춘원 문학론의 시선으로 안자산을 보고 있는 것이다. 이광수의 문학론에 대한 비판이 정당화되려면 '사전, 일기수록, 교술적 문류'와 같이 이광수의 '문학' 개념이 포괄하지 못하는 요소들이 이미 구축된 개념적 질서를 와해시킬 정도로, 예를 들면 1930년대 한국 시인인 이상의 문학이 시와 소설과 수필이라는 근대문학의 장르적 구분을 무화하는 것처럼, 이광수의 '문학' 개념 혹은 체계 자체를 와해시켜야만 한다. 이광수의 '문학' 개념 체계에서 '사전, 일기, 교술적 문

류'는 굳이 이름을 붙이면 '비문학'일 뿐이다. 즉, 이광수의 '문학' 개념에서 이런 유는 '문학'이 '아닌 것'으로 '발견'된 대상이다. '개념' 안으로 포괄하지 못한 것이 있다고 해서 '개념'이 와해되는 것은 아니다. 오히려 이러한 '배제'가 '개념'을 구성한다. 중요한 것은 판단의 기준 설정이고, 시선 확보이다.

14) 김윤식, 「초창기 문학론과 비평의 양상」, 『한국근대문학연구』, 일지사, 1973(황종연의 앞의 논문에서 재인용함).

15) 김홍중, 「근대문학 종언론 비판」, 앞의 책, 113쪽.

16) 김행숙, 앞의 책, 100쪽.

17) 슬라보예 지젝, 박정수 옮김, 『그들은 자기가 하는 일을 알지 못하나이다』, 인간사랑, 2004, 387~485쪽 참조.

18) 같은 책, 392쪽.

19) 같은 책, 395쪽.

20) 이러한 내용은 '서로 다른 문화들 사이에서 횡단적 기행'을 해야만 했던 통신사들의 견문록들을 분석한 황호덕의 연구(「한국 근대 형성기의 문장 배치와 국문 담론: 타자 · 교통 · 번역 · 에크리튀르 · 근대 네이션과 그 표상들」, 성균관대학교 박사학위 논문, 2002, 22~49쪽)를 참조했다.

21) 김홍중, 「근대문학 종언론의 비판」, 앞의 책, 112쪽.

22) 슬라보예 지젝, 앞의 책, 415~416쪽.

23) 이러한 맥락에서 레지스 드브레는 현대 예술가들이 자신의 원초적 탄성을 관념적 해석과 결합할 꿈을 꾸고, 자신의 도록에 철학자 데리다의 서문을 붙일 꿈을 꾼다고 말한다(레지스 드브레, 정진국 옮김, 『이미지의 삶과 죽음-서구적 시선의 역사』, 글항아리, 2011, 114쪽).

24) 최원식, 『문학』, 소화, 2013, 41쪽 참조.

25) 아리스토텔레스는 은유가 "유에서 종으로, 혹은 종에서 유로, 혹은 종에서 종으로, 혹은 유추에 의하여 어떤 사물에다 다른 사물에 속하는 이름을 전용하는 것"이라고 말했다(아리스토텔레스, 천병관 옮김, 『시학』, 1991, 124쪽).

26) 김상환, 「해체론과 은유」, 『해체론 시대의 철학』, 문학과지성사, 1996, 246쪽.

27) 이를테면 정지용의 「유선애상」의 시적 대상을 오리나 자동차 등으로 해석하는 시도가 단 하나의 대상으로 확정되지 못한 채 끝없이 반복될 수밖에 없는 것은 감상

자의 눈앞에 펼쳐져 있는 시적 세계는 이미 시인이 논리적 범주를 횡단하며 창조해낸 새로운 은유적 세계이기 때문이다. 따라서 「유선애상」에서 자동차나 오리나 악기 등의 흔적이 있다고 해서 이 시의 대상은 그것으로 다시 환원될 수 없다(김예리, 「정지용의 시적 언어의 특성과 꿈의 미메시스」, 『한국현대문학연구』, 한국현대문학회, 2012. 4, 317~318쪽).

28) 여기서 '바깥'이란 블랑쇼의 사유에서 참조한 개념이다. '문학이란 무엇인가'를 묻는 것이 아니라 문학의 토대, 즉 '문학이 어떻게 가능한가'를 묻는 블랑쇼에게 '바깥'이란, '안'에 대립되는 공간으로서 '바깥'이 아니라 구조적으로 존재하지 않으므로 인간의 오성적 능력으로 개념화할 수 없고 사유 대상으로 위치시킬 수 없는 절대적 타자이자 '나'의 존재가 와해되는 지점이므로 결코 도달할 수 없는 불가능성 그 자체이다. 반복하면 안과 밖은 동시적인 것이며 상호반영적인 것이다. 안은 밖이 있어야 그 존재의 확실성을 보장받고, 그 반대 역시 마찬가지다. 이러한 안과 밖의 관계는 근대 철학에서 주체subject와 대상object의 관계와 정확히 일치한다. 이를테면 어떤 사물이 인식의 대상이 된다는 것은 사물 자체의 근원성을 상실한다는 것을 의미한다. 모든 것은 그 자체로 존재하는 것이 아니라 주체와의 상대적 관계 속에서 형성되기 때문이다. 따라서 우리의 인식과 판단은 존재의 층위가 아니라 개념적 체계의 질서라고 할 수 있는 의미의 층위에서 이루어진다고 할 수 있으며, 제도로서 문학을 문학연구 대상으로 하는 시각에서 보면, 존재의 층위가 아니라 의미의 층위에서 이루어지는 이와 같은 주체와 대상의 관계성에 대한 탐색이 바로 문학연구로 간주되는 것이라고 말해볼 수 있다.

29) 김예리, 「김춘수의 '무의미시론' 비판과 시의 타자성」, 『한국현대문학연구』, 한국현대문학회, 2012. 12 참조.

30) 모리스 블랑쇼, 심세광 옮김, 『도래할 책-블랑쇼 선집 3』, 그린비, 2011, 384쪽.

31) 서영채, 『사랑의 문법』, 민음사, 2004, 249쪽.

32) 권승혁, 「현대영미시의 시각화에 대하여」, 『영어영문학연구』 47권 1호, 한국중앙영어영문학회, 2005. 3, 49쪽.

33) 이에 대한 자세한 논의는 김예리, 「김기림의 모더니티와 역사성의 문제」, 『한국현대문학연구』, 한국현대문학회, 2010. 8; 조영복, 「30년대 기계주의적 세계관과 신문문예 시학」, 『한국시학연구』 20집, 한국시학회, 2007. 12 참조.

34) 김기림, 「문학 비평의 태도」, 『김기림 전집 3』, 심설당, 1998, 128쪽.

35) "세기의 여명을 밝히는 봉화와 같이 자신하며, 그리고 많은 추종자로부터 그러한 신임을 신흥하는 「프로」 시인이 받는다면 그것은 양편의 한결같은 「소아병」에서 유래한 병적 사상이다."(김기림, 「시인과 시의 개념」, 『김기림 전집 2』, 294쪽)

36) "여기에 한 사람의 시인이 있어서 어떠한 때에 발동하는 자신의 주관을 의식한다고 하자. 그것을 그대로 문자로 옮겨 놓았을 때, 「시다!」 하고 감격하였다고 하자. 우리 시단은 격정적인 「센티멘탈」한 이 종류의 너무나 소박한 시가의 홍수로써 일찍이 범람하고 있었다. 나는 그것들을 일괄해서 자연발생적 시가라고 명명하려 한다."(김기림, 「시의 방법」, 『김기림 전집 2』, 78쪽)

37) 김기림, 「시의 모더니티」, 『김기림 전집 2』, 84~85쪽.

38) 김기림에게 언어란, **"조직된 경험에 맨 나중에 입히는 때때옷이 아니라, 경험 그 자체에 어울린 채 그것과 함께, 아니 바로 그것이자 이것인 관계에서 조직하는 일 자체에 참여한다느니보다도 침투해 있는 것**이다. 그러므로 말이 없는 곳에 시가 있을 수 없으며, 말을 모르는 것에 시가 생길 수 없다. 시의 경험은 그대로 말이 이루어져가는 경로인 것이다. 시인은 경험을 잘 부리는 사람이라는 말은 그대로, 그는 말을 잘 부리는 사람이라는 말의 번복밖에 아무것도 아니다."(「시의 이해」, 『김기림 전집 2』, 225쪽, 강조는 인용자)

39) 김기림, 『피에로』의 독백-「포에시」에 대한 사색의 단편」, 『김기림 전집 2』, 299쪽.

40) 김기림, 「객관세계에 대한 시의 관계」, 『김기림 전집 2』, 118쪽.

41) 김기림, 「시의 회화성」, 『김기림 전집 2』, 103쪽.

42) 같은 글, 104쪽.

43) 김기림, 「현대시의 표정」, 『김기림 전집 2』, 86쪽.

44) 김기림, 「시의 회화성」, 『김기림 전집 2』, 105쪽.

45) 김기림, 「시의 모더니티」, 『김기림 전집 2』, 80쪽.

46) 김기림, 「감상에의 번역」, 『김기림 전집 2』, 109쪽.

47) 김기림, 「오전의 시론-각도의 문제」, 『김기림 전집 2』, 170쪽.

48) 김기림, 「오전의 시론 – 시의 시간성」, 『김기림 전집 2』, 158쪽.

49) 김기림, 「시와 인식」, 『김기림 전집 2』, 77쪽.

50) 김기림, 「새 인간성과 비평정신」, 『김기림 전집 2』, 89쪽.

51) 같은 글, 90쪽.

52) 김상환, 「철학과 시의 관계」, 『예술가를 위한 형이상학』, 민음사, 1999, 153쪽 참조.

10장

1) 김윤식, 『한국 근대 문예 비평사 연구』, 일지사, 1974.

2) 최재서, 『문학과 지성』, 인문사, 1938. 이 책은 최재서가 「현대 주지주의 문학 이론」(『조선일보』, 1934. 8. 7~20)을 발표하며 문단에 나온 이래 5년 동안의 비평 활동을 집성한 평론집이다. '주지주의'의 기치를 들고 문단에 나왔지만, 그의 평문들은 김기림의 주지주의 시학에 대한 고찰에서부터 박태원의 고현학, '단층'파의 심리주의, 이상의 아방가르드에 이르기까지 모더니즘의 다양한 경향을 포괄하고 있다.

3) 최재서, 앞의 책, 120쪽.

4) 김윤식, 『한국 근대 문학 사상사 연구 1: 도남과 최재서』, 일지사, 1984.

5) 김흥규, 「최재서 연구: 1933-1945년간의 문학비평과 파산」, 『문학과 역사적 인간』, 창작과비평사, 1980, 321쪽.

6) 김동식, 「1930년대 비평과 주체의 수사학」, 『한국현대문학연구』 24집, 2008, 188쪽.

7) 서승희, 「1930년대 최재서의 문화 기획 연구」, 『한국문학이론과 비평』 14권 2호, 2010, 469쪽.

8) 최재서, 앞의 책, 136~137쪽(이하 이 책에서 인용하는 경우 현행 맞춤법에 따라 수정한다).

9) 최재서, 앞의 책, 1쪽.

10) 같은 책, 2쪽. 흄과 엘리엇, 리드와 I. A. 리처즈의 비평은 공히 19세기 낭만주의 문학의 전통을 극복할 이론의 수립에 집중했다. 낭만주의 문학의 핵심을 감정의 통제되지 않은 자연스러운 표현에서 찾은 결과 이들은 공통적으로 지적이고 과학적인 방법을 문학에 도입하고자 했다. 카오스적 감각을 통어하는 질서를 정립함으로써 근대를 이전 시대와 구분 짓고 이 질적 구분에서 자기 시대에 대한 충실성의 근거를 찾으려 했다는 점에서, 이들은 모더니스트들이었다. 감정에 대립하는 지

성을 강조했다는 점에서 '주지주의'라는 명명도 정당성이 있지만, 영미 비평의 전통에서 Intellectualism 혹은 Rationalism이라는 용어는 사용되지 않는다. 일례로 이들 네 평론가 중 최재서에게 가장 큰 영향을 미쳤으며 시기상으로도 가장 앞선 시기에 활동한 흄의 경우, 낭만주의를 인간의 내적 욕망의 만족에 충실한 '휴머니즘'으로 규정하고 극력 비판하였다. 그는 휴머니즘이라는 중독에서 깨어나 근대주의적 사상을 획득할 것을 촉구하지만 '지성'의 역할을 강조하지는 않는다(T. E. Hulme, "Humanism and the Religious Attitude," *Speculations: Essay on Humanism and the Philosophy of Art*, ed. Herbert Read, London: Kegan Paul, Trench, Trubner & Co., 1936, pp. 13~16). 그럼에도 최재서가 일관되게 '주지주의'라는 용어를 사용한 것은, 자신의 지성 개념을 강조하고 거기에 역사적 맥락을 부여하기 위해서였던 것으로 보인다. 비교문학적 영향 관계라는 면에서 보면, '주지주의'라는 용어는 일본에서 출간된 아베 도모지(阿部知二), 『주지적문학론主知的文学論』(東京: 厚生閣書店), 1930에서 온 것으로 보인다. 이 책에 실린 「주지적문학론」을 보면, 아베는 리드의 영문학사 발전 단계론을 끌어오면서, 낭만주의와 마르크스주의를 극복할 수 있는 진정한 현대적 비평이론으로 주지적 비평을 제시하고 있다. 이는 최재서 비평에서 반복적으로 발견되는 문제 설정 방법이다.

11) 최재서, 「시대적 통제와 예지」, 『조선일보』, 1935. 8. 25; 최재서, 「고전문학과 문학의 역사성」, 『조선일보』, 1935. 1. 30~31.

12) Judith Butler, *The Psychic Life of Power: Theories in Subjection*, Stanford: Stanford University Press, 1997, p. 99.

13) '낭만주의와 마르크시즘'은 최재서가 자기의 주지주의 비평을 수립하는 데 필수적인 대타항이다. 그에게 낭만주의는 19세기적 전통으로만 그 의의가 국한되며 모든 현대적 비평은 낭만주의의 부정에서 출발하는 것으로 상정된다. 그가 낭만주의를 부정하는 것은 현실과 유리된 개성의 무한한 표현이라는 이념이 현대가 되면서 한계에 도달했다고 보기 때문이다. 근대성의 경험이라는 현실의 복잡성은 개인의 내면에 집중하는 "단순한 인생관과 소박한 감수성"으로는 뚫고 들어갈 수 없다는 것이다. 현실에 대한 즉자적 · 감각적 반응에 무한한 가치를 부여하는 낭만주의를 '센티멘탈리즘'으로 보고 현대 비평의 주적으로 삼는 최재서의 시각은 이러한 맥락에서 나온다. 나아가 최재서는 마르크시즘도 복잡한 현대의 현실을

역사유물론의 시각에서 단순화하고 그 단선적 세계관에 대한 열광적 믿음을 통해 추동된다는 점에서 '센티멘탈리즘'에 지나지 않는다고 비판하고 있다. 최재서, 앞의 책, 215~219쪽.

14) Matei Calinescu, *Five Faces of Modernity*, Durham: Duke University Press, 1987, p. 13.

15) 김상환, 「탈근대 사조의 공과」, 『예술가를 위한 형이상학』, 민음사, 1999, 88쪽.

16) Walter Benjamin, "The Work of Art in the Age of Its Technological Reproducibility," *Selected Writings vol. 3, 1935-1938*, trans. Edmund Jephcott and Harry Zohn, Cambridge: The Belknap Press of Harvard University, 2002, pp. 116~118.

17) Siegfried Kracauer, *Theory of Film*, Princeton: Princeton University Press, 1997, p. 16.

18) 최재서, 앞의 책, 141쪽.

19) 최재서는 이상의 「날개」(1936)를 다룬 「「천변풍경」과 「날개」에 관하여: 리얼리즘의 확대와 심화」에서, 이상의 문학적 승리는 작가가 카메라가 되어 대상을 있는 그대로 포착하는 객관적 태도에서 기인한다고 보았다. 나아가 「날개」는 카메라가 포착하는 대상이 작가 자신의 내면이라는 점에서 근대인의 보편 조건인 의식의 분열을 그 주제로 한다고 해석한다. 최재서는 이 '분열'이 다만 작품에 형상화된 내용의 차원에서 그치지 않고, 작품의 생성 원리로 작용한다는 점에서, 「날개」를 근대인이 도달할 수 있는 지성의 최고봉으로까지 고평한다. 최재서의 「날개」론에 대해서는 최현희, 「'이상李箱'의 이데올로기적 기원: 김기림과 최재서의 이상론」, 『한국현대문학연구』 32집, 2010, 211~220쪽 참조.

20) 최재서, 앞의 책, 263쪽.

21) 김흥규, 앞의 글, 319쪽.

22) 차승기, 「1930년대 후반 전통론 연구: 시간-공간 의식을 중심으로」, 연세대학교 박사학위 논문, 2002, 138쪽.

23) 三原芳秋, 「Metoikosたちの帝国—T. S. エリオット, 西田幾多郎, 崔載瑞」, 『社会科学』 40巻 4号, 2011, 20쪽.

24) 崔載瑞, 「国民文学の要件」, 『転換期の朝鮮文学』, 京城: 人文社, 1943, 51~52쪽.

25) 같은 글, 55~56쪽.

26) 윤대석, 「1940년대 '국민문학 연구」, 서울대학교 박사학위 논문, 2006, 57~60쪽.

27) '이론'의 효용성이란 그 '현실 적용 가능성'에 있다고 본다면 '국민문학론'은 실체적으로 존재하지 않는 '국민적인 것'을 그 자신의 존재를 통해 현실화한다는 점에서 이론으로서 절대적 효용성을 갖는다. 최재서가 '국민문학'을 수립하기 위해 '조선적인 것의 이론화'를 강조했던 것은, '이론'을 통하지 않으면 '조선적인 것'이 '국민문학'의 한 축을 이룰 수 없음을 드러내는 것이기도 하다. 좌담회, 「조선문단의 재출발을 말한다」, 『좌담회로 읽는 『국민문학』』, 소명, 2012, 36~38쪽의 최재서와 카라시마 타케시辛島驍 사이의 대화에서 '조선적인 것의 이론화'를 둘러싼 논의에 초점을 맞출 경우 이는 선명해진다. 카라시마는 '국민문학'에서 '조선'이 드러나는 것은 그것이 '국민문학'이라면 자연스럽게 이뤄질 것이므로 의식적으로 추구할 바가 못 된다고 주장한다. 이에 맞서 최재서는 "의식할 뿐만 아니라 가능하면 이론화"하여 '조선'을 '국민문학'에 나타나도록 해야 한다고 반론한다. 현실로부터 자연스럽게 생겨나는 '국민문학'에 '조선'이 포함되려면 '이론'이 필요하다는 최재서의 논리는, 역설적으로 '국민문학'은 '조선'의 배제를 핵심으로 성립한다는 점을 드러내고 있다(Serk-bae Suh, "The Location of "Korean" Culture: Ch'oe Chaesŏ and Korean Literature in a Time of Transition," *The Journal of Asian Studies* 70, no. 1, 2011, p. 63). 이때 '조선적인 것의 이론'의 요구를 통해 '국민문학'이 자연스럽게 재현하는 '현실'의 '이론성'이 드러나며, 동시에 '이론'이 '현실'에 개입해 들어가는 길이 부정적으로 열린다.

28) 石田耕造(崔載瑞), 「まつろふ文学」, 『国民文学』, 1944. 4. 5~6쪽.

참고문헌

1장

1차 자료

吉野作造,『吉野作造選集』 3, 岩波書店, 1995.

內藤濯,『ロマン・ロオランの思想と芸術』, 天弦堂, 1915.

大杉榮全集刊行會,『大杉榮全集』 제1권, 제6권, 大杉榮全集刊行會, 1926.

伊藤整 編,『日本現代文學全集107-現代文藝評論集』, 講談社, 1959.

中澤臨川, 生田長江 編,『近代思想十六講』, 新潮社, 1915.

『讀賣新聞』,『매일신보』,『동아일보』,『조선일보』,『신생활』,『개벽』.

연구문헌

김문봉,「민중예술론고」,『일어일문학』 10-1, 1998.

김영민,『한국근대문학비평사』, 소명출판, 1999.

김인걸 · 강현욱,『일제하 조선노동운동사』, 일송정, 1989.

박지영,「팔봉 김기진의 초기 사회주의사상 형성 과정-일본 사회주의 체험과 영향」,『한국어문학연구』 12, 2000. 12.

양승국,『한국근대연극비평사연구』, 태학사, 1996.

조동걸,『일제하 한국농민운동사』, 한길사, 1983.

鈴木貞美 編,『大正生命主義と現代』, 河出書房新社, 1995.

瀨沼茂樹,「「民衆芸術論」の前後」,『文學』 18-7, 岩波書店, 1950. 7.

瀨沼茂樹, 「民衆芸術とプロレタリア文學」, 『近代日本文學講座』 4, 河出書房, 1952.

木村敦夫, 「「大衆」の時代の演劇-島村抱月と小山內薰の民衆芸術觀」, 『東京藝術大學音樂 學部紀要』 35, 2009.

兵藤正之助, 「ロマン・ロランと日本文學」, 『國文學: 解釋と教材の研究』 6-7, 1961.

本間久雄・大久保典夫, 「「民衆芸術論争」のころ」, 『日本近代文學』 14, 1971. 5.

森山重雄, 「民衆芸術論」, 『日本文學』 12-7, 1963. 7.

石田雄, 『日本の社會科學』, 東京大學出版會, 1990.

遠藤祐, 「日本におけるロマン・ロラン論年表(大正期)」, 『ロマン・ロラン研究』 27, 1956.

曾田秀彦, 「「民衆芸術論」の一視点」, 『文芸研究: 明治大學文學部紀要』 20, 1968. 10.

曾田秀彦, 「民衆藝術論」, 日本近代文學館 編, 『日本近代文學大事典』 제4권, 講談社, 1977.

2장

기본 자료_ 단행본

홍명희, 『학창산화』, 조선도서주식회사, 1926.

德富廬花, 『順禮紀行』, 警醒社, 1906.

西周, 「美妙學說」, 『西周全集 第1卷』, 宗高書房, 1872(1878).

中里介山(彌之助), 『トルストイ言行錄』, 內外出版協會, 1906.

トルストイ, 加藤直士 譯, 『我懺悔』, 警醒社, 1902.

トルストイ, 加藤直士 譯, 『我宗教』, 文明堂, 1903.

ニコライ・レ_ニン, 「(一)露西亞革命の鏡としてのレフ・トルストイ」, 『トルストイとディツゲン』, 土曜會パンフレツト 第4册, 思想社, 1927.

ロマン・ロラン, 植村宗一 譯, 『トルストイ論 先驅者』, 人間社出版部, 1921.

德谷豊之助・松尾勇四郎, 『普通述語辭彙』, 敬文社, 1905.

トルストイ, 『藝術論』, 博文館, 1906.

M. A ウァード, 住谷天來 譯, 『十九世紀之予言者』, 警醒社, 1903.

잡지와 논문

김억, 「藝術的生活(H君에게)」, 『학지광』 제6호, 1915.

김유방, 「톨스토이의 藝術觀」, 『개벽』 제9호, 1921.

박영희, 「藝術과 科學의 人間社會에 寄與하는 것은 무엇인가?」, 『삼천리』 제6권 제7호, 1934.

이광수, 「杜翁과 나」, 『조선일보』, 1935. 11. 20.

이태준 · 이원조 · 김남천, 「벽초 홍명희 선생을 둘러싼 문학담의」, 『대조』 창간호, 1946.

홍기문, 「아들로서 본 아버지」, 『조광』 제2권 제5호, 1936.

홍명희, 「신흥문예의 운동」, 『문예운동』 제1호, 1926. 1.

홍명희, 「예술기원론의 일절」, 『문예운동』 제2호, 1926. 6.

홍명희, 「新幹會의 사명」, 『현대평론』 제1호, 1927. 1.

홍명희, 「『신소설』 창간사」, 『신소설』 제1호, 1929.

홍명희, 「『임거정전』을 쓰면서—장편소설과 작자심경」, 『삼천리』 제5권 제9호, 1933.

홍명희, 「대톨스토이의 인물과 작품」, 『조선일보』, 1935.

홍명희, 「문학청년들의 갈 길」, 『조광』, 1937.

홍명희 · 모윤숙(문답), 「이조문학 기타」, 『삼천리문학』 제1호, 1938.

「홍명희 · 설정식 대담기」, 『신세대』 제23호, 1948.

로맹 롤랑, 朝鮮 金億 譯, 「民衆藝術論」, 『개벽』 제26호, 1922. 8. 1.

坪內逍遙, 「美とは何ぞや」, 『通俗學藝志林』 第2 · 4 · 6號, 1888.

사전

게일, 『韓英字典(한영자뎐 · A Korean-English Dictionary)』, 1897.

게일, 『三千字典(Present day English-Korean: Three Thousand Words)』, 1924.

리델, 『한불자전(韓佛字典 · Dictionnaire Coréen-Français)』, 1880.

스콧, 『English-Corean Dictionary』, 1891.

언더우드, 『韓英字典(한영자뎐 · A Concise Dictionary of the Korean Language)』, 1890.

조선총독부, 『朝鮮語辭典』, 1920.

최녹동, 『現代新語釋義』, 1922.

平文(J. C. Hepburn) 編譯, 『和英英和語林集成』, 日本横浜梓行, 1867 초판, 1872 2판, 1886 3판, 1894.

井上哲次郎, 『哲學字彙』, 東京大學三學部印行, 1882.

中江兆民, 『佛和辭林』, 丸善商社, 1887.

大日本百科辭典編輯部, 『工業大辭典』, 同文舘, 1913.

참고 자료_ 논문과 단행본

강영주, 「벽초 홍명희와 조선학운동」, 『人文科學研究』 제5호, 1996.

강영주, 『벽초 홍명희 연구』, 창작과비평사, 2002.

구인환, 「이광수 소설에 수용된 톨스토이」, 『국어교육』 제32호, 1978.

권보드래, 「『소년』과 톨스토이 번역」, 『한국근대문학연구』 제6권 제2호, 2005.

김승환, 「텍스트 『임꺽정』 안과 밖의 작가 홍명희」, 『한국현대문학연구』 제35호, 2011.

김윤식, 『이광수와 그의 시대 1』, 솔, 2001.

김태준, 「춘원 이광수의 예술관」, 『明知語文學』 제4호, 1970.

레닌, 이길주 옮김, 『레닌의 문학예술론』, 논장, 1988.

박진영, 「한국에 온 톨스토이」, 『한국근대문학연구』 제23호, 2011.

백철, 『신문학사조사』, 신구문화사, 2003.

소영현, 「지(知)의 근대적 전환-톨스토이 수용을 통해 본 "근대지"의 편성과 유통」, 『동방학지』 제154호, 2011.

송민호, 「카프 초기 문예론의 전개와 과학적 이상주의의 영향: 회월 박영희의 사상적 전회 과정과 그 의미」, 『한국문학연구』 제42호, 2012.

이명호, 「레닌의 톨스토이론을 둘러싼 반영과 생산의 문제」, 『고봉논집』 제6호, 1990.

임형택 · 강영주, 『벽초 홍명희와 『임꺽정』의 연구 자료』, 사계절, 1996.

채진홍, 「홍명희의 정치관과 문예 운동론 연구」, 『한국학연구』 제12호, 2000.

채진홍, 「홍명희의 톨스토이관 연구」, 『국어국문학』 제132호, 2002.

최대희, 「톨스토이와 사회민주주의적 인텔리겐치아」, 『러시아어문학 연구논집』 제14호, 2003.

최상철, 「맑스 - 레닌주의 문학예술론의 몇 가지 쟁점에 대한 고찰」, 『노동사회과학』 제2호, 2009.

최형익, 「벽초(碧初) 홍명희의 『임꺽정』에 나타난 전통과 혁명: 저항사상으로서의 애국주의」, 『역사문화연구』 제36호, 2010.

타타르키비츠, 김채현 옮김, 『예술개념의 역사』, 열화당, 1971.

柳富子, 『トルストイと日本』, 早稲田大學出版部, 1998.

飯田賢一 編 · 校注, 『日本近代思想大系14 科學と技術』, 岩波書店, 1989.

飯田賢一, 『技術』(一語の辭典シリーズ), 三省堂, 1995.

阿部軍治, 『白樺派とトルストイ: 武者小路實篤 · 有島武郎 · 志賀直哉を中心に』, 彩流社, 2008.

阿部軍治, 『徳富蘆花とトルストイ: 日露文學交流の足跡』, 彩流社, 2008.

中村融, 『トルストイ全集17 藝術論 · 教育論』, 河出書房新社, 1973.

青木茂 · 酒井忠康, 『日本近代思想大系17 美術』, 岩波書店, 1989.

기사

박노자, 「너희가 '톨스토이'를 아느냐」, 『한겨레 21』 제498호, 한겨레신문사, 2004.

3장

기본 자료

강호, 「카프 미술부의 조직과 활동」, 『조선미술』, 1957년 제5호.

고유섭, 『우현 고유섭 전집 8: 미학과 미술평론』, 열화당, 2013.

김기진, 『김팔봉 문학전집(2)』, 문학과지성사, 1988.

김복진, 「조선 역사 그대로의 반영인 조선 미술의 윤곽」, 『개벽』 제65호, 1926. 1.

김복진, 「세계 畵壇의 1년, 일본, 불란서, 러시아 위주로」, 『시대일보』, 1926. 1. 2.

김복진, 「신흥미술과 그 표적」, 『조선일보』, 1926. 1. 2.

김복진, 「조선화단의 일년」, 『조선일보』, 1927. 1. 4.

김복진, 「파스큘라」, 『조선일보』, 1926. 7. 1.

김복진 · 안석주, 「경성 각 상점 간판 품평회」, 『별건곤』 제3호, 1927. 1.

김용준, 『근원 김용준전집 5: 민족예술론』, 열화당, 2010.

박영희, 「新傾向派의 文學과 그 文壇的 地位, 今年은 文壇에 잇서서 새로운 첫거름을 시작하엿다」, 『개벽』 제64호, 1924. 12.

박영희, 「10주(周)를 맞는 노농러시아 (5) 특히 문화발달에 대하야」, 『동아일보』, 1927. 11. 11.

박팔양, 「프로레타리아 미술운동의 선구자 김복진 동지 회상」, 『조선미술』 1957년 5호.

임규찬 편, 『카프비평자료총서 2: 프로문학의 성립과 신경향파』, 태학사, 1990.

임규찬 편, 『카프비평자료총서 3: 제1차 방향전환과 대중화논쟁』, 태학사, 1990.

정현웅기념사업회 편, 『정현웅 전집』, 청년사, 2011.

논문과 단행본

기혜경, 「1920년대의 미술과 문학의 교류-카프 형성과정을 중심으로」, 『한국근현대미술사학』 제8집, 2000.

김승환, 「정관 김복진과 한국근대문예운동사」, 『한국학보』 23권 2호, 1997.

김용철,「근대 일본의 그래픽디자인과 러시아 아방가르드 미술의 수용」,『아시아문화』 제26호, 2010.

김윤식,『한국근대문학비평사연구』, 일지사, 1980.

김윤식,『임화 연구』, 문학사상사, 1989.

김윤식,『발견으로서의 한국현대문학사』, 서울대학교출판부, 1997.

다키자와 교지,「마보의 국제성과 오리지널리티-「마보」와 그 주변 그래피즘에 관하여」,『미술사논단』 21집, 2005.

보리스 그로이스, 오원교 옮김,「아방가르드 정신으로부터 사회주의리얼리즘의 탄생」,『유토피아의 환영: 소비에트문화의 이론과 실제』, 한울, 2010.

윤범모,『김복진 연구』, 동국대학교출판부, 2010.

이경성 외,『한국근대조소예술의 개척자 김복진의 예술세계』, 얼과 알, 2001.

이성혁,「1920년대 후반 임화 평론에 나타난 아방가르드 수용과 예술의 정치화」,『미학예술학연구』 37집, 2013.

장혜진,「러시아 아방가르드 예술에서 구축과 생산의 미학 연구: 간과 아르바또프를 중심으로」,『노어노문학』 제24권 제4호, 2012.

최병구,「카프(KAPF)의 미학적 거점으로서 문예운동의 의미」,『근대서지』 8호, 2013.

최열,『김복진: 힘의 미학』, 재원, 1995.

최열,『한국근대미술의 역사: 1800-1945』, 열화당, 1998.

최열,『한국근대미술비평사』, 열화당, 2001.

최열,「사회주의 문예운동과 김복진」,『인물미술사』 제5호, 2009.

키다 에미코,「아방가르드와 한일 프롤레타리아 예술운동」,『미학예술학연구』 38집, 2013.

Gennifer Weisenfeld, "Mavo's conscious constructivism: art, individualism, and daily life in interwar Japan", *Art Journal*, vol. 55, Issue 3, 1996.

4장

강유위, 이성애 옮김, 『대동서』, 을유문화사, 2006.

顏娟英, 「관방미술전람회의 비교: 1927년 臺灣美術展覽會와 1929년 上海全國美術展覽會」, 『美術史論壇』 32, 한국미술연구소, 2011.

오병남, 「근대 미학 성립의 배경에 관한 연구」, 『美學』 5, 오병남, 『미학강의』, 서울대학교 미학과, 1985.

후귀수, 강성현 옮김, 『차이위안페이평전』, 2009, 김영사.

W. 타타르키비츠, 김채현 옮김, 『예술개념의 역사』, 열화당, 1990.

高平叔 편, 『蔡元培全集』 1~4권, 中華書局, 1984.

魯迅, 「擬播布美術意見書」, 『魯迅全集』 7권, 郎紹君 · 水天中 편, 『二十世紀中國美術文選』 上卷, 上海書畵出版社, 1996.

傅雲龍, 「遊歷日本圖經餘記」, 鐘叔河 주편, 『走向世界叢書』, 岳鹿書社出版, 1985.

梁啓超, 「新民叢報」, 『新民說』, 中華書局, 1936.

呂徵, 「美術革命」, 『新青年』 6권 1호, 郎紹君 · 水天中 편, 『二十世紀中國美術文選』 上卷上海書畵出版社, 1996.

吳方正, 「中國近代初期的展覽會」, 『中國史新論 - 美術考古分册』, 中央研究院聯經出版事業股份有限公司, 2010.

魏猛克, 「上海美專新制第十屆畢業記念專刊」, 朱伯雄 · 陳瑞林 편저, 『中國西畵五十年 1898~1949』, 人民出版社, 1989.

劉瑞寬, 『中國美術的現代化 美術期刊与美展活動的分析(1911~1937)』, 三衍書店, 2006.

劉海粟 · 汪亞塵, 「美育組提議案件」, 『時事新報』, 1924. 7. 13, 榮君立 편, 『汪亞塵藝術文集』, 上海書畵出版社, 1997.

劉海粟, 「民衆的藝術化」, 『藝術』 97기, 1925. 4. 5, 朱金樓 편, 『劉海粟藝術文選』, 上海人民出版社, 1997.

劉海粟, 「上海美專十年回顧 爲什么要開美術展覽會」, 『學灯』, 1923. 2, 朱金樓 편, 『劉海粟藝術文選』, 上海人民出版社, 1997.

李筱圃, 『日本記遊』, 鐘叔河 주편, 『走向世界叢書』, 岳鹿書社出版, 1985.

李叔同,「圖畫修得法」, 郎紹君 · 水天中 편,『二十世紀中國美術文選』 상권, 上海書畫出版社, 1996.

章咸 · 張援 편,「大學院美術展覽會奬勵簡章」,『中國近現代藝術教育法規匯編 1840~1949』, 教育科學出版社, 1997.

中國近代教育史料匯 編,『晩淸』 卷5, 全國圖書館文獻縮微複製中心, 2006.

中國近代教育史料匯 編,『民國』 卷1, 全國圖書館文獻縮微複製中心, 2006.

陳獨秀,「美術革命」,『新青年』 6권 1호(郎紹君 · 水天中 편,『二十世紀中國美術文選』 上卷, 上海書畫出版社, 1996.

蔡元培,「序文」,『全國美展特刊』, 教育部全國美術展覽會, 1929.

蔡元培,「美育實施的方法」, 高平叔 편,『蔡元培全集』 4권, 中華書局, 1984.

岡倉天心,「書ハ美術ナラズ論ヲ讀ム」,『岡倉天心全集』 3, 平凡社, 1980.

岡倉天心,「鑑畫會における岡倉天心の演說」,『美術』 日本近代思想大系 17, 岩波書店, 1989.

大村西崖,「彫塑ノ美術界ニ於ケル地位」,『京都美術協會雜誌』 16, 1893. 10.

大村西崖,「彫塑論」,『京都美術協會雜誌』 28, 1894. 10.

東京藝術大學百年史編纂委員會 편,『東京藝術大學百年史 東京美術學校篇』 第一卷, ぎょうせい, 1987.

北澤憲昭,『眼の神殿』, 美術出版社, 1989.

小川裕充,『「美術叢書」の刊行について―ヨ―ロッパの概念 "Fine Arts"と日本の譯語「美術」の導入」,『美術史論叢』 20, 東京大學大學院人文社會研究科 · 文學部美術史研究室, 2004.

沈國威,『近代日中語彙交流史』, 笠間書院, 2006.

伊東忠太,「ア―キテクチュ―ルの本義を論じてその譯字を撰定し我が造家學會の改名を望む」,『都市 建築』 日本近代思想大系 19, 岩波書店, 1990.

立花銑三郎,『教育學』, 東京專門學校, 1900.

中村義一,『日本近代美術論爭史』, 求龍堂, 1983.

鶴田武良,「民國期における全國規模の美術展覽會」,『美術研究』 349, 東京文化財研究所, 1998.

Walter H. Medhurst, *English and Chinese Dictionary*, Printed at the Mission Press, 1847~1848.

『萬國公報』 권191, 1904. 10.

『王國維遺書』 5, 上海古蹟書店, 1936.

『百年史 京都市立藝術大學』, 京都市立藝術大學, 1981.

5장

기본 자료

박영희, 『중요술어사전』, 『개벽』 49~51호, 1924.

박영희, 이동희 · 노상래 편, 『박영희전집 Ⅲ』, 영남대학교출판부, 1997.

한림과학원 편, 『한국근대신어사전』, 선인, 2010.

松井榮一 외 편, 『近代用語の資料集成 24: 日用 舶來語便覽』, 大空社, 1996.

松井榮一 외 편, 『近代用語の資料集成 26: 文學新語小辭典』, 大空社, 1996.

松井榮一 외 편, 『近代用語の資料集成 26: 新文學辭典』, 大空社, 1996.

松井榮一 외, 『新語辭典の研究と解題』, 大空社, 1996,

日本近代文學館, 『日本近代文學大事典 第1卷: 人名, あ-け』, 講談社, 昭和 52.

논문과 단행본

강영안, 『우리에게 철학은 무엇인가』, 궁리, 2002.

강용훈, 「근대 문예비평의 형성 과정 연구」, 고려대학교 박사학위 논문, 2011.

강용훈, 『비평적 글쓰기의 계보-한국 근대문예비평의 형성과 분화』, 소명출판, 2013.

김윤희, 「한국 근대 신조어 연구(1920년~1936년)-일상 · 문화적 맥락을 중심으로」, 『국어사연구』 11, 국어사학회, 2010.

라인하르트 코젤렉, 한철 옮김, 『지나간 미래』, 문학동네, 1998.

劉禾, 민정기 옮김, 『언어횡단적 실천: 문학, 민족문화 그리고 번역된 근대성-중국, 1900~1937』, 소명, 2005.

박상진, 「1920~1930년대 대중잡지의 어휘 소개에 대하여」, 『한국학연구』 38, 고려대학교 한국학연구소, 2011.

박상진, 『한국 근대문학의 형성과 신경향파』, 소명출판, 2000.

박형익, 「1910년대 출간된 신어 자료집의 분석」, 『한국어학』 22, 한국어학회, 2004.

송민호, 「카프 초기 문예론의 전개와 과학적 이상주의의 영향」, 『한국문학연구』 42, 동국대학교 한국문학연구소, 2012.

이연숙, 고영진 외 옮김, 『국어라는 사상: 근대 일본의 언어 인식』, 소명출판, 2006.

이연숙, 이재봉 외 옮김, 『말이라는 환영: 근대 일본의 언어 이데올로기』, 심산, 2012,

이지영, 「1910년 전후의 신어 수용 양상」, 『돈암어문학」 23, 돈암어문학회, 2010.

이한섭, 「개항 이후 한일어휘교류의 일단면」, 『일본학보』 24, 1990.

이행훈, 「신구 관념의 교차와 전통 지식체계의 변용」, 『한국철학논집』 32, 한국철학사연구회, 2011.

정우택, 『황석우연구』, 박이정, 2008.

조남철, 「『現代新語釋義』考」, 『어문연구』 31권 2호, 한국어문연구회, 2003.

조셉 칠더즈 · 게리 헨치 엮음, 황종연 옮김, 『현대문학 · 문화비평 용어사전』, 문학동네, 2008.

최경옥, 『번역과 일본의 근대』, 살림, 2005.

沈國威, 이한섭 외 옮김, 『근대중일어어휘교류사』, 고려대학교출판부, 2012.

페데리코 마시니, 이정재 옮김, 『근대 중국의 언어와 역사』, 소명, 2005.

허수, 「1920년대 초 『개벽』 주도층의 근대사상 소개양상」, 『역사와 현실』 68, 한국역사연구회, 2008.

황종연, 「문학이라는 역어」, 『탕아를 위한 비평』, 문학동네, 2012.

황호덕 · 이상현, 『개념과 역사, 근대 한국의 이중어사전: 외국인들의 사전 편찬 사업으로 본 한국어의 근대 1. 연구편』, 박문사, 2012.

6장

김찬영 글 전체 목록(연대순, 발표 당시 필명을 따름)

金瓚永,「老而不死」,『太極学報』, 1908. 7.

CK生,「ᅋᅳ리!」,『学之光』4, 1916. 2.

惟邦,「幻影」,『東亜日報』, 1920. 5. 6.

金惟邦,「詩聖타쿠르에対하야」,『学生界』1, 1920. 7.

金惟邦,「K형에게」,『廃墟』1, 1920. 7.

金惟邦(寄),「西洋画의系統及使命(1~2)」,『東亜日報』, 1920. 7. 20~21.

金惟邦,『批評을알고批評을하라」를읽고」,『開闢』7, 1921. 1.

金惟邦,「偶然한道程에서-新詩의定義를争論하시는여러兄에게」,『開闢』8, 1921. 2.

金惟邦(寄),「수々썩기의生活(1~4)」,『東亜日報』, 1921. 2. 25~28.

抱耿生,「懊悩의舞蹈의出生에際하야(1~3)」,『東亜日報』, 1921. 3. 28~30.

金惟邦 抄,『톨스토이」의芸術観」,『開闢』9, 1921. 3.

金惟邦,「開拓生活」,『開闢』11, 1921. 5.

金惟邦,「現代芸術의対岸에서(絵画에表現된「포스트임푸레쇼니즘」과「큐비즘」)」,
『創造』8, 1921. 5.

惟邦,「幻影」외,『創造』8, 1921. 5.

惟邦,「누구를為하야?(散文)」,『創造』9, 1921. 6.

抱耿,「ᄭᅩᆺ피려ᄒᆞᆯ ᄯᅢ(創造八号를닑고)」,『創造』9, 1921. 6.

金惟邦,「作品에対ᄒᆞᆫ評者的価値」,『創造』9, 1921. 6.

抱耿,『懊悩의舞蹈」의出生된날(岸曙君의詩集을닑고)」,『創造』9, 1921. 6.

金惟邦,「破壊로부터建設에(1~4)」,『朝鮮日報』, 1921. 7. 28~8. 2.

金惟邦,「文化生活과住宅(鎖国時代에일너진우리의住宅制)」,『開闢』, 1923. 2~4.

金惟邦,「背教者」,『開闢』, 1923. 4.

金惟邦,「묵은手記에서」,『開闢』, 1923. 6.

金惟邦,「完成芸術의서름」,『霊台』1, 1924. 8.

惟邦,「片想(霊台上에서)」,『霊台』1, 1924. 8.

金惟邦,「三千五百両」,『霊台』2, 1924. 9.

惟邦,「片想(霊台上에서)」,『霊台』2, 1924. 9.

金惟邦,「사랑과피아노(1~2)」,『東亞日報』, 1925. 4.

기본자료

『太極學報』,『書畫協會報』,『創造』,『廢墟』,『靈台』,『學生界』,『開闢』,『東亞日報』,『朝鮮日報』,『每日申報』외.

논문과 단행본

권보드래,『한국 근대소설의 기원』, 소명출판, 2000.

김도경,「염상섭, 김동인 논쟁과 坪內逍遙, 森鷗外의 몰이상 논쟁 비교 연구」,『현대소설연구』39, 한국현대소설학회, 2008.

김영민,「비평의 공정성과 범주 · 역할논쟁」(제1장),『한국문학비평논쟁사』, 한길사, 1994.

김윤식,『김동인 연구』, 민음사, 1987.

김현숙,「한국근대미술 1920년대 기점 시론」,『한국근현대미술사학』2, 1995.

김현숙,「김찬영(金瓚永)연구-한국 최초의 모더니스트 미술가」,『한국근대미술사학』7, 1998.

박성창,「1920년대 자연주의 담론에 나타난 에밀 졸라의 표상과 자연주의적 묘사」,『한국현대문학연구』20, 한국현대문학회, 2006.

백운복,「玄哲 · 黃錫禹의 新詩論爭考」,『西江語文』3, 서강어문학회, 1983.

신지연,「신시논쟁(1920~21)의 알레고리-한국근대시론의 형성과 '배제된 것'의 의미」,『한국근대문학연구』18, 한국근대문학회, 2008.

윤범모,「1910年代의 西洋繪畵 受容과 作家意識」,『미술사학연구』203호, 한국미술사학회, 1994.

윤범모,『한국근대미술-시대정신과 정체성의 탐구』, 한길아트, 2000.

윤병로 · 임규찬, 「한국의 비평논쟁사 연구(문단 형성기의 김동인-염상섭 논쟁)」, 『세종학연구』 12 · 13, 세종대왕기념사업회, 1998.

윤세진 · 김영나 엮음, 「근대적 미술담론의 형성과 미술가에 대한 인식-1890년경부터 1910년대까지를 중심으로」, 『한국근대미술과 시각문화』, 조형교육, 2002.

이구열, 「近代韓国美術과 評論의 擡頭 1900~1945」, 한국미술평론가협회 편, 『韓国近代美術의 形成과 批評』, 열화당, 1980.

조정육, 「近代 美術史에서 書画協会의 성과와 한계」, 青余 李亀烈 先生 回甲記念論文集 刊行委員会 편, 『한국근대미술논총』, 학고재, 1995.

최열, 『한국근대미술의 역사: 1800~1945』, 열화당, 1998.

최열, 『한국근대미술 비평사』, 열화당, 2001.

발터 벤야민, 「기술복제시대의 예술작품」, 반성완 편역, 『발터 벤야민의 문예이론』, 민음사, 1983.

Eddy, A. J.(アーサ· ジエロ—ム · エツデイ), 久米正雄 訳, 『立体派と後期印象派』, 美術叢書 第8輯, 東京: 向陵社, 1916.

『近代日本の美術』, 東京国立近代美術館, 1974.

8장

자료

『매일신보』, 『조선일보』, 『조선지광』, 『신인문학』, 『문장』 등 신문과 잡지.

논문과 단행본

기혜경, 「1920년대의 미술과 문학의 교류 연구-카프 형성과정을 중심으로-」, 한국근대미술사학회, 『한국근대미술사학』 제9집, 2000.

김복진, 윤범모 · 최열 엮음, 『김복진 전집』, 청년사, 1995.

마르크 페로, 주경철 옮김, 『역사와 영화(Cinéma et histoire)』, 까치, 1999.

손진은, 「새로운 시 양식의 시도와 실패-임화론-」, 『문학과 언어』 제12집, 문학과 언어연구회, 1991.

R. S. 퍼니스, 김길중 옮김, 『표현주의(Expressionism)』, 서울대학교출판부, 1985.

알렉스 캘리니코스, 임상훈 · 이동연 옮김, 『포스트모더니즘 비판(Against Postmodernism)』, 성림, 1994.

윤난지, 「20세기 초기 러시아 전위미술에 나타난 유토피아니즘-말레비치와 타틀린을 중심으로-」, 『미술사학』 제5호, 1993, 미술사학연구회.

윤수하, 「「네거리의 순이」의 영화적 요소에 관한 연구」, 『한국시학연구』 제9호, 2003, 한국시학회.

이성혁, 「1920년대 한국 근대시의 전위성 연구」, 한국외국어대학교 박사학위 논문.

이훈, 「임화의 1920년대 중반-1930년대 초 문학론 연구」, 『국어국문학』 제114호, 1995, 국어국문학회.

이훈, 「임화의 초기 문학론 연구」, 『국어국문학』 제111호, 1994, 국어국문학회.

임화, 박정선 편, 『언제나 지상은 아름답다-임화 산문선집』, 역락, 2012.

임화, 신두원 편, 『임화문학전집 4-평론 1』, 소명출판, 2009.

칼 마르크스 · 엥겔스, 김대웅 옮김, 『독일 이데올로기(Die Deutsche Ideologie) I』, 두레, 1989.

페터 뷔르거, 최성만 옮김, 『아방가르드의 이론(Theorie der Avantgarde)』, 지만지, 2009.

アレクセイ · ガン, 黒田辰男 譯, 「構成主義藝術論」, 瀧澤恭司 / 編, 『コレクション · モダン都市文化 29 -構成主義とマヴォ』, ゆまに書房, 2007.

五十殿利治, 『日本のアヴァンギャルド芸術〈マヴォ〉とその時代』, 青土社, 2001.

ジエニファ—・ ワイゼンフェルド, 五十殿ひろ美 譯, 「マヴォの意識的構成主義」, 五十殿利治 他, 『水聲通信』 제3호, 2006, 水聲社.

村山知義, 『構成派 硏究』(복간본), 本の泉社, 2002.

村山知義 他, 白川昌生 編, 「マヴォ宣言」, 『日本のダダ1920-1970 增補新版』, 水聲社, 2005.

F. ステパノワ, 「構成主義について」, 五十殿利治 外 편, 『ロシア · アヴァンギャルド · 4-コンストルクツィア 構成主義の展開』, 國書刊行會, 1991.

海野 弘, 『ロシア · アヴァンギャルドのデザイン :ア—トは世界を變えうるか』, 新曜社, 2000.

和田博文 編,『日本のアヴァンギャルド』, 世界思想社, 2005.

喜多惠美子,「村山知義にとつての朝鮮」, 五十殿利治 他,『水聲通信』 제3호, 2006, 水聲社.

9장

기본자료

김기림,『김기림 전집』 2~4, 심설당, 1988.

이광수,『이광수 전집』 1, 삼중당, 1964.

논문과 단행본

가라타니 고진, 송태욱 옮김,「풍경의 발견」,『일본근대문학의 기원』, 민음사, 1997.

권승혁,「현대영미시의 시각화에 대하여」,『영어영문학연구』 47권 1호, 한국중앙영어영문학회, 2005. 3.

김상환,『해체론 시대의 철학』, 문학과지성사, 1996.

김예리,「김춘수의 '무의미시론' 비판과 시의 타자성」,『한국현대문학연구』, 한국현대문학회, 2012. 12.

김예리,「정지용의 시적 언어의 특성과 꿈의 미메시스」,『한국현대문학연구』, 한국현대문학회, 2012. 4.

김춘식,『미적 근대성과 동인지 문학』, 소명출판, 2003.

김행숙,『문학이란 무엇이었는가』, 소명출판, 2005.

김홍중,『마음의 사회학』, 문학동네, 2010.

레지스 드브레, 정진국 옮김,『이미지의 삶과 죽음-서구적 시선의 역사』, 글항아리, 2011.

모리스 블랑쇼, 심세광 옮김,『도래할 책-블랑쇼 선집 3』, 그린비, 2011.

박현수, 「1920년대 초기 문학의 재인식-기존 논의 검토」, 『상허학보』, 상허학회, 2000. 8.

서영채, 『사랑의 문법』, 민음사, 2004.

슬라보예 지젝, 박정수 옮김, 『그들은 자기가 하는 일을 알지 못하나이다』, 인간사랑, 2004.

여태천, 「1920년대 초기시의 관념 표상과 그 양상」, 『정신문화연구』 30집, 한국학중앙연구원, 2007. 3.

오문석, 「1920년대 초반 '동인지'에 나타난 예술이론 연구」, 『상허학보』, 상허학회, 2000. 8.

이경돈, 『문학이후』, 소명출판, 2009.

이은주, 「문학 텍스트에 나타난 자기 구성방식에 대한 시론」, 『상허학보』, 상허학회, 2000. 8.

조영복, 『1920년대 초기시의 이념과 미학』, 소명출판, 2004.

차승기, 「'폐허'의 시간－1920년대 초 동인지 문학의 미적 세계관 형성에 대하여」, 『상허학보』, 상허학회, 2000. 8.

차혜영, 「1920년대 동인지 문학 운동과 미 이데올로기」, 『한국문학이론과 비평』, 한국문학이론과 비평학회, 2004. 9.

최원식, 『문학』, 소화, 2013.

황종연, 「문학이라는 역어」, 『한국어문학연구』 32집, 한국어문학학회, 1997.

황호덕, 「한국 근대 형성기의 문장 배치와 국문 담론: 타자 · 교통 · 번역 · 에크리튀르 · 근대 네이션과 그 표상들」, 성균관대학교 박사학위 논문, 2002.

10장

『國民文學』, 『인문평론』, 『조선일보』, 『동아일보』.

기시까와 히데미(岸川秀實), 「「주지주의문학론」과 「주지적문학론」: 비평가 최재서와 아베 토모지의 비교문학적 연구」, 『국제어문』 27집, 2003.

김동식, 「1930년대 비평과 주체의 수사학」, 『한국현대문학연구』 24집, 2008.

김상환, 『예술가를 위한 형이상학』, 민음사, 1999.

김예림, 「'동아'라는 시뮬라크르 혹은 그 접속자들의 문화 이념: 1930년대 후반 최재서 · 백철의 문화론을 중심으로」, 『상허학보』 23집, 2008.

김윤식, 『한국 근대 문예비평사 연구』, 일지사, 1974.

김윤식, 『한국 근대 문학 사상 연구 1: 도남과 최재서』, 일지사, 1984.

김윤식, 『최재서의 『국민문학』과 사토 기요시 교수』, 역락, 2009.

김흥규, 『문학과 역사적 인간』, 창작과비평사, 1980.

문경연 외, 『좌담회로 읽는 『국민문학』』, 소명, 2012.

서승희, 「1930년대 최재서의 문화 기획 연구」, 『한국문학이론과 비평』 47집, 2010.

윤대석, 「1940년대 '국민문학' 연구」, 서울대학교 박사학위 논문, 2006.

이혜진, 「신체제 시기 최재서의 '국민문학론'」, 『정신문화연구』 120호, 2010.

차승기, 「1930년대 후반 전통론 연구: 시간-공간 의식을 중심으로」, 연세대학교 박사학위 논문, 2002.

최재서, 『문학과 지성』, 인문사, 1938.

최재서, 노상래 옮김, 『전환기의 조선 문학』, 영남대학교출판부, 2006.

최현희, 「'이상(李箱)'의 이데올로기적 기원: 김기림과 최재서의 이상론」, 『한국현대문학연구』 32집, 2010.

阿部知二, 『主知的文學論』, 東京: 厚生閣書店, 1930.

家永三郎 編, 『近代日本思想史講座第一卷—歷史的概觀』, 東京: 筑摩書房, 1959.

崔載瑞, 『轉換期の朝鮮文學』, 京城: 人文社, 1943.

崔載瑞, 「T. E. ヒュ—ムの批評的思想」, 『思想』 第151号, 1934.

三原芳秋, 「Metoikosたちの帝國—T. S. エリオット, 西田幾多郎, 崔載瑞」, 『社會科學』 第40卷 4号, 2011.

米谷匡史, 「戰時期日本の社會思想—現代化と戰時変革」, 『思想』 882号, 1997.

Benjamin, Walter, "The Work of Art in the Age of Its Technological Reproducibility," In *Selected Writings vol. 3 1935-1938*, trans. Edmund Jephcott and Harry Zohn, Cambridge: The Belknap Press of Harvard University Press, 2002.

Butler, Judith, *The Psychic Life of Power: Theories in Subjection*, Stanford: Stanford University Press, 1997.

Calinescu, Matei, *Five Faces of Modernity*, Durham: Duke University Press, 1987.

Choe, Hyonhui, "The Purloined Name of the Colonized: "Culture" in Late Colonial Korea, 1937-1945," PhD diss. UCIrvine, 2013.

Eliot, T. S., *Selected Essays, 1917-1932*, New York: Hartcourt, Brace, and Company, 1932.

Hulme, T. E., *Speculations: Essays on Humanism and the Philosophy of Art*, Edited by Herbert Read, London: Kegan Paul, Trench and Co., 1936.

Kracauer, Siegfried, *Theory of Film*, Princeton: Princeton University Press, 1997.

Read, Herbert, *Reason and Romanticism: Essays in Literary Criticism*, New York: Russell and Russell, 1964.

Suh, Serk-bae, "The Location of "Korean" Culture: Ch'oe Chaesŏ and Korean Literature in a Time of Transition," *The Journal of Asian Studies 70*, no. 1: 53-75, 2011.

Wellek, René, *A History of Modern Criticism, 1750-1950, vol. 5: English Criticism, 1900-1950*, New Haven: Yale University Press, 1963.

찾아보기

[ㅂ]

[ㅅ]

[ㅇ]

[ㅈ]

[ㅋ]

[ㅍ]

[ㅎ]

인명

[ㄱ]

[ㄴ]

[ㄷ]

[ㄹ]

[ㅁ]

[ㅂ]

[ㅅ]

[ㅇ]

[ㅈ]

[ㅊ]